Knaur.

Im Knaur Taschenbuch Verlag ist bereits folgendes Buch der Autorin erschienen:
Mit besten Wünschen (50491)

Über die Autorin:
Marianne Cedervall wurde 1949 geboren und wohnt im schwedischen Västerås. Sie arbeitet als Rechtsberaterin für die schwedische Kirche. Ihr Debütroman »Mit besten Wünschen« stürmte 2009 die schwedische Bestsellerliste. »Schöne Bescherung« ist der zweite Roman um ihre Heldinnen Mirjam und Hervor.

Marianne Cedervall

Schöne Bescherung

Roman

Aus dem Schwedischen
von Nina Hoyer

Knaur Taschenbuch Verlag

Die schwedische Originalausgabe erschien 2010 unter dem Titel »Svartvintern« bei Bokförlaget Natur och Kultur, Stockholm.

Besuchen Sie uns im Internet:
www.knaur.de

FSC
www.fsc.org
MIX
Papier aus verantwortungsvollen Quellen
FSC® C014496

Deutsche Erstausgabe September 2011
Knaur Taschenbuch

Redaktion: Friederike Arnold
Umschlaggestaltung: ZERO Werbeagentur, München
Umschlagabbildung: Gettyimages © Colin Anderson
Satz: Adobe InDesign im Verlag
Druck und Bindung: GGP Media GmbH, Pößneck
Printed in Germany
ISBN 978-3-426-50851-0

2 4 5 3 1

Für Jacob
Wer gewesen ist, verbleibt

Kuivalihavaara,
Lappland

Januar 2009

Ein einziger orangefarbener Strahl ragte in den Himmel, erstreckte sich bis zu den Wolken. Die rote Kugel vermochte sich aber nicht ganz über den Horizont zu erheben – noch nicht. Etwas Derartiges hatte er noch nie zuvor gesehen, und er musste seine Augen mit der Hand abschirmen, um nicht vom Licht und dem weiß glitzernden Schnee geblendet zu werden.

»Kannst du den schneebedeckten Berg dort hinten sehen?«, fragte sie. »Das ist der Hilmatunturi.«

Er nickte. Seit er auf dem Gipfel des Saariberges den Motorschlitten ausgestellt hatte und sie abgestiegen waren, hatte sie geschwiegen. Er konnte sie verstehen, man musste die Stille hier oben nicht mit sinnlosem Gerede zerstören.

»Ja, ich sehe ihn«, erwiderte er, »er ist wunderschön.«

Er richtete seinen Blick auf den Boden und machte ein paar vorsichtige Schritte im Schnee. Nur keinen Fuß neben die festplanierte Schlittenspur setzen, sonst würde er unrettbar im Tiefschnee versinken.

»Und der Waldrand darunter, ist das nicht grandios?«,

fuhr sie fort, während sie das kurze Stück zum Schneemobil zurücklegte und wieder auf den Sitz kletterte. Der Overall raschelte bei jeder Bewegung. Sie war gelenkig, trotz ihres Alters, so dass er sich plump neben ihr vorkam, als er ihr folgte.

Sie holte eine Thermoskanne und ein paar belegte Brote aus dem Rucksack.

»Du bist wirklich ein ganz Lieber, Ralph Sörarve«, bemerkte sie, und ein Lächeln erhellte ihr runzliges Gesicht. »Es ist wirklich nett von dir, dass du so ein altes Weibsbild wie mich mit hier hoch nimmst.«

Der Sonne zugewandt saßen sie dicht nebeneinander auf dem Schlitten, um das Naturschauspiel weiter zu verfolgen. »Ach, das hab ich doch gern gemacht. Ich wollte nach all diesen dunklen Monaten sowieso die Rückkehr der Sonne beobachten, und das am liebsten mit dir.«

Ralph streifte seine Handschuhe ab, goss Kaffee in die Holzbecher und reichte ihr einen.

Die Kälte biss sie in die Wangen, und sie mussten sich an den Bechern die Hände wärmen. Dabei waren die Temperaturen sogar recht gemäßigt, es herrschten nur elf Grad minus, und kein Lüftchen wehte.

Er nahm einen Bissen von dem weichen, lappländischen Fladenbrot – *Mjukbröd* –, das sie mit hauchzarten Scheiben Gravadlachs belegt hatte, die nur so auf der Zunge zergingen. Während er aß, lauschte er der Stille auf dem Saariberg. Von weitem klang Hundegebell aus dem Dorf herauf, und sofort antwortete ein anderer Hund. Elchhunde, dachte er, die gibt es überall. Dann wurde wieder alles still.

»Hör doch!«, sagte sie.

Er hörte auf zu kauen.

»Was denn?«

»Diese Stille! Das ist doch das Allerschönste!«

Sonderbar, dass sie das sagte, ihm war gerade dasselbe durch den Kopf gegangen. Die Stille tat den Ohren gut.

»Du hast recht«, meinte er.

Ich muss es ihr bald sagen, dachte er. Sowie ich den Kaffee ausgetrunken habe, sage ich es ihr. Aus dem Grund habe ich sie schließlich mitgenommen. Jetzt bloß nicht zaudern, nicht kneifen.

Sie schüttelte die restlichen Tropfen aus ihrem Becher, und der Schnee wurde von Kaffeesprenkeln übersät. Dann zog sie wieder ihre wollenen Lovikkafäustlinge über und strich mit der behandschuhten Hand über seine rauhe Wange.

Jetzt, dachte er. Jetzt aber. Er verspürte ein Flattern in der Magengrube, der Kloß in seiner Kehle schwoll an.

»Ich muss dir was sagen«, setzte er an, nahm noch einen Schluck Kaffee und wischte sich mit dem Handrücken den Mund ab.

»Ich weiß«, erwiderte sie ruhig, »ich weiß, was du sagen willst.«

Er starrte sie an. Was meinte sie? Sie konnte doch nicht ahnen, wie die Dinge lagen?

»Du weißt es? Aber …«

»Mein Junge«, sagte sie leise auf Tornedalfinnisch. *»Minnun poikka.«*

Er war völlig verwirrt, verstand nichts mehr. Überhaupt nichts. Sie lächelte ihm liebevoll zu und umschloss seine bloße Hand mit ihren Handschuhen.

Kuivalihavaara, Lappland

Herbst 2008

1

Mirjam Nordergrav sah starr aus dem Fenster. Nur ein kleines Stück vom Haus entfernt gabelte sich der Fluss Torne Älv, und das Wasser kräuselte sich und glitzerte blau in der Nachmittagssonne. Der Ufersaum war vereist, schon bald würde ringsum alles gefrieren und erstarren, und es würde Monate dauern, bis das Eis die Natur wieder aus seiner Umklammerung entließ. Der Fluss änderte sein Erscheinungsbild von Tag zu Tag, von Jahreszeit zu Jahreszeit. Die Blätter der Bäume folgten unbeirrbar dem Lauf des Lebens und hatten sich gelb gefärbt, und jetzt – im Oktober – hatten die meisten Bäume ihr Laub bereits abgeworfen und boten ein kahles, struppiges Bild.

Trotz des düsteren Anblicks konnte sie ein Lächeln nicht unterdrücken, als sie den kümmerlichen, knorrigen Birkenstamm direkt vor dem Fenster bemerkte. Er war vielleicht einen Meter hoch, ein paar Zweige ragten einsam in die Luft, mühten sich ab, aber es wollte ihnen nicht so recht gelingen, sich zu entwickeln. Das musste die Birke sein, von der Hervor ihr erzählt hatte – die sie mit einem Fluch bedacht hatte. Hervors Bruder hatte sie einst gepflanzt, aber Hervor war nicht damit einverstanden gewesen, dass sie die schöne Aussicht auf den Fluss versperrte. Statt den Baum einfach auszugraben, hatte sie von ihren eigentümlichen Kräften Gebrauch gemacht. Ihrem Bruder aber wollte es zeit seines Lebens nicht in den Kopf, warum die Birke nicht wuchs.

Mirjam stieß einen schweren Seufzer aus, wandte sich vom Fenster ab und ging in das Zimmer, das sie sich ausgesucht hatte. Hervors Gästezimmer im Erdgeschoss. Sie fröstelte und war niedergeschlagen. Es war schwer, das alte Holzhaus richtig warm zu bekommen. Glücklicherweise lag noch kein Schnee, aber kalt war es trotzdem. Natürlich hatte sie einen funktionstüchtigen Ofen, aber es war ihr noch nicht gelungen, ein Feuer darin zu entfachen, stattdessen hatte sie die Elektroheizung angestellt.

Sie suchte ihren warmen Gotlandpulli aus dem Koffer, zog ihn über den Kopf und verharrte einen Moment vor dem Bücherregal, vielleicht fand sie etwas Lesbares. Mit dem Zeigefinger fuhr sie die Bücherrücken entlang, ein breites Spektrum, von Ratgebern über alte Hausmittel bis hin zu klassischer schwedischer Literatur. *Magie* las sie auf einem schönen grünen Buchrücken. Sie zog das Buch heraus und betrachtete den Umschlag, den eine furchteinflößende Alraune zierte. Die Wurzel der Pflanze glich unzweifelhaft einer grotesken Menschengestalt. Resolut schob Mirjam das Buch zurück ins Regal, solche Bücher würde sie gar nicht erst aufschlagen!

Sie ging zurück in die Küche, setzte sich auf die Küchenbank und heftete den Blick auf die soliden, alten Holzbalken. Hervor hatte ein schönes Haus. Robust und hübsch zugleich, zeugte es vom Wirken fleißiger Hände – vor allem von Frauenhänden. Mit den Männern der Familie war es schließlich nicht so weit her gewesen. Sie hatten natürlich die schwere körperliche Arbeit verrichtet, aber viel mehr auch nicht, wie so oft war der Alkohol daran schuld gewesen. Kuivalihavaara war ein hartes Fleckchen Erde.

Auch Mirjam hatte nicht geplant, zurückzukehren. Vor längerer Zeit hatte sie hier schon einmal acht Jahre gelebt und sich als Ärztin im örtlichen Ärztehaus abgerackert, und das reichte ihr eigentlich vollauf. Nachdem sie von drei Männern in die Insolvenz getrieben worden war, hatte sie sich dafür entschieden, an einem Ort Zuflucht zu suchen, an dem sie keiner kannte und sie zudem günstig wohnen und so das Geld zur Tilgung ihrer unvorstellbar hohen Schulden zusammenkratzen konnte – und so war ihre Wahl damals auf Kuivalihavaara gefallen. Sie hatte jedoch die Zähne zusammengebissen und sich von den Gläubigern befreit, auch wenn es oft ein mühsamer Kampf gewesen war. Zum Glück hatte sie Hervor kennengelernt, und aus ihnen waren dicke Freundinnen geworden.

Hervor mit ihrer übernatürlichen Begabung und ihren hellseherischen Fähigkeiten war eine fesselnde Persönlichkeit. Nach den acht Jahren in Kuiva hatte Mirjam sie eines Tages gebeten, sie in ihre Heimat Gotland zu begleiten und mit ihr den Sommer in der frisch von ihr erworbenen Kapelle in Kajpe Kviar zu verbringen. Dort hatte Mirjam durch Affirmationen, die Kraft der Gedanken und Hervors beharrliche Unterstützung den Tod jener drei Männer beschworen, denen sie ihre schweren Jahre zu verdanken gehabt hatte. Zu Mirjams größtem Erstaunen – und Entsetzen – waren sie tatsächlich der Reihe nach gestorben, aber anders als Hervor war sie sich nicht so sicher, dass ihre Affirmationen die Ursache dafür waren. Alle drei waren schon vorher krank gewesen, was ihren frühen Tod ebenso gut ausgelöst haben konnte.

Nach jenem seltsamen Sommer hatten sie und Hervor ihre Töchter in den USA besucht. Sie waren zwei Jahre lang dort geblieben, bis Mirjam kürzlich auf ihre Heimatinsel gereist war, um ihre Mutter zu besuchen, die in einem kirchlichen Pflegeheim in Visby lebte. Und da war es passiert. Sie hatte Sylve Lagergrens schlimmen Unfall mit ansehen müssen, kurz nachdem er ihr einen Heiratsantrag gemacht hatte.

Sie begriff ihren Fehler erst, als sie ihm schon die ganze Wahrheit über jenen Sommer und von der Kraft der Affirmationen erzählt hatte. Sie war Sylve ausgeliefert. Wenn sie seinen Antrag nicht annahm, konnte er sie anschwärzen, vielleicht sogar der Polizei mitteilen, dass in der Kapelle eine völlig durchgeknallte Frau saß, die auf äußerst wundersame Weise in Kajpe Kviar drei Männer getötet hatte. Man würde ihm vielleicht keinen Glauben schenken, aber das Risiko war dennoch groß, dass ein Artikel über den Vorfall in *Gotlands Allehanda,* der Inselzeitung, ein gewisses Aufsehen erregen könnte, und das wollte sie um keinen Preis. Und in ihn verliebt war sie schon gar nicht! Wie dumm von ihr, dass sie seinem Drängen an jenem Mittsommermorgen auf dem Heuboden nachgegeben hatte. Sylve war danach völlig aus dem Häuschen gewesen und war auf die fixe Idee gekommen, dass Mirjam die Frau seiner Träume sei. Sie aber wusste es besser – er war einfach nichts für sie, so nett er auch war. Sie würde wahnsinnig werden, wenn sie ihr Leben mit einem Schweinebauern teilen müsste.

Ein Schauer überlief Mirjam, und sie erhob sich vom Tisch. Sie musste zumindest versuchen, sich eine Tasse Kaffee zu kochen. Sie hatte keinen Appetit mehr, seit sie Gotland verlassen hatte. Ohne nachzudenken, hatte sie mir nichts, dir nichts ihre Sachen zusammengesucht, ihren kleinen roten Mercedes gepackt und war geradewegs nach Lappland gedüst. Hatte in einer Parkbucht ein Nickerchen gemacht, war weitergefahren, hatte erneut eine Ruhepause eingelegt und das Auto derweil im Schutz eines Wäldchens geparkt. War immer weiter gen Norden gefahren. Und sie hatte Hervor eine SMS in die USA geschickt. *Bin wie ein Derwisch in deine Heimat gebraust. Wo ist der Haustürschlüssel?* Als sie auf den Hof fuhr, vibrierte ihr Handy. *In der blauen Schale im Speicher, links neben der Tür. Was ist bei dir los, zum Teufel?!*

Nach Sylves Heiratsantrag, als sie in seiner Scheune gestanden hatten, hatte sie ihn unbedachterweise in ihr Geheimnis eingeweiht und ihm das kleine Kästchen gezeigt, das eine schwindelerregende Summe Geld enthielt. Schwarzgeld, das sie gemeinsam mit Ivar erwirtschaftet hatte, einem der toten Männer, dem sie kraft ihrer Gedanken bewusst Schlechtes gewünscht hatte. Auch das noch, hatte sie gedacht, als Sylve die Scheine durchblätterte. Mit diesem Wissen kann er mich ins Gefängnis bringen. Sie saß ganz schön in der Tinte und hatte keinen blassen Schimmer, wie sie Herr der Lage werden sollte. Im Stall quiekten die Schweine und randalierten. Die Uhr tickte. Sylve hatte Mirjam unwiderruflich in der Hand. Und das war der Moment, in dem ihr der verbotene Gedanke durch den Kopf geschossen war. *Wenn er doch bloß tot wäre!* Just in diesem Moment brachen seine Schweine aus der Schweinebox aus, Sylve wollte ihnen hinterhereilen und rutschte auf dem Misthaufen aus. Er fiel auf die Mistforke, die im Weg gestanden hatte und sich erbarmungslos in seine Schläfe bohrte.

Sie hatte das getan, was ihr Job als Ärztin verlangte, sich in den Mist geworfen und ihren Schal auf seine Wunde gepresst. Hatte nach dem Handy gekramt und den Rettungsdienst alarmiert. Nach seiner alten Mutter Vendla geschrien. Ihre Lippen auf seine gedrückt und ihn beatmet, bis die Ambulanz kam. Auch ins Krankenhaus war sie mitgekommen, in erster Linie wegen Vendla. Ein paar Tage hatte Mirjam an seinem Bett gewacht und den lieben Herrgott und die gesamte ärztliche Wissenschaft angefleht, dass er seine Verletzung überleben möge.

Doch was sollte sie Sylve antworten, wenn er wieder zu Bewusstsein kam? Dass sie seinen Antrag annahm und liebend gerne Frau Mirjam Lagergren, die Frau eines Schweinebauern, werden wollte? Ihr Leben mit ihm auf dem Hof verbringen wollte? Nur über ihre Leiche! Sie musste auf der Stelle fliehen, weit, weit fort von seiner Liebe!

Die SMS an Hervor wegen des Schlüssels war das einzige Lebenszeichen, das sie von sich gab, danach hatte sie das Telefon ausgestöpselt. Sie fühlte sich nicht in der Lage, mit jemandem darüber zu reden. Der Schrecken über Sylves bleiches Gesicht saß noch zu tief. Bevor sie das Krankenhaus in Visby verließ, hatte sie ein Gespräch mit ihren alten Kollegen von der Intensivstation geführt. Noch war es zu früh, eine Aussage über seinen Gesundheitszustand zu treffen, Sylve lag nach wie vor im künstlichen Koma. Mirjam aber hatte eigenhändig seine Pupillen kontrolliert und festgestellt, dass er zumindest nicht hirntot war. Sollte er jedoch sein Gedächtnis wiedererlangen, wenn er aufwachte, würde sie seinen hingebungsvollen verliebten Blick nicht ertragen können.

Als sie Kuiva endlich erreichte und Hervors Schlüssel in besagtem Versteck fand, verspürte sie nur eine unendliche Müdigkeit. Sie verbarrikadierte sich, kroch in den Schlafsack und schlief für mehrere Stunden tief und fest.

Nun goss Mirjam sich einen Becher Kaffee ein und ließ sich erneut auf der Bank nieder. Eigentlich müsste sie eine Runde spazieren gehen, konnte sich aber nicht dazu aufraffen. Ihr stand nicht der Sinn danach, irgendwelchen Leuten zu begegnen und auf neugierige Fragen Antwort geben zu müssen. Als sie nach Kuiva gekommen war, hatte sie den Wagen in Hervors Garage gefahren. Sie wollte nicht, dass jemand ihre Anwesenheit bemerkte, denn dann würden mit an Sicherheit grenzender Wahrscheinlichkeit bald Hervors

Verwandte auf der Matte stehen, und von denen gab es hier viele.

Sobald sie ihren Kaffee ausgetrunken hatte, wollte sie wieder ins Bett gehen und sich einmummeln, die Augen schließen und in der Welt des Schlafes Vergessen suchen.

Früher hatte sie nicht an die Macht der Gedanken geglaubt, auf die Hervor so viel gab. Aber als Sylve stürzte, bekam sie es wirklich mit der Angst zu tun. Dabei hatte sie sich doch geschworen, mit diesem Irrsinn aufzuhören, und dann passierte so etwas! Ein einziger, flüchtiger Gedanke. *Wenn er doch bloß tot wäre!* Sie würde keine Affirmationen mehr formulieren! Sich nie, nie wieder mit Hervors lächerlichem Hokuspokus und ihren Flüchen beschäftigen! Von nun an würde sie sich von ganzem Herzen der Sühne ihrer schwarzen Gedanken und bösen Taten widmen.

2

Tante Uhv öffnete die Augen und schielte zur Decke. Sie kniff die Augen zusammen, und sogleich traten die giftgrün leuchtenden Ziffern deutlicher hervor: 6.13 Uhr. Daneben waren andere, rote Ziffern zu erkennen, die anzeigten, dass die Zimmertemperatur einundzwanzig Grad betrug. Das war ein pfiffiges Ding, diese Uhr, die die Zeit an die Decke werfen konnte. Maj-Inger und Gunnar hatten sie ihr zum Geburtstag geschenkt. Vielleicht hatte sich Gunnars Frau Mija auch daran beteiligt, allerdings war auf ihre Schwiegertochter nicht immer Verlass.

Tante Uhv schlug die Decke zur Seite und bewegte ihren schmächtigen, kleinen Körper mühsam aus dem Bett. Sie steckte die Füße in ihre Rentierfellpantoffeln, schüttelte sich und zog den Morgenmantel an, der am Fußende des Bettes lag. Sie brauchte Kaffee, wenn sie in Gang kommen wollte, auf der Stelle! Sie schlurfte zum Fenster und öffnete es einen Spalt, um die Morgenluft hereinzulassen. Draußen war es immer noch dunkel, und mit der Zeit würde es noch dunkler werden. Jetzt war es erst Anfang Oktober, und noch zeigte sich jeden Tag die Sonne. Als das Kaffeewasser zu kochen anfing, setzte sie ihre Brille auf und guckte auf das Thermometer. Zwei Grad minus, das sah doch nach einem schönen, klaren Herbsttag aus.

Sie schenkte den heißen, mokkaartigen – weil auf dem Herd gekochten – Kaffee in einen Becher, schmierte sich ein Brot und sank auf den Stuhl, der in unmittelbarer Fensternähe stand. Tante Uhv wollte immer alles im Blick haben, und sie wusste auch über das meiste im Dorf Bescheid. Bald würde Östen vorbeikommen. Er kam immer pünktlich, morgens und nachmittags. Man wusste nur nicht, ob er mit dem Fahrrad oder dem Tretschlitten vorbeisausen würde. Eigentlich müsste er jetzt jeden Augenblick vorbeifahren. Sie tunkte das Brot in den Kaffee und führte Selbstgespräche. Mit wem sollte sie auch sonst reden? Bis auf das Brummen des Kühlschranks und das Ticken der alten Wanduhr war es im Haus meistens still. Ja, die Wanduhr hatte sie immer noch, trotz dieses elektrischen Dingsbums mit Deckenziffern.

Und das war bestimmt Östen. Mit dem Tretschlitten, obwohl noch kein Schnee lag. Ja, er war wirklich erfinderisch, der Junge, auch wenn er etwas zurückgeblieben war. Und er hatte tatsächlich Räder an seine Schlittenkufen montiert, der verrückte Kerl! Laut knirschend schabten die Räder auf der einsamen Straße über den Asphalt. Die Ohrenklappen seiner grünen Mütze flatterten im Wind. Wenn erst einmal Schnee und Kälte Einzug hielten, würde er mit fest zugebundener Mütze vorbeischlittern. Wie lange machte er das wohl schon so? Er muss bereits über vierzig sein, dachte sie, während sie das Fenster noch ein Stückchen weiter öffnete und ihm zurief:

»Guten Morgen, Östen!«

Er winkte und lächelte breit. Halt machte er nie, nein, er sauste einfach weiter. In zwei Minuten würde er bei der Kirche wenden und wieder nach Hause fahren. Tagein, tagaus war das so. Und morgen auch – wenn sie es noch erleben durfte.

Tante Uhv stand auf, holte die Kanne und füllte ihren Becher von neuem mit Kaffee. Sie zündete sich eine selbstgedrehte Zigarette an und stieß den Rauch aus. Vor ein paar Tagen war frühmorgens in hohem Tempo ein kleines rotes Auto vorbeigezischt und auf den Weg abgebogen, der zu

Hervors Haus führte. Danach hatte sie es nicht mehr gesehen. War sicher nur jemand auf der Durchreise gewesen.

Tja, wann Hervor sich wohl wieder im Dorf blicken lassen würde? Sie hielt sich inzwischen bestimmt schon ein paar Jährchen in Amerika auf. Ab und zu schrieb sie ihrer alten Tante sogar eine Ansichtskarte.

Bis ihre Nichte Alva nachher den Supermarkt aufschloss, würde sich wohl nichts weiter Spannendes vor dem Fenster zutragen. Gut, Sirkka Nilssons Haushaltshilfe mit ihrem blondierten Heuhaufen auf dem Kopf würde natürlich vorbeiflitzen, wie sie es schon seit 1966 tat. Dass diese Person noch ganz richtig im Kopf war, wo sie doch im Winter nie eine Mütze trug, war wirklich ein Wunder Gottes! Na ja, besonders helle war sie ohnehin nicht, sonst wäre sie nicht hiergeblieben und die Haushaltshilfe der armen, behinderten Sirkka Nilsson geworden. Nein, dann hätte sie es Tante Uhvs Maj-Inger gleichgetan, wäre nach Südschweden gegangen und hätte studiert. Aus ihrem Sohn war zum Glück auch etwas geworden. Gunnar war zwar nicht zur Universität gegangen, sondern im Ort geblieben, aber sein Motorschlittengeschäft lief ausgezeichnet. Ihre Kinder gaben ihr nur Anlass zur Freude, auch wenn sie sich für Gunnar eine andere Frau gewünscht hätte, aber dergleichen konnte man sich nun mal nicht aussuchen.

Tante Uhvs Blick blieb an dem alten Hotel hängen, das finster neben dem Supermarkt lag. Eigentlich war es ein schönes Haus, mit seiner Holzverschalung und den kunstvollen Holzschnitzereien. Es war einfach eine Schande, dass es leer stand.

Was hatte dort doch für ein Leben geherrscht, als es noch geöffnet hatte! Faszinierende Gäste, die ein und aus gingen; Erzschürfer, deutsche Touristen, die zum Nordkap weiterreisten, gewissenlose Nestplünderer auf der Jagd nach dem seltenen Wanderfalken, Wandersleute und norwegische Multebeerenpflücker. In ihrer Jugend hatte sie, wie viele andere Jugendliche aus dem Dorf, einige Sommer in dem Hotel gearbeitet. Wie Sigfrid Rautio zum Beispiel. Als der Hotelbetrieb vor vielen Jahren eingestellt wurde, hatte Sigfrid das gesamte Hotel erworben – warum auch immer, wo er doch schon seit vielen Jahren in Stockholm lebte. Vielleicht wollte er die Verbindung zu seinem Heimatort aufrechterhalten, weil sich sein Geburtshaus schon lange nicht mehr im Besitz der Familie befand. Inzwischen war das verlassene Hotel baufällig, und vor ein paar Monaten war ihr zu Ohren gekommen, dass Sigfrid gestorben war. Sie machte sich ein bisschen Sorgen, weil in der *Norrländskan* gestanden hatte, dass vielleicht Flüchtlinge dort einquartiert werden sollten. Na ja, es war schon länger her, dass das in der Zeitung gestanden hatte, und bisher war aus diesen Plänen nichts geworden.

Aber kurz nach Sigfrids Tod war etwas Seltsames geschehen. Eines Tages war von einer Rechtsanwaltskanzlei aus Stockholm ein großes Paket angekommen, aus dem Tante Uhv unter großem Erstaunen ein Tagebuch nach dem anderen hervorgeholt hatte. Sigfrid hatte ihr sein ganzes Leben und seine intimsten Gedanken vermacht, und das, obwohl sie nur eine Sommerliebe verbunden hatte, damals, vor vielen Jahren – wenngleich mit Folgen. Sie war sich unsicher, was sie mit dem Geschenk anfangen sollte, weshalb sie die Bücher erst einmal in der Rumpelkammer verstaute. Diese Bücher hätten eigentlich jemand anderem zugestanden, dachte sie. Aber sie hatte keine Ahnung, wo er sich heute aufhielt, und Sigfrid vermutlich auch nicht.

War das nicht Alva, die in einem figurbetonten Trainingsanzug zum Supermarkt joggte? Sie fischte die Schlüssel aus ihrer Gürteltasche und öffnete die Tür. Als Tante Uhvs Fenster quietschend aufgestoßen wurde, drehte sie sich um.

»Hui, bist du aber fleißig am Rennen!«, rief Tante Uhv.

»Guten Morgen, Tantchen«, grüßte Alva. »Ich trainiere für den Vasalauf. Wenn es nur endlich schneien würde! Willst du nicht mit mir zusammen antreten, Tantchen?«

Tante Uhv lachte.

»Bei diesem Langlaufwettbewerb? Danke, nein, das ist nichts für mich.«

Sie senkte die Stimme, schaute nach links und rechts über die menschenleere Straße und fuhr fort:

»Bestellst du mir heute was?«

Alva nickte.

»Sicher. Das Übliche? Ein oder zwei Flaschen?«

»Ach, nimm diesen Rosita, der schmeckt so gut. Zwei sind prima, das reicht eine Zeitlang. Willst du nicht auf einen Kaffee reinkommen?«

Aber Alva war schon halb im Laden verschwunden.

»Keine Zeit. Wir sehen uns nachher. Tschüss!«

Tante Uhv summte vor sich hin, während sie die Treppe zur alten Wohnung im Erdgeschoss hinunterging, in der Uhv und sie alles unangetastet gelassen hatten, nachdem sie oben umgebaut hatten. Wenn die Beine nicht länger mitmachten, würde sie wieder nach unten ziehen. Aber jetzt noch nicht, von da oben hatte sie einfach eine bessere Sicht. Sie öffnete die in den Boden eingelassene Kellerluke, ihre *kellarin kansi*, und holte sich ein Glas Preiselbeermarmelade von den Vorratsregalen. Ob sie Gerda anrufen und fragen sollte, ob sie Lust hatte, heute auf eine Partie Yatzy vorbeizukommen? Das könnte doch ganz amüsant sein, dachte sie und ließ die Luke mit einem schweren, dumpfen Knall wieder zufallen.

3

Ralph Sörarve faltete seinen eleganten Kaschmirmantel zusammen und legte ihn mit dem Futter nach außen ins Gepäcknetz. Tastend fuhr er über sein Jackett, um festzustellen, ob er Brieftasche und Handy eingesteckt hatte, und zwängte sich auf den Fenstersitz der Dreierreihe. Wie gut, dass er einen Platz weit vorne ergattert hatte, da herrschte nicht so ein Lärm wie im hinteren Teil des Flugzeugs. Wenn er Glück hatte, setzte sich auch niemand neben ihn, das Flugzeug war schon fast voll besetzt, und er war als einer der Letzten an Bord gegangen.

Das Kabinenpersonal lief auf dem Mittelgang hin und her, schloss mit behandschuhten Händen die Gepäckfächer, zählte die Passagiere durch und stellte hier und da eine Lehne in die Senkrechte.

Ralph schnallte den Sicherheitsgurt fest und lehnte sich zurück. Der Flug nach Kiruna sollte anderthalb Stunden dauern – die er schlafend verbringen wollte. Er musste viel Schlaf nachholen, und da galt es, jede Gelegenheit zu nutzen. Er schloss die Augen und versuchte, seine Kiefermuskeln zu entspannen. Irgendwo hinten im Flugzeug plärrte ein Kind, hinter ihm raschelte jemand mit der Zeitung. Alles schien bereit zum Abflug, er erwartete nur noch den Befehl des Flugkapitäns an das Kabinenpersonal.

Unerwartet störten ein schweres Schnaufen und eine Stimme mit norrländischem Akzent den Frieden.

»Zum Teufel, was musste ich mich abhetzen! Die von der Fluggesellschaft sind ja nicht ganz bei Trost, dass sie die Umsteigezeit so knapp bemessen, verflucht, und ich komme auch noch aus New York. Ach, das ist doch bestimmt mein Platz.«

Ralph schlug die Augen auf, um die Stimme, die Flüche und den schweren Atem zuordnen zu können. Eine hochgewachsene, kräfig gebaute Frau stand vor ihm. Sie trug eine schwarze Hose und eine entsprechende Kostümjacke von guter Qualität, auch wenn die Kleidung nur schlecht zu den Kraftausdrücken passen wollte, mit denen sie um sich warf. Ihr graumeliertes Haar war fein säuberlich zu einem Knoten aufgesteckt, aus dem sich zwar ein paar Haarsträhnen gelöst hatten, aber das war ja nur zu verständlich, wenn die alte Dame aus den Staaten hierhergeflogen war. Beunruhigt sah er zu, wie sie das Gepäckfach öffnete und ihre prallgefüllte Reisetasche hineinzwängte, ungefähr dort, wo sein sorgfältig zusammengefalteter Mantel lag. Er überlegte kurz, ob er sie darauf hinweisen sollte, entschied sich dann aber dafür, dass es wohl am schlauesten sei, wieder die Augen zu schließen und so zu tun, als schlafe er – in der Hoffnung, dass die Frau ihn während des Fluges in Ruhe ließ. Also schloss Ralph zum zweiten Mal die Augen, während sich die Dame mit einem Plumps auf den Sitz am Gang fallen ließ. Na also, da hatten sie eine Armlänge Abstand, einen ganzen Sitzplatz, er musste also nicht befürchten, dass sie ihm fast auf dem Schoß hockte.

Noch bevor das Flugzeug abgehoben hatte, musste er eingedöst sein, womöglich gar eine Zeitlang geschlafen haben, bis er davon wach wurde, dass ihn jemand unentwegt anstieß. Er hob die Augenlider, und sein Blick fiel auf die ungehobelte Frau. Sie hatte ihr Tablett heruntergeklappt und zwei Pikkoloflaschen aus Plastik samt Sektgläsern aufgetischt. Eine ausgebreitete Serviette fungierte als Tischtuch – einen Hauch von Stil besaß sie also doch. Ralph rieb sich die Augen und verbarg ein Gähnen hinter seiner Hand.

»Hier«, sagte sie mit energischer Stimme, »oder bitte sehr, ich hab auch einen für Sie gekauft. Nehmen Sie diese Serviette und klappen Sie Ihr Tablett runter, dann wirkt es gleich anders. Sofern man nur ein weißes Tischtuch unterlegt, besteht keine Gefahr, Alkoholiker zu werden, wissen Sie.«

Die Frau war nervtötend, man konnte ihr unmöglich widersprechen, und zu seinem eigenen Erstaunen tat er auch noch, was sie sagte.

»Aber ich muss noch fahren, wenn ich ankomme«, wandte er lahm ein. »Ich habe einen Mietwagen.«

Sie schnaubte, schraubte den Verschluss von der Flasche und reichte sie ihm.

»Pah, das ist doch gar nichts, verdammt! Den kleinen Tropfen haben Sie doch locker verbrannt, ehe die Räder auch nur in die Nähe der Landebahn von Kiruna kommen. Trinken Sie nur!«

»Woher wollen Sie eigentlich wissen, dass ich Sekt mag?«, fragte Ralph.

Er war nach wie vor perplex über das, was die Frau sich herausnahm – geradezu erbost. Gerade jetzt, wo er sein Nickerchen so dringend brauchte, stieß sie einfach gegen seinen Arm. Was musste das für ein gesellschaftssüchtiges Frauenzimmer sein. Nun, jetzt war es auf jeden Fall zu spät, er musste ihr den Gefallen wohl tun. Leuten, denen man nicht gewachsen war, musste man beipflichten.

»Du liebe Zeit, dass Sie Sekt lieben, sieht man Ihnen doch schon von weitem an!«, antwortete sie auf seine Frage. »Das hab ich sofort gesehen, zum Kuckuck, so 'n feiner Pinkel wie Sie, mit Seidenschal und allem Pipapo. Jetzt aber, auf Ihr Wohl! Hervor Isaksson heiße ich übrigens, aber die meisten nennen mich Lapplandhexe.«

Ralph hob sein Glas.

»Ralph Sörarve«, stellte er sich vor.

Sein Name löste keinerlei Reaktion bei ihr aus, aber das war in Schweden häufiger der Fall. Er kostete den Schampus, na ja, von der besten Sorte war er nicht gerade, aber dafür, dass sie sich zehntausend Meter über der Erde befanden, war er ganz in Ordnung.

»Wissen Sie ungefähr, wo wir sind?«, fragte er seine Reisebekanntschaft.

Irgendetwas musste er schließlich sagen, der Flug war ja sowieso schon im Eimer.

Sie leerte das halbe Glas.

»Also, ich glaube, wir sind gerade erst über Härnosand, eine Stunde wird's wohl noch dauern.«

Sie trank einen weiteren Schluck und holte ihr Mobiltelefon aus der Tasche. Für eine Schreckenssekunde malte er sich aus, dass sie es einschalten, alle Fluginstrumente stören und die Maschine zum Absturz in den Bottnischen Meerbusen bringen würde.

»Das hier«, verkündigte sie triumphierend und hielt das Telefon in die Luft, »ist ein äußerst famoses Teil.«

Ralph nickte und ahnte, dass gleich eine Fortsetzung folgen würde.

»Quer über den Atlantik bekam ich dieser Tage eine dieser SMS.«

»Eine SMS?«

Sie nickte eifrig.

»Ja, so eine kurze Nachricht, die mehr als tausend Worte sagt. Ist das nicht sagenhaft?«

Seine Neugier war geweckt, das musste er ihr lassen.

»Ach, und was war das für eine Mitteilung, wenn man fragen darf?«

Sie leerte ihr Glas und schenkte sich sogleich nach.

»Wären Sie so hellseherisch veranlagt wie ich, wüssten Sie das, aber ich sehe Ihnen an, dass Sie es nicht sind, also muss ich es Ihnen wohl sagen. Tja, wissen Sie, da stand Folgendes: *Bin nach Kuiva gefahren. Kann auf keinen Fall in der Kapelle bleiben.* Na ja, so was in der Art jedenfalls.«

Er horchte auf, als sie den Namen des Ortes nannte, auch wenn ihr das nicht aufgefallen zu sein schien. Kuiva, konnte es sich dabei um denselben Ort wie Kuivalihavaara handeln?

»Und was mache ich also da in Amerika?«, quasselte die Dame weiter, die sich selbst als Hexe bezeichnete.

»Ja, was haben Sie gemacht?«

Sie kniff die Augen zusammen, lächelte und musterte ihn eindringlich, bevor sie sich zu einer Antwort herabließ. Wunderliche Person, dachte er.

»Na, mich in ein Flugzeug gesetzt, natürlich!«, posaunte sie schließlich heraus. »Schneller, als ein Ferkel blinzeln kann. Ich muss schließlich nach Hause und meiner Freundin helfen, wissen Sie. Und was führt Sie nach Lappland?«

Ihre plötzliche Kehrtwendung und die ungeschminkte Frage bewirkten, dass er sich an seinem Sekt verschluckte. Er musste husten, und sie lehnte sich doch tatsächlich zu ihm herüber und klopfte ihm wohlmeinend auf den Rücken. Er machte eine abwehrende Geste.

»Danke, es geht schon.«

Ralph zog ein blendend weißes Taschentuch aus seinem Jackett und tupfte sich die Mundwinkel ab. Dann rückte er den Seidenschal zurecht und leerte seinen restlichen Sekt.

»Ich habe in einem kleinen Dorf dort oben eine Immobilie geerbt«, erläuterte er ihr, »und möchte mir einen Eindruck davon verschaffen. Ob sich etwas daraus machen lässt.«

4

Auf ihrem Hof hängte Gerda Niska das Schloss vor die Speichertür und ging, einen Karton auf dem Arm, zum Haus. Ihr Speicher war doch wirklich eine Freude! Immer wieder fand sich dort alte Kleidung, die zu etwas nutze war, nicht nur für Flickenteppiche. Tonys Tochter, eine kleine Modekönigin, entdeckte dort oft etwas, das sich zum Anziehen eignete. Wenn sie in der Schule in einem neuen Kleidungsstück auftauchte, fragten ihre Klassenkameraden sie immer, wo sie es aufgetrieben hatte.

»Das ist aus Omas Speicher«, antwortete sie dann immer.

Irgendwann hatte eines der Kinder sie sogar gefragt, ob es sich bei *Omas Speicher* um irgendein Geschäft handele.

Gerda lachte leise vor sich hin, während sie vorsichtig über den gefrorenen Boden lief. Verflixt aber auch, dass sie mit ihren Holzschuhen unbedingt in eine über Nacht gefrorene Pfütze tappen musste. Krachend zersplitterte die Eisschicht unter ihrem Fuß. Ja, ja, der Winter würde nicht mehr lange auf sich warten lassen, auch wenn er dieses Jahr offenbar später kam als gewöhnlich. Sie mussten sich wohl damit abfinden, dass dieser dunkle Herbst noch länger anhielt. Sowie Schnee gefallen war, würde es schön still und hell sein. Für das Schneeschippen musste sie dieses Jahr wohl jemanden um Hilfe bitten, aber immerhin vermochte sie noch, aus eigener Kraft die Veranda und das Stück vor der Außentreppe zu kehren.

In der Küche warf sie zuerst einen Blick auf den Brotteig, der zum Gehen unter einem Handtuch ruhte. Sie konnte noch ein paar Stoffstreifen zuschneiden, bevor es an der Zeit war, den Teig zu Fladenbroten zu formen und aufs Backblech zu legen.

Gerda öffnete den Karton und wühlte in der alten Kleidung. Sie suchte nach einem speziellen blauen Farbton, der dem Teppich, den sie weben wollte, das gewisse Etwas geben würde. Ohne zu zögern, kippte sie den Karton um, warf die alten Lumpen auf den Küchenfußboden und fing an, sie nach Farben zu sortieren. Viel Blau war nicht gerade darunter.

»Blau kann ich nicht ausstehen«, waren stets Ivars Worte gewesen, und dabei blieb es auch, mit dieser Farbe hatte er nicht viel am Hut gehabt. Nachdenklich zerrte sie an einer alten, himmelblauen Hemdbluse. Aha, die existierte also noch. Sie wies einen schönen Grundton auf und war mit kleinen schwarzen Punkten übersät.

»Französischer Kleiderstoff« hatte im Katalog gestanden, und sie hatte damals einen ordentlichen Betrag dafür hinblättern müssen. Das Material war herrlich. Wie glücklich sie gewesen war, als sie die großzügig geschnittene Bluse nähte, die beim ersten Mal ihren wachsenden Bauch verbarg. Gerda schmiegte ihre Wange an den Hemdblusenstoff, befühlte die seidenglatte Oberfläche, vergrub die Nase darin und meinte, sich an den Duft des Kindes zu erinnern. Ihres kleinen Jungen. Ein trauriges Kapitel in ihrem Leben, aber ihr blieb nichts anderes übrig, als es durchzustehen. Das Leben ging weiter, auch wenn es mit Ivar nicht immer leicht war. Die Hemdbluse wollte sie nicht wieder tragen, als sie ihre beiden anderen Kinder erwartete. Beide Male hatte sie eine neue Bluse in einer anderen Farbe genäht: eine dunkelrote für Tony und eine lindgrüne für Gertrud.

Gerda schnitt die Knöpfe von der Hemdbluse ab und legte sie in eine alte, orangefarbene Pillendose. »Von dem

Jungen« schrieb sie auf einen kleinen Zettel und befestigte ihn mit Klebstreifen auf dem Deckel.

Nachdem Alva die Tür hinter sich zugezogen hatte, um zum Supermarkt aufzubrechen, räkelte sich Eilert Niska noch einmal in seinem Bett und kostete in vollen Zügen sein faules Rentnerdasein aus. Das Mädchen war wirklich tüchtig! Arbeitete, was das Zeug hielt, kümmerte sich darüber hinaus um die Supermarktgenossenschaft und stand ihren Mann im Kuiva IF, dem Sportverein von Kuiva, wo sie den Vorsitz führte. Dass sie die örtliche Genossenschaft leitete, hatte sein altes Soziherz gewärmt. Wenn jemand in die Bewegung hineingewachsen war, dann war das Alva, sein Mädchen, das ihn immer überallhin begleitet hatte.

Eilert schenkte sich noch mehr Kaffee aus der Thermoskanne ein und widmete sich wieder dem Studium von *Dagens Nyheter.* So alt würde er wohl nie werden, dass er es noch einmal erleben durfte, eine druckfrische überregionale Zeitung in den Händen zu halten, aber man hatte sich daran gewöhnt. Die Zeitung erst einen Tag später zu lesen war eigentlich auch okay.

Er konnte es sich leisten, alles etwas ruhiger angehen zu lassen. Nur die streng Religiösen der Glaubensgemeinschaft »Gottes rechtgläubige Schar« sprangen wie Irre in aller Herrgottsfrühe aus dem Bett zur Frühmesse. Sie bildeten sich ein, dass dem, der sich das Vergnügen gönnte, morgens länger im Bett liegen zu bleiben und seinen Kaffee zu trinken, die strengste Bestrafung Gottes beschieden sein würde. Eilert hatte ihnen nie Sympathie entgegengebracht. Was die 350-Jahr-Feier des Dorfes am Dreikönigstag anbelangte, die mit einem Festakt in der Sporthalle gefeiert werden sollte, waren sie sich jedoch ausnahmsweise einmal einig: Die

Anhänger von Gottes rechtgläubiger Schar wollten sich im Gebetshaus um den Hals fallen, während sich die in ihren Augen ungläubigen Asketen in Kuivas Sporthalle vergnügen durften. Aber ja, das würde sicher in Ordnung gehen.

Er sank in seine Kissen zurück, nippte am Kaffee und blätterte weiter zu den Todesanzeigen. Niemand Bekanntes, aber damit hatte er auch nicht gerechnet. Gelegentlich stieß er auf die Annonce eines Parteigenossen, der das Zeitliche gesegnet hatte, und im Frühjahr hatten sie die Anzeige von Sigfrid Rautio abgedruckt, aber meistens kannte er die Verstorbenen nicht. Etwas anderes war das bei der *Norrländskan*.

Die Reisewerbung war da schon um einiges interessanter. Ob er Ragnar fragen sollte, ob er wieder Lust hatte, ihn zu begleiten? Im Januar, wenn sie die Jubiläumsfeierlichkeiten hinter sich hatten, könnten sie ja vielleicht eine Last-Minute-Reise machen. Ragnar würde bestimmt wieder mitkommen. Er musste gleich heute mit ihm darüber reden. Zerstreut überflog Eilert die Schlagzeilen des Feuilletons und verschaffte sich so einen rudimentären Überblick über die neuesten Bücher, Filme und aktuellen Theaterinszenierungen. Das Leben war so reich an Möglichkeiten, ein aufmunternder Gedanke!

Er faltete die Zeitung zusammen und legte seine Brille auf den Nachttisch. Für heute war Schluss mit dem süßen Nichtstun. Er musste zum Pfarramt, mit Pia reden und nach ehemaligen Kuiva-Bewohnern suchen. So viele wie möglich sollten zum Jubiläum eingeladen werden. Aber zuerst musste er beim alten Sundkvists Hotel vorbeischauen und nachsehen, ob es dort warm genug war. Das hatte er dem neuen Eigentümer versprochen, der im Laufe des Nachmittags eintreffen sollte.

5

Bereits nach der kurzen Wegstrecke vom Kiruna Airport zur Autobahn hatte sich Ralph an den von ihm gemieteten Toyota gewöhnt. Von weitem konnte er die Stadt sehen, entschied sich aber dafür, nach rechts, Richtung Luleå, abzubiegen. Nach dem Sekt fühlte er sich nicht beschwipst und sah keine Gefahr darin, Auto zu fahren.

Sicher, er hätte diesem sonderbaren Frauenzimmer eine Mitfahrgelegenheit anbieten können, sie wollte ja offenbar auch nach Kuivalihavaara. Aber er hatte mit keiner Silbe erwähnt, dass sein Haus zufällig im selben Ort lag. Er hatte das Bedürfnis, sich dem Dorf mit dem seltsamen Namen allein zu nähern. Wie war doch gleich der Name dieser unsäglichen Person gewesen? Hervor, genau! Sie hätte ihm mit ihrem Geplapper den ganzen Flug verdorben und ihm alles aus der Nase gezogen, was es über seine Verbindungen zu Lappland zu wissen gab. Und dann war sie auch noch hellseherisch veranlagt. Brrr, womöglich hatte sie bis auf den Grund seiner Seele geblickt!

Er passierte das Schild *Icehotel*, und ihm ging mit einem Mal auf, dass er sich in einer Gegend mit internationalem Flair befand. Schon im Flugzeug hatte er die vielen ausländischen Reisenden bemerkt, die auf dem Flugplatz sogleich mit einem Drink begrüßt und von hoteleigenen Minibussen abgeholt worden waren. Seltsam, es war doch erst Oktober. Aber Jukkasjärvi zog offenbar die Leute an, auch wenn das diesjährige Eishotel bestimmt noch nicht fertig errichtet war. Wenn Eric hierherkam, mussten sie diesem merkwürdigen, weltberühmten Ort wohl einen Besuch abstatten. Aber in so einem bescheuerten Bett aus Eis würde Ralph nicht nächtigen. Nie im Leben würde er sich für mehrere tausend Kronen den Hintern abfrieren!

Das Thermometer zeigte ein Grad minus, und die Sonne schien, im Vordergrund aber türmten sich Wolkenberge auf. Seine Gedanken schweiften zu Sigfrid Rautio. Der alte Herr hatte irgend so etwas geschrieben wie, dass in Kuivalihavaara der Winter früh kam und Ralph sich darauf einstellen solle. Es würde extrem kalt und dunkel werden. Sich darauf einstellen? Woher sollte er denn wissen, wie das war, verflixt? Besaß das Auto überhaupt Winterreifen? Irgendwelche unästhetischen langen Unterhosen hatte er jedenfalls nicht dabei. Auf dieses Klima hier würde er sich vermutlich erst einen Reim machen können, wenn er es am eigenen Leib erfahren hatte.

Ralph war aus allen Wolken gefallen, als er zu Rechtsanwältin Harryson in der Nybrogata einbestellt und ihm das Testament eines beharrlichen Bewunderers unterbreitet worden war. Der Mann war kein Unbekannter für ihn, denn er hatte viele von Ralphs Vorstellungen besucht – und das nicht nur in Schweden. Er war ihm sogar einmal bis in die Staatsoper in Wien gefolgt. Manchmal hatten sie ein paar Worte miteinander gewechselt, und der alte Herr hatte seiner großen Bewunderung für Ralphs Bariton Ausdruck verliehen. Er war stets äußerst liebenswürdig aufgetreten und ihm nie zur Last gefallen.

Mit dem Testament hinterließ ihm Sigfrid Rautio – abgesehen von einem stattlichen Betrag – eine schöne Wohnung in der Sibyllegata, sein gesamtes Mobiliar und ein altes Hotel in Lappland. Dazu einen kurzen Brief und ein Porträt von sich, das ihn vor vielen Jahren bei seiner Promotion in Uppsala zeigte.

Ohne Vorwarnung tauchten am Straßenrand plötzlich ein paar graue Geschöpfe auf. Ralph stieg auf das Bremspedal, die Rentiere streiften fast seinen rechten Kotflügel. Daraufhin drosselte er das Tempo und richtete seine Aufmerksamkeit von nun an nicht nur auf die Fahrbahn, sondern auch auf den Straßenrand.

Er drehte das Radio an und stellte einen Lokalsender ein. Drolliger Dialekt. Er konnte sich dunkel daran erinnern, dass sein Bewunderer Sigfrid auch mit diesem leicht singenden Tonfall gesprochen hatte und dieses Weibsbild im Flugzeug ebenfalls. Der Akzent klang finnisch, zugleich aber wurde jede einzelne Silbe ausgesprochen und von einem deutlich markierten, rollenden R unterstrichen. Das müsste man können, dachte er, wie viel leichter würde ihm dann beim Singen die Artikulation fallen.

Bei Svappavaara verringerte er die Geschwindigkeit, um die Hinweisschilder lesen zu können. Pajala, Karesuando, Kuivalihavaara, Vittangi. Er folgte der Straße nach Kuivalihavaara und hatte von einem Moment zum anderen das Gefühl, dass die Temperaturen gesunken waren. Ab und zu musste er vereisten Stellen ausweichen. In seinem knappen Brief war Sigfrid mit ein paar Worten auf das Dorf eingegangen und hatte geschrieben, dass das Thermometer dort manchmal unter vierzig Grad fiel. Wie konnte man so was bloß überleben?! Nun, für ein paar Nächte würde er es wohl aushalten. Sigfrids Empfehlung zufolge hatte er sich an Eilert Niska gewandt, der ihm versprochen hatte, sich darum zu kümmern, dass das Gebäude bei seiner Ankunft vorgeheizt war. Niska hatte die ganzen Jahre hindurch, in denen das Haus Sigfrid gehört hatte, dort nach dem Rechten gesehen.

Die Straße schlängelte sich aufwärts. Von einer Hügelkuppe aus konnte er tief unten in einer Senke Lichter schimmern sehen. Das musste es sein. Im selben Moment passierte er bei einer Parkbucht ein nach volkstümlichem Brauch verziertes Schild: *Herzlich willkommen im Kulturgebiet Kuivalihavaara!* Was herrschte hier bloß für ein verflixter Schilderwald! Was, wenn er auch noch eins aufstellen würde? *Kuiva for Queers* wäre vielleicht passend, falls Erics wilde Ideen tatsächlich in die Tat umgesetzt werden würden.

Ralph musste schmunzeln, als er, eine OK-Tankstelle passierend, in den Ort hineinfuhr. Bis auf ein einsames Lebewesen auf einem Tretschlitten, mit einer grünen Mütze und flatternden Ohrenklappen, das ihm in hohem Tempo mitten auf der Fahrbahn entgegenschoss, war keine Menschenseele zu sehen. Ralph bremste ab, fuhr an den Seitenstreifen und ließ die Fensterscheibe hinab.

»Hallo! Können Sie mir sagen, wo …«

Der Tretschlittenfahrer sah stur geradeaus und sauste einfach vorbei. Eigenartig. Ob er taub war oder Angst vor ihm hatte? Oder kein normales Schwedisch verstand? Ralph drehte sich nachdenklich um und sah ihm hinterher. Hatte er etwa Räder an den Schlittenkufen? Das konnte doch wohl nicht sein! Er schüttelte den Kopf und fuhr weiter ins Dorf. Bei einem Haus mit gemütlich leuchtenden Fenstern hielt er an und betrat den Hofplatz.

Gerda warf einen flüchtigen Blick auf die Küchenuhr. So, nun hatte sie die großen runden Brotfladen, die sie auf dem Küchentisch verteilt hatte, wohl lange genug gehen lassen. In einer halben Stunde würde Tony bestimmt zum Kaffee vorbeikommen, und heute sollte der Junge frisch gebackenes, warmes Fladenbrot bekommen! Sie hob einen Zipfel des Lakens an, das ihr als Backtuch diente, tat den ersten Fladen auf den Brotschieber, schnitt ihn oben ein und schob ihn in den Ofen. Dann setzte sie sich auf den Kastenstuhl neben dem Herd und nahm unter der dröhnenden Dunstabzugshaube einen Zug von ihrer Zigarette.

Gott sei Dank war das Wochenende vorüber. Es hatte keine größeren Zwischenfälle gegeben, keiner aus dem Dorf hatte beim Trinken über die Stränge geschlagen. Nicht mal eine Schlägerei, und das war mehr, als man von so manch anderem Wochenende behaupten konnte. Schlägereien hatte sie zur Genüge miterlebt. Ihr seliger Ivar hatte das Seinige dazu beigetragen, und auch Tony war nicht immer ein Kind von Traurigkeit. Aber kein Wunder, Ivar hatte ihn nie leiden können, er hatte immer und überall auf ihm herumgehackt, weil er in seinen Augen nie etwas richtig machen konnte.

Gerda seufzte. Es war schon komisch, dass ihr Sohn so unreif war. Ohne Pia und die Verantwortung, die er für die beiden Kinder trug, wäre er bestimmt auf die schiefe Bahn geraten. Ihre Tochter Gertrud war die Einzige, auf die sie sich wirklich verlassen konnte. Sie zog mit etwas, das sich Kultur nannte, durch die Lande: spielte Theater, sang und schrieb und weiß Gott, was noch alles.

Gerda streifte die Glut von ihrem Glimmstengel im Ausguss ab, presste den Stumpen vorne zusammen und legte ihn auf den Rand des Spülbeckens. Sie musste das Fladenbrot herausnehmen. Sie rückte die Unterhose zurecht, die sie immer als Backmütze trug, und schob den Schieber in den Ofen, aus dem ihr ein köstlicher Duft nach Frischgebackenem entgegenkam. Tony würde sich bestimmt freuen, auch wenn er das nie so direkt sagte.

Sie hatte gerade mit knapper Not einen neuen Teigfladen oben eingeschnitten und ihn in den Ofen geschoben, als es an der Tür klopfte. Erschrocken über diese Formalität, die sie sonst nur von Städtern kannte, fuhr sie zusammen. Was, um alles in der Welt …? Ihr Herz, das mit schon so manchen Rückschlägen im Leben hatte fertig werden müssen, fing heftig an zu pochen. Wer konnte um diese Zeit an die Tür klopfen?

Ja, und wer aus Kuivalihavaara würde sich überhaupt die Mühe machen, anzuklopfen? Tony konnte es nicht sein, der kam immer gleich hereingestiefelt. Nun war es also doch passiert! Tony war in irgendwelche Scherereien verwickelt.

Ach, herrjemine, ob das vielleicht die Polizei war?

Atemlos und mit rasendem Puls rief sie mit schriller Stimme:

»Herein, es ist offen!«

Ein großer, blonder Mann füllte ihren kleinen Flur aus und brachte einen Duft von Rasierwasser mit herein. Er sog den Geruch des frisch gebackenen Brotes ein. Er machte einen netten Eindruck. Dann konnte es doch nicht so schlimm sein. Aber man konnte nie wissen. Es konnte sich schließlich auch um einen Kriminalbeamten aus der Stadt handeln.

»Guten Tag!«, grüßte er in einem Dialekt, der irgendwie südschwedisch klang.

Dann konnte er nicht aus der Gegend sein. Noch dazu trug er einen roten Seidenschal.

»Entschuldigen Sie bitte die Störung«, fuhr er fort, »aber ich sah, dass Licht bei Ihnen brannte.«

»Ja?«

Sie hatte nicht vor, übertrieben freundlich zu sein. Jedenfalls nicht ohne weiteres. Stattdessen verstärkte sie ihren Griff um den Brotschieber. Falls er es wagen sollte, sich zu nähern, konnte er was erleben. Gerda hatte da so ihre Erfahrungen.

»Ich wollte mich nur nach Sigfrid Rautios altem Haus erkundigen. Würden Sie mir vielleicht freundlicherweise den Weg beschreiben? Es soll sich um ein altes Hotel handeln.«

»Rautios Haus?«

»Genau.«

»Das Hotel? Ach so, Sie meinen den alten Kasten, äh, Sundkvists Hotel. Das steht leer, da können Sie nicht wohnen.«

Er verzog den Mund zu einem freundlichen Lächeln.

»Mm, ich weiß, dürfte ich vielleicht dennoch um eine Wegbeschreibung bitten?«

Gerda machte ihren offen stehenden Mund wieder zu und legte sich eine beruhigende Hand aufs Herz. Wie der Blitz rasselte sie die Anfahrtsbeschreibung herunter und fuchtelte dabei wild mit dem Brotschieber herum, um ihren Worten Nachdruck zu verleihen.

»Passen Sie auf, das ist nicht weiter schwer! Setzen Sie einfach wieder zurück auf die Straße. Dann an der Kreuzung nach rechts und erst wieder anhalten, wenn Sie beim Supermarkt sind. Sigfrids Haus liegt direkt daneben. Auf derselben Seite wie der Fluss. Wessen Sohn sind Sie noch gleich?«

Er ließ ihre letzte Frage unbeantwortet.

»Danke, jetzt werde ich es bestimmt finden.«

Der Mann neigte höflich den Kopf und trat einen Schritt auf die Haustür zu. Gerda entspannte sich etwas. Die Schule des Lebens sagte ihr, dass er nicht zu Gewalttaten neigte, aber seltsam war er trotzdem, mit diesem roten Schal. Konnte sich wohl kaum um einen von der Kripo handeln. Und noch dazu aus Seide! Zu dieser Jahreszeit! Tja, die Südschweden hatten noch nie eine Ahnung davon gehabt, wie man sich angemessen kleidete.

»Ich darf Ihnen doch sicher ein Fladenbrot mitgeben?«

Es war vielmehr eine Feststellung als eine Frage, und so

wickelte sie das frisch gebackene Brot in ein einwandfrei gemangeltes Handtuch, ohne erst auf eine Antwort zu warten. Für Tony würde sie ein neues backen.

Der Fremde mit seinem Seidenhalstuch verschwand, und alles, was blieb, war ein schwacher Duft nach Rasierwasser. Gerda ließ sich mit einem Plumps auf die Truhe neben dem Telefon im Flur fallen. Geistesabwesend zog sie sich die Unterhose vom Kopf, während sie Tante Uhvs Nummer wählte. Wessen Sohn er wohl war?

6

Die Haustür wurde aufgerissen, und sogleich kehrte in das einsame Holzhaus wieder die lang ersehnte Gemütlichkeit ein.

»Na, was zur Hölle ist denn passiert?«

Mirjam sprang von der Küchenbank auf, stürzte Hervor entgegen und umarmte sie überschwenglich.

»Hervor, du bist tatsächlich gekommen!«

Brummelnd befreite sich Hervor von ihrem Gepäck, ihrem Mantel und von Mirjam.

»Ja, was tut man nicht alles für seine Freunde. Aber eins sag ich dir gleich, ewig bleib ich nicht hier! Ich finde Amerika völlig in Ordnung, und außerdem ist es ein ausgezeichneter Ort zum Sterben.«

Mirjam verzog das Gesicht.

»Ach je, erwähn nicht wieder dieses Wort, ich glaube, der Tod ist mir immerzu auf den Fersen! Setz dich, dann erzähl ich dir alles.«

»Ja, ja, aber zuerst muss ich mich wieder ein bisschen herrichten. Pfui Deiwel, war das eine lange Reise! Und was das für ein verfluchtes Gerumpel im Bus hierher war.«

»Ich hätte dich doch abgeholt, wenn ich gewusst hätte, dass du kommst«, wandte Mirjam kleinlaut ein.

Hervor gab einen verächtlichen Laut von sich und nahm sie kritisch unter die Lupe.

»Wohl kaum«, erwiderte sie. »Verdammt, du siehst aus, als würdest du gleich aus den Latschen kippen. Wie eine Vogelscheuche! Hinterm Lenkrad wärst du nur eine Gefahr für den Verkehr, aber trotzdem danke.«

Hervor nahm die Nadeln aus dem Knoten, fuhr sich durch die grauen Strähnen und flocht sie zu einem Zopf. Sie zog das hübsche Kostüm aus, und nach einigem Suchen stieß sie in der Garderobe auf eine ihrer geliebten alten Tuniken und streifte sie sich über.

»So«, sagte sie und setzte sich resolut mit einem Becher Kaffee, den Mirjam ihr in die Hand gedrückt hatte, auf einen Küchenstuhl.

»Warum hast du denn den Knoten gelöst? Der sah doch so schön aus! Und deine Kleidung erst!«

Hervor kramte eine zerknitterte Zigarettenschachtel und ein Feuerzeug aus der Tasche hervor.

»Wir sind jetzt in Kuiva, Mirjam, nicht in Amerika. Die sollen hier bloß nicht denken, dass ich mich interessant machen will. Na, nun erzähl schon, was zum Teufel in deiner gotländischen Kapelle geschehen ist, dass du schneller als ein pfeilgeschwindes Wildkaninchen hierhergewetzt bist.«

Und Mirjam erzählte ihr die ganze traurige Geschichte: wie ihr Nachbar Sylve um ihre Hand angehalten hatte, wie die Schweine ausgebrochen waren, er ihnen nachgejagt und nichts Böses ahnend ausgerutscht und direkt auf die Mistforke gefallen war, die sich in seinen Schädel gebohrt hatte.

»Ach, du liebes bisschen!«, rief Hervor voller Mitgefühl aus.

»Er war ja trotz allem ein feiner Kerl, das muss man ihm lassen, einer mit Seltenheitswert – wenngleich auch keine passende Partie für dich, da muss ich dir vollkommen zustimmen. Kein Wunder, dass du die Beine in die Hand genommen hast. Ist er gestorben?«

Mirjam, deren Nerven schon seit Tagen blanklagen, beugte urplötzlich ihren Kopf über Hervors alten Küchentisch und fing bitterlich an zu weinen.

»Nöö«, schluchzte sie, »noch nicht, aber trotzdem, das alles ist so unfassbar traurig! Er war doch so voller Leben, und jetzt wird er vielleicht zu einem Pflegefall, wenn er überhaupt mit dem Leben davonkommt.«

Hervor kräuselte die Lippen.

»Ach, diese verfluchten Kerle! Dass die immer für Scherereien sorgen müssen.«

Mirjam hob den Kopf und schneuzte sich mit einem Stück Küchenkrepp.

»Die? Du bist doch auf diese fixe Idee mit den abscheulichen Affirmationen gekommen! Wie bin ich sie leid!«

»Das musst du gerade sagen, du hast mir doch nie geglaubt!«

Mirjam riss noch einen Streifen Haushaltspapier von der Rolle und wischte sich die Nase ab.

»Nein, hab ich auch nicht. Nicht zu dem Zeitpunkt, als wir uns diese drei Unternehmer aus Kajpe Kviar vorgeknöpft haben. Da waren andere Todesursachen im Spiel, jedes Mal hat es eine logische Erklärung dafür gegeben.«

»Hm«, grummelte Hervor.

Mirjam tat, als hätte sie den wortlosen Kommentar nicht gehört.

»Aber jetzt, ja, jetzt finde ich das irgendwie unheimlich. Meinst du tatsächlich, dass ich diese Tragödie mit nichts als meinen bloßen Gedanken verursacht haben könnte?«

Der letzte Satz kam nur noch als Wispern, diese Vorstellung war dermaßen fürchterlich, dass sich Mirjams Magen zusammenkrampfte. Hervor stand auf und ging zum Herd, schaltete die Dunstabzugshaube ein und zündete sich einen Glimmstengel an.

»Könnte schon sein«, antwortete sie nachdenklich. »Ich bin ganz ehrlich der Meinung, dass du endlich von den besonderen Gaben, mit denen du gesegnet bist, Gebrauch machen solltest, anstatt dazuhocken und über einen alten Schweinebauern zu flennen, den man nur noch in der Pfeife rauchen kann. Aber gehe maßvoll mit deinen Kräften um.«

»Von ihnen Gebrauch machen? 'nen Kuckuck werd ich! Mit Magie oder Affirmationen habe ich nichts, aber auch gar nichts mehr am Hut! Das führt nur ins Verderben.«

»Ach so. Und was willst du dann hier in Kuiva? Nur dasitzen und die Wände anstarren und so wie jetzt vor Kälte schlottern? Du hast doch sicher seit Tagen nichts Vernünftiges mehr gegessen, verdammt! Oder willst du vielleicht ins Kloster gehen?«

Mirjam schneuzte sich erneut und tupfte sich einige weitere Tränen von den Wangen.

»Ins Kloster? Hm, das wär das Allerbeste.«

Hervor grinste.

»Stimmt, du musst ja auch nicht zwangsläufig für deinen Lebensunterhalt arbeiten, wir beide haben schließlich genug, um über die Runden zu kommen. Mensch, wie ich mich über unseren Erfolg in Amerika freue.«

Da war etwas Wahres dran. Ihre übernatürlichen Fähigkeiten hatten ihnen ein ansehnliches Einkommen beschert, zu dem Mirjam als Hervors Assistentin ihren Teil beigetragen hatte. Einen Kräuterabsud konnte Mirjam mittlerweile fast mit links brauen, daneben hatte sie sich um Hervors Homepage gekümmert und die Mails der Leute beantwortet, die sich hilfesuchend an Hervor gewandt hatten.

»Ich bräuchte nur diese Stiftung für Bedürftige gründen, von der ich schon so lange geredet habe«, schluchzte sie. »Es wird Zeit, dass dieses Schwarzgeld, das Ivar und ich angehäuft haben, endlich jemandem zugutekommt.«

Von neuem fröstelte es sie. Denn just in dem Moment, als

Sylve auf seinem Misthaufen ausgerutscht war, hatte sie ihr sicher verstecktes Geld holen wollen.

Hervor nickte.

»Das klingt einleuchtend, muss ich sagen, wenn auch furztrocken. Und erst die ganze Arbeit!«

»Ich könnte was für die Kinderhilfspakete des Roten Kreuzes nähen. Oder warum nicht in den Kirchenchor gehen, meine Altstimme ist ganz passabel. Ich muss doch meinen Verpflichtungen nachkommen und meine bösen Gedanken sühnen.«

Hervor stimmte ein heiseres Krächzen an, wie sie da zusammengekauert unter der brummenden Dunstabzugshaube stand.

»Bist du denn völlig übergeschnappt? Okay, das mit der Stiftung leuchtet mir ja noch ein, und Hilfspakete für die Heidenkinder können auch nichts schaden, aber dass ausgerechnet du Kuivas neue Maria Callas werden willst! Nein, ich weiß was Besseres! Du praktizierst einfach wieder im Ärztehaus. Nicht, weil du – wie du schon erwähnt hast – darauf angewiesen bist, sondern weil dir die Plackerei guttut und dich von deinen Gedanken ablenkt.«

Mirjam brach erneut in Tränen aus, und Hervor öffnete die Küchenschränke und kramte zwischen Tellern und Stieltöpfen herum. Hinter einer alten Pfanne aus Gusseisen fand sie, was sie suchte.

»Verflucht, sieh dir das an, ein Tropfen alter Cognac! Der muss wie Kautabak schmecken, so lang, wie der hier gestanden hat. Das ist genau das, was wir jetzt brauchen. Und danach gibt's was zu futtern! Du machst ja einem Klappergestell alle Ehre, hier muss endlich wieder Ordnung einkehren!«

Sie goss zwei Doppelte ein und drängte Mirjam einen auf.

»Ach, dann scheiß auf dieses Ärztehaus, wenn dich das so stresst«, meinte Hervor und tätschelte Mirjam den Arm. »Wir machen jetzt Folgendes: Ich werde heute Nacht die Kraft meiner Gedanken sammeln und einen Blick in die Zukunft werfen.«

»Warum denn?«, fragte Mirjam und rieb sich den Brustkorb. Der Cognac beruhigte sie, auch wenn sie noch literweise Tränen auf Vorrat hatte. »Wozu soll das gut sein?«

»Ich will wissen, ob es sich lohnt, ein paar Monate in Kuiva zu bleiben. Wenn nicht, dann düsen wir wieder zurück nach Amerika, das ist so sicher wie das Amen in der Kirche. Ach ja, und, Mirjam«, sagte sie, »Sylve schafft das schon, das sagt mir mein Gefühl.«

»Glaubst du wirklich?«

»Und ob, mach dir keine Sorgen, schon bald wird er wieder auf Knien liegen und um deine Hand anhalten, wirst schon sehen! Das hast du dir doch immer gewünscht, oder?«, fragte Hervor spitzfindig.

7

Ralph stellte seinen Koffer in der Eingangshalle von Sundkvists Hotel ab und ließ den Blick schweifen. Ein alter Empfangstresen aus gemasertem Furnier, an der dahinterliegenden Wand Schlüsselfächer. Soweit er sehen konnte, hingen alle Schlüssel fein säuberlich an ihrem Platz. Zimmer 101, 102, 103, 104 und 105. Und dann die Reihe darüber: Zimmer 201, 202, 203, 204 und 205. Hübsch und so, wie es sich für ein Hotel gehörte. Auch wenn es nur zehn Zimmer gab, drückte man die Geschosse selbstverständlich mit dreistelligen Ziffern aus.

Links von der Rezeption öffnete er eine Tür, die ihn unmittelbar in den Frühstücksraum führte. Er nahm jedenfalls an, dass hier nur Frühstück serviert worden war. Er konnte sich nicht vorstellen, dass Sundkvists Hotel auch Abendessen angeboten hatte.

Die Einrichtung bestand aus ein paar dunklen, stabilen Tischen und Stühlen. In der Mitte des Zimmers stand ein größerer Tisch, der vermutlich als Buffettisch für Heringe, Käse, Brot und Kaffee gedient hatte. Die Wände zierte absolut nichts, was den Namen Kunst verdient hätte. An einer Längswand hing ein schäbiger, mit Wollgarn bestickter Webteppich, der Paare in Volkstracht zeigte, die um einen Mittsommerbaum tanzten; Knüpfknoten aus hellgrünem Garn dienten als Rasen. Potthässlich! Wie hatte man nur so etwas aufhängen können? Links und rechts des Webteppichs hing ein Bild, es zeigte jeweils einen Fischer mit Südwester. Auf dem einen Bild steckte in seinem Mund eine Pfeife, auf dem anderen ließ er seinen Blick rätselhaft über den Speisesaal schweifen. Was hatte den Fischer bloß so weit nördlich ins Gebirge verschlagen?

An der gegenüberliegenden Wand hing eine Uhr, ein amerikanisches Modell – gar nicht mal so übel, falls sie noch funktionierte. Die Wanduhr könnte einen hübschen Akzent setzen, selbst wenn das Hotel moderner eingerichtet werden sollte. Sein Blick blieb an einem Tischchen in der Zimmerecke hängen, und Ralph hielt unwillkürlich die Luft an. Auf dem Tisch stand die merkwürdigste Lampe, die er jemals gesehen hatte. Er ging hinüber und steckte den betagten Stecker in die Steckdose. Tatsächlich, sie funktionierte noch. Er trat ein paar Schritte zurück und betrachtete das hübschhässliche Teil aus gebührendem Abstand – er wusste nicht so recht, in welche Schublade er die Lampe stecken sollte. Den großen, roten Seidenschirm säumten Seidenfransen, während der unförmige Lampenfuß aus durchsichtigem Glas bestand und mit irgendeiner Art durchscheinender Flüssigkeit gefüllt war. Das war doch wohl nicht Wasser? Bei einer mit Strom betriebenen Lampe? Drei gigantische, dunkelrote Rosen aus Plastik dümpelten in der Flüssigkeit. In einem gewissen Etablissement hätte sich die Tischlampe zweifellos gut gemacht. Insgeheim fragte er sich, was Eric wohl zu dem Ding sagen würde.

»Schräg«, würde er bestimmt feststellen. »Schräg, aber so außergewöhnlich, dass man sie definitiv als schick bezeichnen kann. Die ist wirklich der Hammer!«

Ralph kehrte dem Speisesaal den Rücken und ging wieder an der Rezeption vorbei. Rechts von dem abgenutzt wirkenden Tresen erstreckte sich der Hotelflur. Er versuchte, die Klinke zum Zimmer 101 herunterzudrücken – verschlossen, selbstverständlich, das hätte er wissen können. Also wieder zurück zur Rezeption. Danach nahm er, mit den fünf Schlüsseln für das Erdgeschoss bewaffnet, Zimmer für Zimmer unter die Lupe. Im Großen und Ganzen waren sie identisch, bis auf das Zimmer 101, in dem eine kaputte Fensterscheibe durch eine Masonitplatte ersetzt worden war. Es waren alles Doppelzimmer. An jeder Seite des Zimmers stand ein schmales Bett, auf die Bedürfnisse stürmischer Braut- und Liebespaare wurde keine Rücksicht genommen. Hier sollte geschlafen werden und sonst nichts. Zwischen den Betten vor den Fenstern stand so etwas wie ein Tisch oder eine Kommode. Alter und Stil der Möbel variierten – ein fürchterliches Sammelsurium aus dem, was einem damals wohl passend erschienen war. Die Zimmer waren nur mit Waschbecken ausgestattet, wollte man auf die Toilette oder duschen, musste man auf den Korridor gehen. Die Betten waren abgezogen, nur noch ein paar alte Schaumstoffmatratzen lagen da. Die dazugehörigen Decken und Kissen waren vermutlich in irgendeiner Kammer verstaut. Ralph befühlte die Heizkörper, dank Eilert Niska waren sie warm. »Die Heizung funktioniert so lala«, hatte Eilert bei Ralphs Anruf gesagt, »aber, Sie werden sehen, wir werden das Hotel schon warm kriegen. Ich schalte sie auf elektrischen Betrieb, dann können Sie selbst entscheiden, ob Sie auf Holzfeuerung umstellen wollen, wenn Sie kommen. An Ihrer Stelle würde ich mich allerdings um eine neue Heizung kümmern.«

Ralph ließ sich vorsichtig auf einem Bett in Zimmer 204 nieder, um dessen Bequemlichkeit zu testen, und sah zu den nicht sonderlich attraktiven Masonitplatten an der Decke hoch, die aus den fünfziger Jahren stammten und deren Farbe allmählich abblätterte. Die ganze Sache ist doch Wahnsinn, schoss ihm durch den Kopf. Erics Idee, diesen alten Schuppen in ein luxuriöses Szene-Hotel zu verwandeln, war komplett verrückt. Natürlich würde es gehen, aber es würde unheimlich viel Arbeit kosten, eine ansehnliche Summe verschlingen und ein knallhartes Marketing erfordern, wenn daraus eines der heißesten In-Hotels Lapplands werden sollte. Bis es so weit war, standen dem allerdings nicht nur die muffig riechenden Matratzen im Wege ... Und das Hotel wurde seinem Spitznamen wirklich gerecht: alter Kasten.

Was hatte Sigfrid Rautio sich eigentlich dabei gedacht? Dass Ralph seine Karriere als gefeierter Opernstar sausenlassen und hierherziehen würde? Das konnte er vergessen!

»Und es besteht wirklich keine verwandtschaftliche Beziehung zwischen Ihnen?«, hatte Rechtsanwältin Harryson gefragt, als sie mit Ralph Sigfrid Rautios Testament durchging. »Es ist nicht völlig unwahrscheinlich, dass im Zusammenhang mit der Erbteilung bislang unbekannte Verwandte auftauchen.«

Ralph schüttelte den Kopf.

»Nicht, soweit ich weiß. Jedenfalls ist mir nie zu Ohren gekommen, dass er Teil der Verwandtschaft sei.«

Die Anwältin war eine äußerst freundliche Frau mit jahrelanger Erfahrung, weshalb sie nicht weiter in ihn drang.

»Nun ja«, sagte sie, »vielleicht stellt sich ja heraus, was dahintersteckt, wenn Sie das Hotel in diesem kleinen Dorf in Augenschein nehmen.«

»Ja, vielleicht«, antwortete Ralph. »Der Mann muss nicht ganz bei Verstand sein, dass er mir sein gesamtes Erbe hinterlässt. Ein Stalker, wenn auch ein harmloser.«

Die Anwältin kümmerte sich um alle Formalitäten, und Ralph durfte sich noch wohlhabender fühlen, als er ohnehin schon war. Die Wohnung und den Großteil des Mobiliars verkaufte er. Eric und er hegten nicht die Absicht, aus ihrem Einfamilienhaus in Gamla Enskede auszuziehen. Das Hotel in Lappland hatte er vorerst behalten, denn er wollte tatsächlich nur zu gerne herausfinden, wer dieser Sigfrid Rautio eigentlich war, und da konnte das Dorf, aus dem er stammte, vielleicht ein aufschlussreiches Puzzleteilchen darstellen.

Ralph holte sein Mobiltelefon aus der Tasche und wählte Erics Nummer. Er wollte ihm unverzüglich mitteilen, dass er die ganze Idee für völlig verdreht hielt. Besser, er verkaufte das Hotel und fuhr schnurstracks zurück nach Stockholm. Während er darauf wartete, dass Eric sich meldete, betrachtete er finster einen weiteren gewebten Wandbehang – diesmal mit äsenden Rehen. Brrr, wie kalt ihm war, und das, obwohl die Heizung lief, er musste sich unbedingt wärmere Kleidung kaufen. Ralph schielte durchs Fenster auf die Dorfstraße. Ein Friseursalon, ein verrammeltes Geschäft, hier und da Leute, die zum Supermarkt gingen. Kaff-Faktor, dachte er. Das eigenartige Wort tauchte wie aus dem Nichts auf, und er hatte nicht die geringste Ahnung, wo es so plötzlich herkam. Der Faktor, der über den Grad der Provinzialität Auskunft gab. Hier herrschte offenbar ein hoher Kaff-Faktor. Das war der Jackpot, dessen war er sich sicher, Kaff-Faktor zehn!

8

Gunnar Uhv trat hinaus auf seine Veranda und fuhr mit dem Besen über die dünne Eisschicht, die sich über Nacht gebildet hatte. Er sah zum Himmel hoch. Vielleicht würde bald der Winter kommen, aber heutzutage konnte man sich nicht mehr so recht darauf verlassen. Früher hätte am elften Oktober längst Schnee gelegen, ebenso wie es am dreißigsten März wieder taute. Heute war schon der dreizehnte Oktober, und es war kein Fitzelchen Schnee in Sicht. Aber das lag natürlich an der Klimaveränderung, inzwischen war der Herbst oft ziemlich lang, sogar in Kuivalihavaara.

Gunnar sehnte sich nach Neuschnee, dann konnte er endlich wieder Fährten lesen, Füchse jagen und sich tief im Wald in seiner kleinen Jagdhütte verkriechen.

Ach ja, eigentlich war es wieder an der Zeit, die Jagdgesellschaft zusammenzutrommeln und einen neuen Studienkreis ins Leben zu rufen. In diesem Winter könnte er vielleicht *Jagd und Wildschutz* heißen. Ein Teil der Truppe hatte mehr Wissen dringend nötig, nicht zuletzt sein Cousin Tony.

Er stellte den Besen zurück neben die Tür, als Mija, mehrere Läufer über dem Arm, um die Ecke bog. Sie hatte sie bestimmt schon wieder gelüftet. Ihr Putzfimmel war schier nicht zum Aushalten! Jeden Tag trug sie die Teppiche vor die Tür.

»In diesem Dorf zählen die Leute mit, wie oft man seine Teppiche lüftet«, hatte sie ihm einmal erläutert.

Das glaubte er ihr sofort. Gunnar musste nur zu seiner Mutter, Tante Uhv, oder zu seiner angeheirateten Tante Gerda gehen, da war es genau dasselbe. Noch dazu redeten sie lang und breit darüber und ließen kein gutes Haar an jenen, die nachlässig mit ihren Teppichen waren.

Gunnar trat auf die Straße und wäre beinahe mit Tonys Frau Pia zusammengestoßen. Pia hängt die Läufer bestimmt nicht so oft raus, dachte er, bevor er grüßte.

»Morgen, wohin denn so eilig?«

Er mochte die Frau seines Cousins. Pia stammte aus Südschweden und kam tatsächlich einigermaßen damit klar, hier oben zu leben – auch wenn es Gunnar nicht so ganz in den Kopf wollte, wie sie es mit Tony aushielt, so verschieden, wie die beiden waren. Aber das war nicht seine Angelegenheit.

Pia griff nach ihrer Mütze und zog sie ein Stück tiefer in die Stirn.

»Guten Morgen, Gunnar! Wär schön, wenn wir ein bisschen Schnee bekämen, nicht? Ich bin unterwegs zur Arbeit im Pfarramt.«

»Ach ja, aber du bist doch nicht jeden Tag dort, oder?«

»Nein, da hast du recht, aber ich will Eilert dabei helfen, in den Kirchenbüchern nach ehemaligen Dorfbewohnern zu suchen. Er will ihnen unbedingt eine Einladung zum Jubiläum schicken.«

Bis zum 350. Dorfjubiläum waren es noch knapp drei Monate. Gunnar war ebenfalls Mitglied des Planungskomitees und versuchte, sich nützlich zu machen, aber so besonders viel konnte er nicht beitragen, er musste sich schließlich auch um seinen Laden kümmern.

»Und du willst bestimmt ins Geschäft, Motorscooter an den Mann bringen? Vielleicht noch nicht ganz die Saison dafür, oder?«, fragte Pia keck.

Sie trat von einem Fuß auf den anderen, denn von der Straße kroch eine eisige Kälte hoch. Warum hat Pia ihre

Mütze bloß so tief in die Stirn gezogen?, dachte er. Ihre schönen blauen Augen waren ja kaum zu erkennen.

»Ich will dich nicht länger aufhalten«, meinte er. »Man sieht sich!«

Gunnar spazierte den kurzen Weg zu seinem Geschäft. *Gunnars Schlitten und Jagdbedarf* stand in neonfarbenen Großbuchstaben über dem Schaufenster. Davor hatte er zwei gebrauchte Motorschlitten festgekettet. Ein paar Interessenten hatten sich schon gemeldet, aber vor dem ersten Wintereinbruch würde es vermutlich keiner wagen, zuzuschlagen. Er schloss die Tür auf und schaltete das Licht ein. Ein neuer Tag, und anscheinend ein ziemlich ruhiger noch dazu. Vielleicht würde er sogar Zeit finden, einen Rundruf wegen dieser Geschichte mit dem Jagdkreis zu starten? Es war wirklich höchste Zeit, dass sie in Gang kamen.

Nachdem er seine Jacke ausgezogen und sie in seinem kleinen Büro aufgehängt hatte, bimmelte die Türglocke und signalisierte, dass der erste Kunde eingetroffen war. Gunnar legte seine Mütze ab und betrat den Verkaufsraum. Ein unbekannter blonder Mann stand vor ihm, gekleidet in einen eleganten Mantel. Um den Hals trug er einen roten Seidenschal.

»Ich suche ein paar lange Unterhosen«, sagte er, »und warm müssen sie sein.«

Ungefähr zur selben Zeit, als Gunnar in seinem Geschäft seinen ersten Kunden empfing, traf Pia auf dem Pfarrhof ein. Während sie die Giebeltür des Pfarramts aufschloss, war sie mit den Gedanken woanders. Als sie an dem alten Kasten vorbeigekommen war, hatte dort schon wieder Licht gebrannt. Das war jetzt schon seit ein paar Tagen so. Außerdem parkte ein funkelnagelneues Auto vor der Tür. Dreizehn Jahre wohnte Pia schon in Kuivalihavaara, und in all dieser Zeit war das Hotel geschlossen gewesen. Ob es sich um neu Hinzugezogene handelte, von denen sie bisher nichts gehört hatte? Oder würde das Hotel vielleicht wieder in Betrieb genommen werden? Diese Hoffnung hatten die Bewohner des Dorfes allerdings schon vor geraumer Zeit aufgegeben. Einmal hatte in den Zeitungen gestanden, dass es Pläne gebe, das alte, verlassene Hotel als Flüchtlingsunterkunft zu nutzen, aber das war wieder im Sand verlaufen, als die Einwanderungsbehörde stattdessen alle leerstehenden Wohnungen im Stadtteil Lombolo in Kiruna in Beschlag genommen hatte.

Pia hängte ihre Jacke an den Haken und legte die Wollmütze auf die Ablage. Im Spiegel musterte sie ihr blaues Auge. Die Schminke tat das Ihrige, so schlimm sah es gar nicht aus. Gunnar hatte bestimmt nichts gemerkt. Verfluchter Tony! Dass er völlig grundlos so einen fürchterlichen Aufstand machen musste, sogar wenn die Kinder zu Hause waren. Kein Ton war aus ihren Zimmern zu hören gewesen, aber Pia wusste, dass Andreas und Mikaela der Auseinandersetzung starr vor Schreck gelauscht hatten. Und dann der Hieb, den er ihr versetzt hatte. Danach war er zum Glück noch zur Besinnung gekommen und schlafen gegangen. Sie hatte auf dem Sofa im Wohnzimmer gelegen, und als sie morgens das Haus verließ, war er noch nicht aus den Federn gekrochen. Nur die Kinder waren wach gewesen, hatten aber kein Wort über das blaue Auge verloren. Sie musste heute Abend mit ihnen reden, sie trösten und es ihnen erklären. Weiß der Himmel, wie sie das bewerkstelligen sollte.

Pia holte den Schlüssel zum Kirchenarchiv aus dem Geheimversteck und schloss die schwere Tür auf. Nacheinander zog sie die kunstvollen Kirchenbücher heraus. Das Geburten- und Taufregister, das Verlobungs- und Trauregister, das Toten- und Begräbnisregister. Die großen Bücher, in Schönschrift verfasst, gefielen ihr ausgesprochen gut, und sie fand es interessant, etwas über alte, weit zurückliegende menschliche Schicksale zu lesen. Darüber hinaus waren sie auf Schwedisch und nicht auf Latein verfasst, wobei die dienstbeflissenen Geistlichen jedes Schicksal aus dem Ort sorgfältig dokumentiert hatten. So konnte durchaus »Idiot« hinter einem Namen stehen, oder aber es war ein Spitzname verzeichnet. Die Todesursachen waren in zierlichen Druckbuchstaben in Reichsschwedisch festgehalten und um einiges fesselnder zu lesen als die heutigen, auf Latein verfassten ärztlichen Befunde, von denen sie nie ein Wort verstand. Seit 1991 war das Meldewesen eigentlich beim Finanzamt angesiedelt, aber die Gemeinde Kuivalihavaara hatte sich geweigert, die Bücher herauszugeben, als sie eingesammelt worden waren. Die kleine Gruppe von Pfarramtsangestellten hatte sich vor der Archivtür aufgebaut, und der Gemeindepfarrer hatte den Zuständigen einfach nicht die Schlüssel ausgehändigt. Alle hatten an einem Strang gezogen: der Gemeindepfarrer, der Hilfspfarrer, die Putzfrau, der Kirchendiener und die beiden Pfarrersfrauen. Ihre schönen alten Bücher durfte ihnen keiner wegnehmen. Nachdem den Behörden gestattet worden war, den Inhalt auf Mikrofilm festzuhalten, hatte das Finanzamt klein beigegeben.

Pia suchte die neue Namensliste heraus, die Eilert ihr gegeben hatte. Die Nachforschungsarbeit, mit der sie sich jetzt schon seit einigen Wochen beschäftigte, war kurzweilig und vertrieb noch dazu für ein paar Stunden die Gedanken an Tony.

Als Erstes nahm sie sich das Geburten- und Taufregister vor. Gerade als sie das Buch auf dem Schreibtisch ausgebreitet hatte, betrat die Pfarrerin Kerstin Blomkvist das Pfarramt.

»Hallo, Pia!«, rief sie von der Garderobe herüber. »Wer ist denn in den alten Kasten eingezogen?«

Pia sah von der Doppelseite mit den Neugeborenen des Jahres 1937 auf.

»Hallo! Ich habe mich lustigerweise gerade dasselbe gefragt. Keine Ahnung.«

Kerstin kam in die Amtsstube. Sie trug das Priesterhemd, das sie ordentlich in die Stretchjeans gestopft hatte, und auf ihrem ausladenden Busen baumelte ein großes Kreuz. Abgerundet hatte sie das Ganze heute mit einer handgearbeiteten knallrosa Strickjacke. Pia fuhr durch den Kopf, dass sie irgendwann einmal mit Kerstin ein Gespräch über ihren Farbengeschmack führen musste. Keine Frage, dass sie sich kleiden durfte, wie sie wollte, aber dieser schweinchenrosa Pulli harmonierte nicht sonderlich mit ihrem Priesterhemd und auch nicht mit Kerstins Hautton. Wie viel frischer ihr Gesicht doch aussehen würde, wenn sie Kleidung in warmen Rottönen tragen würde!

»Dir ist also noch nichts über ein neues Gemeindemitglied zu Ohren gekommen? Davon hätten wir dringend welche nötig.«

Pia schüttelte den Kopf. Die Bewohner Kuivas waren eine aussterbende Schar. Bei ihrer letzten Volkszählung war die Einwohnerzahl drastisch gesunken, nur noch vierhundertvierundsiebzig gemeldete Personen. Früher hatte das blühende Dorf Kuiva doppelt so viele Einwohner gehabt, aber da war die Kupfergrube im Nachbarort auch noch in Betrieb gewesen. Heute zogen die jungen Leute fort, und es herrschte ein großer Mangel an Neugeborenen – an Toten samt Bestattungen mangelte es hingegen nicht. Gemeindepfarrer

Hietala und Kerstin pflegten sich regelmäßig darüber zu beklagen, dass sie nie Trauungen durchführen durften. Zuletzt war vor sieben Jahren ein Paar getraut worden.

»Wechsle doch einfach ein paar Worte mit Eilert Niska«, schlug Kerstin vor. »Er weiß über alles Bescheid, was im Dorf passiert. Auch wenn er nicht besonders redselig ist.«

Dass sie nicht von selbst darauf gekommen war! Wenn Eilert etwas darüber wusste, würde er es ihr sagen. Sie suchte sofort seine Handynummer heraus. Er hatte zwar versprochen, nachher wie üblich hereinzuschauen, aber es konnte ja nicht schaden, ihm ein wenig Beine zu machen.

9

Dünne Eisschichten, die sich über Nacht gebildet hatten, klirrten im schwarzen Niedrigwasser des Flusses. Am Ufer war der von Steinen übersäte Grund zu sehen, nur das Flussbett führte Wasser. Mit einigen Schwierigkeiten war es Eilert gelungen, das Boot so dicht wie möglich ans Ufer zu manövrieren. Er zerrte und schob. Das Boot musste an Land und umgedreht werden, bevor der Winter kam. In ein paar Tagen könnte es dafür schon zu spät sein.

Aus der Hütte schallten ihm vergnügte Frauenstimmen entgegen. Gerda, seine Schwägerin, und seine Schwester Tante Uhv lachten und beruhigten sich kurz darauf wieder. Eilert hatte sie gefragt, ob sie nicht Lust hätten, mitzukommen. Vielleicht gab es ja hier und da noch ein paar Preiselbeeren. Sie hatten sich nicht lange bitten lassen, und er fand ihre Gegenwart anheimelnd. Mittlerweile waren sie alle allein und auf die Gesellschaft anderer angewiesen. Oft stieß auch Ragnar zu ihrer Truppe dazu, er war Junggeselle und gern unter Leuten. Heute aber wurde er von anderen Dingen in Anspruch genommen.

Die Frauen waren verwitwet, und was ihn betraf, so war er verlassen worden. Seine Frau Essy hatte sich einfach aus dem Staub gemacht.

Das Häuschen, das sie gemeinsam in glücklicheren Zeiten erbaut hatten, lag einige Kilometer entfernt flussaufwärts. Im Sommer konnte er mit seinem speziellen Boot durch die Stromschnellen den Fluss hinauffahren, aber jetzt, wo Niedrigwasser herrschte, mussten sie einen Pfad durch den Wald nehmen.

Nachdem er das Boot an eine sichere Stelle manövriert hatte, kümmerte er sich um seinen Fang. Mit steifen, roten Händen griff er nach den dicken Maränenweibchen und schuppte sie auf dem Steg ab, der unterhalb der Hütte lag. Mit flinken Bewegungen fuhr das scharfe Fahrtenmesser aus der Mora-Schmiede über die Fischleiber. Dann setzte er unter dem Kopf an, schnitt den Bauch der Länge nach auf und nahm die Eingeweide heraus. Die Gallenblase löste Eilert mit äußerster Vorsicht. Wenn sie kaputtging, war der Fisch ungenießbar. Leber, Herz und das Fischfett legte er gesondert in die eine und den leckeren Rogen mit seinen Häutchen in die andere Plastikdose. Die unbrauchbaren Eingeweide warf er zur Freude der verfressenen Raben auf den gefrorenen Boden. Ein Unglückshäher krächzte unverfroren auf einem Kiefernzweig, wagte es aber nicht, sich mit den größeren Vögeln um die Beute zu streiten.

Eilert streifte das blutige Messer an den silbergrau verwitterten Brettern des Steges ab und nahm sich die nächste Maräne vor. Acht Stück waren ihm heute ins Netz gegangen, und das wollte schon etwas heißen. Heute Abend würde er *Fiskpalt,* in Brot gebackenen Fisch, zubereiten. Das waren seine letzten Worte an Essy gewesen, bevor sie mit diesem Lehrer aus Tansania abgehauen war, den sie auf einem Volkshochschulkurs kennengelernt hatte.

»Du gehst erst aus dem Haus, wenn du mir sagst, wie man Fiskpalt macht!«, hatte er wütend verlangt.

Sie hatte das Rezept auf die Rückseite eines Briefumschlages gekritzelt, und er stand verloren mit dem Umschlag in der Hand da, als sie die Tür hinter sich zuzog.

»Du spinnst ja«, hatte sie gesagt.

Er hingegen war sich sicher, dass er ihren Betrug und ihren Weggang nach Afrika nur überleben konnte, wenn er wusste, wie man Fiskpalt zubereitete.

»Eilert! Komm Kaffee trinken, wir haben frischen gekocht!«

Gerdas schrille Stimme schallte über den Fluss. Er bedeutete mit einer Geste, dass er sie gehört hatte. Kaffee war genau das, wonach er sich jetzt nach den arbeitsreichen Stunden an der frischen Luft sehnte. Die letzte Maräne war gesäubert, also nahm er seinen Fang mit zur Hütte. Die Innereien und die anderen Kostbarkeiten verstaute er in den Plastikdosen in seinem Rucksack. Den Fisch wickelte er vorher in eine Supermarktplastiktüte ein.

In der Hütte knisterte ein Feuer, und Eilert sog den Duft frisch gekochten Kaffees ein. Er blies über seine Fingerspitzen, damit sie warm wurden, und nahm dankbar den warmen Becher entgegen, den Gerda ihm reichte.

»Na, Mädels«, setzte er an, während er seine steifen Hände am Kaffeebecher wärmte, »gab's noch Beeren?«

Gerda deutete auf zwei halbvolle Eimer, die an der Tür standen.

»Viel war es nicht mehr, aber man muss nehmen, was man kriegen kann. Diese Beeren haben ja schon ein bisschen Frost abbekommen, aber ich glaube, der Saft wird trotzdem noch schmecken.«

Tante Uhv saß zusammengekuschelt auf einem Hocker vor dem Ofen, wie so oft mit einer Zigarette im Mund. Sie war ungewöhnlich still. Was nur mit ihr los war? Sonst nahm sie doch kein Blatt vor den Mund und war die Erste, wenn es darum ging, sich rege Wortgefechte mit ihrem Bruder zu liefern.

»Was geht dir denn durch den Kopf?«, fragte Eilert. »Du bist so still, das sieht dir gar nicht ähnlich.«

Tante Uhv schnipste die Kippe in die Flammen und nahm einen Schluck Kaffee, bevor sie antwortete.

»Weißt du vielleicht, was in dem alten Kasten vor sich geht, Eilert?«

Eilert sank auf einen Stuhl und kratzte sich im Nacken, so dass ihm seine Schirmmütze in die Stirn rutschte. Sofort schob er sie zurück. Seine Schwester war nicht die Erste, die ihn danach fragte. Gestern, im Pfarramt, hatte Pia ihm dieselbe Frage gestellt.

»Der alte Kasten? Ist das der Grund für deine Grübelei?«

»Nun ja, ich weiß nicht. Dort brennt doch Licht, und dann hatte Gerda Besuch von so 'nem komischen Südschweden, der sie nach dem Hotel gefragt hat. Ich habe Angst, dass dort – jetzt, wo Sigfrid verstorben ist – Iranier oder so, na, Flüchtlinge eben, einquartiert werden.«

»Also, komisch war er eigentlich nicht, eher ein charmanter, schneidiger Mann, der da vor meiner Tür stand«, warf Gerda ein.

Eilert schlug ein Bein über das andere und lächelte, wobei seine immer noch tadellosen Zähne aufblitzten.

»Iranier! Du machst mir Spaß, liebe Schwester! Erstens heißt das Iraner …«

Tante Uhv schnaubte und zündete sich eine neue selbstgedrehte Zigarette an.

»… und zweitens«, fuhr Eilert fort, »werden ganz bestimmt keine Flüchtlinge im Hotel einquartiert.«

Tante Uhv starrte ihren Bruder misstrauisch an.

»Im Ernst?«

»Na, und ob! Sigfrid Rautio hat das Haus nämlich einem Mann aus Stockholm vererbt. Das ist wohl der, den ihr meint.«

Tante Uhv holte tief Luft.

»Sigfrid hat jemandem etwas vererbt?«, rief sie aus.

Eilert nickte.

»Ja, einem sehr netten, höflichen Mann. So, so, dir hat er also einen Besuch abgestattet, Gerda?«

Ihr Gesicht hellte sich auf.

»Aber ja! Ein richtiger Gentleman war das! Flott und adrett, auch wenn er ein entsetzlich dünnes Halstuch trug. Na ja, immerhin hab ich ihm ein Fladenbrot mitgegeben.«

Tante Uhv drehte sich ruckartig zu Gerda um.

»Ein Fladenbrot! Davon hast du mir ja gar nichts erzählt!«

»Nein, vielleicht hab ich das vergessen, aber ich hatte schließlich eben erst gebacken. Irgendwas sollte der Junge doch haben.«

»Der Junge? Ist da etwa irgend so ein junger, unordentlicher Flegel eingezogen?«

Eilert erhob sich und fing an, seine Sachen zusammenzusuchen.

»Jetzt passt mal auf, Mädels, und Schluss mit dem Gezanke! Er ist kein junger Grünschnabel mehr, sondern um die fünfzig, und wie ich finde, hat er zumindest ein Recht darauf, hierherzukommen und sich sein Erbe anzugucken.«

»Um die fünfzig?«, hakte Tante Uhv nach und sah irgendwie nachdenklich aus.

»Ja. Aber das Hotel wird später bestimmt verkauft, ein Stockholmer wird sich doch kaum hier niederlassen wollen und so einen Betrieb führen. Nee, nee – das bringen die nicht fertig.«

Die Frauen waren mittlerweile ebenfalls aufgestanden und sammelten die Kaffeebecher ein. Eilert machte den Rucksack zu.

»Dir sind heute aber viele Fische ins Netz gegangen, Eilert«, bemerkte Gerda.

»Schon, aber das war wirklich der letzte Tag in diesem

Herbst, an dem man noch fischen gehen konnte. So viel Rogen wird's erst im nächsten Herbst wieder geben. Traurig, eigentlich, dass der Winter so lang ist.«

Eilert musste daran denken, dass es bei einigen Maränenweibchen bereits zu spät gewesen war. Der Rogen war schon aus ihnen herausgeflossen, so dass er nicht mehr zu gebrauchen war. Nur wenn die Häutchen intakt und er noch im Bauch war, konnte man ihn verwenden. Wenn er nach Hause kam, würde er den Rogen verquirlen, salzen, mit feingehackten roten Zwiebeln mischen und damit sein Knäckebrot belegen.

»Seht doch!«, rief Tante Uhv aus und zeigte zum Fenster.

Hier und da segelten Schneeflocken vom grauen Himmel herab. Eilert stimmte pfeifend einen alten Schlager an. Vielleicht machte der dunkle Herbst nun endlich den schönen, weißen Schneeflocken Platz. Die Arbeiten, die im Sommer und Herbst anfielen, waren abgeschlossen, so dass er sich ruhigen Gewissens seinem Englischkurs beim Arbeiterbildungsverband und dem Bücherlesen widmen konnte. Nun ja – er hatte natürlich noch das eine oder andere wegen der 350-Jahr-Feier zu tun, aber das würde nicht sonderlich in Arbeit ausarten, denn er hatte viele Helfer an seiner Seite. Und das Schneeschippen, das ihn acht Monate lang beschäftigen würde, war schließlich als kostenloser körperlicher Ausgleich zu werten.

»Wir müssen los«, entschied Gerda, »sonst gehen wir noch in die Geschichte ein als die drei Rentner, die vom Schnee eingeschlossen und erst im Frühjahr, nachdem es getaut hat, wiedergefunden werden. Und bis dahin ist es noch ziemlich lange hin. Also, dalli, dalli!«

»Na, das glaub ich kaum«, wandte Tante Uhv ein. »Mit dem Herbst werden wir uns wohl noch eine Zeitlang herumschlagen müssen, das ist doch nur eine harmlose Schneeböe – aber, bitte schön, lasst uns gehen.«

Sie gingen hintereinander den Waldpfad entlang nach Hause, an der Spitze Eilert mit geschultertem Rucksack und dahinter Gerda, die einen Preiselbeereimer in der Hand hielt. Das Ende bildete Tante Uhv mit dem zweiten Eimer.

»Ich hab ja ganz vergessen, euch was zu erzählen!«, rief Tante Uhv den beiden vor ihr zu.

Eilert blieb so abrupt stehen, dass Gerda beinahe samt Preiselbeereimer in ihn hineingelaufen wäre.

»Was denn?«, fragten sie gleichzeitig.

»Nun, ich hab ganz vergessen zu erwähnen, dass Hervor wieder aus Amerika da ist. Und diese rothaarige Ärztin.«

10

Hervor schlief morgens meistens nie lange, sondern war eine Frühaufsteherin, die Holz auflegte und Feuer machte. Heute aber war sie anscheinend noch müde, so dass Mirjam ausnahmsweise einmal vor ihr wach war und den Morgenkaffee aufsetzte. Dass Hervor wieder nach Kuiva gekommen war, hatte Mirjam entschieden aufgemuntert, und nachdem mittlerweile eine Woche vergangen war, merkte sie, dass sie tatsächlich wieder die Kraft hatte, die Dinge anzupacken. Sie wollte heute Kontakt zum Kantor aufnehmen und sich bei ihm nach dem Kirchenchor erkundigen. Beim Roten Kreuz würde sie auch einmal rasch vorbeigehen. Und falls sie in Kuiva keine Kinderhilfspakete schnürten, musste sie eben dem Nähkränzchen beitreten. Die Hauptsache war, dass sie Gutes tat, den unbesonnenen, scheußlichen Fluch, mit dem sie Sylve gedanklich bedacht hatte, sühnte – na gut, die anderen drei Verwünschungen auch – und sich von jeglichen Affirmationen, Rachegelüsten und Todesgedanken fernhielt. »Irrlehren« hätte ihr Vater, der Pfarrer gewesen war, dazu gesagt und eine bekümmerte Miene aufgesetzt, wenn er noch gelebt hätte.

Mirjam öffnete die Ofenluken und schichtete, wie sie es bei Hervor beobachtet hatte, Holz auf. Irgendwann einmal musste sie schließlich das Geheimnis des Feuermachens erlernen. Sie kniete sich hin und klemmte sich ein Holzscheit zwischen die Schenkel, umklammerte das Messer und machte Anstalten, ein Stück von dem Holz abzuspalten, ohne dass Späne abfielen, aber das war einfacher gesagt als getan. Das Messer rutschte wieder und wieder ab, und schon bald hatte sie unzählige Holzspäne um sich herum verteilt, aber nicht ein geeignetes Stück Holz, mit dem sich ein Feuer anzünden ließ.

Schlurfende Schritte verkündeten, dass Hervor aufgestanden war. Sie eilte zu Mirjams Rettung herbei und drängelte sie unwirsch zur Seite. Fasziniert verfolgte Mirjam, wie Hervor mit spielender Leichtigkeit Holzstücke abspaltete, sie in den Ofen legte und anzündete.

Schon kurz darauf knisterte ein hübsches Feuer im Ofen, woraufhin Hervor die Luken schloss und sich erhob. Bekümmert schüttelte sie den Kopf.

»Mensch, Mirjam, was das angeht, bist du eine echte Null. Wenn du nicht weißt, wie man Feuer macht, kannst du nicht hier wohnen! Das müsstest du doch kapieren, verflixt! Du würdest erfrieren.«

Ja, das wusste Mirjam wohl, aber sie hatte nicht vor, länger hierzubleiben. Kuiva war nur ein zufälliger Aufenthaltsort für sie – ein Zufluchtsort, wo sie ihre Wunden lecken konnte. Sobald sie sich wieder besser fühlte und wusste, wie es Sylve ging, wollte sie mit Hervor in die USA zurückkehren.

»Kaffee kann ich immerhin kochen, das riechst du doch?«

Hervor schnupperte.

»Donnerlottchen, da schau an! Wie gut das duftet. Na ja, das muss man natürlich auch können, wenn man hier überleben will. Der kommt nach dieser haarsträubenden Nacht ja wie gerufen.«

Sie nahmen an dem großen Küchentisch Platz und ließen sich Brot, Käse und Kaffee schmecken.

»Hast du schlecht geschlafen?«, fragte Mirjam. »So lange wie heute bleibst du doch sonst nicht im Bett.«

Hervor biss ein Stück von ihrem Brot ab und kaute gründlich, bevor sie antwortete.

»Ich habe eine kleine Séance abgehalten«, sagte sie mit dumpf klingender Stimme, »eine kleine Séance mit mir selbst.«

»Tatsächlich? Ist ja interessant. Und ich durfte nicht dabei sein?«

Hervor lachte trocken auf.

»Dagegen wehrst du dich doch immer mit Händen und Füßen. Du glaubst nicht an so was, und dann stört das nur, weißt du! Dir fällt ja nichts anderes ein, als dazuliegen, in der Bibel zu blättern und deine kleine zusammenfaltbare Ikone anzustarren.«

»Und du verbrennst bloß komische Kräuter und murmelst in deiner Kammer Seltsamkeiten vor dich hin«, parierte Mirjam flink.

»Nun ja, ein jeder wird mit seinem Glauben selig.«

Mirjam schmierte sich eine neue Scheibe Brot und schnitt Käse auf. Besonders schmackhaft war die Sorte nicht. Sie musste Alva mal fragen, ob sie im Supermarkt nicht *Brännvinsost*, einen Hartkäse mit Aquavitgeschmack, ordern konnten statt dieses faden, geschmacklosen Allerweltskäses.

Hervor hatte tatsächlich nicht ganz unrecht, sie versuchte in der Tat, tröstende Worte in der Bibel zu finden – fest entschlossen, irgendwie wieder ein besserer Mensch zu werden. Trotzdem störte es sie, dass Hervor Geheimnisse vor ihr hatte. »Was hat diese Séance denn ergeben? Irgendwas, von dem es sich zu erzählen lohnt?«

Sie hörte selbst, wie schnippisch sie klang.

Hervor nahm ihren Kaffeebecher, stand auf, ging zur Dunstabzugshaube und stellte sie an, bevor sie ihre morgendliche Zigarette anzündete.

»Das war eine höchst interessante Nacht, kann ich dir sagen. Höchst interessant!«

»Dann erzähl doch endlich! Ich sterb vor Neugierde.«

»Ich habe meinen Altar in Ordnung gebracht, weißt du«, sagte Hervor langsam. »Hatte ihn schon seit Ewigkeiten nicht mehr benutzt.«

Mirjam wusste, was Hervor meinte. Sie besaß so eine Art Lichtaltar, den sie für ihre Zauberei brauchte. Auf besagtem Tisch lag eine schöne, alte Spitzendecke, auf der verschiedene »Symbole« standen – ein Brenner für ihre Kräuter, verschiedenfarbige Kerzen, je nachdem, was sie bewirken wollte, und ab und zu Schälchen mit gefärbtem Wasser. Gelegentlich murmelte sie ein paar Beschwörungsformeln vor sich hin, aber um welche es sich dabei handelte, wusste Mirjam nicht. Hervor hatte Mirjam nicht erlaubt, einer ihrer Vorstellungen beizuwohnen, und wenn sie ehrlich war, las sie auch lieber ein gutes Buch, als sich mit Hervors Magie zu beschäftigen. Weiße Magie, wie sie stets behauptete.

»Was heißt schon Altar ... ich weiß nicht«, wandte Mirjam ein, die fest davon überzeugt war, dass solch ein Möbelstück in eine vollkommen andere Umgebung gehörte. »Du solltest lieber Kerzentisch dazu sagen.«

»Na, das ist doch völlig wurscht«, erwiderte Hervor und hustete, nachdem sie ein paar Züge von der Zigarette genommen hatte. »Wie es der Zufall will, so habe ich meine Kräfte darauf konzentriert, zu sehen, was die Einwohner Kuivas diesen Herbst und Winter erwartet.«

»Und?«

»Verflucht, wie du einem zusetzen kannst! Jetzt halt endlich die Klappe, ich erzähl dir's ja.«

Mirjam vollführte eine Handbewegung vor ihrem Mund, zum Zeichen, dass sie schweigen würde.

»Ehrlich gesagt, weiß ich nicht, ob ich überhaupt hierbleiben will«, fing Hervor an. »Sieht ganz danach aus, als würde es ein schwarzer Winter werden. Okay, Schnee wird es zuhauf geben, auch wenn der noch auf sich warten lässt, aber schwarz wird er in anderer Hinsicht werden.«

Mirjam sagte keinen Ton und wartete auf die Fortsetzung. Hervor zog einen neuen Glimmstengel aus ihrer Schachtel und zündete ihn mit dem eben zu Ende gerauchten an. Manchmal erschien Hervor Mirjam eher wie eine professionelle, gutbezahlte Raucherin als eine Seherin. Hervor nahm einen tiefen Zug und stieß den Rauch aus. Sie blickte hinaus, ihr Blick war in die Ferne gerichtet, während sie Mirjam mit hohler, fast singender Stimme mitteilte, was sie gesehen hatte.

»Schwarz wird der Winter, Schattenzeiten nahen. Kinder werden sich auf die Suche begeben, die Missetaten von Müttern und Vätern werden gesühnt, die Rache wird erbarmungslos auf die Verräter niedergehen«, predigte sie.

Mirjam rieb sich ihre Unterarme, sie hatte plötzlich eine Gänsehaut. Wie schaurig! Vielleicht sollte sie doch schnellstens in die USA zurückfahren. Sie war ja eh völlig planlos und in wilder Panik von Kajpe Kviar hierhergeflüchtet. Und jetzt verkündete Hervor einen düsteren Winter, in dem Blut fließen würde. Söhne und Mütter und was nicht sonst noch alles. Der Tod, der ihr auf den Fersen war. Schon wieder.

»Verflucht, was hab ich da für ’nen Wortschwall fabriziert«, sagte Hervor und guckte Mirjam zufrieden an.

»Mensch, Hervor, warum musst du dich bloß mit diesem Zeug beschäftigen? Wir suchen das Weite, gehen zurück in die USA. Ich habe Sehnsucht nach meinem Enkel. Will ihn wieder mit Küsschen überhäufen und drücken und mir anhören, wie er mit niedlicher Stimme *Grandma* sagt.«

Hervor schüttelte den Kopf, drückte die Zigarette aus und kam wieder zurück an den Küchentisch. Sie setzte sich und sah Mirjam mit ernstem Gesichtsausdruck an.

»Das geht nicht«, sagte sie. »Wir können diesen Schlamassel nicht den anderen allein überlassen, das würde nur in die Hosen gehen. Nein, wir müssen bleiben, Mirjam, wir beide.«

Mirjam seufzte, sie sollte sich wirklich nicht darauf einlassen und die Flucht antreten. Andererseits wollte sie Hervor auch nicht im Stich lassen. Sie war ohnehin schon um die halbe Erde gereist, um Mirjam zu Hilfe zu kommen, eine treuere Freundin als Hervor gab es nicht.

»Übrigens«, meldete sich Hervor erneut zu Wort und zwinkerte ihr zu, »ist er jetzt aufgewacht.«

»Aufgewacht? Wer denn?«

Hervor zwinkerte ihr erneut zu.

»Dein alter Schweinebauer, natürlich! Du musst nur das Krankenhaus in Visby anrufen und nachfragen. Wirst schon sehen, dass ich recht habe.«

Mirjam starrte sie ungläubig an.

»Aber, woher weißt du …«

Mitleidsvoll sah Hervor sie an. Na gut, das war natürlich eine blöde Frage, aber dass Sylve offenbar am Leben war, war wirklich eine erfreuliche Nachricht. Doch was, wenn er sich an seinen Heiratsantrag erinnerte und sich ihr erneut mit seiner hoffnungslosen, beharrlichen Liebe aufdrängte? Das jagte ihr eine Heidenangst ein, und da er wusste, dass sie Ärztin war, machte sie das in seinen Augen vielleicht zu einer noch besseren Partie. Aber da hatte er sich geschnitten, sie hatte nicht vor, seine persönliche Leibärztin zu werden, nein, auf gar keinen Fall.

Hervor schüttelte bekümmert den Kopf.

»Dass du, nach all den Jahren, die wir uns schon kennen, noch fragen musst, woher ich das weiß. Ich weiß es eben, Mirjam. Er hat überlebt.«

11

Der Prediger Olavi Törmä drückte sich seinen Hut fest auf den Kopf und knöpfte den Mantel zu. Eigentlich wurde es allmählich zu kalt, um einen Hut zu tragen, aber er musste doch anständig gekleidet sein; es war immerhin Sonnabend, und das Werk der Woche war vollbracht. Morgen wollte er wieder einmal in die Kirche gehen, schließlich predigte der Gemeindepfarrer, und das kam Gottes rechtgläubiger Schar ausgesprochen entgegen. Auf diese Weibsperson, die ihnen zugeteilt worden war, gab er nicht viel, auch wenn sie die Pfarrerin war. Er hatte bereits versucht, mit Gemeindepfarrer Hietala ein ernstes Wort darüber zu reden – dass Gottes Wort nicht aus dem Munde eines Weibes gepredigt werden dürfe –, aber das hatte nichts gebracht. Er hatte zwar den Eindruck gewonnen, dass der Gemeindepfarrer ihm in gewisser Hinsicht beipflichtete, aber nichtsdestotrotz hatte er betont, dass jedes Gemeindemitglied zu seinem Recht kommen müsse. Zudem seien es heutzutage überwiegend Frauen, die den Pfarrersberuf ergriffen, hatten seine Worte gelautet. Daraufhin hatte Törmä seine abgegriffene Bibel aus der Westentasche gezogen und durch die hauchdünnen Seiten geblättert.

»Dann hör dir das an! *Wie in allen Gemeinden der Heiligen lasset eure Weiber schweigen in der Gemeinde, denn es soll ihnen nicht zugelassen werden, dass sie reden.*«

Auf dem Bügel seiner Brille kauend, hatte der Gemeindepfarrer der zitternden Stimme gelauscht.

»Der 1. Brief des Paulus an die Korinther, 14,34«, bemerkte er. »Wie ich höre, liest du eine alte Bibelübersetzung.«

»Ja, ist das denn nicht Beweis genug!«, rief Törmä eifrig. »Sollen wir hier, in der Gemeinde Kuivalihavaara, wirklich Gottes Willen zuwiderhandeln?«

Nein, das mit dem Gemeindepfarrer hatte zu nichts geführt, und diese Kerstin Blomkvist war tatsächlich als Pfarrerin ins Amt eingeführt geworden. Er hatte zwar im Dorf aufgeschnappt, dass sie beliebt sei, doch sein rechtgläubiger Kreis nahm nur am Gottesdienst teil, wenn der Gemeindepfarrer predigte. Eine Frau als Pfarrer, und das hier in Kuiva! Dass er das noch erleben musste.

Außerdem war es eine Schande, dass die Seinigen mittlerweile kein eigenes Gebetshaus mehr besaßen. Ihnen blieb nichts anderes übrig, als ihre Gebetskreise zu Hause abzuhalten, und das alles nur wegen dieser Pfarrerin.

Olavi Törmä folgte dem abschüssigen Weg zum Flussufer und bog auf einen ausgetretenen Pfad ab, der hinter dem Supermarkt und dem Hotel entlangführte. Er sah zu Boden, um nicht auf den vereisten Stellen auszurutschen. Im letzten Herbst war ihr altes Gebetshaus bis auf die Grundmauern niedergebrannt, und seither war ihre Versammlung sozusagen heimatlos. Er hatte seine kleine Schar natürlich dazu bewegen können, eine stattliche Summe anzusparen, und die Versicherungsgesellschaft hatte ihren Teil bezahlt. Jetzt endlich war die Zeit reif, ein neues, gesegnetes Gebetshaus zu bauen. Das ganze Jahr über hatte er darüber gegrübelt und war im Dorf umhergewandert, um den schönsten Platz dafür zu finden. Das neue an derselben Stelle zu errichten, erschien ihm nicht richtig – nein, Gott hatte ihm schließlich eine andere Stelle gewiesen. Das Flussufer, unterhalb von Sundkvists Hotel, war wie geschaffen dafür. Der alte Kasten war immerhin schon seit Jahren geschlossen, und er konnte sich nicht vorstellen, dass Sigfrid Rautio etwas gegen ein Gebetshaus auf seinem Grund und Boden einzuwenden hätte. Gewiss, es würde nicht der Versammlung gehören, aber Gott, der Herr würde über das Haus wachen, und sie würden finanziell glimpflich davonkommen, weil sie nicht erst das Grundstück erwerben mussten. Sie konnten das sicherlich mit einer symbolischen Pacht von einer Krone im Jahr erledigen, Sigfrid kannte er ja schon seit seiner Jugend.

Der Prediger schaute auf und richtete seinen Blick auf das alte Hotel. Was, um Himmels willen …! In ein paar Fenstern brannte Licht, war denn das die Möglichkeit? Er schloss die Augen und sah erneut hin. Doch, wahrhaftig. Er kratzte sich im Nacken, rückte den Hut zurecht und ging mit raschen Schritten auf das Gebäude zu, drückte schwungvoll die Türklinke herunter und trat ein.

An der Rezeption war niemand, aber die Wandlampen brannten, und an der Wand hingen die alten Schlüssel. Einen flüchtigen Augenblick wanderten seine Gedanken zu jenem Sommer zurück, in dem er hier gearbeitet hatte, aber das war lange her. Die Arbeit war nichts Besonderes gewesen, nur eine endlose Plackerei und zeternde Gäste, und das rund um die Uhr.

Die Tür zum Speisesaal stand einen Spalt offen, und er konnte hören, wie jemand dort drinnen rumorte. Er schob die Tür auf.

»*Jumalan tervet*«, grüßte er, »oder, na ja, Gott zum Gruße!«

Der Mann, der die alten Schränke durchwühlte und sich das Porzellan ansah, blickte verwundert zu ihm auf.

»Oh, ich habe Sie nicht gehört. Guten Tag, kommen Sie doch herein.«

Olavi Törmä trat ein, ergriff seine Hand und begrüßte ihn.

»Mich hat die Neugier hergetrieben«, sagte er, »sonst stand hier immer alles leer.«

»Ich verstehe«, erwiderte der Mann lächelnd, »aber damit ist es jetzt vorbei. Ich hoffe, dass von nun an wieder Leben in die Bude kommt – zumindest, wenn es nach meinem Partner geht. Ich habe da so meine Zweifel, muss ich sagen.«

Törmä nahm den Hut ab und knöpfte seinen Mantel auf. Er musste sich vor Schreck für einen Moment an einen der Esstische setzen. Damit hatte er nicht gerechnet.

»Warum ist Rautio nicht da?«, fragte er mit matter Stimme. »Sonst kommt er doch immer mal her und sieht nach dem Hotel.«

»Er ist tot«, antwortete der Mann ohne Umschweife.

Törmä war höchst erstaunt. Nicht, weil Sigfrid das Zeitliche gesegnet hatte – auch wenn er noch gar nicht so alt gewesen war –, sondern weil er davon noch nichts gehört hatte.

»Mein Name ist übrigens Ralph Sörarve, und ich habe das Hotel jetzt übernommen«, sagte der Mann. »Wie gesagt, wir haben vor, es wieder in Schwung zu bringen.«

»Das Hotel?«

Törmä hatte es die Sprache verschlagen. Was hatte dieser Südschwede hier zu suchen? Außerdem sah er seltsam aus, nicht gerade wie ein richtiges Mannsbild. Er trug sein Haar zurückgekämmt und im Nacken lang, es reichte genau bis zum Kragen seines Hemdes, das zudem lila war, viel zu farbenfroh für einen Kerl. Sigfrid hatte das Gebäude vielleicht, ohne länger zu überlegen, an ihn verpachtet, aber wie, bitte schön, hatte er sich das vorgestellt? Törmä überlegte kurz und entschied sich dafür, es darauf ankommen zu lassen. Rautio war immerhin tot und konnte nichts sagen.

»Ich hatte bereits eine Vereinbarung mit Sigfrid getroffen«, ergriff er das Wort und sah Ralph Sörarve, der sich ihm gegenübersetzte und einen Haufen Tageszeitungen zur Seite schob, starr an.

»Eine Vereinbarung?«

»Ja, wir, meine Gemeinde, Gottes rechtgläubige Schar, wir dürfen ein Stück am Flussufer mieten, um ein neues Gebetshaus darauf zu errichten.«

»Ein Gebetshaus?«

Meine Güte, wie einfältig dieser Kerl zu sein schien! Wusste er denn nicht, was ein Gebetshaus war? Was für ein genussfreudiger und gottloser Mensch, das konnte man gleich sehen.

»Ganz recht, als unser altes Gebetshaus letztes Jahr in Flammen aufgegangen ist, hat der Herr zu mir gesprochen.«

»Aha.«

»Und der Herr hat gesprochen und gesagt, dass ich hier, unterhalb des Hotels, ein neues bauen soll.«

Dieser Ralph Sörarve schien ihm trotz allem interessiert zuzuhören, er, Olavi, würde sich mit seinem Vorschlag bestimmt durchsetzen können. Das Ufer benötigte der komische Typ sicher nicht. In einem Hotel kamen die Leute an und reisten wieder ab, was kümmerte die der Torne Älv und das Uferstück?

»Na ja«, antwortete der Mann, »das wird nicht so einfach. Bedaure, dass Sigfrid Ihnen das versprochen hat, aber mein Partner und ich haben andere Pläne. Das Ufer ist ein großes Plus. Haben Sie das vertraglich geregelt, mit Sigfrid, meine ich?«

Nein, das musste er zugeben, es lag nichts Schriftliches vor, aber in Kuivalihavaara reichte das Wort eines Ehrenmannes, das würde dieser Sörarve schon noch lernen, wenn er vorhatte, im Dorf einen Betrieb zu führen.

»Bei uns regeln wir das nicht schriftlich«, sagte er, »das ist nicht nötig.«

Es würde nicht einfach werden, ging ihm plötzlich auf. Und was für ein Sündenpfuhl sollte hier eigentlich entstehen?

»Wollen Sie ein normales Hotel eröffnen?«, hakte Törmä nach.

Der Mann sah ihn belustigt an, ihm hingegen war nicht im Geringsten zum Lachen zumute.

»Wir werden sehen, noch verrate ich nichts, aber es wird wohl eine Menge Freizeitaktivitäten geben, und dafür brauchen wir das Uferstück.«

Olavi Törmä erhob sich. Dieser Eindringling ging ihm so langsam auf die Nerven. Der kam einfach hierher und stellte seine Pläne auf den Kopf, ja, er warf sogar Gottes Pläne über den Haufen. Er knöpfte wieder seinen Mantel zu und setzte seinen Hut auf.

»Ich gehe jetzt«, sagte er. »Aber ich werde wiederkommen, da können Sie sicher sein.«

»Bestimmt«, erwiderte Ralph Sörarve und stand auf. Törmä ging zur Tür.

»Ich bin es gewohnt, meinen Willen zu bekommen«, sagte er. »Nur dass Sie's wissen – hier im Dorf pflegt man sich nach dem zu richten, was ich sage.«

12

Eric war anlässlich Ralphs düsterer, aber bildhafter Schilderung des Hotels, das ihm so unerwartet überantwortet worden war, in schallendes Gelächter ausgebrochen. Nachdrücklich hatte er Ralphs Überlegungen, aufzugeben, dem kleinen Ort den Rücken zu kehren und nach Stockholm zurückzufahren, vom Tisch gewischt. Und überzeugend dafür plädiert, das Hotel unter keinen Umständen zu verkaufen.

»Beruhige dich, mein lieber Ralph«, hatte er gesagt. »Weißt du was, anstelle dieser Hängematten besorgst du uns ein anständiges Bett.«

»Hm.«

»Doch, verflixt noch mal, man wird in dieses gottverlassene Nest doch zumindest etwas liefern lassen können.«

»Das bezweifle ich«, sagte Ralph, aber Eric lenkte nicht ein.

»In einem Monat komme ich zu dir, dann wirst du sehen, was es heißt, einen Betrieb auf Vordermann zu bringen!«

»Aha.«

Ralph war noch immer nicht überzeugt.

»Und ob! Der Name Kuivalihavaara wird in aller Munde sein. Wir machen ein Gay-Paradies daraus, das sich gewaschen hat! Der absolute Genuss für diejenigen, die sich in einer exotischen und zugleich ruhigen Umgebung erholen möchten. Du weißt, dass ich das fertigbringe! Es wird funktionieren. Ich zapf meine Kontakte an und bring da oben so richtig Leben in die Bude.«

Ralph fiel kein passendes Gegenargument ein. Eric war ein Unternehmer durch und durch und außerordentlich umtriebig. Am Hungertuch nagten sie beide nicht, sie kamen sehr gut zurecht. Er zweifelte also nicht daran, dass Eric das Vorhaben in die Tat umsetzte. Wie in der Fernsehsendung *Einsatz in vier Wänden* würde er den deprimierenden Empfangstresen aus gemasertem Furnier im Handumdrehen wegzaubern und in ein einladendes Entree verwandeln, das einer Königlichen Hoheit würdig wäre.

Er hatte Ralph damit beauftragt, das Haus bis in den letzten Winkel unter die Lupe zu nehmen und Vorschläge zu machen, wo sie den Wellnessbereich unterbringen könnten, denn ohne ging es nicht, sonst konnten sie sich das Ganze sparen. Das Hotel musste Platz für Badewannen, Massagebänke, einen Whirlpool und für ein kleines Restaurant samt Bar bieten.

»Ein Wellnessbereich, Schampus und dann diese niedlichen schlitzäugigen Schlittenhunde. Mensch, Ralph, die werden uns die Bude einrennen!«, hatte Eric sich ereifert.

Natürlich würde Ralph das Terrain erkunden, aber zuerst musste er den kleinen Ort genauer in Augenschein nehmen. Sich schlaumachen, wo er gediegene, teure Weine bestellen konnte, und herausfinden, was die Fleischtheke des Supermarkts zu bieten hatte. Er war erst ein paarmal dort gewesen, um sich lustlos mit Tütensuppen und Zutaten fürs Frühstück einzudecken. Vermutlich musste er sich auch noch warme Kleidung anschaffen. Lange Unterhosen hatte er immerhin in diesem Schlittengeschäft gefunden. Der Verkäufer war sehr nett gewesen und hatte Ralph auf den Saunaabend am Freitag im *Kuiva badhus* hingewiesen. Vielleicht war das ja ein willkommener Zeitvertreib, während er darauf wartete, dass Eric eintraf. Über Motorschlittenfahrten hatten sie auch gesprochen, aber dieses Vergnügen musste warten, bis es richtig Winter wurde – falls er überhaupt so lange blieb. Er fühlte sich einsam, das musste er sich eingestehen. Bis auf den Scooterverkäufer hatte er nur mit diesem stinklangweiligen Prediger gesprochen, der ihn besucht hatte, und das war keine besonders anregende Unterhaltung gewesen.

Ralph warf einen Blick aus dem Fenster des Hotelfoyers. Vereinzelte Schneeflocken fielen langsam zu Boden. Er zog seinen Mantel an und wickelte sich seinen roten Seidenschal fest um den Hals. Lieber auf die Stimmbänder achtgeben. Die Handschuhe waren zwar dünn, aber sie mussten reichen, bis er andere auftrieb. Er verschloss die Hoteltür und schlug den Weg zur Dorfstraße ein. Viele Menschen waren unterwegs. Sie strömten in die wenigen Geschäfte, standen paarweise am Straßenrand und unterhielten sich, schleppten schwere Einkaufstüten. Wenn er an den Leuten vorbeiging, stellten sie das Reden ein und musterten ihn ungeniert und misstrauisch von Kopf bis Fuß. Keiner grüßte ihn, nicht mal aus Neugier.

Er ließ die Geschäfte hinter sich und kam an der Schule vorbei, wo gerade eine Gruppe Vorschüler in gelben Reflektorwesten munter und mit kleinen Schritten hinter ihrer Lehrerin hermarschierte. Auf jedem zweiten Grundstück stand ein Hundezwinger samt Hundehütte. Und beinahe auf jedem Hüttendach lag ein Elchhund, der träge den Kopf hob, wenn Ralph sich dem Grundstück näherte, ein paarmal bellte, nur um wieder zu verstummen, sobald er vorbeigegangen war.

Er passierte eine verrammelte Polizeistation, deren Leuchtschild zertrümmert war. Ein besonderes Ziel hatte er nicht, er wanderte einfach ziellos umher, um frische Luft zu tanken und sich Gedanken darüber zu machen, wie er es hier noch zwei, drei Wochen ohne Eric, ohne das pulsierende Großstadtleben und eine gemütliche, einladende Bar aushalten sollte. Er musste sich von seinen vielen Auftritten erholen, aber die Bequemlichkeiten seines Hauses in Enskede gegen diesen Ort einzutauschen war wirklich der reinste Masochismus.

Bei einem schönen gelben Haus blieb er stehen. Eine kräftig gebaute Frau mit langem, geflochtenem Zopf stand auf dem Hof und hackte mit energischen Axthieben Holz. War das nicht ... doch, sie war's! Das musste seine Bekanntschaft aus dem Flugzeug sein. Fast so etwas wie Rührung stieg in ihm auf, dass er wenigstens ein bekanntes Gesicht in dieser Welt sah, die nur aus misstrauischen Dorfbewohnern zu bestehen schien.

»Hallo«, rief er der axtschwingenden Frau zu, während er den Hof betrat.

Sie unterbrach ihre Arbeit, richtete sich auf und strich sich die Haarsträhnen zur Seite, die ihr in die Stirn gefallen waren. Ihre Wangen waren vor Anstrengung gerötet. Eindringlich musterte sie ihn, bevor sich ein Lächeln auf ihrem Gesicht breitmachte.

»Na, da schau an! Hierher wollten Sie also? Nein, wie schön!«

Hervor – so hieß sie doch, soweit er sich erinnerte – kam auf ihn zugestiefelt und schüttelte ihm in Arbeitshandschuhen die Hand.

»Kommen Sie rein, zum Teufel! Wir haben sicher einen Kaffee für Sie, und vielleicht hat Mirjam sogar ein paar Hefebrötchen aus dem Supermarkt in der Kühltruhe, sie hat's nicht so mit dem Backen, wissen Sie.«

Nachdrücklich schlug sie die Axt in den Hauklotz und trieb Ralph dann vor sich her. Er verkniff sich die Frage, wer diese Mirjam denn sei, und folgte Hervor in das gelb gestrichene Haus, wo ihn sogleich eine gemütliche Wärme empfing. Eine ganz andere Atmosphäre als in seinem verlassenen Hotel, was ihn erneut rührte. Meine Güte, wie empfindlich er nach nur einer Woche Einsamkeit geworden war.

»Mirjam!«, brüllte Hervor. »Her mit Kaffee und Brötchen! Dieser feine Herr aus dem Flugzeug, von dem ich dir erzählt hab, ist da!«

Ralph taxierte diskret die Frau, die auf ihn zukam, um ihn zu begrüßen. Sie war äußerst attraktiv, wenngleich nicht mehr jung – vielleicht sogar älter als er. Sie hatte kupferrote Locken und eine helle, sommersprossige Haut, die wie Porzellan aussah. Ihr Händedruck war fest und ihr Lächeln sehr charmant.

»Ralph Sörarve«, sagte sie, »wenn das kein willkommener Besuch ist.«

Er konnte eine Spur Gotländisch in ihrem Dialekt ausmachen, Doppelvokale, die nachklangen, wenn sie versuchte, zu geschliffenem Hochschwedisch zu wechseln.

»Ist gerade Spielpause, dass Sie Zeit für einen Besuch in diesem gottverlassenen Kaff finden?«, fragte sie.

Ralph lachte, als ihm aufging, dass sie ihn erkannt hatte.

»Ich brauchte eine kleine Auszeit«, erklärte er. »Habe mir eine Zeitlang viel zu viel aufgebürdet, und so hab ich die Gelegenheit ergriffen. Ja, die Umstände erforderten es, hier nach meinem Haus zu sehen.«

Mit offen stehendem Mund verfolgte Hervor die Unterhaltung zwischen Ralph und Mirjam, es war so, als ob sie sich schon jahrzehntelang kannten. Schließlich konnte sie nicht länger ihre Klappe halten.

»Kennt ihr euch etwa?«, fragte sie erstaunt.

»Nicht persönlich«, erklärte Mirjam, »aber Ralph ist eine Berühmtheit. Ein sehr guter Opernsänger, mit einem schönen Bariton, aber das ist deinen Ohren sicherlich entgangen.«

Er nickte zum Dank für das Lob und setzte sich an den ausladenden Küchentisch. Der an Mokka erinnernde, starke Kaffee duftete und trug zusätzlich zur Gemütlichkeit bei. Im Stillen fragte er sich, wie die beiden Frauen wohl zueinander standen. Jedenfalls waren sie äußerst unterschiedlich, auch wenn sie anscheinend kein Paar wie Eric und er waren, sondern nur Freundinnen.

Drei Kaffeetassen und zwei Tiefkühlbrötchen später war er im Bilde. Die Damen waren sehr eng befreundet und hielten wie Pech und Schwefel zusammen. Und sie hatten gemeinsam Zeit auf Gotland und in den USA verbracht. Mirjam war Ärztin, schien aber die Lust an ihrem Beruf verloren zu haben und überlegte gerade, was sie stattdessen tun könnte.

Hervor holte ein Kartenspiel und legte einen Stern. Die Zukunft, die sie ihm aus den Karten hervorzauberte, sah nicht einmal besonders düster aus. Anscheinend sollte er noch ein Weilchen in Kuiva bleiben und Antwort auf seine Fragen bekommen. Er ließ sich nicht anmerken, was er wirklich dachte – dass es nicht weiter schwer sein konnte, solche allgemeingültigen Dinge vorherzusagen.

»Sie vermissen etwas«, sagte sie ernst.

»Ich vermisse etwas?«

Er verstand nicht ganz, was sie meinte, wollte mehr erfahren.

»Und ob. Sie vermissen etwas Wesentliches.« Auch wenn er nicht an Prophezeiungen glaubte, so musste er zugeben, dass seine Neugier geweckt war.

»Können Sie sehen, was? Da werde ich ja richtig neugierig«, ahmte er scherzend ihren Dialekt nach. Nur Mirjam war die kaum wahrnehmbare Veränderung aufgefallen, und in ihren Augen blitzte es mutwillig auf.

Hervor sammelte die Karten wieder ein und legte sie zu

einem Stapel zusammen, den sie augenblicklich, und fast mechanisch, mischte.

»Nein«, antwortete sie mit ernster Miene. »Was genau, kann ich Ihnen nicht sagen. Aber es bezieht sich auf das, was ich vorhin schon erwähnt habe – dass Sie Antwort auf Ihre Fragen bekommen werden.«

Ralph konnte nicht anders, er musste lachen. Hoffentlich nahm sie ihm das nicht übel, diese Lapplandhexe.

»Das klingt ja äußerst interessant, aber ich habe keine Fragen, auf die ich nicht schon eine Antwort wüsste. Es geht wohl um diesen Sigfrid Rautio und darum, herauszufinden, weshalb ich das Hotel geerbt habe.«

»Sehen Sie«, antwortete Hervor und nickte eifrig, »da steckt mehr dahinter, als Sie ahnen!«

Es stand wohl doch nicht in ihrer Macht, den Leuten auf den Grund ihrer Seele zu blicken. Trotz seiner Befürchtungen während des Fluges waren ihre Künste nichts weiter als heiße Luft, das sah man ja. Schließlich konnte jeder so etwas formulieren, er hatte den beiden Frauen ja bereits erzählt, dass er das Hotel geerbt hatte. Aber dennoch – sie war sehr unterhaltsam, und es war wohltuend, eine Zeitlang auf andere Gedanken zu kommen.

Ralph blieb noch eine Weile bei Mirjam und Hervor. Er konnte sich von den beiden Frauen, die ihn so freundlich aufgenommen hatten, einfach nicht trennen. Als er sich schließlich erhob, um aufzubrechen, hatte er mehrere gute Ratschläge von ihnen im Gepäck. Um Betten zu kaufen, konnten sie an jedem x-beliebigen Tag mit ihm zu IKEA nach Haparanda fahren, wenn er wollte. Und ob er wollte! Alles war besser als diese durchgelegenen Hotelbetten. Hervor stopfte für ihn Bettlaken und ein paar Kissen in zwei große Papiertüten.

»Im Hotel ist doch alles klamm und unappetitlich, da können Sie sich doch nicht reinlegen, das versteht sich ja von selbst!«, sagte sie.

Mirjam holte ein paar Kerzen für ihn und nannte ihm ein Geschäft, in dem er warme Kleidung bekommen konnte. Bei *Gunnars Schlitten und Jagdbedarf* hatte er ja bereits hässliche, wenngleich warme lange Unterhosen erstanden. Aber ihm fehlten noch Handschuhe, und er wusste nicht, wo er weitere praktische Dinge auftreiben konnte. *Mijas Damenfriseur* verkaufte schöne selbstgestrickte Wollhandschuhe, erfuhr er von Hervor.

»Meine Tante, Tante Uhv, strickt sie und versorgt das ganze Dorf damit«, klärte sie ihn auf.

Und der Supermarkt besitze eine staatliche Lizenz zum Vertrieb von Weinen und Spirituosen. Um die Lieferung noch am selben Nachmittag zu bekommen, müsse man jedoch vor zehn Uhr seine Bestellung aufgeben. Ob er noch etwas anderes wissen wolle?

»Ja, wo gibt es hier ein Restaurant? Später werde ich mir natürlich selbst etwas kochen, aber jetzt, am Anfang, ist das nicht so ganz einfach. Bisher habe ich vor allem Tütensuppe in mich reingelöffelt, und auf die Dauer hat das keinen Wert.«

»Gästis«, stellte Hervor fest. »Gästis ist das Einzige, was wir in Kuiva in dieser Richtung zu bieten haben. Es ist zwar Fast Food, aber Sie werden zumindest satt.«

Er verabschiedete sich von den beiden Frauen und spazierte erleichtert zurück zum Hotel. Und als er unterwegs Leuten begegnete, lächelte er freundlich und grüßte. Denn so machte man das doch wohl auf dem Lande?

13

Ralph suchte nach dem Gästis. In einer Seitenstraße, eingeklemmt zwischen einer stillgelegten Texaco-Tankstelle und einer heruntergekommenen Garage, fand er das triste Gebäude schließlich. Man gönnte sich tatsächlich zwei Eingänge – einen für das Hotel und einen, auf dessen Tür das Wort *Bodega* stand. Er wählte die Bodega und hoffte auf das Beste.

Die Einrichtung war ein Paradebeispiel für den Holzwahn, der in den siebziger Jahren landauf, landab um sich gegriffen hatte – alles war mit Kiefernholzmöbeln ausgestattet. Über den farblos lackierten Tischen hingen kastenähnliche Lampen, ebenfalls aus Kiefernholz, während die Fenster rotkarierte Gardinen und starre Plastikblumen schmückten. Wie eine undurchdringliche Wolke hing der Fritteusendunst im Lokal. Ralph musste an Eric denken, der, wenn er dabei gewesen wäre, sicher nicht den Mund hätte halten können.

»Ach Gott, ich glaub, ich krieg 'nen Ausschlag!«, hätte er lauthals getönt. »Ganz zu schweigen von meinem armen Darm, der diesen Fraß verdauen muss. Nicht zu fassen!«

Er studierte die nicht sonderlich einladende Speisekarte über der Bar. Die ewig gleichen Pizzen, einfallslose Salate mit diesem grässlichen Rhode-Island-Dressing, ja, und dann natürlich Hamburger, nur dass sie hier anders hießen. Nach einer Weile begriff er, dass »Sattmacher, 90 g, 65 kr« in etwa dasselbe wie »Super Meal« im Süden sein musste.

Der Wirt hinter der Bar trommelte ungeduldig mit den Fingern auf den Tresen und wartete auf die Bestellung. Der kann ruhig warten, dachte Ralph und beeilte sich nicht sonderlich. Schließlich konnte man das Lokal nicht gerade als überfüllt bezeichnen.

Ein Mann saß mit gespreizten Beinen, sich ungeniert auf seinem Stuhl lümmelnd, in der Ecke. Seine Schirmmütze hatte er tief in den Nacken geschoben und die Jacke aufgeknöpft, so dass man den orangefarbenen Fleecepulli darunter sehen konnte. Vor ihm auf dem Tisch stand ein halbleeres Glas Bier. Er glotzte Ralph ungehobelt an, der sich wieder dem Typ hinter dem Tresen zuwandte.

»Einen Sattmacher, bitte, neunzig Gramm dürften reichen.«

Der Mann hörte auf zu trommeln und notierte etwas auf seinem Zettel.

»Orientdressing?«, fragte er.

»Orient... was?«

Ralph meinte, vom Tisch, an dem der einzige Gast saß, irgendeinen Kommentar vernommen zu haben.

»Orientdressing, Sie probieren müssen! Hier in Kuiva alle essen.«

Das klang nicht sonderlich überzeugend, aber es war bestimmt am besten, nicht zu viel Aufhebens von sich zu machen.

»Okay, dann probiere ich diese Orientgeschichte.«

»Du hier essen oder in Tüte?«, rief der Biertrinker vom Tisch herüber.

Ralph drehte sich zu ihm um.

»Wie bitte? In der Tüte?«

»Ja. Du hier essen oder in Tüte?«, wiederholte er seine Worte und stimmte wegen seines dämlichen Scherzes ein dümmliches Gelächter an.

Was für ein ungehobelter Kerl, kein bisschen Stil. Ralph erwog kurz, ob er das Essen lieber mit nach Hause in die

Einsamkeit des Hotels nehmen und lauwarm essen oder die Gelegenheit wahrnehmen sollte, sich einen Moment lang unter Leute zu begeben, auch wenn sie unsympathisch waren und ihnen vor lauter Glotzerei die Augen herausfallen würden.

»Ich esse hier, danke«, antwortete er rasch und schenkte dem Imbisstyp ein freundliches Lächeln. »Und ein Bier dazu.« Biertrinken war nicht unbedingt Ralphs beste Disziplin, aber er musste versuchen, sich anzupassen. Anschließend konnte er ja immer noch zu Hause einen italienischen Weißwein hinterhergießen, den er mit nach Kuiva gebracht hatte, und so die Balance wiederherstellen.

»Danke. Also ein Bier und ein Sattmacher, das macht hundertfünfzehn Kronen, bitte!«

Ralph nahm zwei glatte Hundertkronenscheine aus seiner Brieftasche. Er war erstaunt, hier in Kuivalihavaara auf diesen Herrn Omar aus dem Orient zu stoßen.

»Was hat Sie denn hierher verschlagen?«, konnte er sich nicht verkneifen, zu fragen, als er ihm das Geld reichte.

Herr Omar verbeugte sich höflich.

»Oh, ich verheiratet mit Frau. Meine Frau arbeiten Kirche. Pfarrer. Hier gut, aber Winter sehr kalt. Sehr, sehr kalt. Senf und Ketchup?«

»Ja, bitte. Das ganze Paket – ich meine, mit allem«, verbesserte sich Ralph.

Er setzte sich ein gutes Stück von dem unkultivierten Stielauge entfernt an einen Fenstertisch und vertiefte sich in eine auf dem Tisch liegende Lokalzeitung. Bis sein Sattmacher fertiggebraten war, hatte er sich schon über einen Kioskeinbruch in Övertorneå, einen brutalen Totschlag in Arjeplog und den in großer Aufmachung präsentierten Bericht über die spektakuläre Sauna eines Kommunalpolitikers in dessen Heimatort informiert. Außerdem studierte er sein und Erics aktuelles Horoskop und konnte feststellen, dass man zwischen Boden und Kiruna Probleme mit den Weichen befürchtete. Jetzt schon? Wie sollte das erst werden, wenn die Temperaturen noch weiter sanken?

Nachdem Ralph das Orientdressing weggekratzt und seinen Sattmacher verspeist hatte, zog er seinen Kaschmirmantel an. Genau in diesem Moment kam eine Blondine mittleren Alters durch die Tür. Offenbar wollte sie eine vorbestellte Pizza abholen. Ralph blieb stehen und betrachtete fasziniert ihre Sechziger-Jahre-Frisur. Dass es so was noch gab! So hatten die Mädchen im Teenageralter ausgesehen, als er klein war.

Er verharrte noch einen Augenblick, um zu hören, was sie sagte, während sich der ungehobelte Biertrinker am Tisch regte. Zögernd ging Ralph zur Tür, konnte jedoch nicht vermeiden, den Kommentar des Typen mit anzuhören.

»Was für 'n verfluchter Laffe«, nuschelte der Mann.

»Psst!«, ermahnte ihn Imbiss-Omar. »Still, Tony!«

»Na, is' doch wahr, der sah wie 'ne richtige Tunte aus! Wenn ich's doch sage!«

»Psst! Ich will dich nicht so über meine Kunden reden hören.«

Die Tür schlug hinter Ralph zu, so dass er den Rest der Unterhaltung nicht mehr mitbekam. Er konnte sich also nur ausmalen, wie sich der Mann und die abgetakelte Rockerbraut das Maul über ihn zerrissen, während sie ihr Gesicht missbilligend verzog.

Ralph konnte noch sehen, wie die Frau aus der Tür trat. Sie warf ihm einen abfälligen Blick zu und verschwand mit energischen Schritten und den Pizzakartons unter dem Arm in die entgegengesetzte Richtung.

14

Mirjam hatte angeboten, zum Supermarkt zu gehen und ein paar Grundnahrungsmittel einzukaufen. Neben Käse, Brot und Kaffee wollte Hervor unbedingt einen Rotwein haben, den sie beim Systembolag bestellt hatte. Hervor hingegen plante, ihren einzigen Bruder, der noch im Dorf wohnte, zu besuchen. Ihre anderen Geschwister waren in den südlichen Teil Schwedens gezogen und ihre Eltern schon seit langem verstorben. Trotzdem hat sie noch jede Menge Verwandte hier, dachte Mirjam. Tante Uhv, Hervors lustige Tante, wohnte ebenso wie ihr Onkel Eilert im Dorf und obendrein ein Haufen Cousinen.

Mirjam wollte die Gelegenheit nutzen und erneut beim Roten Kreuz vorbeischauen, um sich darüber zu informieren, was sie in die Kinderhilfspakete tun sollte. Als sie neulich rasch einen Abstecher dorthin gemacht hatte, war geschlossen gewesen. Eigentlich waren Näharbeiten nicht so ihr Ding. Mäkel-Olsson – wie sie ihre Handarbeitslehrerin zu Hause auf Gotland genannt hatten – hatte oft eine betrübte Miene aufgesetzt, wenn Mirjam ihr ihr Machwerk zeigte. Sie war nicht sonderlich angetan, weder von Mirjam noch von ihren Stickereien oder gehäkelten Erzeugnissen. Schließlich sollte sie ihr Können an der Nähmaschine demonstrieren und eine kleine Babydecke nähen.

»Mit der Nähmaschine scheinst du immerhin umgehen zu können«, fauchte Mäkel-Olsson gereizt.

Sie konnte nur hoffen, dass die Handarbeiten fürs Rote Kreuz mit der Nähmaschine anzufertigen waren, sonst hatte sie ein Problem.

Mirjam fuhr in ein paar alte Schnabelstiefel, die sie aus Hervors Rumpelkammer gekramt hatte. Sie waren bequem und mit den eingearbeiteten Wollsocken vor allem schön warm, auch wenn der Winter noch nicht richtig zugeschlagen hatte. Mirjam warf ihr rotes Cape über, schlang sich den Schal ein paarmal um den Hals, zog Handschuhe an und war somit bereit für ihren Gang ins Dorf. Das Cape war völlig verdreckt gewesen, nachdem sie damit auf Sylves Misthaufen gekniet hatte, aber die Reinigung hatte ein Wunderwerk vollbracht, und dafür war sie zutiefst dankbar.

Es war eisig, und ein rauher Wind blies über ihre Wangen. Wie lange es her war, dass sie hier entlanggegangen war, wie viele Jahre hatte sie in Kuiva verbracht! Sie wusste noch über jedes Wehwehchen der Einwohner Bescheid. *Angina Pectoris* war natürlich gängig, aber auch *Ulcus Ventriculi,* Magengeschwüre. Herrgott, wie leid sie all diese Krankheiten gewesen war! Keiner wollte etwas für seine Gesundheit tun, sondern alle verlangten eine Wundermedizin, und dann wunderten sie sich, warum sie nicht mehr so gut in Schuss waren wie mit siebzehn. Einmal hatte sie einem Mann in den Sechzigern unverfroren ihre Meinung gesagt. Er hatte sich über seinen Bierbauch und seine Müdigkeit beklagt und sie gefragt, was sie für ihn tun könne.

»Essen Sie mehr Gemüse und gehen Sie an die frische Luft und bewegen Sie sich!«, ermahnte sie ihn. »Sonst werden Sie früh sterben.«

Die Augen des Patienten wurden schwarz, und er kniff seinen Mund zusammen.

»Fahr'n Sie doch zur Hölle«, brüllte er.

Noch ehe sie es sich versah, war er gegangen und hatte die Tür hinter sich zugeknallt. Dabei hatte sie doch nur gesagt, wie es war.

Mirjam ging schnell und nickte den Leuten zu, denen sie unterwegs begegnete. Die meisten von ihnen erkannte sie entfernt wieder, konnte sie aber nicht zuordnen oder sich an ihre Namen erinnern. Ah, da war doch ein vertrautes Gesicht! Pia, die mit Hervors Cousin verheiratet war. Sie hatte ihre Mütze tief in die Stirn gezogen.

»Hallo, Pia!«, grüßte Mirjam.

Sie blieben beide stehen. Zuerst schien Pia darüber nachzugrübeln, wer sie war, aber dann breitete sich ein Lächeln auf ihrem Gesicht aus.

»Na, so was, Mirjam! Das ist ja eine Überraschung! Ich hab schon von Gerda gehört, dass du wieder im Lande bist. So etwas macht hier schnell die Runde, wie du ja weißt.«

»Hm. Hätte selbst nicht gedacht, dass ich irgendwann noch einmal hierherkomme, aber da bin ich!«

Plaudern, einfach drauflosreden, nur nicht darauf zu sprechen kommen, dass sie wieder auf der Flucht war. Diesmal nicht vor der Insolvenz – nein, viel schlimmer, vor Sylve, dem armen Kerl. Aber das konnte sie Pia nicht so einfach am Straßenrand von Kuivalihavaara auftischen.

»Und Hervor ist auch wieder zu Hause, wie ich gehört habe. Hattet ihr eine schöne Zeit in den USA?«

Mirjam erzählte ihr dies und das von ihrer Tochter und ihrem goldigen Enkel, der ihr Leben bereicherte, während Pia in ihren viel zu dünnen Stiefeln von einem Bein auf das andere trat.

»Du frierst«, stellte Mirjam freundlich fest, »vielleicht sollten wir nicht gerade hier herumstehen und schwatzen. Was hast du eigentlich mit deinem Auge gemacht? Du bist ja ganz grün und blau.«

Pia hatte sich an der Stirn gekratzt und dabei offenbar völlig vergessen, dass ihre Mütze einen blauen Fleck verdeckte.

Jetzt war sie hochgerutscht und hatte ihr Geheimnis preisgegeben. Sie errötete und ein blanker Schimmer trat in ihre Augen.

»Du liebe Zeit, du bist doch nicht geschlagen worden, oder?«, platzte Mirjam, ohne nachzudenken, heraus. »Wie heißt dein Mann noch gleich?«

Pia lachte auf.

»Tony. Nein, nein! Ich hab mich selbst so dumm angestellt, bin vor ein paar Tagen direkt in eine Tür gerannt.«

Mirjam hatte selten so eine schlechte Lüge gehört, aber das behielt sie für sich.

»Ich muss weiter«, sagte sie stattdessen, »zum Supermarkt. Komm doch abends mal auf einen Kaffee vorbei, dann können wir in gemütlicher Runde ein bisschen plaudern.«

Pia nickte. Sie verabschiedeten sich voneinander und setzten jeweils ihren Weg in entgegengesetzter Richtung fort. Mirjam runzelte tief die Stirn.

Pia war wirklich nett. Auch wenn sie mindestens zehn, fünfzehn Jahre jünger als Mirjam war, hatten sie sich angefreundet, als Mirjam damals hier lebte. Zwei Südschwedinnen, die sich in der lappländischen Einöde nicht sonderlich wohl fühlten, aber aus unterschiedlichen Gründen dort blieben. Gut, die Natur war natürlich ausnehmend schön hier, und die Dunkelheit des Winters hatte zumindest Mirjam keinen Kummer verursacht – die mückenreichen Sommer waren viel schlimmer. Am schwersten war es wohl, die Volksseele im Norden zu verstehen, die anders als alles war, was sie von zu Hause kannte. Auch wenn die Menschen in Kuivalihavaara freigebig und gastfreundlich waren, hatten sie oft unverrückbare Ansichten. Schwarz oder Weiß, dazwischen gab's nichts. Als sie Hervor einmal darauf angesprochen hatte, hatte sie Mirjam das folgendermaßen erklärt:

»Uns allen ist die religiöse Erziehung in Fleisch und Blut übergegangen. Ob du nun strenggläubig oder ein verlorener Heide bist. Entweder du bist ein Sünder oder strebsam.«

Was Pia betraf, so erinnerte Mirjam sich an Gerüchte im Dorf, dass Tony sie nicht immer gut behandelte, auch wenn sie sich selbst nie beklagte. Diesen Tony konnte Hervor liebend gern mit einem Bann belegen. Wenn es nach Mirjam ging, konnte er sich geradewegs zum Teufel scheren. Einmal, in grauer Vorzeit, als Mirjam noch mit Annas Vater verheiratet gewesen war, hatte sie am eigenen Leib erfahren, wie es war, geschlagen zu werden. Es war nur einmal passiert, und sie hatte die Stärke besessen, ihn daraufhin sofort zu verlassen. Hatte sich Anna geschnappt und war einfach gegangen. So einer verdiente es nicht, eine Familie zu haben. Sie hatte es niemals bereut.

»Tony, du kannst da hingehen, wo der Pfeffer wächst«, murmelte sie vor sich hin, besann sich jedoch augenblicklich. Keine negativen Affirmationen war die Maxime, noch nicht einmal bei Männern wie Tony, die ihren Ehefrauen gegenüber gewalttätig wurden.

Sie eilte weiter und nickte Gerda zu, die mit schnellen Schritten auf Tante Uhvs Haus zusteuerte und durch die Tür verschwand. Gerda hatte ihnen vor einigen Tagen einen Besuch abgestattet und als Willkommensgruß frisch gebackene Fladenbrote mitgebracht. Brühwarmen Klatsch hatte sie ihnen auch gleich serviert, über den Mann aus Stockholm, der in den alten Kasten eingezogen war. Was damit wohl geschehen würde? Weder Mirjam noch Hervor hatten ein Wort darüber verloren, dass der besagte Mann eine Berühmtheit war, und Mirjam hatte auch nicht erwähnt, dass er einen Lebensgefährten namens Eric Cronås hatte, weil ihr schwante, dass das für Gerda und andere Dorfbewohner nur schwer zu verdauen sein würde. Wenn Ralph hierbliebe, würden sie das noch früh genug herausfinden.

Puh, wie mühselig das Treppensteigen doch geworden war, fand Gerda. Sie hatte bestimmt zu viele Tage faul herumgesessen, das passierte leicht, wenn sie erst einmal mit den Flickenteppichen beschäftigt war. Wenn bloß endlich Schnee fallen würde, dann könnte sie jeden Tag eine Schlittentour mit dem Tretschlitten zur Brücke machen. Oder warum nicht bis zum Friedhof, dann konnte sie – falls nötig – auf Ivars Grab den Schnee wegschaufeln, das war auch eine längere Strecke. Na gut, sie war kein junges Mädchen mehr, aber deshalb musste sie ja nicht so fürchterlich keuchen. Das lag bestimmt am Rauchen, vielleicht sollte sie aufhören.

Gerda rang nach Luft, als sie den ersten Stock und somit Tante Uhvs Flur erreicht hatte, und zog die Kuoma-Stiefel aus, die Pia ihr letztes Jahr zu Weihnachten geschenkt hatte. Prima Schuhe, das musste sie einräumen, ließen sich einfach so mir nichts, dir nichts in die Waschmaschine werfen. So viel hatte sie immerhin begriffen, die kleine Chaotin aus Südschweden!

Daran, dass die Südschweden allesamt Schmutzfinken waren, gab's nichts zu rütteln. Sie wussten es einfach nicht besser, auch Pia war da keine Ausnahme, und wenn sie zehnmal ihre Schwiegertochter war. Außerdem hatte sich das bei den wenigen Malen bestätigt, als Gerda in Südschweden zu Besuch gewesen war. Dort unterzog sie die Fußleisten und Zimmerecken einer eingehenden Prüfung, die meistens zu wünschen übrigließen. Auch Ofenluken und Ventile blieben nicht verschont, die – wenn Gerda zu entscheiden hätte – fast immer gründlich gesäubert werden mussten. Andererseits – Pia war trotzdem in Ordnung, ja sogar ein Glücksfall. Wenn sie nicht gewesen wäre, sie wüsste nicht, was aus Tony geworden wäre. Es war zwar bedauerlich, dass er mit dem Trinken angefangen hatte, aber Gerda konnte nicht anders, er tat ihr trotzdem leid. Wenn Ivar doch bloß nicht so hart zu dem Jungen gewesen wäre. Die beiden waren nie gut miteinander ausgekommen. Ständig hatte ihn sein Vater als Schwächling bezeichnet.

Gerda schlug einen Trommelwirbel gegen die Tür, bevor sie, ohne zu zögern, eintrat und sich wie immer auf Tante Uhvs Küchenbank sinken ließ, um einen Moment zu verschnaufen. Tante Uhv beschäftigte sich derweil mit dem Geschirr und drängte ihre Schwägerin nicht. Gerda ließ einen angemessenen Zeitraum verstreichen, bevor sie das Gespräch begann.

»Hallo.«

Sie zog den Reißverschluss der Thermojacke auf und ließ sie auf die Bank gleiten.

»Hallöchen«, erwiderte Tante Uhv. »Hast du neue Yatzyblöcke dabei?«

»Ja«, antwortete Gerda, wobei sie die Luft auf typisch norrländische Weise zwischen den Lippen einsog. Mütze und Schal landeten ebenfalls auf der Bank.

»Prima! Dann können wir ja eine Runde spielen.«

Tante Uhv faltete die Zeitung zusammen, die auf dem Küchentisch gelegen hatte, wischte das Wachstuch ab und stellte zwei Kaffeetassen hin.

»Du hast schon Kaffee gekocht?«, fragte Gerda enttäuscht, die wusste, dass, wenn der Kaffee ausgetrunken war, es an der Zeit war, das Feld zu räumen. Gerngesehenen Gästen wurde deshalb nicht auf Anhieb Kaffee serviert, anders verhielt es sich hingegen mit denjenigen, die man schnell wieder loswerden wollte. Was also wollte Tante Uhv damit sagen?

»Ach was, das müsstest du doch wissen! Das ist Wein.«

»Wein?«

»Ja, ich dachte, wenn wir ihn aus Kaffeetassen trinken, fällt das nicht weiter auf, falls jemand vorbeikommen sollte.«

Tante Uhv gluckste und holte die Würfel aus der Schachtel, die auf der Fensterbank lag. Gerda konnte nicht anders, sie musste mitlachen, auch wenn sie daran dachte, was ihre gottesfürchtigen Eltern wohl dazu gesagt hätten. Tante Uhv war einfach zu drollig!

»Also, für mich keinen Wein«, sagte sie resolut.

Tante Uhv tat ihren Einwand ab.

»Ach, scher dich nicht um deine Altlasten, wir sind doch, verflucht noch mal, alt genug, um uns ein Weinchen zu gönnen, wenn uns danach ist, oder?«

Gerda musste einräumen, dass sie da nicht ganz unrecht hatte, aber trotzdem – sie tat so etwas normalerweise nicht.

»Mensch, wir müssen uns jetzt doch nicht länger mit dem alten Uhv und dem seligen Ivar abmühen. Jetzt sind wir an der Reihe, Gerda! Jetzt ist uns auch mal ein bisschen Spaß vergönnt! Friede ihrer Asche!«

Gerda gab nach, hängte ihre Thermojacke ordentlich über den Stuhlrücken und holte die neuen Yatzyblöcke raus.

»Kannst du …«, setzte sie an, »… kannst du dich noch daran erinnern, wie wir den Männern Essig in den Branntwein geschüttet haben? Mannomann, wie hatten wir die Schnauze voll von ihrer Sauferei.«

»Stimmt. Aber nicht, dass sie danach mit dem Trinken aufgehört hätten, o nein! Haben trotzdem die Flasche geleert, jawoll!«

Gerda merkte, wie ein Lachen in ihr aufstieg. Damals war es überhaupt nicht amüsant gewesen, aber jetzt konnte sie sich das Lachen nicht verkneifen.

»Ja, du lieber Himmel«, kicherte sie, »und danach haben sie zwei Tage lang wie ein Stein geschlafen. Tja, da kannste mal sehen, Essig hat's ganz schön in sich!«

Jetzt konnte sich auch Tante Uhv nicht mehr beherrschen und holte ihr Taschentuch heraus, um sich die hinabkullernden Tränen abzuwischen.

»Ja, wie schön ruhig es an jenen beiden Tagen war, auch wenn ich eine Zeitlang ernstlich dachte, dass wir sie umgebracht hätten«, fügte Tante Uhv hinzu und klemmte ihre Zahnprothese wieder im Unterkiefer fest, die sich etwas gelockert hatte. Wenn Ivar damals schon gestorben wäre, hätte das keinen großen Unterschied gemacht. Als er endlich das Zeitliche segnete, war sie, obwohl sie sich dafür schämte, äußerst erleichtert gewesen. Aber das würde sie niemals zugeben, nicht mal Tante Uhv gegenüber.

»Brrr, du hast ganz recht«, sagte sie und hob ihre Kaffeetasse. »Alkohol ist unser aller Verderben! Also, Prösterchen!«

Das Yatzyspiel gewann an Fahrt, und die nachmittäglichen Stunden vergingen in rasendem Tempo bei großen Straßen, Viterer- und Dreierpaschs. Bei mindestens zwei Gelegenheiten ließ Gerda sich dazu hinreißen, mit den Würfeln zu schummeln, und brachte es auf diese Weise zu Yatzy und einem Viererpasch. Aber was machte das schon? Tante Uhv jedenfalls bemerkte es nicht, und was man nicht weiß, macht einen nicht heiß. Zwischenzeitlich zogen sie in Abständen die Gardinen zur Seite, um ungeniert zu beobachten, was in dem alten Kasten vor sich ging. Sie ahnten nichts Gutes.

15

Die Holztreppe ächzte, und stampfende Schritte waren zu vernehmen, so dass Tante Uhv in größter Eile die Weinflasche unter dem Küchentisch verschwinden ließ.

Als ob ein Zauberstab durchs Zimmer gefegt wäre, spülten flinke tornedalische Hände Kaffeetassen, öffneten das Fenster und fächelten den ärgsten Zigarettenqualm hinaus. Als die Küchentür mit einem Quietschen aufschwang, saßen Gerda und Tante Uhv unschuldig da und waren in ein Gespräch über Östens lustigen Tretschlitten, der unten Räder dranhatte, die Dorfbewohner im Allgemeinen und über die sich beharrlich haltende herbstliche Dunkelheit vertieft. Gerda störte sich am Türquietschen.

»Du solltest diese Tür unbedingt ölen«, stellte sie just in dem Moment fest, als Eilerts Stimme durch die Küche dröhnte.

Im Schlepptau hatte er den Neuzugang vom Hotel, der noch genauso adrett aussah wie damals, als er in Gerdas Küche hereingeschneit war.

»Grüßt euch, Mädels«, sagte Eilert. »Ich habe Ralph mitgebracht. Ihr habt doch sicher schon bemerkt, dass in denalten Kasten wieder Leben eingekehrt ist?«

»Nö, das ist uns noch gar nicht aufgefallen«, flunkerte Tante Uhv.

Eilert musterte sie mit gerunzelter Stirn, und Gerda dachte, dass ihr bei dieser Lüge eigentlich die Zunge schwarz werden müsste. Und sie bemerkte, dass ihre Schwägerin dem Neuankömmling nur gnädig zunickte. Dabei hatte er sich ihr gegenüber doch so höflich verhalten. Tante Uhv konnte sich ruhig die Mühe machen, ihn etwas herzlicher zu empfangen.

»So, so, ein Fremder beehrt uns mit seinem Besuch, welch eine Überraschung«, gab Tante Uhv nur trocken von sich.

Ralph lächelte. Charmant, anders kann man das nicht sagen, dachte Gerda.

»Nun ja, ich bin zufällig vorbeigekommen«, antwortete er, streifte seine Lovikkahandschuhe ab und streckte zuvorkommend die Hand aus. Seine feingliedrigen Finger blieben in der Luft hängen, ohne dass die Begrüßung erwidert wurde. Mein Gott, wie unhöflich von ihr! Gerda merkte, wie die Wut in ihr hochkochte, weil Tante Uhv nichts anderes tat, als dazustehen und Ralph unfreundlich anzuglotzen.

»Nette Handschuhe haben Sie da«, sagte sie. »Schönes Muster.«

Nein, das reichte jetzt aber entschieden, fand Gerda. Wollte Tante Uhv etwa auf diese lächerliche Weise gut Wetter bei ihm machen?

Gerda ging zu Ralph hinüber, für sie war er schon wie ein alter Bekannter, weshalb sie das Gefühl hatte, dass sie sich nicht zieren musste.

»Hat das Fladenbrot geschmeckt?«

Ralphs Gesicht erhellte ein Lächeln.

»Na, so was, hallo! Es hat himmlisch geschmeckt, so etwas haben Sie hoffentlich nicht zum letzten Mal gebacken.«

Er hat mir doch nicht etwa zugezwinkert?, dachte Gerda. Nein, was war das nur für ein reizender Mann!

»Wir werden sehen«, erwiderte Gerda, die nicht zeigen wollte, dass sie sich geschmeichelt fühlte. Insgeheim malte sie sich jedoch schon aus, wie sie diesen gutaussehenden Fremden, der sich Damen gegenüber so höflich benahm, mit unzähligen Fladenbroten überhäufte.

»Wir wollten gerade Kaffee kochen«, verkündete Tante Uhv.

Gerda und Einar wechselten einen Blick. Beide dachten dasselbe. Jetzt wollte Uhv den Gast also in null Komma nichts loswerden. Na ja, dagegen konnten sie nicht viel unternehmen.

»Was haben Sie eigentlich für die Handschuhe bezahlt?«, fragte Tante Uhv im Vorübergehen, als sie an die Spüle trat.

Ralph nannte den Preis, und Gerda konnte nur staunen. Wenn er sie bei Mija, der Friseuse, gekauft hatte, dann hatte sie ihn aber kräftig übers Ohr gehauen und doppelt so viel genommen wie sonst.

Eilert machte Anstalten, Ralph die Verwandtschaftsbeziehungen zu erläutern, und Gerda beobachtete abwechselnd Ralph und Tante Uhv beim Kaffeekochen. Wasser bis zur Tülle, sieben Kaffeelöffel Kaffee, raus mit den Kaffeetassen, immerhin nahm sie die Hefebrötchen aus dem Gefrierschrank. Während sie alles für die Kaffeestunde vorbereitete, warf Tante Uhv dem Neuankömmling verstohlene Blicke zu.

»Also, fast alle hier in Kuiva sind miteinander verwandt. Hat man einen an der Angel, folgt bald der ganze Schwarm«, gab Eilert Ralph zu verstehen. »Tante Uhv – wie wir sie nennen – ist meine Schwester und Gerda unsere Schwägerin, die Witwe unseres Bruders Ivar.«

Während Ralph sorgsam seinen eleganten Mantel und seinen roten Schal aufgehängt hatte, saß Eilert in seiner Jacke da und hielt die Mütze auf dem Schoß. Ralph trug ein schwarzes T-Shirt mit einem ebenfalls schwarzen Blazer und ein Paar gutsitzende Hosen, wie Gerda bemerkte.

Sie leistete Tante Uhv an der Spüle Gesellschaft. Das Gespräch der Männer hatte sich dem Jubiläum zugewandt,

Eilerts gegenwärtigem Lieblingsthema, und so würden sie Gerdas gedämpften Tratsch mit Tante Uhv nicht hören.

»Irgendwie kommt er mir bekannt vor«, flüsterte Gerda.

»Ach wirklich, findest du?«, erwiderte Tante Uhv scharf und warf erneut einen Blick auf den Gast.

»Ja, seine Haare und die Wangen …«, ließ Gerda nicht locker. »Was meinst du, ob er mal im Fernsehen war?«

»Könnte sein«, zischte Tante Uhv.

Gerda stieß sie leicht an.

»Ein Promi vielleicht? Und das in deiner Küche!«

Tante Uhv reichte Gerda die Kaffeetassen, damit sie sie auf den Tisch stellte.

»Red nicht so einen Blödsinn!«, wies sie Gerda in die Schranken. »Aber ich finde, dass Mija zu viel Geld für die Handschuhe genommen hat«, fügte sie in einem versöhnlicheren Tonfall hinzu, »geradezu unverschämt teuer. Aber meine Schwiegertochter ist, wie sie ist.«

»Und was wollen Sie mit dem Hotel machen?«, fragte Tante Uhv Ralph unwirsch, als sie einen Augenblick später den Kaffee einschenkte. »Beabsichtigen Sie, sich hier niederzulassen?«

»Hm, das wohl nicht«, antwortete Ralph und nahm ein Hefebrötchen von der Platte, die sie ihm hinhielt, »aber man könnte es wieder in Schuss bringen und eine Art Pension daraus machen.«

Tante Uhv ließ sich mit einem Plumps auf den Stuhl fallen.

»Eine Pension? Hier oben? In diese Wildnis verirrt sich ja noch nicht mal ein Eichhörnchen. Nein, das kann sich doch im Leben nicht lohnen!«

Ralph lobte überschwenglich Tante Uhvs Hefebrötchen, sie seien gar zu lecker, ob das ihr eigenes Rezept sei, und Gerda dachte bei sich, dass sie sofort zu Hause selbst welche backen und ihm eine Tüte mit ihren Hefebrötchen in die Hand drücken musste, die um Längen besser waren als die von Tante Uhv.

»Aber gewiss doch«, antwortete er, während er in das Brötchen biss, »viele haben das Großstadtleben satt und sind ganz scharf auf ein paar Tage in der Wildnis. Natürlich muss man ihnen einen Anreiz bieten, ich denke da an Massagen, Whirlpools, ausgesucht leckeres Essen und Wein.«

Tante Uhvs alte, faltige Kinnlade fiel herunter.

Ihr Misstrauen war auf dem Weg, ehrlichem Erstaunen Platz zu machen.

»Und das lockt wirklich die Leute hinter dem Ofen hervor? Massasche? Bubbelpool?«

»Und ob«, erwiderte Ralph, »aber vor allem kann man die Ruhe hier oben zu Geld machen. Viele Menschen haben ein Bedürfnis danach, die Großstadt ist stressig. Ich habe erst Zweifel gehabt, aber mein Geschäftspartner ist Feuer und Flamme.«

Endlich konnte Gerda beobachten, wie der misstrauische Gesichtsausdruck ihrer Schwägerin verschwand und sich ihr Mund zu einem freudigen Lächeln verzog.

»Aber das klingt ja ganz ausgezeichnet! Endlich wieder Leben in der Bude, wie früher!«, rief sie aus. »Keine Flüchtlingsschar mit Schleier, bei denen man nicht mal das Gesicht erkennen kann?«

»Äh, nein …«

Ralph sah Tante Uhv fragend an, was Gerda zu gut gefiel, als dass sie ihm zu Hilfe gekommen wäre.

»Es wurde so einiges in der *Norrländskan* darüber geschrieben«, erklärte sie schließlich, »natürlich nur leeres Gerede, aber wir haben uns schon ernstlich gefragt, was daraus werden würde. Aber, sagen Sie – da Sie ja Sigfrids Haus geerbt haben, da stellt man sich natürlich die Frage, ob Sie Bekannte waren, er und Sie?«

»Das könnte man vielleicht sagen, Bekannte ist das richtige Wort. Wir haben uns nur ein paarmal getroffen.«

»Und wie war er?«

Gerda sah, dass Tante Uhv ihn gespannt ansah. Sie war es, die die Frage gestellt hatte. Ihre Wangen waren leicht gerötet, und ihr Blick leuchtete plötzlich voller Neugier.

»Sie müssen wissen, dass wir ihn viele Jahre lang nicht mehr zu Gesicht bekommen haben«, erläuterte Gerda.

Ralph griff nach der Kaffeekanne und lehnte sich über den Tisch.

»Besonders gut habe ich ihn nicht gekannt, aber ich finde, dass Sigfrid Rautio ein sehr freundlicher Mann war. Gebildet natürlich, enorm gebildet, und unheimlich sympathisch. Obwohl es ihm zuletzt furchtbar schlecht ging, er hatte Krebs.«

Gerda musterte den attraktiven Mann eindringlich und sah, dass Tante Uhv es ihr gleichtat. Eilert meldete sich kaum zu Wort, er hörte vor allem zu.

»Aber Sie waren auf seiner Beerdigung, oder? Wo Sie ihn doch beerbt haben.«

Gerdas Worte ließen alte Erinnerungen in Ralph wachwerden.

Selbstverständlich war er auf Rautios Begräbnis gewesen. Die Testamentseröffnung bei Rechtsanwältin Harryson hatte seine Neugierde auf den alten Mann geweckt, der Ralph sein ganzes Hab und Gut hinterlassen hatte. Er wusste nicht so recht, wo er anfangen sollte, weshalb er zur Beerdigung in die Auferstehungskapelle auf dem Waldfriedhof ging und dort zwischen den anderen Gästen mit seiner berühmten Stimme *Schönster Herr Jesu* intonierte. Zwei Herren in den vorderen Bankreihen hatten sich nach ihm umgedreht. Nur wenige kamen zum Kondolieren, und seltsamerweise waren es ausschließlich Männer.

Den Sarg zierte ein schönes Tuch der Freimaurer – nahm Ralph jedenfalls an, nach dem spezifischen roten Kreuz auf weißem Grund zu urteilen. Um den Sarg waren Buketts und Kränze verteilt. Ein Mann trat vor, nahm Abschied und legte eine rote Rose nieder. Unbeholfen tätschelte er den Sarg, bevor er sich tief verneigte. Weitere männliche Trauergäste traten vor, Kollegen, wie Ralph vermutete, und jemand verlor ein paar Worte über Sigfrids wissenschaftliche Errungenschaften. Zuletzt hatten sich sechs Männer am Sarg versammelt, und Ralph hatte nun Gewissheit, dass Sigfrid Freimaurer gewesen war. Die Männer hielten eine besonders feierliche, wenngleich kurze Rede und übergaben ihren Ordensbruder dem »allmächtigen Baumeister aller Welten«. Ein unbestimmter Zauber ging davon aus, und Ralph wurde von der Feierlichkeit des Augenblicks mitgerissen, und seine Gedanken schweiften in die Ferne. Erst als es still um ihn wurde, fiel ihm auf, dass die Trauergäste ihn auffordernd ansahen. Ach ja, er sollte auch Abschied nehmen. Er stand einen Moment am Sarg und sprach leise zu Sigfrid Rautio:

»Wer warst du, und warum hast du mir alles hinterlassen? Werde ich es jemals erfahren? Vielen Dank jedenfalls.« Er legte sein einfaches Blumenbukett nieder, das er im Blumenladen des Waldfriedhofs erstanden hatte, und verbeugte sich höflich vor Sigfrids Sarg, bevor er wieder zurückging und sich setzte. Er spürte die durchbohrenden Blicke. Ein Teil der Trauergäste fragte sich bestimmt Ähnliches. Wer war *er?* Andere hingegen erkannten ihn. Warum war er hier, der Opernsänger? Nach der Zeremonie waren sie schließlich auf ihn zugekommen und hatten ihn begrüßt. Der Bestattungsunternehmer lud zum Kaffeetrinken auf die Enskede-Terrasse, doch Ralph lehnte ab, er würde bloß mit einer Menge Fragen konfrontiert werden, auf die er keine Antworten wusste.

Er verließ den Waldfriedhof und schlug die Richtung nach Sandsborg ein, bevor er in den Fußgängertunnel abbog, der zu dem Viertel mit den Einfamilienhäusern führte, und nach Hause zurückkehrte.

»Also, was ist, sind Sie nun auf seine Beerdigung gegangen oder nicht?«

Tante Uhv sah ihn scharf an und wartete auf eine Antwort. Er nickte.

»Selbstverständlich bin ich hingegangen. Es war ein schönes Begräbnis. Ganz außergewöhnlich.«

Gerda warf Tante Uhv, die ihr zunickte, einen befriedigten Blick zu. Beide wussten, was der anderen durch den Kopf ging. Was war dieser Ralph doch für ein feiner Mann, ein echter Ehrenmann! Das hatten sie sich die ganze Zeit schon gedacht. Er wusste, wie man sich ehrbar aufführte, und besuchte sogar Begräbnisse.

Nachdem Tante Uhv all das erfahren hatte, war sie so guter Dinge, dass sie *kaffeost*, eine tornedalische Käsespezialität, hervorholte und ihn in Stücke schnitt. Eilert zeigte Ralph, wie er seine Tasse bis zur Hälfte mit Käsestückchen füllen und dann mit Kaffee übergießen musste.

»Wenn Sie den Kaffee ausgetrunken haben, löffeln Sie die restlichen Käsestückchen einfach aus der Tasse. Es ist so etwas wie unser Nationalgericht«, erklärte ihm Eilert. »Wir tischen das nur zu feierlichen Anlässen auf.«

Tante Uhv nickte beipflichtend, woraufhin sie ihre Kaffeetassen hoben und dem Neuzugang viel Glück für sein Hotel wünschten.

»Also, ich hab mir Folgendes gedacht«, setzte Eilert an, nachdem er seinen kaffeost geschlürft hatte, »ihr beiden Frauen seid doch Expertinnen im Putzen, oder?«

»Ich weiß nicht«, antwortete Gerda bescheiden. Scheuern kann doch jeder, dachte sie – bis auf die Südschweden natürlich.

»Ach, herrje, putzen kann doch jeder!«, tönte Tante Uhv.

Eilert nahm einen weiteren Schluck Kaffee und löffelte seinen Käse aus der Tasse.

»Na, na, nun seid mal nicht so schüchtern, und ob ihr das seid, und das wisst ihr auch. Ralph braucht Hilfe mit dem Hotel, ich sprech auch mit Alva und Pia, obwohl es wegen des Jubiläums alle Hände voll zu tun gibt. Aber wenn wir uns gegenseitig unter die Arme greifen, schaffen wir das.«

Gerda freute sich. Endlich geschah hier wieder etwas! Dass sie mitmachen würde, war keine Frage, sie konnte auch Hefebrötchen mitbringen, oder warum nicht Essen?

»Ich bezahle natürlich Stundenlohn dafür«, warf Ralph ein.

Tante Uhv schwenkte den restlichen kaffeost in ihrer Tasse.

»Natürlich helfen wir, so anstrengend wird das schon nicht, und von Bezahlung wollen wir nichts hören. Wenn die Mädchen ebenfalls kommen, ist das doch umso besser. Ich kann außerdem meine Nichte Hervor dazubitten, sie ist ein Putzteufel erster Güte. Und die Ärztin kann sie auch gleich mitbringen.«

»Die Frau Doktor kann doch nicht putzen gehen«, protestierte Gerda, »das schickt sich nicht, das solltest du wissen!«

»Na ja, wir werden sehen. Aber wir kommen auf alle Fälle, um alles durchzufegen, das ist überhaupt kein Problem.«

16

Nachdem Ralph sein Frühstück beendet hatte, schweifte sein Blick lustlos durch die Hotelküche. Trübsinn überfiel ihn, und dass ein ereignisloser Oktobertag vor ihm lag, machte die Sache nicht besser. Drei Wochen war er jetzt schon hier, und den Großteil der Zeit hatte er sich bloß ausgeruht, war spazieren gegangen und hatte in den alten Schränken in der Hotelküche gestöbert. Er musste sich eingestehen, dass die Ruhe ihm gutgetan hatte und er sich körperlich so frisch wie schon seit langem nicht mehr fühlte, aber dennoch – es war fürchterlich öde.

Er musste sich mit irgendetwas Sinnvollem beschäftigen, in dem Punkt war Eric unnachgiebig gewesen. *Unternimm irgendwas in der Zwischenzeit*, hatte er Ralph in einer SMS aufgefordert. *Untersuch den Keller und überleg dir, wo man den Wellnessbereich unterbringen könnte. Lass ein wenig deine Phantasie spielen, auch wenn dir das nicht so liegt wie mir. Küsschen!*

Für Eric ist das alles natürlich ein Kinderspiel, dachte Ralph mutlos, während er in der Rezeption nach den Schlüsseln und einer Taschenlampe suchte. Eric war nicht nur Designer, sondern auch Koch und hatte einen Blick fürs Ästhetische. Er besaß zwar keine professionell geschulte Stimme – die war nur Ralph vergönnt –, aber als Opernsänger baute man keine Häuser, und was ihn betraf, so war er nicht im mindesten praktisch veranlagt.

Während er die Regale in der Rezeption durchforstete, klopfte jemand leise an der Tür, die sich daraufhin öffnete. Erstaunt sah Ralph auf. Sein Blick fiel auf Tante Uhv.

»Hallo und willkommen! Danke auch für die Gastfreundschaft neulich.«

»Hallo.«

Sie nickte, beugte sich hinunter und zerrte zwei schwere Papiertüten durch die Tür. Ralph eilte hinüber, um ihr zu helfen. Er hob die Tüten auf den Empfangstresen und bot Tante Uhv einen Stuhl an, damit sie verschnaufen konnte. Sie war eine zerbrechliche und zierliche alte Frau. Fragend sah er sie an. Sie nahm ihre Brille ab und putzte mit einem Taschentuch, das sie in den Pulliärmel gestopft hatte, die beschlagenen Gläser.

»Diese Bücher sind für Sie«, sagte sie. »Sie sind bei Ihnen besser aufgehoben als bei mir.«

»Aha. Darf man fragen, um was für Bücher es sich handelt?«

Sie setzte die Brille wieder auf die Nase und sah ihm fest in die Augen. Für einen flüchtigen Moment glaubte er, ein Aufblitzen und ein Lächeln in ihnen zu sehen.

»Ich will Sie nicht aufhalten«, sagte sie. »Ich werde gleich wieder gehen, aber das«, sie deutete auf die Taschen, »sind Sigfrid Rautios Tagebücher. Dachte, Sie möchten vielleicht mehr über den Mann und sein Leben in Erfahrung bringen.«

Ralph grübelte über Tante Uhvs ungewöhnliches Geschenk nach, als er sich kurz darauf die Kellerwände entlangtastete, bis er endlich den altertümlichen Lichtschalter gefunden und ihn betätigt hatte. Das schwache Licht der staubigen, nackten Glühbirnen führte ihn einen langen Gang entlang, der sich unter dem gesamten Haus erstreckte. Auf beiden Seiten gingen Türen zu kleineren Kellerräumen ab.

Die Tagebücher waren für ihn zweifellos von Interesse, und er hatte versucht, aus Tante Uhv herauszukitzeln, wie sie in ihren Besitz gekommen waren, hatte aber keine zufriedenstellende Antwort bekommen.

»Man hat sie mir gegeben«, antwortete sie nur, »aber mich interessieren sie nicht so. Bei Ihnen und in diesem Haus sind sie weitaus besser aufgehoben. Das wäre bestimmt sein Wunsch gewesen.«

Seine Neugier war geweckt, aber die Tagebücher mussten warten, jetzt wollte er den Keller in Augenschein nehmen. Jede Tür war sorgfältig mit alten Schildern versehen. »Kartoffelkeller«, »Getrocknetes Fleisch und Fisch«, »Wäsche«, »Mangel«, »Heizkeller«. Er öffnete eine nach der anderen und spähte hinein. Ließ die Taschenlampe durch die Räume wandern. Eine Handvoll Eimer und Töpfe, die auf Regalen standen, blau-weiße Porzellantöpfe für die Marmelade, eine Wäscheleine mit Wäscheklammern aus Holz, in der Waschküche ein uralter Waschkessel. Wie ein Museum, dachte er, und alles hübsch und ordentlich. Er stieß auf eine weitere Tür. »Wintermagazin« las er auf dem Schild. Der Raum beherbergte Tretschlitten und breite, alte Skier mit einer lustigen Spitze vorne samt alten Skistöcken mit einem Teller aus Bambus. Auf einem Regal standen altmodische Skischuhe, nach Größe aufgereiht. Die Skier waren vielleicht nicht zu empfehlen, aber die Tretschlitten konnten im tiefsten Winter sicher von Nutzen sein. Eric würde bestimmt dafür sorgen, dass sie hübsch angemalt wurden – wahrscheinlich in Rosa.

Er ging weiter zum Heizkeller. Die Heizungsanlage musste er sich genauer anschauen, er hatte sich bisher nicht darum gekümmert, sondern einfach die Elektroheizung laufen lassen. Wenn der alte Kasten jedoch wieder zum Laufen gebracht werden sollte, musste er in eine neue Heizung investieren. Auf dem Gebiet hatte sich vieles getan, so viel hatte er immerhin seit der Renovierung ihres gemeinsamen Hauses in Enskede begriffen. Eilert Niska hatte ja auch erwähnt, dass die Heizung nicht mehr viel hergab, auch wenn das Haus noch einigermaßen warm wurde.

Ralph drückte die Klinke hinunter, und die Tür öffnete sich knarrend. Ein klobiger, knallgelber Apparat mit Luken dominierte den Raum. Er betastete ihn und leuchtete mit der Taschenlampe die runden, staubigen Zähler an, die ihm nichts sagten. Der Schornsteinfeger musste wohl herkommen und beurteilen, ob er noch etwas taugte, vielleicht konnte ihm der Mann auch eine neue Heizung bestellen.

An einer Wand lehnten Besen und Schaufel, eine weitere Hinterlassenschaft ordnungsliebender Menschen. Alles war sauber, wenn auch verstaubt, nach so vielen Jahren des Vergessens und des Unangetastetseins.

Neben der Heizanlage lag ein sorgsam aufgeschichteter Holzstapel. Uraltes, trockenes, schmutzig graues Holz. Ralph kehrte ins Erdgeschoss zurück, um sich ein Paar Jeans und ein einfaches Hemd anzuziehen. Während er das Hemd mit einer Hand zuknöpfte, tippte er mit der anderen die Nummer der Auskunft ein und wurde mit einem Schornsteinfeger in Svappavaara verbunden. Ja, das sei kein Problem, nach dem Wochenende könne er vorbeikommen und einen Blick auf das alte Ungetüm werfen und ihm dabei behilflich sein, einen neuen Kessel zu bestellen.

Ralph ging wieder in den Heizkeller. Er konnte den Raum genauso gut gleich ausräumen, als irgendetwas anderes – sprich nichts – zu tun. Der alte Heizkessel musste raus, und der neue brauchte Platz. Im Werkzeugraum fiel ihm eine alte Schubkarre in die Hände, die sich auf platten Reifen widerstrebend in den Heizraum rollen ließ.

Stück für Stück lud er das alte Holz in die Karre. Die

Holzscheite waren in drei Reihen aufgeschichtet, und der Stapel war ungefähr eineinhalb Meter hoch, so dass er die gesamte Länge der Wand einnahm.

Jede Fuhre brachte er danach in den Raum, der einst als Garage gedient zu haben schien. Vielleicht waren die Holzkloben ja noch für das Maifeuer zu Frühjahrsbeginn zu gebrauchen. Ralph wischte sich den Schweiß von der Stirn, bevor er die nächsten Holzscheite in Angriff nahm.

Zwischendurch wanderten seine Gedanken zu Sigfrid Rautio. Welche Pläne er wohl mit dem Hotel verfolgt hatte, als er es damals erworben hatte? Die Rentnerjahre hier zu verbringen und etwas im großen Stil aufzuziehen, woraus dann nichts wurde, weil die Krankheit ihm ein Schnippchen schlug? Vielleicht würden ihm die Tagebücher ja Auskunft geben.

Ralph richtete sich auf und rieb sich den Rücken, die ungewohnte körperliche Arbeit machte sich bemerkbar, obwohl er regelmäßig im Fitnesscenter trainierte. Eric und er nahmen es mit dem Training sehr genau, aber seit er in Kuiva war, hatte er nichts anderes getan, als spazieren zu gehen.

Jetzt waren es nicht mehr viele Holzscheite, nur noch ein paar Karrenladungen. Dummerweise arbeitete er ohne Handschuhe, weshalb es sich nicht vermeiden ließ, dass seine Hände den einen oder anderen Kratzer oder Stoß abbekamen. Noch kannte er sich nicht mit allem aus, was ein Eigenheimbesitzer wissen musste. Er musste über sich selbst und seine Unkenntnis grinsen und griff nach ein paar Scheiten.

Da streiften seine Fingerkuppen etwas Weiches. Er riss die Hand zurück. Igittigitt! Da hinten im Dunkeln konnten ja Ratten oder wer weiß was liegen. Ralph nahm die Taschenlampe aus seiner Hosentasche und leuchtete hinter die Holzscheite. Entfernte noch ein paar Kloben, was dazu führte, dass mehrere Holzscheite mit einem Poltern zu Boden fielen. Der Lichtkegel seiner Taschenlampe tastete sich vor.

Es war etwas aus Stoff, keine tote Ratte, vielmehr ein altes, staubiges Bündel aus schmutzigem Stoff mit ausgefransten Spitzenrändern und verschlissenen Stickereien. Wahrscheinlich eines von diesen Kaffeedeckchen, die alte Leute so zahlreich besaßen, eine Handarbeit aus alten Tagen.

Behutsam wickelte er das mürbe, verstaubte Gewebe auseinander. Wer hier unten wohl heimlich etwas versteckt und es dann ganz und gar vergessen hatte? Es musste etwas Wertvolles gewesen sein – zumindest für dessen Besitzer.

Vorsichtig schlug er den letzten brüchigen Zipfel zur Seite. Und rang nach Atem. Viel zu schnell erhob er sich, so dass ihm schwarz vor Augen wurde und er wegen des aufgewirbelten Staubes husten musste. Er richtete erneut den Schein der Taschenlampe darauf. O Gott, das konnte nicht wahr sein! Es durfte nicht wahr sein!

Aber er hatte sich nicht getäuscht. In dem bestickten Tischdeckchen lagen ein Schädel und die Knochenreste eines Körpers. Eines sehr kleinen Körpers – es war der Körper eines Kindes.

17

»Wie furchtbar!«, rief Hervor aus, als sie die Skelettteile in dem bestickten Tuch musterte. »Findest du nicht auch, Mirjam?«

Hervor wischte sich ein paar Tränen aus den Augenwinkeln, der Anblick der sterblichen Überreste erschütterte sie zutiefst. Irgendeine arme Seele, die das Kind geboren hatte, musste den Verstand verloren und sich des Säuglings entledigt haben. Sie konnte wirklich dankbar dafür sein, dass sie sich damals, als sie als viel zu junge Mutter Ingrid zur Welt gebracht hatte, nicht zu solch einer Tat hatte hinreißen lassen.

Mirjam gab einen unbestimmten Laut von sich und wagte sich zögernd näher an Ralphs unfreiwillige Entdeckung heran. Ralph hatte weder ein noch aus gewusst, bis ihm eingefallen war, dass er ja Mirjam anrufen könnte – sie war schließlich Ärztin. Sie müsste doch feststellen können, ob es sich tatsächlich um die sterblichen Überreste eines Kindes handelte.

Mirjam stand auf und sah sich nach etwas um, mit dem sie ihre staubigen Hände abwischen konnte. Ralph fischte ein glattgebügeltes Taschentuch aus seiner Hosentasche und reichte es ihr.

»Es war ein Säugling«, bekräftigte sie. »Vermutlich war es ein neugeborenes kleines Würmchen, das hier abgelegt wurde. Man kann nur hoffen, dass es eine Totgeburt war und nicht qualvoll gestorben ist.«

Ein Schauder überlief sie, und ausnahmsweise einmal griff sie zu einem von Hervors Flüchen.

»Teufel noch mal! Die Leiche muss ja schon ewig hier gelegen haben. Ich bin natürlich kein Experte, was alte Skelette anbelangt, aber es würde mich nicht wundern, wenn es bereits vierzig, vielleicht fünfzig Jahre her ist. Es sind ja nur noch Knochenreste.«

Mutter und Kind waren voneinander getrennt worden – Mirjam wusste nur zu gut, wie schmerzlich das war. Ihre Gedanken schweiften zurück zu der Zeit, als sie und Anna keinen Kontakt gehabt hatten. Das war entsetzlich gewesen.

Ralph hatte die ganze Zeit über schweigend am Heizkessel gelehnt. Jetzt räusperte er sich und ergriff das Wort:

»Sind Sie, ähm, bist du dir ganz sicher, dass es ein Kind ist? Ich meine, es könnte ja vielleicht auch ein Tier sein … Besteht nicht die Hoffnung …?«

»Nein«, erwiderte Mirjam, »guck, hier um den Mund.« Sie leuchtete mit Ralphs Taschenlampe auf das Kind und deutete auf den kleinen Schädel.

»Diese winzig kleinen Zahnkronen, die du hier siehst, sind Ansätze von Milchzähnen, die das Kind bekommen hätte, wenn es hätte leben dürfen. Und hier oben, auf dem Scheitel, kann man sehen, dass sich die Fontanelle noch nicht geschlossen hatte.«

Hervor kniete sich hin und befühlte das Tuch, in dem die Kinderleiche lag. Vorsichtig schlug sie einen Zipfel zur Seite und betrachtete die schmutzigen Rosenranken. Rieb den Stoff zwischen Daumen und Zeigefinger.

»Leinen«, konstatierte sie.

»Leinen? Woher weißt du das?«, fragte Mirjam.

Hervor stützte sich mit der einen Hand an der Wand ab, erhob sich keuchend und guckte ihre Freunde an.

»Wolle zerfällt, Leinen erhält«, reimte sie. »Wie gesagt, das Kindchen hat hier wohl schon Ewigkeiten gelegen.«

»Ach, du lieber Gott, dann müssen wir bestimmt die Polizei einschalten?«, rief Ralph aus.

Er war nicht gerade glücklich darüber, dass Polizisten in das Hotel einfallen würden, jetzt, wo Eric und er sich dafür entschieden hatten, es wieder herzurichten, sah aber auch ein, dass ihm keine Alternative blieb.

Mirjam nickte.

»Ja, klar. Das Schlimmste ist, dass es ein gefundenes Fressen für die Lokalpresse, wenn nicht gar für die überregionalen Medien ist. Die Reporter werden so lange in der Geschichte herumwühlen, bis sie wissen, wer die Eltern des Kindes sind. Zumindest werden sie eine glaubwürdige Story zusammenschustern, wenn nicht sogar mehrere.«

Ralph wusste nur zu gut, was sie damit sagen wollte, und hatte schon eine Reihe greller Schlagzeilen vor Augen.

»Lässt sich das nicht diskreter regeln?«, fragte er.

Trübsinnig standen sie zu dritt vor der Kinderleiche und grübelten. Schließlich kam Hervor eine Idee.

»Mein Cousin ersten Grades, Yngve Rantatalo, ist zufällig Polizist. Wir können es ja mit ihm versuchen.«

»Cousin ersten Grades?«, fragte Ralph.

»Das ist dasselbe wie Cousin, aber hier in Kuiva werden die Leute nach Cousin ersten, zweiten und dritten Grades eingeteilt«, erläuterte Mirjam.

Ralph rieb sich das Kinn.

»Können wir nicht noch einen Tag warten, bevor wir die Polizei verständigen?«, fragte er. »Am Montag kommt schließlich die Putztruppe hierher, und es wäre sicher nicht so gut, wenn dann schon etwas darüber in der Zeitung stände.«

Mirjam nickte, und auch Hervor war derselben Auffassung.

»Warum nicht, das kleine Ding hat ja eh schon so lange hier gelegen, da kommt's auf ein paar Tage mehr oder weniger auch nicht mehr an«, meinte Mirjam.

»Aber du musst den Heizkeller gut abschließen«, ermahnte ihn Hervor. »Hier darf auf keinen Fall jemand reinkommen.«

Ralph nickte ernst.

»Wir kommen übrigens auch und helfen beim Großreinemachen«, fuhr sie fort. »Meine Tante Uhv rief mich deswegen an. Ich werde strengstens darüber wachen, dass keiner in den Keller geht.«

Ralph machte einen erleichterten Eindruck.

»Und ich werde den Schornsteinfeger noch mal anrufen, damit er an einem anderen Tag kommt. Zuerst soll dieser Cousin ersten Grades das Kind abholen.«

»Was da wohl dahintersteckt?«, sagte Mirjam grüblerisch.

Sie saß am Küchentisch und stützte ihr Kinn auf die Hand. Schweigend waren sie nach der Untersuchung des makaberen Leichenfundes nach Hause gegangen, jede in ihre Gedanken versunken. Ralph hatte es abgelehnt, sie zu begleiten, obwohl Hervor mit allen Mitteln versucht hatte, ihn vom Gegenteil zu überzeugen.

»Ich finde nicht, dass du heute Nacht allein hier schlafen solltest«, hatte sie eingewandt. »Der Schock kann sich auch noch später bemerkbar machen, nicht wahr, Frau Doktor?«

Mirjam hatte genickt und auch zu insistieren versucht, aber Ralph war hart geblieben. Schlimmer als die Entdeckung, die er schon gemacht hatte, konnte es nicht werden.

Hervor setzte die Kaffeekanne auf und holte Becher aus dem Schrank.

»Tja, wie du schon sagtest, was da wohl dahintersteckt«, brummte sie. »Was für eine Art, so ein kleines, unschuldiges Lebewesen in einen Holzstapel zu legen. Ich hab dir ja gesagt, dass uns ein höllischer Winter bevorsteht.«

Sie knallte die Kaffeebecher auf den Tisch und ein paar kleine Gläser.

»Jetzt wollen wir uns, verflucht noch mal, einen Trostschnaps genehmigen, Mirjam! Die rosigen Zeiten, wo wir mit Sekt angestoßen haben, scheinen erst mal vorbei zu sein, dies ist wahrlich kein Grund zum Feiern.«

Mirjam war derselben Ansicht, und erneut lief es ihr kalt den Rücken hinunter.

»Die Missetaten von Müttern und Vätern werden gesühnt«, hatte Hervor prophezeit. Ach, dieses arme kleine Menschenkind in dem bestickten Kaffeedeckchen! Hatte eine verzweifelte junge Mutter versucht, ihr Kind loszuwerden? Oder hatte jemand, dem das Baby anvertraut worden war, auf grausame Weise für dessen Verschwinden gesorgt?

»Man hat natürlich schon von Kindsmörderinnen gehört«, warf Mirjam nachdenklich ein.

Hervor goss Cognac in die kleinen Gläser ein, und diesmal kam Mirjam nicht einmal auf die Idee, nur um ein halbes Glas zu bitten.

»Na, so viele Jahre kann dieses Kind aber nicht dort gelegen haben, die letzte Kindsmörderin hier in der Gegend wurde so um 1915 verurteilt, glaube ich. Und das Urteil wurde nie vollstreckt, weil sich das verfluchte Teufelsweib in der Zelle erhängte.«

Mirjam staunte.

»Alle Achtung, was du alles weißt!«

Hervor nahm einen Schluck Cognac und spülte mit heißem Kaffee nach.

»Ach, das liegt nur an meinem allgemeinen Interesse für alles, was mit Leben, Tod und Magie zu tun hat.«

»Wie haben sie es angestellt?«, flüsterte Mirjam. »Wie haben sie die armen Kleinen getötet?«

»Ja, zur Hölle, pfui, du wirst es nicht glauben, aber dieses Weib, das zuletzt verurteilt worden ist, hat die Kinder doch tatsächlich mit dem Gesicht in einen gefüllten Waschzuber gelegt.«

»Was? Sie hat sie ertränkt?«

»O ja, und sicherheitshalber hat sie noch einen Deckel über den Bottich gelegt und ein großes, irrsinnig schweres Gewicht daraufgestellt – einen gusseisernen Topf oder so, weißt du. Keine Chance, rauszukrabbeln.«

»O Gott!«

Mirjam befiel eine leichte Übelkeit. Auf diese Information hätte sie gut verzichten können.

»Oho, das war ein ausgebufftes Frauenzimmer, sag ich dir! Danach ist sie für einige Zeit rausgegangen, und als sie wiedergekommen ist, um den Deckel zu heben, da war das arme Kind schon so tot wie ein ertränktes Katzenjunges.«

Nein, Hervor glaubte nicht, dass es in Kuivalihavaara selbst Kindsmörderinnen gegeben habe, aber Totgeburten, die aus irgendeinem Grund »verschwinden« mussten, die habe es sicher gegeben. Bestimmt habe so manche junge Mutter in aller Heimlichkeit ein totes Kind zur Welt gebracht. Aber wer könne sich heute noch an so etwas erinnern? Sie wussten ja noch nicht einmal, wie alt das Kind sei. Ein Fachmann für Knochen und Skelette könne das sicher herausfinden, wenngleich das eine Zeitlang dauere.

»Wie heißen die gleich noch mal, die, die sich auf Knochengerüste verstehen?«, fragte Hervor. »Das müsstest du mir als Ärztin doch sagen können.«

Mirjam probierte zögernd den Cognac. Die Sorte war nicht schlecht, der Alkohol erwärmte so schön den Brustkorb und hatte eine beruhigende Wirkung.

»Du denkst vermutlich an einen Osteologen«, erwiderte sie mit einem Gähnen. »Mich hat das alles wahnsinnig müde gemacht. Du solltest deine übernatürlichen Fähigkeiten einsetzen, um Licht in das Dunkel der damaligen Ereignisse zu bringen. Das dürfte dir doch leichtfallen, oder?«

Hervor griff nach ihrem Kaffeebecher und ihrem Glas und stellte sich wie üblich unter die Dunstabzugshaube, um eine Zigarette zu rauchen. Sie nahm einen tiefen Zug und blies den Rauch aus, während sie ins Leere starrte. Mirjam sagte keinen Ton, ihr war klar, dass Hervor mit ihren Gedanken weit weg war.

»Ja«, sagte sie nach einer Weile, »ich könnte noch einmal zum Hotel gehen und nachspüren, ob ich etwas finde, das uns darüber Aufschluss gibt. Das mach ich gleich morgen früh. Irgendwas muss da sein, muss noch in den Wänden sitzen.«

Mirjam sammelte das Geschirr ein und legte es ins Spülbecken. Den Abwasch würde sie morgen erledigen, jetzt würde sie sich erst einmal hinlegen und sich dem erlösenden Schlaf hingeben.

»Schwarzer Winter«, sinnierte sie.

Hervor, die bereits auf dem Weg zu ihrem Zimmer war, hielt inne.

»Was hast du gesagt?«

»Schwarzer Winter. Du hast doch vor einiger Zeit gesagt, dass uns ein schwarzer Winter bevorsteht. Jetzt geht's also los.«

18

Am frühen Montagmorgen, als es noch dunkel war, kamen Gerda und Tante Uhv mit einem Fahrradanhänger voller Scheuereimer, Schrubber und Scheuerseife beim Hotel an. Einen großen Topf norrländischer *Köttsoppa,* einem aus Fleisch und Wurzelgemüse bestehenden deftigen Eintopf, hatten sie ebenfalls dabei. Nachdem sie den Suppenkessel und die Eimer in die Küche geschleppt hatten, gab Tante Uhv als Erstes den Befehl, Kaffee aufzusetzen, und zwar starken! Dann beredete sie mit Gerda, wie sie die Arbeit unter sich aufteilen wollten. Ralph, der noch verschlafen aussah, bekam den Auftrag, von Eilert und Gunnar Bockleitern zu holen und dafür zu sorgen, dass der Kaffeenachschub nicht ausging, aber vor allem sollte er nicht im Weg herumstehen.

»Hör mal«, wandte sich Gerda an Tante Uhv, »ich nehm mir die Wände und Decken von Küche und Flur vor und wisch die Schränke aus. Du kümmerst dich um die Zimmer im Erdgeschoss, ja? Schaffst du es noch, auf die Leiter zu steigen?«

Meine Güte, konnte Gerda nerven, meinte sie etwa, Tante Uhv wäre dazu nicht mehr in der Lage?

»Herrgott noch mal, du weißt doch genau, dass ich auf eine Leiter steigen kann! Natürlich mach ich in den Zimmern auch die Decken und Wände sauber.«

Gerda nickte und kramte Putzlappen aus einer abgenutzten Plastiktüte hervor.

»Die Fenster waschen wir mit Brennspiritus, ja? Das ist wohl nötig, auch wenn es heute nicht so kalt ist.«

»Klar, das können wir machen«, antwortete Tante Uhv. »Die Fenster müssen sauber sein, was sollen sonst die Leute denken? Mir soll niemand nachsagen, dass ich nicht ordentlich putzen kann!«

Eigentlich ist es gar nicht mal so verkehrt, dass Gerda so herumkrakeelt, da bekommt man eine Stinkwut auf sie, was wiederum den Arbeitseifer befördert, überlegte Tante Uhv, als sie damit begann, die Gemälde im Zimmer 105 abzuhängen. Es war irgendwie seltsam, nach so vielen Jahren wieder hier im Hotel zu arbeiten – dadurch tauchten so viele Erinnerungen wieder auf. Ralph hatte nicht erwähnt, ob er die Tagebücher schon gelesen hatte, und sie wollte ihn auch nicht darauf ansprechen. Vielleicht hatte Sigfrid die ganze Wahrheit in ihnen festgehalten, vielleicht auch nicht. Aber wie auch immer, es war am besten, wenn Ralph zuerst durch die Tagebücher etwas über die Sache erfuhr, bevor sie ihm erzählte, was damals geschehen war. Was sollte sie machen? Als der Junge vor kurzem so urplötzlich in ihre Küche geplatzt war, war sie völlig überrumpelt gewesen. Sie hatte ihn sofort erkannt – seine Züge waren ihr vertraut, erinnerten sie an ihre eigenen und an Sigfrids. Er schien allerdings keinen blassen Schimmer davon zu haben, wie die Dinge lagen. Als er von Sigfrid und dessen Begräbnis berichtet hatte, war es ihr so vorgekommen, als hätte er über einen flüchtigen Bekannten und keine ihm nahestehende Person gesprochen.

In Zimmer 101 war schon vor vielen Jahren ein Fenster kaputtgegangen und eine triste Masonitplatte vor die Fensteröffnung gehämmert worden. Gerda rief Tony an und machte ihm Beine, er solle herkommen. Eine Stunde später tauchte er widerstrebend im Hotel auf und machte sich daran, die zertrümmerte Scheibe herauszuschlagen. Er warf Ralph einen feindseligen Blick zu. Ralph wiederum konnte kaum begreifen, dass ausgerechnet dieser ungehobelte Typ der Sohn der durch und durch liebenswürdigen, selbstlosen Gerda sein sollte. Tonys boshafte Kommentare und seine große Klappe im Gästis waren ihm noch in lebhafter Erinnerung. Auf die Anwesenheit dieses Mannes hätte er liebend gern verzichtet, aber im Moment schien er keine andere Wahl zu haben. Immerhin hatte Gerda ihn gut im Griff. Ralph hatte gehört, dass ihre Tochter ebenfalls im kulturellen Bereich arbeitete – man konnte nur hoffen, dass sie anders als ihr unflätiger Bruder war.

»Na, Ralphi, was zum Teufel hast du denn da angestellt«, sagte Tony höhnisch und grinste breit. »Bist wohl ausgerastet und hast mit der Faust die Scheibe eingeschlagen, was?«

Ralph zuckte nur die Schultern. Er wollte sich gar nicht erst die Mühe machen, darauf zu antworten. Tony erweckte den Eindruck, als hätte er einen ordentlichen Kater. Allerdings erholte er sich nach einem alkoholreduzierten Bier so weit, dass er kurz darauf mit einem Diamantschleifer das Fensterglas herausschnitt. Er knetete den Fensterkitt, während er lauthals herausposaunte, dass ihm beim Fensterkitten keiner was vormachte, ja, dass er der beste Fensterkitter von ganz Tornedalen sei. Er spuckte in hohem Bogen einen Krümel Kautabak durch die Fensteröffnung und griff umgehend wieder nach der Tabakdose, um sich einen neuen Priem in den Mund zu schieben. Mit einer gönnerhaften Geste bot er Ralph Kautabak an. Der aber lehnte ab.

»So, so, keinen Ettans, was für 'n jämmerlicher Schwächling du bist, verträgst nicht mal 'nen bisschen Kautabak, he, he!«

Ralph musste diesen Tag wohl irgendwie überstehen, aber

danach wollte er diesen Kerl keine Sekunde länger in seinem Haus haben! Wenn Gerda nicht gewesen wäre, hätte er ihrem Sohn umgehend die Tür gewiesen.

Tony zog Ralph mit sich, er wollte sich das Haus ansehen und mit ihm die nötigen handwerklichen Arbeiten für einen Umbau durchsprechen. Warf Ralph auch nur kurz ein, was ihm vorschwebte, schüttelte Tony umgehend den Kopf und gab ein geringschätziges Lachen von sich – nein, nein, so lasse sich das keinesfalls bewerkstelligen, aber wenn er das tue, was Tony ihm vorschlage, dann sei das allemal die perfekte Lösung. Aber so ein Umbau dauere natürlich seine Zeit, und es sei selbstredend ein gewisses Expertenwissen gefragt, das Ralph kaum bei jemand anderem finden werde – außer bei Tony natürlich. Und er müsse selbstverständlich etwas dafür springenlassen.

»Wir werden sehen, was mein Geschäftspartner dazu sagt, wenn er eintrifft«, lautete Ralphs einziger Kommentar. »Er kennt sich in solchen Fragen besser aus.«

Er dachte voller Sehnsucht an Eric und bat ihn im Stillen um Verzeihung dafür, dass er ihn als seinen Geschäftspartner bezeichnet hatte. Das war zwar nicht ganz falsch, aber trotzdem … Ralph befand sich momentan in einer Notlage. Er musste wieder an Tonys großkotzige Kommentare im Gästis denken.

»Und was is' mit dem Keller?«, wollte Tony wissen und zerrte an dem verschlossenen Türgriff. »Der ist ja total verrammelt, verdammte Hacke! Mach sofort auf, ich will ihn mir ansehen!«

Ralph legte beide Hände auf die Klinke und schüttelte den Kopf. Ihm fiel angesichts dieses aufdringlichen Typen einfach keine passende Antwort ein. Logisch, Tony durfte unter keinen Umständen den Keller betreten, aber wie um Himmels willen sollte er es anstellen, ihm das begreiflich zu machen?

»Jetzt machst du aber das, was ich dir aufgetragen habe, Tony, und nicht allen möglichen anderen Quatsch«, warf Gerda ein, die gerade mit Schrubber und Putzlappen bewaffnet vorbeisauste.

Ihre energische Stimme hatte seltsamerweise die erwünschte Wirkung, und Tony schlurfte kleinlaut zu seiner Arbeit am Fenster zurück. Ralph seufzte vor Erleichterung auf und wandte sich wieder anderen Dingen zu.

Eilert war damit beschäftigt, rückwärts einen Anhänger mit Sprungfederbetten auf den Hof zu manövrieren, die schon seit ewigen Zeiten in seinem Speicher gestanden hatten. Gerda informierte Ralph im Flüsterton darüber, dass Eilert die Betten nach der Trennung von seiner Frau rausgeschmissen habe und dass es nur gut sei, wenn sie endlich aus Eilerts Blickfeld verschwänden.

»Seine Frau ist mit einem anderen Mann nach Afrika durchgebrannt«, wisperte sie. »Schändlich, nicht?«

Ralph nahm dankend an, Eilerts Betten kamen wie gerufen, weil bisher nichts aus der Fahrt zu IKEA in Haparanda geworden war. Die Kinderleiche hatte ihnen einen Strich durch die Rechnung gemacht, und da Eric bald hier sein würde, konnte er den Betteneinkauf genauso gut bis dahin aufschieben.

Zur gleichen Zeit wie Eilert trafen auch Hervor und Mirjam ein. Tante Uhv hatte ihre Nichte noch gar nicht gesehen, seit diese aus Amerika zurück war, nur mit ihr telefoniert.

»Du liebe Zeit, bist du dick geworden, Hervor!«, redete sie einfach drauflos, ohne sie zu begrüßen. »Hast in der Fremde keine Not gelitten, wie mir scheint.«

Hervor umarmte ihre jüngste Tante.

»Und du bist ganz schön geschrumpft, Tantchen!«, erwiderte sie.

Tante Uhv murmelte etwas und fuhr fort, die Messingklinken der Zimmertüren zu wienern.

»Geschrumpft?«, antwortete sie nach einer Weile mit gellender Stimme. »Tja, kein Wunder, ich nehme so langsam die passende Größe für den Sarg an, weißt du. Daran solltest du auch mal einen Gedanken verschwenden. Und zwar beizeiten!«

Hervor lachte ihr vergnügt ins Gesicht und wandte sich Mirjam zu, um ihr das Säubern der Toiletten und Duschen zu zeigen.

»Das ist ziemlich leicht«, sagte sie grinsend, »das solltest sogar du hinkriegen.«

Gerda echauffierte sich darüber, dass die Frau Doktor putzen wolle, das schicke sich doch nicht, aber Mirjam beharrte darauf, dass bei ihr keine Ausnahme gemacht werden solle und Gerda sie nicht daran hindern könne.

Ralph hielt sich stets in der Nähe der Kellertür auf und war damit beschäftigt, an der Rezeption alte Ordner zusammenzusuchen. Sowie das Reinemachen erledigt war, wollte Hervor ihren Cousin ersten Grades, den Polizisten, anrufen. Ihm fiel auf, dass auch Mirjam und Hervor hier und da ihr Augenmerk auf die Kellertür richteten. Sie wechselten einen Blick mit ihm. Keiner sollte den Keller betreten, und vor allem nicht Tony Niska.

Als es Mittag war, stellte Gerda die Köttsoppa auf den alten Huskvarna-Herd und schnitt große Scheiben Mjukbröd ab, die sie im Ofen aufwärmte. Während sie auf das Brot achtete, fuhr sie mit einem feuchten Wischtuch über die gelbe Emaillefront und den grüngesprenkelten oberen Teil des Herdes.

In der Mittagspause trafen auch Alva und Pia ein, die sogleich den Geruch von frisch mit Seife gescheuertem Holz einsogen. Gerda klärte Ralph über die beiden auf, der sich sehr wunderte, dass Pia Tonys Frau war. Was diese nette junge Frau bloß in diesem ungehobelten Flegel sah? Unbegreiflich! Alva hingegen hatte er schon im Supermarkt kennengelernt, als er sich mit Lebensmitteln eingedeckt hatte. Dass sie Eilerts Tochter war, war ihm da allerdings noch nicht klar gewesen. Dieses Mittagessen schien in das reinste Verwandtschaftstreffen auszuarten.

Alle nahmen am Esstisch im Speisesaal Platz, löffelten Suppe in sich hinein und zerteilten und zerdrückten hier und da große Rentierfleischstücke und Kartoffeln, die in der fetten Brühe schwammen.

»So, du willst also tatsächlich umbauen, ja? Das wird teuer«, erklärte Tony, während er laut seine Suppe schlürfte.

»Es wird sich bestimmt auszahlen«, erwiderte Ralph ruhig und löffelte die Suppe ohne jegliches Geräusch.

Dass er ebenfalls Zweifel hegte, musste er Tony ja nicht auf die Nase binden. Tony brummte nur irgendetwas Unverständliches.

»Und womit verdienst du, verflucht noch mal, deine Brötchen, dass du so viel *raha,* sprich Kohle, hast?«, nahm er nach einer Weile den Faden wieder auf.

»Tony!«, zischte Pia und bekam einen roten Kopf.

Ralph legte den Löffel zur Seite und tupfte sich den Mund mit einem ordentlich gefalteten Stück Küchenkrepp ab.

»Womit ich meinen Lebensunterhalt verdiene? Nun, man könnte sagen, dass ich in der Unterhaltungsbranche tätig bin.«

»Ach.«

Tony schaute dümmlich drein. Bis auf Mirjam und Hervor legten alle ihre Löffel hin. Das Schlürfen hörte auf, und alle sahen Ralph abwartend an.

»Unterhaltung? So was wie Fernsehen, hä?«, fragte Tony schließlich.

»Könnte man sagen, ab und zu jedenfalls«, erwiderte Ralph unbestimmt und fuhr mit dem Essen fort.

Vorsichtig nahm er – so wie er es bei den anderen beobachtet hatte – einen Knochen zwischen die Fingerspitzen. Nicht zum ersten Mal fielen Gerda dabei seine sauberen, ordentlich in Form geschnittenen Nägel auf.

»Ich bin Opernsänger und trete auf verschiedenen Bühnen auf. In den letzten Jahren auch viel im Ausland, in Deutschland, Österreich, Italien und so.«

Mirjam nickte ihm aufmunternd zu, und Hervor verbarg eilig ihr Gesicht hinter einem Stück Haushaltspapier, als sie die verblüfften Mienen ihrer Verwandten sah.

»Opernsänger«, murmelte die Runde einstimmig in den unterschiedlichsten Tonarten, und das Schlürfen setzte wieder ein.

Tony gab ein ungehobeltes, abfälliges Lachen von sich.

»Oper, ach du Scheiße! Daher also das feine Hemd und der Schal!«

»Opernsänger«, überlegte Tante Uhv, »dann hab ich dich also neulich üben hören? War das schön! Ich habe einmal diesen Schwanensee im Fernsehen geguckt, also, das konnte man vergessen. Entsetzlich eintönig.«

Eilert, der bisher nur zugehört hatte, wandte sachkundig ein, dass es sich bei Schwanensee um Ballett und nicht um Oper handele und da ein feiner Unterschied bestehe.

»Klingt interessant!«, warf Pia ein und ignorierte Tonys finsteren Seitenblick.

Auch Mirjam betrachtete Tony aufmerksam. Was für ein unangenehmer Typ. Für den müsste man sich was ganz Gemeines ausdenken, schoss es ihr durch den Kopf, sie besann sich aber augenblicklich. Sie durfte um Himmels willen nicht vergessen, dass sie sich vor bösen Gedanken auf jeden Fall hüten musste.

Nur Gutes sollte sie denken und die Affirmationen so anwenden, wie sie beabsichtigt waren – auf positive Weise.

»Sind Sie berühmt?«, wollte Alva wissen. Im selben Moment entglitt ihr ein schlüpfriger Knochen, der quer über den Tisch schnellte und neben Ralphs Teller landete. Ralph riss ein Stück Haushaltspapier ab, nahm ihn und legte ihn in die Schüssel für die Knochenreste.

»Na ja, halbwegs vielleicht, eigentlich eher in Europa als hier in Schweden. Aber für Opernbegeisterte dürfte ich kein ganz Unbekannter sein.«

»Jetzt fällt's mir ein!«, mischte sich Tante Uhv eifrig ein. »Maj-Inger war doch vor ein paar Jahren in der Oper. Das weiß ich, weil sie mir so eine hübsche Ansichtskarte geschickt hat.«

»Maj-Inger?«, erkundigte sich Ralph.

»Meine Tochter. Ganz im Süden von Schweden war das, Ystad muss es gewesen sein. Eine äußerst hübsche Ansichtskarte war das! Mit einem Bild von einer Theaterbühne drauf.«

»Wie schön«, sagte Ralph und wandte sich lächelnd zu ihr um. »Dort war ich vor sieben, acht Jahren bei einer Inszenierung der Zauberflöte, der bekannten Mozart-Oper. Ich hatte die Rolle des Papageno.«

»Motz-art«, schnaubte Tony verächtlich und holte seine Kautabakdose aus der Hosentasche. »Motz-art geht mir am Arsch vorbei! Aber es lohnt sich vielleicht wirklich, dieses Hotel umzubauen. Wenn du willst, übernehm ich das.«

»Wir werden sehen«, erwiderte Ralph kurz angebunden.

Als die Suppe aufgegessen war, bat Pia um eine Führung durchs Haus, ein Wunsch, dem Ralph nur zu gern nachkam.

»Sagen Sie bitte ganz ehrlich Ihre Meinung, ich weiß das zu schätzen«, wandte sich Ralph an Pia. »Glauben Sie, das ließe sich in luxuriöse Gästezimmer verwandeln?«

Langsam wanderte Pia von Zimmer zu Zimmer und nahm alles bis in den letzten Winkel unter die Lupe. Die Hotelzimmer waren zwar dunkel, jedoch geräumig, und nahezu alle hatten einen Kachelofen oder einen Kamin. Im oberen Flur entdeckte sie eine entzückende, geräumige Fensternische, ein herrlicher Platz, um seinen Gedanken nachzuhängen oder philosophische Gespräche zu führen. Okay – sie war düster –, aber wenn man das Ganze in hellen Farben halten und mit dezenten antiken Möbeln aus dem achtzehnten Jahrhundert ausstatten oder vielleicht eine moderne und stilechte Einrichtung wählen würde … ja! Pia konnte die Wärme der knisternden Flammen geradezu spüren. Sie drehte sich zu Ralph um.

»Ich glaube, dass etwas sehr, sehr Schönes daraus entstehen könnte«, sagte sie ruhig.

»Danke. Ich musste das mal mit den Augen eines Außenstehenden sehen. Ich bin mir etwas unschlüssig, aber Eric, mein Kompagnon, hat den Kopf voller Ideen, die vielleicht gar nicht durchführbar sind.«

»Na ja, was das Haus betrifft, würde ich mir keine Sorgen machen. Aber was die Lage angeht … Kuivalihavaara ist ein abgelegenes Nest. Glauben Sie tatsächlich, dass Sie Leute dazu bewegen können, hierherzukommen? Würden Sie es hier aushalten?«

»Warten Sie nur, bis Sie Eric kennengelernt haben! Dem gelingt es, jedes noch so dünnbesiedelte Kaff in ein glitzerndes Paradies zu verwandeln! Ehe man sich's versieht, hat er schon Pauschalreisen nach Kuiva organisiert.«

Pia ließ sich von seinem Enthusiasmus und seiner Freude anstecken. Es wäre einfach zu schön, wenn in Kuiva wieder mehr Leben einkehren würde! Mag sein, dass sie selbst einen Ausweg aus ihrer Situation finden und von hier weggehen musste, aber was das Dorf anbelangte, das konnte dadurch nur gewinnen.

Und wenn Tony vielleicht endlich Arbeit bekam ... Wer weiß, ob er sich dann nicht besserte? Wer arbeitete, konnte schließlich keinen Schnaps trinken.

»Wie viel mussten Sie für das Hotel bezahlen? Verzeihen Sie meine unverfrorene Frage.«

»Kein bisschen, um ehrlich zu sein. Ich habe es von einem hingebungsvollen Opernliebhaber geerbt. Unglaublich, aber wahr – er hat mir sein ganzes Vermögen hinterlassen.«

»Donnerwetter! Aber Sie täten gut daran, das nicht breitzutreten. Die Leute hier reden so viel. ›Kuiva-Radio‹ nennen sie das. ›Ich hab im Kuiva-Radio gehört, dass ...‹, so halten sich hier alle auf dem Laufenden.«

»Kuiva-Radio?«

Pia lachte.

»Na, der Buschfunk natürlich, wenn Sie wissen, was ich meine.«

Er nickte, er konnte sich nur zu leicht ausmalen, wie sie sich das Maul über ihn zerrissen. Wer weiß, vielleicht hatte ihr Angetrauter die Gerüchteküche ja schon kräftig angeheizt.

»Sie sind auch nicht von hier, oder?«, fragte Ralph.

»Nein, nein, ich stamme eigentlich aus Fallköping. Bin eine Südschwedin oder *umikko,* wie die Dorfbewohner sagen. Jemand, der nicht zweisprachig ist. Über Tony sagen sie, dass er mich aus Südschweden geholt hat. Aber das ist falsch, ich bin während einer Reise hier gestrandet.«

Ralph meinte, einen Anflug von Kummer in ihren Augen zu sehen, und konnte sich die Frage nicht verkneifen:

»Fühlen Sie sich wohl hier?«

Er bemerkte, dass sie eine direkte Antwort vermied.

»Ein echter Dorfbewohner wird man nie«, sagte sie stattdessen ernst. »Selbst die Kinder nicht, obwohl sie hier geboren sind.«

»Ist es das, was zählt? Hier geboren zu sein?«

»Ja, sofern man seine Wurzeln hier hat, wird einem fast alles verziehen.«

»Aber mir scheint, dass Sie auf Ihre Art auch ganz gut über die Bevölkerung hier Bescheid wissen, oder?«

Sie lachte, und ihm fiel auf, wie hübsch sie aussah.

»Das kann man wohl sagen! Ich weiß, wer außerhalb seiner Beziehung uneheliche Kinder hat, und manchmal auch, wer wem die Kuckuckskinder ins Nest geschmuggelt hat. Und im Übrigen ist es ziemlich interessant, die alten Kirchenbücher zu studieren, wenngleich auch manchmal traurig. Aber das alles ist selbstverständlich *topsecret.*«

»Ja, das verstehe ich«, erwiderte Ralph.

Vielleicht sollte er zum Pfarramt gehen und Pia darum bitten, dass sie ihm die Aufzeichnungen über Sigfrid Rautio heraussuchte? Er musste ja in irgendeinem Kirchenbuch zu finden sein, schließlich war Rautio hier geboren.

Ralph hatte nämlich noch immer nicht damit angefangen, die Tagebücher zu lesen, die Tante Uhv ihm gegeben hatte.

»Sagen Sie«, fragte Pia, als hätte sie geahnt, worüber er gerade nachdachte, »wissen Sie eigentlich etwas über den ehemaligen Besitzer des Hauses?«

Ralph kratzte sich am Kopf.

»Ja, was soll ich sagen. Er hieß Sigfrid Rautio, ansonsten weiß ich nicht viel über ihn. Wir sind uns nur ein paarmal flüchtig begegnet.«

»Hm, seltsam, dass er das Haus so viele Jahre besessen und es nicht genutzt hat. Früher hat hier ein reges Treiben geherrscht, hat mir Gerda erzählt. Sie hat im Sommer im Hotel gejobbt, und sie und die anderen Jugendlichen schienen damals jede Menge Spaß gehabt zu haben.«

Tony kam mit dem Hammer in der Hand die Treppe hoch, einen wilden Ausdruck in den Augen. An seinem Gürtel baumelte ein Messer, das fast so etwas wie ein eigener Körperteil zu sein schien – wer weiß, vielleicht nahm er es ja sogar mit ins Bett?

»Was tuschelt ihr denn da? Hast es wohl nicht nötig, zum Pfarrhaus zu gehen und Geld zu verdienen, was, Pia?«

Er deutete mit dem Hammer auf sie, und Pia warf einen schnellen Blick auf die Uhr.

»Verflixt, bin ich spät dran! Tschüss, man sieht sich!«

Eilig verschwand sie die Treppe hinunter.

»Die geht dich einen Scheißdreck an«, sagte Tony und schwang erneut den Hammer, so dass Ralph schon aus reinem Selbsterhaltungstrieb ein paar Schritte zurückwich. »Pia ist meine Frau!«

»Da können Sie beruhigt sein, ich bin schon vergeben. Aber Pia ist etwas ganz Besonderes, an Ihrer Stelle würde ich gut auf sie achtgeben. Und hören Sie sofort damit auf, mir mit dem Hammer vor der Nase herumzuwedeln!«

19

Für Tante Uhv war der Gang zum Briefkasten einer der Höhepunkte des Tages. Während sie die *Norrländskan* herausfischte, nutzte sie die Gelegenheit, um einen Blick in die Postkästen ihrer Nachbarn zu werfen. Wenn sie Glück hatte, stieß sie dabei vielleicht auf etwas Sensationelles – zum Beispiel auf den Brief einer Inkassofirma oder des Gerichtsvollziehers. Meistens waren es allerdings nur Werbung oder Paketbenachrichtigungsscheine von Ellos Postversand, aber dann wusste sie zumindest Bescheid.

Jetzt, zwei Tage nach dem Großreinemachen im Hotel, waren ihre Glieder immer noch schwer, auch wenn die Arbeit Spaß gemacht hatte. Zum ersten Mal in ihrem Leben hatte sie ihm helfen dürfen – ein merkwürdiges Gefühl. Sie war sich sicher, dass er es war. Wie sie es ihm beibringen sollte, wusste sie jedoch nicht. Wenigstens hatte sie sich an die Tagebücher erinnert. Es wäre bestimmt in Sigfrids Sinn gewesen, dass Ralph seine Erinnerungen las.

Sie rieb sich den schmerzenden Rücken. Zeitung zu lesen und ein Schlückchen Kaffee zu trinken war jetzt genau das Richtige, um ihre Lebensgeister wieder zu wecken. Tante Uhv setzte sich an den Küchentisch und breitete die Zeitung aus. Die fettgedruckten Schlagzeilen sprangen ihr sofort ins Auge. Ach, du liebe Zeit, in dem alten Kasten war eine Leiche gefunden worden! Die sterblichen Überreste eines Kindes! Davon hatte Ralph vorgestern kein Wort gesagt. Das Titelblatt zierte ein Bild vom Hoteleingang, und darüber stand: »Makaberer Leichenfund in traditionsreichem Hotel«.

Tante Uhv blätterte ungeduldig zum Innenteil vor und erfuhr, dass der jetzige Besitzer eine grässliche Entdeckung in seinem Keller gemacht hatte. Ein Babyskelett, eingewickelt in ein altes, besticktes Kaffeedeckchen. Sie griff sich ans Herz. Die Leiche hatte offenbar schon unzählige Jahre dort gelegen, da nur noch Knochenreste existierten. Die Polizei gab bekannt, dass es nach so vielen Jahren vermutlich sehr schwer sei, die Herkunft des Kindes zu klären. Wahrscheinlich sei niemand mehr am Leben, der sich an etwas im Zusammenhang mit diesem Vorfall erinnern könne.

Tante Uhv zündete sich eine Zigarette an und sah aus dem Fenster. So wie sie hatten in den fünfziger Jahren viele Jugendliche aus dem Dorf im Hotel ausgeholfen, auch Gerda. Vielleicht wusste sie ja Näheres? Tante Uhv drückte die Zigarette aus und ging zum Telefon. Gerda nahm schon nach dem ersten Klingeln ab.

»Hallo, hast du schon die *Norrländskan* gelesen? Ja, wirklich entsetzlich!«

»Warum müssen sie nach all den Jahren in so einer alten Angelegenheit herumwühlen?«, fauchte Gerda. »Dadurch ändert sich auch nichts. Am besten, man begräbt das arme Kindchen und vergisst die ganze Sache. Komm doch nachher auf einen Kaffee rüber, ich habe Hefebrötchen gebacken.«

»Aber wer von uns hat zu der Zeit dort gearbeitet?«, bohrte Tante Uhv nach. »Wenn das tatsächlich schon so lange her ist, wie die Zeitung schreibt, muss das in den fünfziger Jahren gewesen sein. Ich bin im Herbst 1955 nach Stockholm gegangen, kann mich also nicht daran erinnern, ob in der Zeit eine von uns ein Kind bekommen hat, aber es muss irgendjemanden geben, der darüber Bescheid weiß.«

Um sich zu beruhigen, drückte sie erneut die Hand aufs

Herz. Ihr schien, als könne sie geradezu hören, wie Gerda sich am anderen Ende der Leitung den Kopf zerbrach.

»Nun, Sigfrid hat natürlich da gearbeitet, aber das weißt du ja. Und dann Olavi Törmä, dieser hoffnungslose Kerl.«

»Wohl wahr, daran hat sich auch all die Jahre nichts geändert. Und von uns Mädchen? Wer außer uns beiden war noch da?«

Gerda entfuhr ein hörbarer Seufzer.

»Hm, hat nicht auch Sirkka Nilsson eine Zeitlang in der Küche geholfen? Ja, ich glaube, und dann war da Elsa, aber sie ist ja schon tot.«

»Ist sie nicht ertrunken?«

»Ganz genau. Die Arme, sie war fast noch ein Kind. Der Fluss hat seine schönen Seiten, aber er fordert auch so manches Opfer.«

»Ja, so ist das«, bemerkte Tante Uhv. Allmählich war sie derselben Meinung wie Gerda, dass man lieber nicht in altem Elend herumwühlen sollte, man wurde nur trübsinnig.

Gedankenversunken legte Tante Uhv den Hörer auf. Nach Hefebrötchen stand ihr nicht der Sinn. Stattdessen machte sie es sich mit ihrem Strickzeug bequem, vielleicht würde sie dadurch zur Ruhe kommen. Die Schlagzeilen wühlten sie auf und erweckten alte Erinnerungen zum Leben. Schmerzhafte Erinnerungen, die ihr ein ziehendes Gefühl in der Herzgegend verursachten. Trauer und Angst überrollten sie wie eine Lokomotive mit Höchstgeschwindigkeit, sie konnte sich nicht dagegen wehren. Sie hatte immer geglaubt, dass sich mit den Jahren das Leid vermindern würde. Dass die Zeit ein Freund war, der alle Wunden heilte, aber so war es nicht.

Sie legte das Strickzeug beiseite und ging ins Erdgeschoss, hob den Deckel ihres kellarin kansi an, stieg die drei Treppenstufen hinab und zog die Luke hinter sich zu. Sie hockte sich auf eine Kartoffelkiste und ließ ihren Tränen freien Lauf. Ihr Pulli und ihre alten fusseligen Polyesterhosen wurden durchnässt, und sie schneuzte sich in das Taschentuch, das sie in ihren Pulliärmel gestopft hatte. Dieser Kummer, wollte er denn nie ein Ende nehmen! Vor vielen Jahren hatte sie ihn tief in sich verschlossen – das Schloss sogar zweifach verriegelt –, aber hier und da holte er sie trotzdem ein. Dass das Geflenne nichts brachte, wusste sie nur zu gut, aber die Tränen überwältigten sie einfach und schienen nicht versiegen zu wollen. O Gott, das Kindlein mit seinem zarten flaumigen Haar. Federleicht hatten ihre Lippen seinen Kopf gestreift, und sie hatte in dem unwiderstehlichen Duft des neugeborenen Säuglings geschwelgt. Der Kleine hatte ihrem jungen Körper beim Kampf, auf die Welt zu kommen, zwar arg zugesetzt, ganz zerrissen hatte sie sich gefühlt. Und doch verging kein Tag ohne einen flüchtigen Gedanken an das, was geschehen war. Ihre Eltern hatten den Entschluss für sie gefasst. Sie dachten nicht daran, irgend so ein uneheliches Balg in der Familie mit durchzufüttern, so war es eben, und sie hatte nicht den Mut aufgebracht, sich dagegen zur Wehr zu setzen. Uhv hatte es nie erfahren, und das war auch gut so. Maj-Inger und Gunnar natürlich auch nicht. Eilert war damals noch zu klein gewesen, um zu verstehen, was vor sich ging, und so hatten Mutter und Vater gar nicht erst irgendwelchen Dorfklatsch unterbinden müssen.

»Puh, ja«, stöhnte sie vor sich hin und wischte sich die Wangen ab. »Was war das doch für eine harte Zeit! Ich war noch viel zu jung und entsetzlich einsam.«

Sie wurde von ihren Eltern nach Stockholm – auf eine Haushaltsschule, wie es hieß – verfrachtet. In Wirklichkeit wohnte sie bei ein paar freundlichen Damen, die sie vor den

Blicken der Umwelt abschirmten und ihr die bürgerliche Küche Südschwedens beibrachten. Was ihr nicht viel genutzt hatte, als sie sich einige Jahre später mit Uhv vermählt hatte. Sigfrid aber hatte sie geschrieben und ihm die Wahrheit erzählt. Und er musste ihr das Versprechen abnehmen, kein Wort darüber zu verlieren – ein Versprechen, das er immer gehalten hatte, soweit sie wusste. Ihre eigenen tiefen Gefühle für den Jungen hatte sie all die Jahre für sich behalten. Vielleicht würde er es bald herausfinden, so nahe, wie er ihr jetzt war.

Sigfrid hatte dafür gesorgt, dass der Junge nach Hause kam.

Gerda durchlitt eine dieser fürchterlichen Nächte. Sie hatte den Fernseher schon zeitig ausgestellt, und zwar, als dieser schwule Moderator auf der Bildfläche erschienen war. Es war unerhört, dass man das Fernsehprogramm nicht in Ruhe genießen konnte, schließlich hatte sie wie alle anderen Rundfunkgebühren bezahlt. Dass der Moderator einen Mann zum Freund hatte, wusste sie, weil das in einer von Mijas Zeitschriften gestanden hatte. Lebenspartner hieß das ja heute – fast so, als ob man verheiratet war. Ach, du lieber Gott, nein! So etwas konnte Gerda einfach nicht gutheißen. Sie war streng christlich erzogen worden, und ihr war zeit ihres Lebens eingeschärft worden, dass Homosexualität etwas Sündhaftes und Abstoßendes sei. Auch wenn sie es mit Gott nicht mehr so genau nahm, hatte sie die christliche Erziehung verinnerlicht, und ihre Ansichten standen unerschütterlich fest. Obendrein würden der Moderator und sein Freund demnächst den Bund der Ehe eingehen. Und das auch noch in einer Kirche! Was für ein Glück, dass ihre Eltern schon seit langem auf dem Friedhof lagen und diese Leichtfertigkeit nicht mehr erleben mussten.

Der besagte Fernsehmoderator war unglaublich beliebt; alle sahen sein Unterhaltungsprogramm – nur Gerda nicht. Sowie er auftauchte, stellte sie den Apparat aus. In Stockholm mochte ja wer weiß was vor sich gehen! Wie gut, dass es keinen von der Sorte in Kuivalihavaara gab – und hoffentlich auch nicht in ganz Norrland.

Bevor sie ins Bett ging, hatte sie die Tageszeitung im Keller in den Heizkessel geschmissen. Die fettgedruckten Überschriften von der Kinderleiche schlugen ihr nur aufs Gemüt.

Gerda schlief rasch ein, nur um ein paar Stunden später jäh von einem qualvollen, schaurigen Schrei zu erwachen. Es dauerte eine Weile, bis sie begriff, dass sie es gewesen war, die geschrien hatte. Manchmal passierte es, dass die Trauer um ihren kleinen Jungen sie nachts verfolgte. Kein Wunder, dass sie nach der Lektüre über diesen schrecklichen Leichenfund Alpträume hatte.

Sie hatte schwere Qualen durchstehen müssen, weil Ivar sie verhöhnt hatte. Als sie frisch verheiratet waren, hatte sie den Fehler begangen, ihm zu erzählen, dass es jemanden vor ihm gegeben hatte. Naiverweise hatte sie angenommen, dass er es verstehen würde, stattdessen hatte sie ihre ganze Ehe hindurch nichts als Hohn und Spott geerntet. Den Kummer wegen des Jungen hatte sie verdrängt, doch er manifestierte sich in ihren nächtlichen Träumen.

Obendrein hatte Ivar die fixe Idee gehabt, dass Tony ebenfalls nicht sein eigen Fleisch und Blut war. Deshalb hatte er ihn auch nie leiden können. Auch wenn Gerda noch so sehr beteuerte, dass er sein Sohn war, es half alles nichts. Jedes Mal, wenn Ivar gesoffen hatte, hatte er das Thema wiedergekäut. Es war also nicht erstaunlich, dass sie insgeheim eine große Erleichterung verspürte, dass Ivar unter der Erde lag.

Zerschlagen und verschwitzt nach dem Alptraum, wankte Gerda in die Küche, kochte sich eine Tasse Tee und nahm sie mit ans Bett. Zündete eine Kerze an und trank in kleinen Schlucken, und bald breitete sich eine behagliche Wärme in ihrem Körper aus. Die Erinnerung an den qualvollen Schrei verblasste. Für die nächsten Stunden versank sie in einen traumlosen Schlaf.

20

In der Woche vor Allerheiligen schien es endlich Winter zu werden, aber das täuschte. Eine freundliche, weiße Decke breitete sich über die Häuser und das blanke Eis des Flusses aus, nur um tags darauf wieder bei Plusgraden wegzuschmelzen und in Form von Schneematsch und Regen zurückzukehren. Am Freitag war es zwar wieder kälter, aber die Bewohner Kuivas mussten dennoch auf den heißersehnten Neuschnee verzichten, als sie sich auf den Weg zur Freitagssauna machten.

In der Frauensauna stand Sirkka Nilssons Haushaltshilfe und schrubbte mit tornedalischem Eifer und einer harten Badebürste die Hinterteile ihrer Enkelinnen. Die Mädchen gaben verzweifelte Laute von sich, und Pia überlief es kalt. Flink brauste sie sich ab und flüchtete in die Sauna, wo sie sich zu den anderen Frauen gesellte.

Das Gesprächsthema stand selbstverständlich fest, und Pia hatte noch nicht einmal die mittlere Saunabank erklommen, als Alva schon auf die Schlagzeilen und die Kinderleiche zu sprechen kam.

»Nein, wie ist das schrecklich«, empörte sie sich und erzitterte trotz der Hitze. »Jahrelang liegt da so ein armes Würmchen, wie kann man nur so grausam sein?«

Es dauerte eine Weile, bis die anderen einen Kommentar abgaben. Gerda stand erst einmal auf und goss eine Kelle Wasser auf die Steine. Es zischte, Dampfschwaden stiegen auf und hüllten Pias Rücken wie eine warme Decke ein. Sie flüchtete sich eine Bank tiefer.

»In solch einer alten, schlimmen Sache zu wühlen«, meinte Gerda mürrisch, »wozu, bitte schön, soll das gut sein? So was sollte man ruhen lassen, man wird sowieso keine Schuldige mehr finden.«

Pia betrachtete ihre Schwiegermutter im spärlichen Licht der Sauna. Sie wirkte verärgert, und in ihren Augen stand ein Kummer, der ihr noch nie zuvor aufgefallen war.

»Also, ich kann Gerda da nur beipflichten«, meldete sich Tante Uhv dumpf aus ihrer Ecke zu Wort. »Jetzt kann man nichts mehr dagegen unternehmen. Eine entsetzliche Vorstellung, dass sie in diesen alten Knochenresten herumstochern, um herauszufinden, wessen Kind das ist. Nee, nee, ein ehrenvolles, christliches Begräbnis ist das einzig Gescheite. Die haben ja nicht alle Tassen im Schrank, das Kindchen kreuz und quer durchs Land zu schicken!«

Sie schniefte und fuhr sich mit der Hand über die Nase.

Was ist denn bloß mit den beiden Tanten los, fragte sich Pia. Sicher, sie wollten nur das Beste für das Kleine, aber trotzdem. Falls überhaupt jemand Schuld daran hatte, sollte man dann nicht versuchen herauszufinden, wer es war?

»Hast du nicht auch im Hotel gearbeitet, als du jung warst?«, fragte sie Gerda.

Gerda starrte ihre Schwiegertochter aufgebracht an.

»Doch, aber ich kann mich nicht entsinnen, dass irgendeine von uns zu der Zeit ein Kind bekommen hätte. Punktum! Du hast da doch auch gearbeitet, oder?«, reichte Gerda Pias Frage an Tante Uhv weiter.

»Ja, aber ich weiß genauso wenig wie du. Wir waren damals noch so jung, und ich war für eine gewisse Zeit in Stockholm. Mensch, wie schwermütig ihr heute seid! Ich bin nicht hier, um über uralte Unannehmlichkeiten zu reden! Ich will jetzt das Thema wechseln, und damit basta!«

»Ja, lasst uns zum Beispiel darüber reden, wie entsetzlich

dick ich mir vorkomme«, klagte Gertrud und kniff sich in ihre Fettwülste. »Deine Figur müsste man haben, Alva.«

Gertrud, Gerdas Tochter, war ausnahmsweise einmal zu Besuch im Dorf. Sonst war sie meistens irgendwo unterwegs, wenn das Wochenende nahte, und sang und musizierte.

»Du musst einfach mehr Zeit auf der Loipe verbringen, als auf der Gitarre zu klimpern! Dahinter steckt hartes Training. Langlauf hat diesen Körper schlank gemacht!«

»Trainieren heutzutage eigentlich viele Kinder Langlauf?«, erkundigte sich Gerda neugierig.

»Nein, wir haben leider keinen, der sich darum kümmert. Und das dürfte eigentlich nicht sein, der Sportverein hat schließlich eine Million Kronen in der Kasse, und uns fehlt es an einem Langlauftrainer für die Kinder. Ich komm einfach nie dazu, aber ich muss mich jetzt wirklich darum kümmern!«

»Eine Million!«, rief Gerda aus. »Wie kommt Kuiva IF zu einer Million?«

»Bingolotto, sag ich nur«, klärte Alva sie auf. »Wir haben die ganzen Jahre hindurch wie die Irren Bingolotto gespielt und waren der einzige Verein im Dorf, der Lose verkauft hat.«

Sie verfielen einen Moment lang in Schweigen und dachten über all die Lottogewinne nach, die ihnen durch die Lappen gegangen waren. Dafür war jede Menge Geld in die Kasse von Kuivas Sportverein geflossen.

»Du könntest Ralph fragen, ob er sich mit Fußball auskennt«, schlug Tante Uhv vor, »oder mit Skiern, man weiß ja nie. Na gut, mit Langlauf vielleicht nicht, aber mit Bällen. Das ist natürlich nur ein Vorschlag.«

Alva und die anderen brachen bei der Vorstellung, wie der

elegante Ralph dreckig und verschwitzt übers Spielfeld rannte oder blitzschnell in der Loipe fuhr, in großes Gelächter aus. Nein, das war zu verrückt!

»Oder vielleicht Doktor Mirjam?«, warf Gerda ein. »Warum ist sie eigentlich nicht hier? Und Hervor?«

»Die haben doch eine eigene Sauna«, meldete sich Pia zu Wort. »Welch ein Luxus, so was müsste man haben.«

Pia wollte nach der Sauna einen Kaffee bei Mirjam und Hervor trinken. Sich zur Entspannung Klatschgeschichten anhören und vielleicht mehr über den toten Säugling erfahren.

»Na ja«, gab Alva auf Gerdas Vorschlag zur Antwort, »weder Ralph noch Mirjam haben, glaube ich, mit Fußball was am Hut. Aber im Grunde könnten wir uns einen ziemlich guten Trainer leisten. Doch wen zieht's schon zu uns in die Einöde? Niemanden.«

»Ihr könntet der Kultur ein bisschen von eurem Geld abgeben«, schlug Gertrud vor. »Für meine Tätigkeit fällt nie was ab, wir müssen uns immer irgendwie so durchschlagen.«

»Oh, jetzt bist du aber ungerecht, Gertrud«, erwiderte Alva. »Hat nicht neulich erst jemand aus deiner Truppe ein Stipendium bekommen, um über laestadianischen Gesang, oder wie das noch gleich heißt, zu forschen?«

Gertrud goss eine Kelle Wasser über die Saunasteine und eine über Alva. Sofort wurde es ihr mit gleicher Münze heimgezahlt.

»Beruhigt euch! Ihr benehmt euch ja wie die Kleinkinder«, ermahnte sie Gerda.

»Ich weiß was, Alva! Du kannst dir doch per E-Mail einen Freund suchen. So macht man das heute, das hab ich jedenfalls gehört. Mailen. Einen Mann für dich, der zugleich Trainer ist, all inclusive, sozusagen.«

»Gerda, du bist ein Genie! Mensch, das mach ich gleich heute Abend!«

»Also, jetzt erzählt mal«, unterbrach sie Pfarrerin Kerstin Blomkvist, die nie einen Saunaabend versäumte, »was haltet ihr von Ralph Sörarve? Ein bisschen Tratsch darf einem Diener Gottes doch wohl auch vergönnt sein.«

Die sterile, weißgekachelte Herrenumkleidekabine stank nach Arbeitsschweiß, und von der Toilette verbreitete sich ein schwacher Geruch nach Urin. Karierte Hemden und blaue Funktionsunterwäsche Marke Fristads hingen in schöner Eintracht mit Windjacken und grünen Mützen an den Haken, während unter den Bänken zahlreiche Arbeitsstiefel aufgereiht waren.

Ralph hatte zuerst gezögert, als Gunnar ihm den Vorschlag mit dem Saunabesuch gemacht hatte, konnte sich jedoch einer gewissen Neugierde nicht erwehren, und schließlich trug Letztere den Sieg davon. Immerhin lebte er mittlerweile schon einige Wochen im Dorf. Vorsichtig zwängte er sein edles Hemd und den englischen Wollpulli zwischen ein blaukariertes und ein schreiend orangefarbenes Flanellhemd. Die Armani-Socken versteckte er vorsichtshalber in seiner Tasche.

Er duschte sorgfältig, bevor er die Tür zur Sauna öffnete. Drinnen redeten alle eifrig durcheinander, und er konnte hören, wie sie problemlos zwischen Tornedalfinnisch und Schwedisch hin- und herwechselten.

Dampf und Hitze überrollten ihn wie eine Walze, und soweit er erkennen konnte, stellte eine Lampe aus dickwandigem Glas mit Metallbeschlag die einzige Lichtquelle in dem gedämpft beleuchteten Raum dar. Auf den Saunabänken saßen die unterschiedlichsten Männer. Tony hockte selbstverständlich auf der obersten Bank, wo es am heißesten war, man konnte ihn lang und breit schwadronieren hören. Er war noch ganz gut in Schuss, aber die Muskeln seines Oberkörpers waren schlecht entwickelt, und seine Schultern hingen traurig herab. Er müsste mehr Sport treiben, schoss es Ralph durch den Kopf, aber wenn er das täte, würde er sicher zu einer Gefahr für andere werden, bei seinem hitzigen Temperament. Die mittlere Bank hatten Eilert, Ragnar und Gunnar mit Beschlag belegt. Die beiden blassen älteren Herren, deren Brustkorb nur einen spärlichen, grauen Haarwuchs aufwies, bildeten einen scharfen Kontrast zu dem sonnengebräunten Gunnar, der für sein Alter erstaunlich faltenlos und durchtrainiert war. Dabei dürfte er schon Mitte fünfzig sein, dachte Ralph.

In der Sauna herrschte starke Hitze, so dass Ralph sich vorsichtshalber nach unten setzte. Die Männer nickten ihm zur Begrüßung zu, und Ragnar kletterte von seiner Bank herab. Sein Körper war sehnig und mager und wirkte immer noch jugendlich. Als er die Tür öffnete, kam ein kühler, angenehmer Luftzug herein.

»Ich will nur Bier holen«, teilte er mit und machte eine Kopfbewegung zur Umkleidekabine.

»Is' ja klar, Ralphi soll natürlich nicht auf'm Trockenen sitzen!«, krakeelte Tony. »Verflucht noch mal, du bist doch sonst nicht so freigebig, Ragnar!«

Die anderen unterstützten Ragnar, sie hatten schließlich nicht jede Woche einen Neuzugang in ihrer Saunatruppe.

Eilert goss eine Schöpfkelle Wasser über die Steine, und der sich entwickelnde heiße Dampf zwang sogar Tony dazu, von seinem Thron herunterzusteigen. Breitbeinig baute er sich auf der mittleren Bank auf, zielte mit der Bierdose und spritzte die Flüssigkeit auf die Steine, so dass die Sauna bis in den letzten Winkel von einem herrlichen Duft nach frisch gebackenem Brot erfüllt wurde.

»Tja, so machen wir das in Lappland!«, rief Tony großspurig.

Ralph nickte, während er sich mit der Hand über seine schweißnasse Brust fuhr.

»Wie ich sehe, bist du braun gebrannt«, stellte Ragnar fest und reichte Ralph ein Dosenbier. »Bist du auf Mallorca gewesen?«

»Danke fürs Bier. Mallorca, nein, das ist schon ein paar Jährchen her, aber ich gehe regelmäßig ins Solarium. Man fühlt sich einfach besser. Aber wenn mich nicht alles täuscht, hat Gunnar eine Reise in die Sonne gemacht.«

Ralph wollte lieber die Aufmerksamkeit von sich ablenken.

»Nee, daran ist die Sonnenbank meiner Frau schuld! Und ich kann dir nur zustimmen, mit ’ner leichten Tönung fühlt man sich gleich viel besser für den Herbst und die Dunkelheit gerüstet.«

»Was seid ihr doch für läppische Weicheier«, sagte Tony abfällig. »Apropos, wusstet ihr schon, dass Ralph Opernsänger ist?«

Er grinste breit und schaute sich beifallheischend um. Die Ironie in seinen Worten war nicht zu überhören, aber der Schuss ging ins Leere – keiner ging auf sein Gerede ein oder sagte, dass man als Opernsänger nicht gerade fest zupacken musste.

Weil ihm niemand Gehör schenken wollte, drehte Tony erst recht auf. Schließlich riss Eilert der Geduldsfaden.

»Schluss jetzt mit dem Gequatsche«, sagte er barsch.

Das zeigte Wirkung – murrend wandte sich Tony wieder seiner Bierdose zu. Eilert lächelte zufrieden. Tony benahm sich immer noch wie ein unreifer Teenager, dachte er, aber es war nur eine Frage der Zeit, bis auch er ruhiger wurde und feststellte, dass das Leben nicht ewig währte. Er war wirklich ein vorlauter Typ, musste Ralph erneut feststellen, auf den Eilert aber anscheinend ein Auge hatte. Wohl vor allem Pias wegen, nahm Ralph an.

»Ragnar, was hältst du davon, dass Ralph hier im Ort ein Wellnesshotel aufziehen will?«, wollte Eilert wissen. »Du weißt schon, so eins wie das, in dem wir vor drei Jahren in Österreich waren.«

»Das klingt doch interessant«, erwiderte Ragnar. »Wenn jemand hier so etwas auf die Beine stellt, tut das unserem Dorf nur gut. Könnte ihm endlich wieder Leben einhauchen.«

Die Saunatür ging auf, und Östen hastete herein, er hatte sich ein Handtuch um den Bauch geschlungen und seine obligatorische Mütze mit den wehenden Ohrenklappen auf. Er kletterte auf die höchste Bank, setzte sich für ein paar Sekunden, stand auf und lief wieder hinaus. Keiner schien sich sonderlich um seine Stippvisite zu scheren. Ralph aber hätte den sonderbaren Mann, der Räder an die Kufen seines Tretschlittens zu montieren pflegte, ohne seine Mütze nicht wiedererkannt.

Eilert goss noch mehr Wasser auf die Steine und wandte sich wieder Ragnar zu.

»Wollen wir im Januar nicht zusammen verreisen, Ragnar? Wenn das Jubiläum vorbei ist. Schwimmen, lecker essen und uns an dem Anblick weiblicher Schönheit erfreuen.«

»Klar doch«, schmunzelte Ragnar, »ich bin dabei. Vielleicht kriegen wir ja eine Last-Minute-Reise.«

Kerstin umschloss ihr großes Kreuz, das sie um den Hals trug, um sich nicht die Haut zu verbrennen.

»Ein adretter Mann«, antwortete Gerda wie aus der Pistole geschossen auf die Frage, was sie vom Neuankömmling Ralph hielten. »Er macht einen sehr ordentlichen Eindruck, sein Hemdkragen war neulich porentief rein.«

»Hm, ich finde auch, dass er einen guten Eindruck macht«, murmelte Tante Uhv.

»Ich weiß nicht«, mischte Gerda sich ein. »Er erinnert mich an irgendjemanden.«

»Und er hat einen guten Geschmack, Kerstin«, ergänzte Alva, »fragt nach Lebensmitteln, die wir hier oben noch nie gesehen haben. Ich würde nur allzu gerne Mäuschen spielen, wenn der eine Party für die Wohlhabenden schmeißt.«

»Ja, er scheint reich zu sein«, warf Mija ein, »aber auch ein bisschen seltsam für meinen Geschmack.«

»Wisst ihr, ich glaube, er verdient einfach gut, weil er ständig Engagements hat, in Schweden wie in ganz Europa«, sagte Kerstin. »Ich versteh gar nicht, wie er das alles mit der Pension schaffen will. Soll das nicht sogar ein Wellnesshotel werden?«

»Ich glaube nicht, dass er vorhat, sich selbst darum zu kümmern«, sagte Pia, die die ganze Zeit über still dagesessen und den anderen zugehört hatte. »Es scheint, als ob er es gemeinsam mit einem Geschäftsführer betreiben will, und für den Rest stellen sie dann sicher Leute aus dem Ort ein.«

»Oje, wenn hier ein Wellnesshotel entsteht, was wird dann aus meinem Salon?«, rief Mija entsetzt aus. »Eine schlimmere Konkurrenz gibt es nicht! Andererseits zieht das sicher jede Menge attraktive Kerle an, so dass frau was zum Gucken hat.«

Sie warf ihrer Schwiegermutter einen trotzigen Blick zu.

»Pah, ich nehme mal an, dass auch Frauen den Weg hierher finden werden«, sagte Tante Uhv mürrisch, »und dann ist es an euch, eure Männer festzuhalten. Na ja, Mija zumindest ist mit einem attraktiven Mannsbild gesegnet.«

Jetzt erst machte Sirkka Nilssons Haushaltshilfe Anstalten, sich einzuschalten. Seit sie in die Saunaschwaden eingetaucht war, hatte sie noch kein Wort gesagt. Die von ihr gezüchtigten Enkelinnen saßen schweigend wie unschuldige Lämmer da und guckten die anderen mit großen Augen an.

»Ich glaub ja nicht, dass so viele Frauen kommen, es wird sich hauptsächlich um Männer drehen«, warf sie trocken ein. »Wenn man die überhaupt so nennen kann!« Sie schnaubte verachtungsvoll.

»Was willst du damit sagen?«, rief Pia.

Sie ahnte zwar, dass die Person, von der Ralph vorsichtig als »Geschäftspartner« gesprochen hatte, im Grunde sein Lebensgefährte war, aber sie war neugierig, wie Sirkka Nilssons Haushaltshilfe den anderen das verklickern wollte.

»Na, nichts Besonderes, das müsst ihr euch schon selbst ausrechnen«, sagte sie schnippisch und rauschte durch die Saunatür hinaus. Die Mädchen folgten ihr wie kleine Entenjungen.

»Die«, sagte Tante Uhv abfällig, »ich hab schon immer gedacht, dass die nur Stroh im Kopf hat. Nein, wisst ihr, was wir jetzt machen? Wie ich durch die Wand hören kann, hocken die Männer immer noch dadrinnen in ihrer Sauna und brabbeln. Wir flitzen jetzt raus und nehmen ein Bad im Becken, das schaffen wir mit links, bevor sie ihr Bier ausgetrunken und zu quasseln aufgehört haben.«

Und sie schlichen hinaus. Tante Uhv, klein, lederartig verschrumpelt, Gerda, fest und kantig, Alva, durchtrainiert, mit flachem Bauch, Gertrud mit ihren fröhlich hüpfenden Speckrollen, die zierliche und schlanke Mija und zuletzt die kleine, runde Pastorin mit dem baumelnden Kreuz zwischen den ausladenden Brüsten. Pia eilte an allen vorbei, tauchte ins Wasserbecken und spürte, wie das kalte Wasser ihren nackten Körper kühlte.

»Du willst uns doch wohl nicht unsere Frauenzimmer wegnehmen?«, fragte Tony.

Die Saunabänke wackelten, als alle lauthals in Gelächter ausbrachen.

»Aber da du ja schon eine tolle Frau hast, brauchst du dir um die anderen Frauen keine Sorgen zu machen«, entgegnete Eilert, dem die anderen umgehend beipflichteten.

»Und was ist mit der Arbeit?«, wandte Tony beharrlich ein. »Es gibt ja kaum genug für uns. Viele leben von Arbeitslosengeld, na, stimmt doch!«

Er zerknüllte seine leere Bierdose und warf sie gegen die Wand. Die Dose prallte ab und landete scheppernd neben Ralphs entblößtem Schenkel.

»Jetzt mach aber mal halblang!«, schaltete Gunnar sich ein. »Wenn Ralph hier ein großes Projekt aufzieht, dann nützt das dem Ort, das ist ja wohl klar, und es gibt mehr Arbeit!«

»Ich sehe das auch so«, sagte Eilert. »Tony, du und viele andere, ihr seid geschickt und könnt arbeiten, wenn ihr nur wollt. Und wenn serviert, geputzt oder Betten gemacht werden müssen, gibt's dafür jede Menge geeigneter Weibsbilder. Die Idee ist gut, sagenhaft gut! Was meint ihr, Jungs?«

»Doch, ich bin ganz deiner Meinung«, sagte Gunnar. »Dank dir, Ralph, könnte Kuiva wieder aufblühen.«

»Das würde mich natürlich freuen«, erwiderte Ralph.

»Ja, dein Vorhaben würde auch anderen Unternehmen

nutzen – nicht nur meinem Schneemobilgeschäft und dem Supermarkt. Vielleicht bekämen wir dann endlich einen EC-Automaten, das würde ich gerne noch erleben, bevor ich es mir auf dem Friedhof bequem mache. Und wenn sich Omar mit seiner mehr schlecht als recht laufenden Imbissbude noch so lange über Wasser hält, würde auch er davon profitieren.«

Zustimmendes Gemurmel wurde laut. Allein Tony grunzte irgendetwas Unverständliches.

»Nee, Männer«, sagte Ragnar plötzlich, »jetzt will ich aber endlich eine Runde ins Wasser. Wer kommt mit?«

»Also ich nicht«, sagte Tony entschieden, wickelte sich das Handtuch um die Hüften und verknotete es fest. »Ich geh nach Hause.«

»Jetzt schon?«, fragte Gunnar erstaunt und schaute zu seinem Cousin hoch. »Warum denn das? Du bist doch gerade erst gekommen.«

»Halt's Maul, Mensch! Ich gehe eben!«

Wie es der Zufall wollte, zwängte er sich fast gleichzeitig mit Ralph durch die Saunatür. Ralph trat zur Seite. Tony warf ihm einen wütenden Blick zu und hielt sein Saunatuch fest umklammert, bevor er zur Umkleidekabine verschwand.

Beschwipst vom Bier und der Hitze, verwandelten sich die Männer von einem Augenblick zum anderen in einen albernen Haufen. Sie rannten lachend und grölend aus der Sauna in die Schwimmhalle, wo sie – so, wie Gott sie geschaffen hatte – ins Wasser hüpften. Erschreckte Ausrufe und Kreischen waren zu hören, als die Frauen in größter Eile die Flucht in die Umkleidekabine antraten.

Ralph ging zum anderen Ende des kleinen Wasserbeckens und stieg vorsichtig die Treppe hinab. Er machte ein paar

Schwimmzüge und ließ seine erhitzte Haut vom Chlorwasser umschmeicheln. Seine Gedanken wanderten sehnsuchtsvoll zu Eric. Dem Gerede der Männer zuzuhören wurde auf die Dauer langweilig, und Tonys aggressives Auftreten war kaum zu ertragen.

21

Pia saß bei Hervor vor dem Kamin, wo Mirjam ihnen gerade Tee eingeschenkt hatte. Sie hatten Pia von ihrem Amerika-Aufenthalt erzählt und von Mirjams Kapelle auf Gotland, und nun waren sie bei der Geschichte mit dem Babyskelett gelandet.

»Was geschieht denn jetzt?«, erkundigte sich Pia. »Was machen sie mit dem Kind?«

»Die Kriminaltechniker sind da gewesen, aber das hast du bestimmt schon in der Zeitung gelesen, oder?«, fragte Mirjam.

Pia nickte.

»Sie haben den Fund in die Rechtsmedizin nach Umeå geschickt, aber soweit ich weiß, ist die Hoffnung, den Schuldigen noch zu finden, verschwindend gering.«

Hervor mischte sich in das Gespräch ein.

»Und die DNA? Kann die nicht von Nutzen sein, davon ist doch immer gleich die Rede, sobald irgendwo ein Toter gefunden wird.«

Mirjam stellte die Teetasse ab.

»Das ist ein riesiger Aufwand, wenn man nicht viel hat, auf das man sich stützen kann. Es würde bedeuten, dass die Polizei von Hinz und Kunz im Dorf Speichelproben nehmen müsste, und die einstigen Besitzer des Hotels leben nicht mehr.«

»Aber irgendjemand im Ort muss sich doch daran erinnern? Jemand von den alten Leuten?«, überlegte Pia.

Hervor runzelte die Stirn.

»Sicher«, brummelte sie, »aber die schweigen natürlich

wie ein Grab, weshalb uns nichts anderes übrigbleibt, als auf meine Methoden zurückzugreifen. Und da werde ich mein Bestes geben, darauf könnt ihr euch verlassen.«

»Und ich werde eine weitere Person, von der wir noch nicht einmal den Namen kennen, ins Toten- und Begräbnisregister eintragen müssen«, seufzte Pia.

»Ob dieser Sigfrid das Kind gekannt hat?«

»Schwerlich«, erwiderte Hervor. »Er war nicht so viele Jahre Eigentümer des Hotels, und wenn er davon gewusst hätte, hätte er sich bestimmt darum gekümmert. Nein, nein, er hat das Hotel gewiss völlig unwissend mit allem Drum und Dran samt Leiche erworben.«

Sie ließen die Angelegenheit fallen, und Mirjam lenkte das Gespräch auf das heikelste Thema überhaupt, Tonys Gewalttätigkeit.

Es hatte keinen Zweck, Hervor gegenüber, die mit solch besonderen Gaben gesegnet war, irgendetwas abzustreiten, das war auch Pia klar. Mirjam ging sachlicher damit um, sie hatte das letzte Mal, als Tony Pia geschlagen hatte, sogleich begriffen, was Sache war. Ihr konnte sie also auch nichts vormachen.

»Es gibt da verdammt gute Tricks, auf die man bei solchen Idioten zurückgreifen kann«, sagte Hervor, »verdammt gute Tricks.«

Obwohl die Lage so ernst war, schien sie sich köstlich zu amüsieren. Sie legte noch mehr Feuerholz in den Kamin, und Mirjam und Pia warteten gespannt auf die Fortsetzung.

»Was willst du damit sagen, Hervor?«, fragte Mirjam. Aber Hervor rückte nicht mit der Sprache heraus, weshalb Mirjam wieder das Wort ergriff. »Man muss diesen Deckskerl – verzeiht meine Ausdrucksweise, aber anders kann ich es nicht formulieren – doch bloß anzeigen. Du kannst da nicht bleiben, Pia! Du musst an die Kinder denken und an dich natürlich.«

Hervor nickte zustimmend und fuhr fort, leise zu kichern. Pia brachte nicht den Mut auf, ihnen zu sagen, dass sie ernsthaft erwwog, wegzuziehen. Ihre größte Sorge war, wie sie es anstellen sollte, die Kinder mitzunehmen. Tony würde völlig durchdrehen, und bevor sie sich jemandem anvertraute, musste sie sich zuerst einen durchführbaren Plan zurechtlegen.

»Ach, so schlimm ist das alles nicht«, versuchte sie abzuwiegeln. »Nur wenn er Schnaps gesoffen hat, gebärdet er sich so. Ansonsten ist es okay, er kann auch ganz nett sein.«

Weder Mirjam noch Hervor gaben einen Kommentar dazu ab, doch Pia war nicht so einfältig, anzunehmen, dass sie ihr Glauben schenkten.

»Ja, ihn anzuzeigen ist natürlich eine Möglichkeit, so einer wie der verdient dich überhaupt nicht, zum Teufel«, sagte Hervor, »aber es könnte ja nicht schaden, ihm das Leben ein wenig zu vergällen, oder?«

Pia trank einen Schluck Tee und fragte sich insgeheim, welche Lektion sie ihr gleich auftischte. Mirjam wurde schier verrückt vor Ungeduld.

»Mensch, spuck's endlich aus! Immer musst du mit allem hinterm Berg halten, so dass ich vor Neugierde fast platze!«

Hervor stellte die Tasse neben ihrem Stuhl auf den Boden und beugte sich zu ihnen vor.

»Meine Mutter«, begann sie, und ihre Augen funkelten, »meine Mutter war nach den Saufereien meines Vaters immer besonders garstig zu ihm. Sie hatte ein diebisches Vergnügen daran, es ihm heimzuzahlen, und so gab es am nächsten Tag nur geschmacklose Grießsuppe, und danach jagte sie ihn nach draußen, um die Flickenteppiche auszuklopfen. Jeden einzelnen Läufer musste er durchklopfen.«

Pia und Mirjam lachten. Jemandem so etwas Fades wie Grießsuppe vorzusetzen, während er sich inständig nach einem saftigen Hamburger mit Zwiebeln sehnte. Oder noch besser, das Geräusch des Teppichklopfens, das im Schädel widerhallte, nachdem er zu tief ins Glas geschaut hatte. Ganz schön ausgebufft, Hervors Mutter.

»Ja, so war sie«, sagte Hervor und schmunzelte. »Gibt es denn ein Gericht, das der Schurke nicht verträgt?«

Pia überlegte. Tony aß fast alles, sogar an Gemüse hatte er sich mit der Zeit gewöhnt. Wenn, dann mochte er keine Avocados.

»Avocados«, sagte sie. »Davon wird ihm richtiggehend schlecht, immer, wenn ich ihm Avocadohälften mit Krabben vorgesetzt habe, hatte er noch Stunden später Bauchschmerzen.«

»Heftige Bauchschmerzen nach dem Verzehr dieser fetthaltigen Frucht klingt nach Gallenkolik«, warf Mirjam ein.

»Na, wenn das so ist«, bemerkte Hervor.

»Sag, was geht dir durch den Kopf?«, fragte Mirjam sie. »Du brütest doch wieder irgendeinen Schabernack aus, das seh ich dir an.«

Hervor hob ihre Tasse und trank einen Schluck.

»Misch einfach feingeschnittene Avocado unter den Salat oder woanders rein, Hauptsache, er merkt nichts. Der soll sich nur vor Schmerz winden, für mich hört sich das nach einer ausgezeichneten Gelegenheit an, es ihm heimzuzahlen.«

Auf so eine Idee wäre Pia von selbst nie gekommen.

»Ich finde trotzdem, dass du ihn anzeigen solltest«, ließ Mirjam nicht locker, »so kann es nicht weitergehen.«

Hervor schnaubte.

»Das musst gerade du sagen, wo du einen ganzen Sommer damit verbracht hast, Männer zu Tode zu quälen!«

Mirjam kauerte sich auf ihrem Stuhl zusammen.

»Was?«, fragte Pia. »Das habt ihr mir ja noch gar nicht erzählt.«

»Das ist unwichtig«, schnitt Mirjam Pia das Wort ab. »Hast du noch andere nützliche Essenstipps parat, Hervor?«

»Na und ob, haufenweise! Aber der beste Tipp überhaupt stammt nicht von meiner Mutter.«

»Nicht?«, riefen Pia und Mirjam wie aus einem Mund.

Hervor war mittlerweile kurz vorm Platzen und musste sich die Tränen abwischen, weil das Lachen nur so aus ihr heraussprudelte.

»Nein, den besten Tipp habe ich von einer alten Perserin bekommen, der ich in Amerika begegnet bin.«

»Was?«, sagte Mirjam erstaunt. »Wo denn?«

Hervor warf ihr einen spöttischen Blick zu.

»Das geht dich einen Scheißdreck an. Meine Kollegen und ich, wir treffen uns zu gemeinsamen Séancen.«

Vergnügt betrachtete sie ihre neugierigen Zuhörerinnen.

»Tja, wisst ihr, der beste Tipp ist …, ja, man kann es fast nicht glauben, aber das ist … in seinen Kaffee zu pinkeln!«

Hervor prustete vor Begeisterung, und Mirjam und Pia rangen vor lauter Lachen nach Atem, allein der Gedanke war zu schön!

Es schneite, und Pia stapfte langsam nach Hause. Als sie in der Sauna gewesen war, hatte es angefangen zu schneien, und jetzt herrschte dichter Schneefall, und große Flocken fielen zu Boden, die sofort wegschmolzen. Schade, dass es immer noch nicht Winter werden wollte. Irgendwie fiel es einem leichter zu atmen, wenn Schnee lag, sie fühlte sich dann nicht so eingesperrt wie im Herbst, wenn es dunkel und grau war. Der Besuch bei Hervor und Mirjam war allerdings aufmunternd gewesen. Bevor sie ins Haus trat, blieb sie einen Augenblick auf der Einfahrt stehen. Man muss zwischendurch mal einen Scherz über ernste Dinge machen, überlegte sie, sonst hält man die sorgenvollen Gedanken nicht aus. Sie hob das Gesicht zum Himmel, streckte die Zunge heraus, und ein paar große Schneeflocken schmolzen darauf.

In seinen Kaffee pinkeln. Würde sie es wagen?

22

Schon bei Ralphs erstem Besuch bei *Gunnars Schlitten und Jagdbedarf* hatten sie sich über Motorschlittentouren unterhalten. Gunnar wollte unbedingt, dass Ralph das Schneemobilfahren ausprobierte, aber das war bei dem momentanen Herbstwetter leichter gesagt als getan. Nie schien genug Schnee zu fallen. Frühmorgens an Allerheiligen begaben sie sich trotzdem in den Wald, wenngleich ohne Schneemobil.

»Wir nehmen das Auto über die Brücke und fahren dann noch ein gutes Stück einen Waldweg entlang. Danach müssen wir noch eine Weile laufen, aber das schaffst du doch?«, hatte Gunnar ihn gefragt.

Ralph ging davon aus, er war ganz gut in Form. Als Junge war er bei den Pfadfindern gewesen, wo seine Naturliebe geweckt worden war. Bei einem Aufenthalt in der Natur konnte er am besten vor einer Vorstellung Energie tanken oder auch abschalten, wenn das Leben sich einmal zu schnell drehte. Eric und Ralph machten oft eine Wanderung entlang des Sörmlandsleden, wenn er zu Hause in Stockholm war.

Nun trottete Ralph in festen Stiefeln hinter Gunnar den schmalen Pfad entlang. Die Wanderkleidung hatte er sich geliehen. Sie hatten sich entschieden, bei Tagesanbruch zu starten, und dafür war Ralph dankbar. Um nicht unverhofft über Steine und knorrige Wurzeln zu stolpern, hielt er den Blick fest auf den Boden gerichtet. Gunnar hatte vorausschauend Stirnlampen für den Rückweg eingesteckt, denn es wurde jetzt früh dunkel, und sie würden es wohl kaum noch bei Tageslicht zurückschaffen.

Nach einer Stunde kamen sie an ein offenes Moor. Gunnar sah keine Möglichkeit, es zu überqueren, also gingen sie an dem mit kleinwüchsigen Kiefern bewachsenen, lichten Waldrand entlang. Nicht gerade das, was Ralph unter Wald verstand, aber das erwähnte er Gunnar gegenüber nicht.

Schließlich blieb Gunnar stehen, und sie verschnauften. An einigen Stellen entlang des Moores hatten sie sich ziemlich durchkämpfen müssen.

»Hätten wir Motorschlitten dabeigehabt, wären wir einfach quer über das Moor gedüst, aber das machen wir ein anderes Mal.«

Ralph ließ seinen Blick schweifen. Die Landschaft, die durch die Dämmerung bereits in graue, schattige Töne getaucht war, war von überwältigender Schönheit, doch das Schönste war die Stille.

»Hör doch!«, flüsterte er Gunnar zu.

»Was denn?«

»Diese Lautlosigkeit, es ist so still, dass es geradezu in meinen Ohren schmerzt. Ich habe noch nie so etwas Friedvolles erlebt.«

»Kann ich mir vorstellen, für dich als Städter ist das ja auch purer Luxus. Und du hast recht, es ist nicht das Schlechteste.«

Gunnar setzte sich wieder in Bewegung und zeigte auf einen großen, von Moos und Zweigen bedeckten Hügel.

»Da ist sie, meine Hütte. Eigentlich ist es ein kleines Haus, aber ich habe es mit Erde und Tannenzweigen abgedeckt, und so nach und nach wird auch der Schnee das Seinige tun. Sie ist fast nicht zu sehen, wenn man nicht weiß, wo sie ist. Komm rein!«

Gunnar nahm die Stütze fort, mit der er die Tür verriegelt hatte, und sie mussten sich ducken, als sie eintraten. Das

Licht einer Petroleumlampe erhellte das Innere, und schon kurz darauf hatte Gunnar ein Feuer in der einfachen Feuerstelle entfacht. Die Hütte war mit nichts weiter als einer Pritsche, einem kleinen Tisch und einem Stuhl ausgestattet. Die Wände waren kahl, und durch ein kleines Fenster konnte man nach Füchsen Ausschau halten.

»Gleich wird es richtig schön warm«, sagte Gunnar zu Ralph und zog den Reißverschluss seiner Jacke auf. »Bis dahin können wir uns ja einen Whisky genehmigen. Wie wär's mit 'nem Scottish Malt?«

Ohne auf eine Antwort zu warten, zauberte er im Handumdrehen zwei Whiskygläser und eine Flasche aus einer Kiste hervor, die auf dem Fußboden stand.

»Du hast einen guten Geschmack!«, sagte Ralph anerkennend.

»Danke. Den trinke ich sonst immer allein. Es hat keinen Zweck, jemandem aus dem Dorf einen auszugeben, die würden, egal, was es ist, sofort die Flasche leer machen. Hast du schon Hunger? Ich hab auch einen Vorrat an Konserven da.«

Ralph lehnte ab und schenkte Gunnar seine volle Aufmerksamkeit, der ihn in die Geheimnisse von Jagdwaffen einweihte. Er hatte in seiner Wehrdienstzeit nur Stabsdienst auf Östermalm geleistet und war daher nicht sonderlich vertraut mit Begriffen wie Verschlüsse, Masseverschluss, Abzüge oder Rückstöße. Aufgrund von Gunnars Begeisterung war ihm jedoch klar, dass die Fuchsjagd ein besonderes Erlebnis war.

»Ja, hier fühle ich mich wohl«, sagte Gunnar gedankenverloren, »hier bekomme ich einen freien Kopf, denke nicht mehr ans Geschäft, und Mija liegt mir nicht ständig mit irgendetwas in den Ohren. Und sie freut sich, weil mit jedem

Fuchs, den ich erlege, die Aussicht auf einen neuen Pelzmantel steigt.«

»Aber du hast auch Kinder?«

»Ja, Zwillinge. Benita und Lenita, aber sie sind auf Weltreise und gerade irgendwo in Neuseeland. Wir halten uns über einen Reiseblog über sie auf dem Laufenden. Gut, dass es Computer gibt, durch sie hat man zu fast allem Zugang.«

Gunnar verschwand für einen Augenblick nach draußen, während Ralph, das Whiskyglas in der Hand drehend, über die ungewöhnlichen Namen von Gunnars Töchtern nachdachte. Gunnar hackte Holz, und im Wald hallten die regelmäßigen Schläge wider. Sein Blick wanderte in der Hütte umher.

In einer Holzkiste standen unzählige Konserven Erbsensuppe, *Norrlandspölsa,* eine Art Fleischbrei, und Corned Beef. Nahrung für einen ganzen Kerl. Daneben stand eine weitere Kiste mit jeder Menge Krimskrams, unter anderem Knorren, augenscheinlich von einer Birke, aus denen bestimmt Schalen geschnitzt werden sollten. Er wühlte vorsichtig in der Kiste und stieß auf mehrere Angelschnüre und ein Fahrtenmesser mit abgebrochener Spitze. Inmitten des Gerümpels fiel ihm etwas Hellrotes ins Auge. Neugierig zog er ein paar hochhackige Schuhe heraus. Keine schlechte Qualität, Schuhe von einer kostspieligen italienischen Marke, die man in Kuiva nicht kaufen konnte. Wie kam es, dass Gunnars Frau solche eleganten Dinger hier draußen im Wald liegenließ? Ziemlich groß waren sie auch, Schuhgröße einundvierzig, und in diesem Machoreich wirkten sie völlig fehl am Platz. Als Ralph Gunnars stapfende Schritte hörte, legte er die Schuhe eilig wieder zurück.

Im nächsten Moment trat Gunnar mit Holz unterm Arm durch die Tür und guckte von der Kiste zu Ralph. Dann schmiss er krachend die Holzscheite auf den Boden, hockte sich hin und stocherte schweigend mit dem Feuerhaken im Ofen herum.

»Hast du Kinder?«, wollte er schließlich von Ralph wissen.

»Nein.«

»Eine Freundin?«

Ralph zögerte einen Augenblick und schielte zu den roten Schuhen hinüber.

»So in der Art«, sagte er. »Ich habe einen Lebensgefährten, Eric.«

Er wusste, dass er sich damit auf dünnes Eis begab, aber er setzte alles auf eine Karte. Eric und er hatten nie verschwiegen, dass sie ein Paar waren, und weiter im Süden war das auch allgemein bekannt.

»Das ist hier in der Gegend sicher nicht so verbreitet«, fügte er hinzu.

Gunnar legte ein paar Holzscheite in den Ofen und fachte die Glut an, bis die Flammen aufloderten.

»Kommt schon vor, auch wenn ich niemand persönlich kenne. Am besten, du behältst das für dich, du weißt ja, wie die Leute reden.«

Ralph beobachtete Gunnars Gesicht im Feuerschein, während er das Holz sorgfältig, aber unendlich umständlich aufschichtete. Er besaß feine, attraktive Züge, die aber trotzdem männlich waren. Schließlich ließ Gunnar sich auf der Pritsche nieder und nahm einen tiefen Schluck aus seinem Glas.

»Was haben deine Eltern gesagt?«

»Worüber?«

Gunnar wand sich ein wenig.

»Na ja, dass du sozusagen auf Männer stehst.«

Ralph lachte trocken auf.

»Meinem Vater konnte ich sowieso nichts recht machen, jedenfalls geizte er ziemlich mit Lob.«

»Hm, und deine Mutter?«

»Meine Mutter war nicht ganz so erbarmungslos. Über Eric wussten sie natürlich Bescheid, auch wenn wir eigentlich nie richtig darüber gesprochen haben. Vielleicht waren sie enttäuscht, ich weiß es nicht, sie sind schon seit ein paar Jahren tot.«

Seltsam, wie leicht es ihm hier draußen im Wald fiel, Gunnar ins Vertrauen zu ziehen.

Gunnar zögerte einen Moment, bevor er etwas erwiderte.

»Was für ein Glück, dass du in Stockholm aufgewachsen bist. Hättest du in so einem Kaff wie ich gelebt, hättest du vielleicht ein Doppelleben führen müssen.« Er blickte nachdenklich vor sich hin.

»Aber für einen Dorfbewohner scheinst du nicht sonderlich schockiert zu sein.«

Gunnar sah ihn ruhig an.

»Man muss mit der Zeit gehen«, erwiderte er, »und für mich spielt es vor allem eine Rolle, dass ihr hier im Ort etwas Neues auf die Beine stellen wollt. Als Geschäftsmann habe ich natürlich Wachstum im Sinn.«

Er sah aus dem Fenster, wo sich die Dunkelheit herabsenkte. Dann drehte er sich wieder zu Ralph um.

»Sag mal, Ralph, das wird doch bestimmt kein stinknormales Hotel, oder? Ich meine, ihr plant sicher etwas für Leute wie dich und Eric. Ich könnte mir vorstellen, dass bei der Klientel viel Geld zu holen ist.«

Ralph lächelte über das ganze Gesicht, Gunnar wusste schließlich sowieso schon alles, da konnte er genauso gut ins Detail gehen.

»Natürlich, rosa Geld, aber das musst du vielleicht nicht gleich weitererzählen.«

»Rosa Geld? Das verstehe ich nicht. Da muss mir wohl was entgangen sein.«

»So bezeichnen wir das in der Regel.«

Auf Gunnars Stirn bildete sich eine tiefe Sorgenfalte.

»Du lieber Gott, das wird was geben! Die Leute im Dorf werden außer sich sein – Kuiva, ein Gay-Paradies! Und Gottes rechtgläubige Schar erst!«

»Du kennst Eric nicht, der kann Berge versetzen. Du wirst schon sehen! Prost, Gunnar!«

Eine Füchsin trat im Licht des Halbmondes aus dem Wald. Sie hielt inne und blinzelte, als sie den schwachen Lichtschein sah, der aus der Hütte sickerte. Für ein paar Minuten rührte sie sich nicht von der Stelle und lauschte dem Gelächter, einem hellen und einem dunklen Lachen. Dann schüttelte sie ihr rotes Fell, machte ein paar Bocksprünge und trabte, eine frische Hasenspur verfolgend, ruhig über das Moor davon.

23

Der November hielt Einzug, Allerheiligen war vorüber, und Mirjam war mit sich und der Welt zufrieden. Im Chor lief alles glatt, weil die Hagere Haldis, eine nicht besonders talentierte Sopransängerin, unerwartet von Heiserkeit geplagt wurde und nicht mitsingen konnte. Mirjam hatte flüchtig überlegt, ihr durch eine Affirmation eine Stimmbandentzündung auf den Hals zu schicken, aber manchmal regelte die Natur so etwas von selbst, und so fühlte sich Mirjam nicht im mindesten dafür verantwortlich. An dem Versprechen, das sie sich selbst gegeben hatte, hielt sie fest und beschäftigte sich nicht mit bösen Gedanken. Als Hervor das mit der Hageren Haldis erfuhr, war sie hochzufrieden.

»Geschieht dieser verdammten Schreckschraube ganz recht!«, sagte sie mit diebischer Freude. »Du liebe Zeit, wie die mich in der Schule gepiesackt hat, aber das hat sich wahrhaftig gerächt, denn jetzt ist sie alles andere als hager!«

Sie traf den Nagel auf den Kopf. Haldis war bedrohlich dick, und Mirjam konnte sich nur allzu leicht ausmalen, welche Erkrankungen ihre Fettleibigkeit zur Folge haben könnten.

Mirjam hatte in den vergangenen Wochen Babyhöschen aus Frottee genäht, wobei ihre Gedanken oft zu dem Winzling in Ralphs Keller gewandert waren. Die Knochenreste samt Kaffeedeckchen waren immer noch bei der Rechtsmedizin in Umeå. Danach würden die sterblichen Überreste aller Wahrscheinlichkeit nach für ein ordnungsgemäßes Begräbnis zurück nach Kuivalihavaara gebracht werden.

Der Leichenfund war weiterhin *das* Gesprächsthema im

Dorf – alle nahmen daran Anteil und waren aufs äußerste erschüttert. Einige schworen Stein und Bein, dass nur ein Südschwede auf der Durchreise das Kind dort abgelegt haben könnte, kein echter Einheimischer würde sich jemals so etwas erlauben. Andere wiederum wollten mit Sicherheit wissen, wer der Schuldige war. Von einem derartigen Gespräch zwischen den beiden Tenören des Chores war Mirjam kürzlich Zeugin geworden.

»Na, wer das wohl gewesen ist«, hatte sich der eine gefragt.

»Oh, ich weiß, wer«, erwiderte der andere wichtigtuerisch, »aber das ist wohl kaum der Rede wert.«

»Wenn du's weißt«, warf Mirjam ein, »warum gehst du dann nicht zur Polizei?«

Er hatte ihr nur einen überheblichen Blick zugeworfen. Er hat keine Ahnung, dachte Mirjam, alles nur leeres Gerede, um sich interessant zu machen.

Hervor hatte Mirjam Allerheiligen nicht in die Kirche begleitet, sondern es vorgezogen, zu Hause mit gleichgesinnten Hexen zu chatten. Inzwischen kam sie gut mit dem Computer klar und hatte sogar eine eigene Homepage, auf der man allerhand über ihre große Leidenschaft, die magische Kraft der Kräuter, erfahren konnte. Mirjam war stolz darauf, dass es ihr in jenem Sommer, den sie in ihrer Kapelle auf Gotland verbracht hatten, gelungen war, Hervor in die Welt der Computer einzuführen. Da die Hexen Allerheiligen einen ihrer spezifischen Hexensabbate – ihr Neujahrsfest – feierten, kamen Hervor ihre Computerkenntnisse gerade recht.

»Und jetzt setzt die Schattenzeit ein«, hatte Hervor Mirjam feierlich anvertraut, bevor sie zur Kirche aufbrach, »und die Schattenzeit endet nicht vor Februar.«

Mirjam hatte einen langen Abendspaziergang gemacht,

um ihre düsteren Gedanken, die um Sylve kreisten, zu vertreiben. Die Schwermut hüllte sie nicht mehr so vollständig ein wie zu Beginn, manchmal dachte sie sogar, dass sein Sturz nicht ihre Schuld war, trotzdem lasteten die Gedanken immer wieder bleischwer auf ihrem Gemüt. Sie hatte sogar Kontakt zu den Ärzten im Krankenhaus aufgenommen und erfahren, dass Sylve auf dem Weg der Besserung war, aber er würde nie mehr so sein wie früher.

Mirjam erreichte die Veranda und befreite ihre Stiefel vom Schneematsch, bevor sie das Haus betrat.

Sylve war mittlerweile aus der Klinik entlassen worden und war wieder zu Hause, fuhr aber regelmäßig zur Reha nach Visby. Wie durch ein Wunder hatte er überlebt, aber es war natürlich ein schwerer Unfall gewesen. Mit welchen Folgeschäden er zu rechnen hatte, konnte man noch nicht genau sagen. Die arme Vendla, dachte Mirjam, seine Mutter hat jetzt wahrlich eine schwere Last zu tragen. Ich muss sie mal anrufen. Aber nicht heute. Sie legte das Cape ab und ging vor dem Schlafengehen noch einmal ins Badezimmer. Vor Sylves Liebesschwüren wollte sie lieber in Deckung gehen.

In dem Moment klingelte das Telefon. Mirjam warf einen Blick auf ihre Armbanduhr. Halb zwölf. Wem, zum Kuckuck, fiel es ein, noch so spät abends anzurufen?

Hervor kam aus ihrem Zimmer geschlurft und nahm den Hörer ab, während Mirjam mit der Zahnbürste im Mund danebenstand und den Wortfetzen lauschte.

»Oh, verdammt! … Gerade eben? Klar, wir kommen sofort!«

Sie legte auf und drehte sich zu Mirjam um.

»Jetzt nimmt das Übel seinen Lauf«, sagte Hervor, und ihre Stimme hatte einen ernsten Unterton. »Hüpf aus deinem Flanellpyjama und zieh dich an, wir müssen zu Ralph. Irgend so ein Knallkopf hat einen Stein durch sein Schlafzimmerfenster geworfen, er ist außer sich vor Angst!«

»Lasst mich einen Augenblick allein«, bat Hervor. »Ich werde sehen, was ich tun kann. Aber das wird ganz schön knifflig!«

Sie ließ sich auf dem Bett nieder und starrte Ralph und Mirjam auffordernd an.

»Und lasst den verdammten Stein hier.«

Mirjam legte den Stein gehorsam auf den Boden. Sie hatte ihn in der Hand gehalten und wiederholt den Zettel studiert. Um den Stein war eine grellblaue Nylonschnur gebunden, die jedem gehören konnte. Die festen Knoten hingegen stammten wohl nicht von einem Pfadfinder oder einem Seemann. Unter die Schnur war ein grob zurechtgeschnittenes Stück Wellpappe geklemmt, auf dem in schiefen Blockbuchstaben stand: »HAU AB! DU HAST HIER NICHTS ZU SUCHEN!«

Mirjam nickte Ralph zu, und sie verließen das Zimmer und setzten sich in die Küche. Wenn Ralphs Gesicht schon vor ein paar Tagen blass ausgesehen hatte, als sie das Babyskelett gefunden hatten, so sah er jetzt – sofern das überhaupt ging – noch blasser aus. Logisch, dachte Mirjam, er steht schließlich unter Schock und kann jeden Moment zusammenklappen, wenn er aus feinem Holz geschnitzt ist.

»Hast du einen starken Tropfen im Haus?«, fragte sie ihn. »Dazu rät Hervor immer, wenn einem das Leben einen Streich spielt«, fügte sie mit einem verlegenen Lächeln hinzu.

Ralph nickte.

»Ja, ich habe einen recht annehmbaren Rotwein in der Anrichte neben dem Kühlschrank.«

Er wollte aufstehen, aber Mirjam machte eine beschwichtigende Geste.

»Bleib nur sitzen, ich kümmere mich darum.«

Sie fand die Flasche und suchte nach zwei passenden Gläsern. Das Hotel besaß eine riesige Auswahl, und sie entdeckte zwei hübsche Weingläser.

»Hast du schon eine neue Heizung?«, fragte sie, während sie den Korken aus der Flasche zog. Es konnte ja nicht schaden, Ralph auf andere Gedanken zu bringen, damit er sich ein bisschen beruhigte.

»Nein, noch nicht. Aber der Schornsteinfeger war schon da und hat sich die alte angesehen, sie funktioniert sogar noch, aber ich habe trotzdem eine neue bestellt.«

Sie tätschelte seinen Arm und schenkte ihm ein Glas ein.

»Trink, Ralph, das ist ein ärztlicher Befehl!«

Ralph gehorchte, und mit Hilfe des Weines fand er auch seine Sprache wieder.

»Ich muss offen zugeben, dass ich eine Scheißangst gekriegt habe, als ich den Krach hörte!«

Er schüttelte sich und trank noch einen Schluck Wein.

»Das wundert mich überhaupt nicht«, erwiderte Mirjam, »zuerst die Leiche und jetzt das. Hast du irgendeine Ahnung, wer dir das angetan haben könnte?«

Er schüttelte den Kopf.

»Nein, ich liege mit niemandem im Clinch. Aber wenn ich es mir so durch den Kopf gehen lasse … Dieser Tony hat bei jeder Gelegenheit spitze Bemerkungen fallenlassen. Aber so etwas traue ich ihm eigentlich nicht zu.«

Mirjam schnaubte abfällig.

»Der Idiot ist zu weiß was imstande, kann ich dir sagen! Allerdings, wenn er so offen zum Angriff übergeht, würde mich das wundern, bei der strengen sozialen Kontrolle hier im Ort. Und warum sollte dir jemand schaden wollen? Du hast doch keiner Menschenseele was zuleide getan.«

Ralph füllte sein Glas auf, sank in den Stuhl zurück, seufzte tief und sah Mirjam an.

»Vielleicht war's jemand, der weiß, dass ich mit einem Mann zusammenlebe. Jemand, der das nicht gutheißt. Von der Sorte gibt es viele.«

Abwartend betrachtete er sie, und sie spürte, wie die Wut in ihr hochkochte. Dass er einen Freund hatte, wusste sie bereits, das war schließlich kein Geheimnis.

»Deshalb hat man doch noch lange kein Recht, anderen gegenüber so aggressiv zu werden, verflixt!«, sagte sie aufgebracht. »Wie unkultiviert ist das denn?«

Ralph lehnte sich zu ihr über den Tisch.

»Mir ist schon zu Ohren gekommen, dass manche diskriminiert werden«, bemerkte er. »Aber Eric und mir ist das noch nie passiert, wirklich noch nie! Jetzt verstehe ich die Vorsicht mancher unserer Freunde. Es ist noch nicht so lange her, da gab es noch Gesetze gegen Homosexuelle.«

Mirjam nickte.

»Ja, ich weiß. Homosexualität wurde sogar als Krankheit eingestuft. Absurd.«

Mirjam schnupperte an dem Wein, bevor sie davon trank, offenbar ein teurer, edler Wein und um Längen besser als Hervors billiger Rotweinfusel. Dafür wusste sie, wie man Menschen in Krisensituationen Linderung verschaffte, Ralphs Gesichtsfarbe war bereits zurückgekehrt, und Mirjam konnte beruhigt sein, er würde nicht vor ihren Augen zusammenbrechen.

»Hast du dich mit deinem Eric in Verbindung gesetzt?«, fragte sie.

Ralph machte eine zustimmende Kopfbewegung.

»Kommt er?«

»Er nimmt den nächstbesten Flieger, klar, er hat sich natürlich auch Sorgen gemacht. Eigentlich wollte er erst in zwei Wochen kommen, aber so, wie sich die Dinge entwickelt haben, bricht er früher auf.«

Hervor hob den Stein auf und wog ihn in den Händen. Er fühlte sich ziemlich schwer an, etwa so wie eine volle Milchpackung. Ein grauer, runder, hübscher Stein, der von dem sprudelnden Wasser des Torne Älv glatt geschliffen worden war. Sie machte es sich auf einem alten Sprossenstuhl bequem und legte den Stein in den Schoß, drehte und wendete den Zettel, musterte die Buchstaben, fuhr mit der Hand über die blaue Schnur. Wer bei allen Geistern konnte so abscheulich sein und ihn in Ralphs Schlafzimmer geworfen haben? Vom eingeschlagenen Fenster wehte ein kalter Schwall Nachtluft herein, aber wenn sie sich einen Reim darauf machen wollte, musste sie eben notfalls mit Jacke und Mütze im Zimmer sitzen bleiben.

Sie umfasste den Stein mit beiden Händen und schloss die Augen. Von weitem drang Ralphs und Mirjams Gemurmel aus der Küche an ihr Ohr. Ein Auto brummte am Hotel vorbei. Ansonsten war es still. Unter ihren Händen wurde der Stein warm, ja, sogar heiß.

»Schau nach innen, Hervor«, murmelte sie. »Schau nach innen und hör dir an, was der Stein zu erzählen hat.«

So saß sie eine Weile da, ruhig und konzentriert.

»Zur Hölle auch!«, brummte sie missmutig und schlug jäh die Augen auf. »Dieser Mistkerl! Mein eigen Fleisch und Blut, mein feiner Cousin!«

Da war auch noch etwas anderes gewesen, etwas Vages, das wieder verschwand und aus dem sie nicht so richtig schlau wurde. Sie machte erneut die Augen zu und umklammerte den Stein fester. Da war es. Na klar! Es hatte etwas mit Gott zu tun. Nein, sie bekam es zu fassen. Aber sie spürte, dass irgendwie Gott mit im Spiel war.

Hervor öffnete wieder die Augen. Sie löste die Pappe mit den kritzeligen Buchstaben und stopfte sie in ihre große Tasche. Den Stein legte sie wieder auf den Boden. Das musste jetzt reichen, ein Anfang war gemacht, und das, was sie herausgefunden hatte, musste sie weiterverfolgen, selbst wenn es sich um Blutsbande drehte. Sein Vater war beileibe nicht besser gewesen, o nein.

Mirjam musterte den Tisch genauer, an dem sie mit Ralph saß und auf dem ein paar Kerzen standen. Sie nahm die Streichholzschachtel und zündete sie an. Kerzenlicht und Wein wirkten beruhigend. An dem anderen Ende des Tisches lagen Bücher, anscheinend Notizbücher. Mindestens zwanzig an der Zahl, verteilt auf drei Stapel.

»Man hat es hier ziemlich schwer, wenn man nicht aus dem Dorf stammt«, sagte sie. »Ich weiß das nur zu gut, denn ich habe früher schon einige Jahre in Kuiva gelebt. Solang man Verwandte hier hat, scheint einem fast alles verziehen zu werden, aber wir, die nicht hier geboren wurden, dürfen in keiner Weise auffallen. Sobald etwas geschieht, kannst du Gift drauf nehmen, dass zuerst die Hinzugezogenen verdächtigt und beschuldigt werden.«

»Aber die Menschen hier besitzen auch eine große Warmherzigkeit«, erwiderte Ralph, »und pflegen die Gastfreundschaft. Denk nur an Gerda, die mir, kaum dass ich einen Fuß ins Dorf gesetzt hatte, gleich ein Fladenbrot geschenkt hat. So etwas begegnet einem nicht alle Tage.«

Mirjam stimmte ihm zu.

»Ja, entweder so oder so, ein Schwarz-Weiß-Verhalten ohne Nuancen. Jetzt verallgemeinere ich natürlich, es gibt selbstredend Ausnahmen.«

Ralph reckte sich über den Tisch, nahm eines der Bücher und hielt es Mirjam vor die Nase.

»Das sind Tagebücher«, erklärte er, »die Tagebücher eines alten Mannes. Vielleicht finde ich Hinweise darin.«

»Hinweise?«

»Ja, Hinweise, weshalb mir das alles hier aufgebürdet wurde – das Hotel, das Dorf, und jetzt hat auch noch jemand einen Stein in mein Fenster geworfen. Ich habe die Bücher vor einiger Zeit von Tante Uhv bekommen. Es sind die Tagebücher von Sigfrid Rautio, und sie ist der Meinung, dass ich sie bekommen soll.«

»Ist ja interessant.«

»Ja, sie meinte sogar, dass das Sigfrids Wunsch gewesen wäre. Und ich will mir ein eigenes Bild machen, was das alles soll.«

»Wie kommt es, dass Tante Uhv Sigfrids Tagebücher hatte?«

Mirjams Neugierde war geweckt, und sie wartete darauf, mehr zu erfahren, doch da ging die Tür auf, und Hervor gesellte sich zu ihnen.

»Ach nee, hier sitzt ihr und bechert Rotwein, während andere arbeiten. Ihr solltet euch was schämen! Gebt mir auch ein Glas, das hab ich jetzt wirklich nötig!«

Mirjam besorgte ihr ein Glas und schenkte ihr ein.

»Sag mal, Hervor«, begann Ralph, »müsste ich wegen diesem Geschoss nicht Anzeige erstatten, so wie wir's mit dem armen Kind gemacht haben?«

Hervor schaute in ihr Glas und schwenkte es, bevor sie einen großzügigen Schluck nahm.

»Nein«, antwortete sie schließlich, »dazu würde ich dir nicht raten.«

»Nicht?«

»Nein, wir sind in Kuiva nicht so besonders versessen auf die Behörden. Wenn herauskommt, dass du deswegen Anzeige erstattet hast, bricht hier die Hölle los.«

»Hervor hat vermutlich recht«, gab Mirjam ihm zu verstehen, nachdem sie einen Augenblick nachgedacht hatte.

»Na, und ob ich das hab! Glaub mir, dir wäre eine ganze Armee von Bekloppten auf den Fersen.«

Ralph streckte in einer hilflosen Geste die Hände aus.

»Aber was soll ich dann machen? Ich kann doch nicht einfach so weitermachen und dauernd eine Sterbensangst haben, dass so etwas wieder passieren könnte? Dann kann ich gleich wieder zurück nach Stockholm fahren.«

Hervor füllte ihr Weinglas nach.

»Lass Mirjam und mich die Sache regeln.«

Mirjam schoss vom Stuhl hoch, der in der Hitze des Gefechts umfiel. Gereizt beugte sie sich vor und stellte ihn wieder auf.

»Ich?«, protestierte sie. »Das hättest du wohl gern! Ich regle gar nichts mehr, jedenfalls nicht so, wie du meinst.«

Ralph sah die beiden Frauen verwundert an.

»Wie gesagt, wir regeln das«, wiederholte Hervor und erweckte den Anschein, als hätte sie Mirjams Einwand nicht gehört.

Als Mirjam und Hervor kurz darauf durch die dunkle Nacht nach Hause marschierten, war Mirjam sauer. Die Sterne funkelten zwar, das Polarlicht tanzte über den Himmel, und die Luft war knackig kalt, aber es half alles nichts. Sie war sauer, weil Hervor Dinge versprochen hatte, mit denen sie nichts mehr zu tun haben wollte, und wütend, weil sie nicht erfahren hatte, von welchen Hinweisen Ralph gesprochen hatte. Sie ahnte, dass das von großer Bedeutung war, und konnte ihre Neugier kaum zügeln.

»Warum hast du das zu Ralph gesagt? Du weißt doch genau, dass ich auf keinen Fall mehr etwas mit Magie und deiner unheilvollen Zauberei zu tun haben will!«

Hervor blieb mitten auf der Straße stehen und blickte in den Sternenhimmel.

»Holla, ist das schön!«

»Versuch ja nicht, abzulenken! Du antwortest jetzt auf meine Frage!«

Widerstrebend riss sich Hervor vom Gürtel des Orion und dem Kleinen Bären los.

»Verflucht noch mal, du könntest doch zumindest draußen in der Peripherie herumgeistern. Ein wenig die Lage auskundschaften. Peripheriegeistern, wenn das kein tolles Wort ist! Um das andere, was du als unheilvoll bezeichnest, kann ich mich selbst kümmern, aber wenn's ums Schleichen geht, kann dir keiner was vormachen.«

Mirjam verfiel in Schweigen. Alte Affirmationsformeln keimten in ihr auf. Negative, übelwollende Affirmationen, mit denen sie sich eigentlich niemals mehr befassen wollte, aber, na ja – da war das mit Ralph. Wenn sich jemand über einen Unschuldigen hermachte, hatte sie das schon immer empört, schon von klein auf. In ihrem Gedächtnis hallten die ungeschriebenen Regeln wider. *Man vergreift sich nicht an Schwächeren. Zwei gegen einen ist feige.* Und vermutlich hatte sie bereits in der Sonntagsschule gelernt, dass man sich für die Wehrlosen einsetzen sollte.

»Und wem, meinst du, soll ich hinterherspionieren?«

Hervor blieb stehen und fasste sie hart am Arm.

»Hinter Tony, diesem Schweinehund, meinem Cousin. Aber zu niemandem ein Wort, denk dran!«

Als Mirjam endlich ins Bett gehen konnte, wurde es schon langsam hell. Hervors Schnarchen dröhnte wie eine lautstarke Motorsäge durch die Holzwand. Mirjam saß einen Moment auf der Bettkante und dachte nach. Sie nahm ihre Bibel, wog sie in der Hand und blätterte, bis sie zum Brief des Jakobus kam. *Denn wer zweifelt, ist wie eine Welle, die vom Wind im Meer hin und her getrieben wird,* las sie. *Ein solcher Mensch bilde sich nicht ein, dass er vom Herrn etwas erhalten wird.* Das war wie für sie geschrieben. Sie sollte kämpfen und nicht aufgeben, nicht zweifeln, es musste außer Hervors Methoden noch andere Mittel und Wege geben. Aber ein bisschen herumgeistern und Erkundigungen einziehen konnte sie trotzdem.

Ralph konnte nicht einschlafen, er war zu aufgewühlt. Vielleicht hätte er doch das Angebot von Hervor und Mirjam annehmen und mit zu ihnen kommen sollen, aber das wäre einer Kapitulation gleichgekommen. Die Täter würden ihn nicht kleinkriegen, wer immer sie auch waren. Er hatte das Zimmer gewechselt und sich für eines im ersten Stock entschieden, wo das Fenster zur Straße und nicht zum Flussufer hinausging. Von der Straße aus würde es niemand wagen, mit Steinen zu werfen, und außerdem war es fast so ruhig wie auf der anderen Seite – nur vereinzelt fuhr nachts ein Auto vorbei. Den Morgenmantel behielt Ralph lieber an, die alte Heizungsanlage lief zwar, aber das Zimmer war nicht richtig warm.

Bevor er in der Küche das Licht ausknipste, um in den ersten Stock zu gehen, nahm er ein paar von den Tagebüchern mit. Er konnte ebenso gut gleich anfangen, sie zu lesen, denn Schlaf würde er sowieso nicht so leicht finden.

Vom ersten Moment an, seit die Tagebücher in seinen Besitz gelangt waren, dachte er immerzu darüber nach, auf welche Weise er sie lesen sollte. Die höchst privaten Aufzeichnungen eines anderen zu studieren war keine leichtfertige Angelegenheit, und das, was Anwältin Harryson ihn gefragt hatte, machte es noch schwerer – wenngleich es seine Neugierde unleugbar steigerte. Konnte Sigfrid Rautio ein Verwandter von ihm sein? Er hatte stets in geordneten Familienverhältnissen gelebt, wo man sich bei Familienfesten mit Freunden und Verwandten traf. Er glaubte, seine Familie zu kennen. Seine Eltern waren beide hingebungsvolle Musiker: Sein Vater war Kantor in der Kirche von Enskede gewesen und seine Mutter Musiklehrerin an der Adolf-Fredriks-Musikschule.

Das war wohl auch der Grund dafür, dass er eines schönen Tages überhaupt dort aufgenommen worden war, denn der Kampf um die Plätze war selbst unter Achtjährigen schon erbarmungslos. Seine Eltern waren mittlerweile verstorben; auf einer Chorreise in Österreich waren sie im Sommer vor sieben Jahren bei einem Busunglück ums Leben gekommen. Danach hatten Eric und Ralph das Einfamilienhaus in Enskede übernommen.

Wie sollte er nun die Bücher in Angriff nehmen? Schließlich entschied er sich, sie von vorne nach hinten zu lesen und somit mit dem letzten und der Gegenwart zu beginnen. Er suchte das Buch, auf dem 2008 stand – ein traumhaft schönes Buch, auf dessen Buchrücken Sigfrids Name in goldenen Lettern eingeprägt war. Die Buchdeckel waren grau-weinrot gemustert, und auf der Innenseite stand, dass das handgebundene Tagebuch auf Öland gefertigt worden war. Er schlug den letzten Eintrag auf. Die Schrift war krakelig und etwas schwierig zu entziffern.

13. März 2008

Meine Kräfte lassen nach, und ich fühle mich schwach. Jeder Knochen in meinem Körper schmerzt. Bin froh und dankbar, dass ich das Testament aufgesetzt und alles an Rechtsanwältin Harryson übergeben habe. Eine kluge Frau. Ralph Sörarve wird nicht mit leeren Händen dastehen, und ich werde meinen Frieden finden. Die Einweihung des neuen Osloer Opernhauses wird vermutlich ohne mich stattfinden müssen.

Ralph legte das Buch auf seinen Bauch. Sigfrid, der leidenschaftliche Opernliebhaber, wäre selbstverständlich gerne bei der Einweihung in Oslo dabei gewesen. Ralph und Eric waren mit einer Einladung beehrt worden. Die Einweihung am zwölften April war prunkvoll gewesen und hatte natürlich in Anwesenheit des Königshauses stattgefunden. Das neue Opernhaus in Oslo lag wunderschön am Wasser. Zu dem Zeitpunkt jedoch hatte Sigfrid bereits das Zeitliche gesegnet. Ralph wusste von Eilert Niska, dass er starke Schmerzen gehabt hatte. Außer Prostatakrebs im fortgeschrittenen Stadium hatte er auch noch Knochenkrebs bekommen, der die kleinste Bewegung zur Qual machte. Es war traurig, er wäre im Herbst dreiundsiebzig geworden, und das war heutzutage ja kein Alter mehr. Dennoch war es eigenartig, dass er Ralph seinen gesamten Nachlass vermacht hatte.

Ralph blätterte zurück, wo viel über Untersuchungen und Behandlungen stand. Manchmal stand nur das Wort *Schmerzen* da und an anderen Tagen *Ein ruhiger Tag, keine starken Schmerzen.* Zwischendurch dachte er über Sigfrids Lebenswerk nach, die Professur in Finno-Ugristik. Auf dem Gebiet war er eine anerkannte Autorität gewesen, und er hatte oft seine Vorlesungen vermisst. Darüber hinaus stieß Ralph jedoch auf nichts, das ihm eine Erklärung lieferte. Nach und nach würde er mit den restlichen Büchern weitermachen. In irgendeinem musste die Wahrheit schließlich zu finden sein.

24

Eric und Ralph stemmten sich in der Stadt Kiruna, die zwischen zwei Erzbergen lag, gegen den Wind. Eric hatte den einschlägigen Rat von Freunden ernst genommen und sich eine voluminöse Daunenjacke samt Hosen gekauft, die für seinen Geschmack jedoch viel zu auffällig waren. Seine Füße steckten in zotteligen Stiefeln, die, wie er fand, ziemlich verwegen aussahen, und auf seinem Kopf saß eine Ledermütze, die nahezu sein gesamtes Gesicht verdeckte. Das alles hatte jedoch seine volle Berechtigung, nachdem das Thermometer am Flughafen minus vierzehn Grad angezeigt hatte und die Flocken nur so umherwirbelten. Der Boden war von einer dünnen Schneedecke bedeckt.

Erics Körpersprache machte deutlich, dass er von seiner Ausstaffierung nicht sonderlich begeistert war, aber er fügte sich immerhin gut in sein Umfeld ein. Eigentlich empfand er nur die altbackene Mütze als ziemlich unpassend. So eine Zeini-Zoul-Mütze, wie sie hier alle trugen, wäre besser gewesen. Daran war zwar nichts Besonderes, aber alle Einwohner von Kiruna, die über die Lars Jansongatan ins Einkaufszentrum Domus eilten, glichen in ihrer Thermokleidung, die von dieser Insider-Mütze gekrönt wurde, Astronauten kurz vor dem Start. Noch dazu wirkte fast jeder dieser Möchtegern-Raumfahrer mit seinem unter die Mütze geklemmten Handy, als stünde er in Kontakt mit anderen Planeten.

»Wusstest du, dass Kiruna die Gemeinde mit den meisten Mobiltelefonen in ganz Schweden ist?«, wandte sich Eric an Ralph.

»Nein«, erwiderte Ralph, der sich neben ihm in seinen neu erstandenen, unförmigen Thermohosen und mit dem wie immer im Wind flatternden roten Seidenschal mühsam vorwärtskämpfte, »aber ich glaub's dir sofort, wenn ich mir diese Massen anschaue, die sich aufführen wie Außerirdische.«

Er war wieder guter Dinge, seit Eric da war. Und erleichtert. Eric würde sich aller Probleme annehmen, und Ralph war nicht mehr allein, falls etwas passierte.

Sie schlängelten sich durch die träge Menschenmenge und überquerten den Meschplan. An einer abschüssigen Straße flüchteten sie vor der Kälte und dem eisigen Wind in ein ansprechendes Café, wo außer den gängigen Gerichten und Getränken Kardamomkaffee, Caffè Latte, duftende Muffins und italienisches Mandelgebäck angeboten wurden. Ein ungeheurer Genuss nach der entbehrungsreichen Zeit mit Köttsoppa und Mjukbröd. Das Essen war an sich nicht übel, hatte aber nach Ralphs Meinung kaum Stil.

Eric schälte sich mühsam aus der Astronauten-Montur. Blutjung war er leider nicht mehr, er war dieses Jahr zweiundfünfzig geworden, aber in dem kümmerlichen Tageslicht Lapplands ging er gewiss für vierundvierzig durch. Gut, sein Haar lichtete sich schon ein wenig, aber seine Haut war nach unzähligen kostspieligen Stunden im Beauty-Salon so weich wie ein Babypopo, und er war – dem Fitnessstudio sei Dank – zudem recht durchtrainiert.

»Mein Gott, Ralph, hast du den alten Mann am Flughafen gesehen? Was für eine Erscheinung! Er war bestimmt nur zehn, fünfzehn Jahre älter als wir. Aber seine Kleidung, du lieber Himmel! Nein, dieser abgetragene Anzug aus Großvaters Zeiten, und dazu dieses weiße Nylonhemd von anno dazumal! Aber Gott sei Dank kein Schlips. Und seinen alten

Hut hat er den ganzen Flug über aufbehalten – der übrigens auch so aussah, als hätte er ihn in den dreißiger Jahren erstanden.«

Ralph nickte.

»Hm, ich hab ihn wiedererkannt. Er gehört zu Gottes rechtgläubiger Schar aus Kuiva, die kleiden sich so.«

Eric sah seinen Freund erstaunt an.

»Gottes rechtgläubige Schar? Ist das nicht so 'ne abscheuliche Sekte?«

Ralph trank einen Schluck Kaffee und knabberte an seinem italienischen Mandelgebäck.

»Jein, als Sekte kann man sie, glaube ich, nicht bezeichnen. In Kuiva existiert eine Gemeinschaft, die nach Gottes Zucht und Ordnung lebt und sich ziemlich altertümlich kleidet, eine Art eigene Gruppierung, die an alten Sitten und Gebräuchen festhält. Das weiß ich von Pia. Jede Menge Nachwuchs scheinen sie auch zu haben, weil sie der Ansicht sind, dass es Gottes Wille zuwiderlaufe, zu verhüten.«

»Pia? Etwa eine kleine Flamme von dir? Jetzt bin ich aber eifersüchtig!«

»Ach was, ich bin so treu wie ein Kranich, das weißt du doch. Aber Pia ist einer der nettesten Menschen, die ich hier kennengelernt habe, außer Hervor und Mirjam, aber das weißt du ja schon. Oha, es ist viel passiert, kann ich dir sagen! Wenn ich ehrlich sein soll, freue ich mich schon auf das Ende meiner Spielpause und darauf, wieder mit der Arbeit anfangen zu können.«

Eric nickte, wollte den altertümlich gekleideten Mann aber noch nicht zu den Akten legen.

»Na egal, dieser Mann jedenfalls, der am Flughafen. Ich habe ihn aus den Augenwinkeln beobachtet, als wir uns umarmt haben und du mir dieses flüchtige Küsschen gegeben hast. Du, der hat vielleicht geglotzt! Ich glaube, er hat sogar mit den Augen gerollt.«

Ralph senkte seine Stimme und lehnte sich über den Tisch, so dass nur Eric ihn hören konnte.

»*Knapsu* – weibisch –, das hat er bestimmt gedacht. So sehen die uns hier offenbar. Für die sind wir Weicheier und keine richtigen Männer. Die Grenze scheinen sie bei mangelndem Interesse am Fischen, der Jagd und Flanellhemden zu ziehen.«

Eric musste herzhaft lachen.

»Du hast tatsächlich schon Tornedalfinnisch gelernt!«

»Ein bisschen Vorsicht sollte man trotzdem walten lassen. Das hier ist eine Welt, die außerhalb unserer Vorstellung liegt und in der Schnaps, Kautabak und Outdoor-Schuhe die Tagesordnung bestimmen. An manchen Tagen bin ich mir, ehrlich gesagt, ziemlich unsicher, ob es so schlau von uns ist, ausgerechnet hier investieren zu wollen – das ist nicht ganz ohne.«

»Glaubst du wirklich? Wieso denn?«

Ralph schaute sich im Café um, bevor er fortfuhr:

»Na, das liegt doch auf der Hand. Der Stein – das war verdammt abscheulich.«

Augenblicklich wurde Eric ernst und nickte verständnisvoll.

»Natürlich, da hast du recht! War wirklich schlimm, als du anriefst und meine Unterstützung so dringend brauchtest, und ich hockte eintausenddreihundert Kilometer entfernt von dir in Stockholm. Noch nie hab ich mir so schnell ein Flugticket besorgt.«

»Hm, und dann kam auch noch dieser Kerl bei mir vorbei. Er ist übrigens Prediger.«

»Wirklich? Das hast du gar nicht erzählt.«

»War auch nicht sonderlich angenehm. Er behauptete, er hätte das Recht, auf unserem Grund und Boden eine Art Gebetshaus zu errichten, unten am Flussufer.«

Eric rührte seinen Latte um und brach ein Stück von seinem Himbeermuffin ab.

»Ich glaub, ich spinn! Kann er das beweisen?«

Ralph schüttelte den Kopf.

»Dasselbe hab ich auch gedacht, aber er beteuert, Sigfrid Rautio hätte ihm das versprochen und dass ein mündliches Versprechen in Kuivalihavaara bindend sei.«

Eric trank den Rest seines Latte aus, stellte das Glas entschieden auf den Tisch und lehnte sich im Stuhl zurück.

»Entspann dich, Ralph! Lass mich zuerst einen Blick auf das Hotel werfen, ein bisschen die Gegend auskundschaften, mit den Leuten reden und mir ein Bild von der Lage machen. Du weißt, dass ich Wunder vollbringen kann. Unsere Gäste werden das alles vermutlich wahnsinnig exotisch und pittoresk finden. Das kommt schon alles in Ordnung.«

Eric strich Ralph zärtlich über die Hand, so dass einer ernst dreinschauenden älteren Dame, die gerade am Tisch vorbeiging, das Tablett mit Kaffee und Apfelstrudel entglitt.

Nachdem er der Dame auf seine charmante Art geholfen hatte, kehrte Eric an den Tisch zurück und nahm den Faden wieder auf:

»Übrigens hab ich mich schon ein bisschen um die Vermarktung gekümmert. Demnächst kommt ein Typ vom Lokalblatt vorbei, um eine Reportage über uns zu machen.«

»Du bist unglaublich, hast die Hände wirklich nicht in den Schoß gelegt. Wie hast du ihn ausfindig gemacht?«

»Ich kenn da ein paar Journalisten, die ihrerseits ihre Kontakte haben.«

»Ein Schwuler?«

»Na, und ob! Und nicht gerade ’ne Ziertucke, sondern eher ein Lederkerl.«

Sie brachen auf, machten einen raschen Abstecher zur Kirche von Kiruna und bewunderten den Innenraum. Verweilten einen Augenblick, inhalierten den angenehmen Teerduft und betrachteten die sonnendurchflutete Landschaft auf dem Altarbild von Prinz Eugen.

»Wenn ich daran denke, was dieser Stadt in den nächsten Jahren alles bevorsteht«, meinte Eric.

»Mm, wie man den ganzen Ort samt Kirche verrücken will, ist mir schleierhaft. Aber die Leute hier scheinen eine unglaublich positive Einstellung zu haben. Spricht man sie auf die bevorstehende Umsiedelung an, erwidern sie nur: ›Doch, doch, das wird schon.‹«

»Und genau das nutzt auch unserem Projekt! Kiruna hat bereits einen Namen – einerseits durch das Eishotel, andererseits wegen der Umsiedelung. Die Neugier der Leute ist geweckt, und wir springen dann einfach nur auf den Zug auf.«

Ralph ging zu den Opferlichtern und entzündete eine Kerze für Sigfrid Rautio, während Eric neben ihm stand und geistesabwesend in einem Gemeindeblatt blätterte.

»Bist du in den Tagebüchern auf etwas Interessantes gestoßen?«, erkundigte er sich.

Ralph blies das Streichholz aus und stellte die Kerze in den Kerzenhalter.

»Noch nicht, ich habe bisher nur die letzten Einträge gelesen. Du weißt ja, was hier los war.«

Eric umarmte ihn liebevoll.

»Du hattest es wirklich nicht leicht«, sagte er. »Was ist eigentlich aus der Kinderleiche geworden?«

Ralph fischte einen Fünfkronenschein aus der Hosentasche, legte ihn in die Sammelbüchse und zündete ebenfalls eine Kerze für das Kind an.

»Die Polizei hat sie abgeholt, doch nach Meinung der Zeitungen sind die Chancen eher gering, noch jemanden ausfindig zu machen, der sich daran erinnern kann oder weiß, wer dahintersteckt.«

»Hmm, wirklich eine traurige Geschichte. Jetzt lass uns nach Kuiva fahren. Dann bringen wir das Hotel auf Zack. Du liest die Tagebücher, und ich werde mich abrackern.«

25

Hervor war schon in aller Herrgottsfrühe zum Hotel gegangen, um weiter über den Stein nachzudenken. Neben Tony hatte da noch jemand anderes mit die Hände im Spiel, jemand, der etwas mit der Kirche oder Gott zu tun hatte.

Mirjam saß derweil in aller Ruhe beim Frühstück. Sie blätterte das Feuilleton der gestrigen *Dagens Nyheter* durch, während sie ihren Himbeersmoothie trank – eine gesunde Alternative, die sie sich in den USA angewöhnt hatte. Leicht zuzubereiten und somit ganz nach ihrem Geschmack, weil ihr alles, was mit Essenkochen zu tun hatte, verhasst war. In dem Punkt hatte Hervor recht. Einfach ein paar gefrorene Himbeeren und Bananen mit Milch verquirlen, und fertig war der Energiekick.

Sie überflog die neuesten Buchrezensionen und dachte, dass sie sich im Internet ein paar neue Bücher bestellen sollte. In den Jahren, die sie im Ausland verbracht hatte, hatte sie sich gelegentlich Bücher nachschicken lassen, aber das war lange her. So ausgehungert, wie sie nach schwedischer Kultur war, genoss sie jede einzelne Zeile. Sie hatte Lust auf einen Theaterbesuch in Stockholm, es gab mehrere interessante Vorstellungen. Wie Ralph – und jetzt auch Eric – es bloß in Kuiva aushielten? Obwohl, Ralph hatte erwähnt, dass er bald, irgendwann im Januar, wieder mit den Proben beginnen würde. Schön, dass sein Lebensgefährte endlich eingetroffen war, Mirjam und Hervor hatten schon gestern Abend bei ihnen vorbeigeschaut und ihn willkommen geheißen. Über den Steinwurf hatten sie auch gesprochen und gemeinsam beschlossen, dass Hervor ihre magischen Kräfte weiter einsetzen sollte, um den Schuldigen zu finden. Eric und Ralph hatten eingesehen, dass der Schuss nach hinten losgehen könnte, wenn sie die Polizei mit hineinzögen.

»Wenn wir hier ein tolles Hotel aufbauen wollen, dann wäre es keine besonders gute Werbung, wenn die Polizei alle naslang auftaucht«, sagte Eric. »Es reicht schon das Zeitungsgeschmiere über das Skelett.«

Sie stimmten ihm zu.

»Genau«, sagte Hervor, »wenn ihr auch nur die geringste Chance haben wollt, hier in der Einöde so 'n Glitzerdomizil aufzuziehen, solltet ihr am besten die Klappe halten. Was mich betrifft, so werde ich mein Bestes tun.«

Mirjam erhob sich, spülte ihr leergetrunkenes Glas aus und goss sich einen weiteren Kaffee ein. Eigentlich frönte man hier im Norden viel zu sehr dem Kaffeetrinken, sie trank bestimmt zehn Tassen am Tag.

Hervor muss es ziemlich eilig gehabt haben, dachte sie und betrachtete das Durcheinander auf der Küchenbank. Ein halb ausgetrunkener Kaffeebecher, Haarbürsten und zwei Einmachgläser, die irgendein Zeugs enthielten, das eine sah wie Öl aus. Das grüne Magiebuch mit der grotesken Alraune auf dem Buchdeckel lag auch da.

Mirjam nahm es und blätterte es flüchtig durch: leicht lesbare Texte, verführerische Fotografien, Landschaftsbilder, japanische Holzschnitte und Bilder von wunderschönen Magierinnen. Und ein schöner Mann, der seine Geliebte zärtlich auf den Hals küsste.

Ihren zuvor geleisteten Schwur, diese Art von Schundliteratur nicht zu lesen, hatte sie vergessen. Sie nahm das Buch und die Kaffeetasse mit an den Küchentisch, beugte ihren Kopf über das Zauberbuch und vertiefte sich darin. Magische Rituale für fast alle Anlässe: wie man einen Mann anlockte, richtig fluchte oder mehr aus seinem Leben machte. Sie stieß auch auf ein paar formelartige Verse.

Umwehe mich, beschenke mich,
oh, Frauenmantel mein.
Gib Kraft zurück und stärke mich, was war,
das soll vergangen sein.

Hm, das war gar nicht mal so dumm und mit Hilfe von anderen Versen konnte man jemanden loswerden.

Weiche, weiche, fliehe!
Dunkle Gestalt, von dannen ziehe!

War vielleicht von Nutzen, falls Sylve wieder munterer wurde und sich von seiner Liebe zu ihr nicht abbringen ließ. Mirjam wollte ihm nichts Böses. Wie sie mit ihm fertig werden sollte, musste sie sich allerdings überlegen. Am einfachsten wäre es natürlich, nie wieder nach Gotland zu fahren, aber das war Unsinn.

Sie suchte weiter. Halt, da war doch was. »Lavendel gegen Schuldgefühle«. Na ja, warum eigentlich nicht? Sylves bitteres Schicksal nagte trotz allem immer noch an ihr, und sie konnte die Schuldgefühle nicht ganz abschütteln. Vielleicht sollte sie es doch mit der wundertätigen Kraft der Magie versuchen?

Eine Viertelstunde später hatte sie sich die Anleitung eingeprägt. Es musste selbstverständlich bei abnehmendem Mond passieren; wann das war, würde sie im Kalender nachschlagen. Außerdem sollte idealerweise Nord- oder Westwind herrschen. Durch das Fenster konnte sie die Fahne von Hervors Nachbarn Ragnar sehen, die leicht im

Wind flatterte. Aber aus welcher Richtung wehte der Wind, das war die Frage.

Mirjam stürzte in Hervors Zimmer und sah sich um, verflixt und zugenäht, sie musste doch irgendwo einen Kompass haben. Tatsächlich, da hing er, an der Wand über ihrem Arbeitstisch. Mirjam kehrte in die Küche zurück und verglich den Kompass mit Ragnars Fahne. Na ja, der schwache Wind, der momentan in Kuiva herrschte, schien aus Westen zu kommen. Prima. Blieb nur noch das Rezept, und das war das Hauptproblem, man sollte sich einen Brei aus Klettenwurzelabsud und Lavendelöl ins Gesicht schmieren. Und danach bis Mitternacht entspannt im Schein einer Kerze dasitzen und mit Affirmationen die drückenden Schuldgefühle vertreiben. Sich von dem entsetzlichen Gedanken von damals befreien. *Wenn er doch bloß tot wäre!*

Zuerst musste sie selbstverständlich höflich den abnehmenden Mond begrüßen. Sobald sie sich von den Schuldgefühlen befreit hatte und die finsteren Schatten verzogen waren, musste sie sich nur noch die Gesichtsmaske abwaschen und konnte ihr neues, schönes Gesicht im Spiegel betrachten. Die Schuldgefühle wären wie durch ein Wunder verschwunden.

Besonders schwierig klang es nicht, im Gegenteil sogar ziemlich spannend, und es auszuprobieren, konnte wohl kaum gefährlich sein. Hervor musste ja nichts davon wissen. Da war nur die Sache mit dem Absud; Klettenwurzel und Lavendel – sie hatte weder das eine noch das andere.

Sie war so vertieft in das magische Buch, dass sie nicht das Geräusch des hin- und herfegenden Besens auf der Veranda vernahm. Bevor sie auch nur reagieren konnte, las Hervor, über ihre Schulter gebeugt, mit.

»Ich hab den Lavendel rausgestellt«, sagte sie in ernstem

Ton. »Die Dosen stehen auf der Bank. Klettenwurzeln auch, damals auf Gotland habe ich jede Menge gesammelt.«

Mirjam schaute von dem Buch auf.

»Und was ist mit dem abnehmenden Mond?«, flüsterte sie.

Hervor zog den Reißverschluss ihrer Jacke auf und antwortete:

»Mitternacht ist die beste Zeit.«

26

Es dauerte nur rund einen Tag, und Eric hatte sich mit den entsprechenden Leuten im Dorf bekannt gemacht und sich nach tüchtigen, arbeitswilligen Leuten erkundigt. Seine äußerst persönlichen Vorstellungsgespräche hielt er in Zimmer 101 ab, das der Rezeption am nächsten lag und das rasch zu einem provisorischen Büro umfunktioniert worden war.

Am späten Nachmittag stand ein griesgrämiger Kerl an der Tür. Eric schaute auf seine Namensliste und nahm den Besucher gründlich in Augenschein. Kein sonderlich sympathischer Typ, aber solange er gute Arbeit leistete, war das in Ordnung. Eric hatte schon mit vielen schwierigen Leuten zu tun gehabt, ihn schüchterte so leicht keiner mehr ein.

»Sie müssen Tony Niska sein!«, begrüßte er ihn fröhlich. »Sie ahnen ja nicht, was ich schon alles von Ihnen gehört habe!«

Dass es zum Großteil nur Schlechtes war, musste er ihm ja nicht auf die Nase binden. Eric trat auf den Mann zu, stupste ihm seinen gepflegten, manikürten Zeigefinger in den leicht gewölbten Bauch und schenkte ihm ein herzliches Lächeln.

»Äh, ja«, antwortete der Mann verunsichert.

»Wie schön, Sie endlich kennenzulernen!«, fuhr Eric fort.

Er legte freundschaftlich seinen Arm um Tonys Schulter und sah auf ihn, der ein Stück kleiner war als er, hinab.

»Ich habe gehört, dass Sie ein fleißiger Handwerker sind.«

»Und ob!«

Tony richtete sich auf und wand gleichzeitig die Schultern, um sich aus Erics Griff zu befreien. Eric ließ seinen Arm noch einen Moment dort ruhen, bevor er Tony mit sanfter Gewalt auf einen Stuhl drückte und sich ruhig in dem Sessel gegenüber zurücklehnte. Seltsam, dass Tony arbeitslos ist, wo er doch angeblich ein so fleißiger Handwerker ist, dachte Eric, sagte das aber nicht laut. In Südschweden war es jedenfalls nicht so leicht, tüchtige Leute zu bekommen.

»Es gibt hier jede Menge zu tun, wissen Sie«, sagte er und klopfte mit einem Stift auf den Tisch.

»Äh, ja.«

Was für ein Einfaltspinsel! Und mit seinem Wortschatz war es auch nicht weit her. Eric setzte ein blendend weißes Lächeln auf und nagelte Tony mit seinem Blick fest.

»Aber wenn Sie hier arbeiten wollen, dann zu unseren Bedingungen, ist das klar? Also keine Eigenmächtigkeiten.«

Tony nickte nur, er hielt es nicht für nötig, zu antworten. Dass er Eric nicht mochte, das war ihm deutlich anzusehen, aber ein Jobangebot ablehnen konnte er natürlich auch nicht, das Arbeitsamt machte bestimmt Druck.

»Aber wir werden uns doch sicher einig werden? Nicht wahr?«

Eric legte den Kopf schief und feuerte ein weiteres strahlendes Lächeln ab.

»Doch, das ist wohl möglich. Wenn … ja, wenn der Lohn stimmt.«

Er bürstete sich etwas Unsichtbares von den Schultern, so als ob Erics Hände immer noch dort lägen.

»Sie können doch sicher gut zupacken, oder?«

Eric wollte ihm ein wenig Feuer unterm Hintern machen, irgendeine Reaktion provozieren und ihm Gelegenheit geben, sich als Mann zu beweisen – ein Bedürfnis, das er mit Sicherheit hatte. Und er hatte Erfolg.

»Verfluchte Scheiße, du denkst doch nicht etwa, dass ich

ein Weichei bin? Wenn nötig, kann ich zupacken, bin doch schon hier gewesen, um das Fenster zu kitten.«

Er machte eine Kopfbewegung Richtung Fenster.

»Gut, abgemacht! Dann kommen Sie gleich morgen. Aber wir haben nicht viel Zeit. Wir wollen das Hotel so bald wie möglich eröffnen, wissen Sie.«

»Ja, ja.«

Tony stand auf und legte die Hand auf den Türgriff. Er machte den Eindruck, als ob er am liebsten die Flucht ergreifen wollte. »Gut, dann bin ich morgen da. Sollen wir sagen gegen sieben?«

»Ausgezeichnet! Und, Tony – über den Lohn einigen wir uns noch.«

Eric zwinkerte ihm zu, und der neue Angestellte verschwand blitzschnell durch die Tür.

Nachdem Eric die Bewerbungsgespräche erledigt hatte, wuselte er durchs Haus. Wie ein Spürhund schnüffelte er jeden Winkel ab. Wenn ihm etwas Besonderes ins Auge fiel, nahm er mit den Händen Maß und kniff die Augen zusammen, nur um sich im nächsten Moment auf dem Absatz umzudrehen und zufällig mit seinem Blick an etwas anderem hängenzubleiben. Ab und zu rief er aus, dass es phantastisch sei, ja, einfach umwerfend werden würde!

Ralph saß derweil in einem der zahlreichen Sessel, einem Überbleibsel aus den siebziger Jahren – genauer gesagt einem Drehsessel aus orangefarbenem Bouclé –, und sah seinem geliebten Lebensgefährten amüsiert zu. Eric war wirklich der geborene Unternehmer, sofort lotete er alle Möglichkeiten aus – so etwas wie »Schwierigkeiten« oder »nicht durchführbar« kam in seinem Wortschatz nicht vor. Für ihn war das alles eine herrliche Herausforderung, unter anderem deshalb liebte ihn Ralph ja auch so. Er würde das Haus zweifellos in ein wahres Paradies für die schillernde Gesellschaft der Großstadt verwandeln. Eric war charmant und wusste genau, wie er die Leute zu nehmen hatte, jedenfalls südlich des Polarkreises. Ralph hegte allerdings so seine Zweifel, ob die Bevölkerung Kuivas empfänglich für Erics extravagante Persönlichkeit war. Unmittelbar nach dem Vorstellungsgespräch war Ralph Tony über den Weg gelaufen, der auf ihn keinen besonders gutgelaunten Eindruck gemacht hatte. Er hatte Ralph nur kurz zugenickt und war durch die Tür verschwunden.

Ralph schlug ein Bein über das andere und nahm behutsam die Teetasse von dem abgenutzten alten Teakholztisch. Sonderlich schön sah er wirklich nicht aus. Teak war zwar wieder modern, aber nicht so recht nach Ralphs Geschmack. Es weckte in ihm Assoziationen an die einfache, »serienmäßige« Ausstattung vieler Häuser in den sechziger Jahren, an »String«-Regalsysteme, Schrankmusikboxen und schwarze weibliche Gipsfiguren. Gott sei Dank waren sich Eric und Ralph einig, dass ein Haus mit schönen, wertvollen Antiquitäten oder auch sparsam mit stilechten Möbeln eingerichtet sein sollte.

Eric verließ das Hotel und eilte auf die Rückseite des Gebäudes, die sich zum Fluss hin erstreckte. Nein, das Haus war wie geschaffen für Feste und gesellschaftliche Events. Farbige Lampen vielleicht, wie in den Tavernen auf Mykonos? In dem Fall eine Veranda, verglast oder mit Mückennetz. Dreifachfenster, davon hatte er schon gehört, und – ach ja, Heizstrahler! Ach Gottchen, dann konnten die Ziertucken sogar nach der Massage dort sitzen und zusehen, wie die Skiläufer in ihren Versandhaus-Overalls vorbeiglitten! Polarlicht, Sterne, Vollmond, wie romantisch! Aber konnte man es hier in der Pampa überhaupt aushalten? Irgendeinen armen Teufel könnten sie sicherlich engagieren, wenngleich eine zuverlässige Kraft aus der Gegend selbstverständlich die beste Lösung wäre. Dieser Gunnar, den Ralph erwähnt hatte – vielleicht könnte der die Hotelleitung übernehmen? So ein kleines Schneescootergeschäft ließ sich doch bestimmt nebenbei führen. Na warte, dieses dünnbesiedelte Nest würde er auf Vordermann bringen! Auch eine Kochshow könnte wie eine Bombe einschlagen, das Fernsehen suchte schließlich ausgefallene Milieus. Sektflaschen, die zur Kühlung in Schneewehen lagerten ... Die Renovierungsarbeiten mussten jedoch in Lichtgeschwindigkeit erledigt werden. Mit fünf, sechs Handwerkern – na gut, dann eben zehn – musste das zu bewerkstelligen sein. Dann könnten sie nach Silvester eröffnen. Genau, am Dreikönigstag! Das war doch ein traditioneller Balltermin. Eröffnungsfeier und Gala, Glitzer und Glamour! Das wäre einfach super!

Vor Kälte zitternd suchte Eric wieder Zuflucht im Haus, drückte Ralph geschwind einen Kuss auf die Stirn und nahm ihm gegenüber Platz.

»Das wird der Knaller, sag ich dir!«

Dieses armselige Hotel, erzählte er Ralph, würde in null Komma nichts *das* Wellnesshotel Nordeuropas werden. Ausgeschlossen, dass sich jemand in dieser Anlage nicht wohl fühlen würde. Ralph sah von den Tagebüchern auf, die er unermüdlich Seite für Seite durchging.

»Schaffst du das denn?«

»Ich arbeite einen Projektplan aus, der ist hier drin schon so gut wie fertig.« Er klopfte gegen seinen Kopf.

»Wir brauchen natürlich noch einen Geschäftsführer, das ist unabdingbar. Wie wär's denn mit diesem Gunnar? Ich glaube auch nicht, dass wir jemanden von außerhalb in diese Einöde locken könnten!«

»Prima, das freut mich! Frag Gunnar doch einfach, er scheint ein sympathischer und zuverlässiger Typ zu sein.«

»Wie gut kennst du ihn eigentlich?«

»Er ist einer derjenigen, mit dem ich hier am meisten Kontakt habe. Er besitzt gute Verbindungen, ist ja klar, er ist Vorsitzender des Unternehmerverbandes, und ich glaube, er ist sogar im Kirchenvorstand. In welchem Zeitrahmen bewegen wir uns?«

Für Ralph konnte der jetzige Zeitpunkt nicht besser sein, da die Proben zu *Figaros Hochzeit* erst Ende Januar losgehen würden. Er sang die Rolle des Grafen, die er ziemlich gut beherrschte. Für Eric, der auf mehreren Hochzeiten gleichzeitig tanzte, war es schon schwieriger. Ein paar Fernsehaufzeichnungen erforderten seine Anwesenheit, und ab und an musste er nach seinem Restaurant sehen. Die Arbeit an dem Kochbuch, das er gerade schrieb, musste er natürlich erst einmal ruhen lassen.

»Wir geben jetzt alles! Mein Gefühl sagt mir, dass wir hier Geld machen können, notfalls muss ich eben pendeln. Wann, sagtest du noch, kehrt die Sonne zurück?«

»Am sechsten Januar, haben die vom Kuiva-Radio gesagt.«

»Kuiva-Radio? Ist das irgendein Lokalsender?«

Ralph lachte.

»Na ja, eher das Synonym für die lokale Klatschbörse. Auf jeden Fall am sechsten Januar.«

»Sechster Januar, sensationell! Wir eröffnen das Wellnesshotel, wenn die Sonne zurückkehrt!«

27

Eilert eilte durchs Dorf zur Sporthalle. Die Kälte schnitt ihm in die Wangen, so dass er seine Ledermütze fester ums Gesicht zog. Unbemerkt rollte von hinten ein alter schwarzer Mercedes heran und blieb mit laufendem Dieselmotor neben ihm stehen. Der Fahrer kurbelte die Fensterscheibe herunter, und ein schwarzer, uralter Hut kam zum Vorschein. Darunter trug Olavi Törmä Ohrenschützer.

Eilert war nicht sonderlich von Törmä angetan. Im Kirchenvorstand kam er ständig mit Einwänden, weshalb seine Wahl nur Schwierigkeiten mit sich gebracht hatte. Jede Vorstandssitzung zog sich in die Länge, weil Törmä zu jeder Angelegenheit seinen Senf dazugeben musste.

»Gott zum Gruße«, sagte Törmä mit gedehnter, zittriger und feierlicher Stimme, die wie ein Echo aus der Vergangenheit anmutete.

»Grüß dich«, brummelte Eilert, und ihm schwante, dass die Unterhaltung länger dauern würde.

»Sag, was sind das für Sünder, die da im Hotel wohnen? Hast du etwa diese verlorenen Menschenkinder hier angeschleppt, Eilert Niska?«

»Ich? Wie meinst du das?«

Eilert war auf der Hut. Er schneuzte sich und sah Törmä scharf an.

»Na, du hast doch für Sigfrid Rautio nach dem Haus gesehen, oder?«

Er gab keine Antwort. Der Prediger heckte bestimmt irgendeine Teufelei aus.

»Ich hab diesen Blondschopf mit seinem schamlosen,

sündigen roten Schal nämlich vor einer Weile am Flughafen gesehen. Er hat sich mit einem Mann getroffen!«

»Ja und?«

Eilert trat ungeduldig mit den Füßen auf der Stelle.

»Na ja, obwohl – was heißt schon Mann, ich weiß nicht. Jedenfalls haben sie ein äußerst sündiges Verhalten an den Tag gelegt.«

»Was meinst du? Jetzt red schon, Olavi Törmä! Spuck's endlich aus!«

Was für ein scheinheiliger Prediger, so über andere herzuziehen!

»Sie, ja, ich weiß nicht, wie ich das sagen soll, man könnte sagen, dass sie ... dass sie sich mit den Lippen berührt haben!«

Er spuckte das Wort Lippen geradezu aus und zog einen Flunsch. Eilert konnte sich nur mit Mühe und Not das Lachen verkneifen, obwohl sich Wut in ihm breitmachte. Der alte Prediger sah einfach zum Schießen aus!

»Sich geküsst, meinst du? So, so. Und du alter, aufgeblasener Schafhirte Gottes meinst, dass dich das was angeht! Fahr lieber nach Hause und predige in deiner Gemeinde und misch dich nicht in anderer Leute Angelegenheiten!«

Törmä verzog seine Mundwinkel sauertöpfisch nach unten.

»Aber in der Bibel steht ...«

Seine Stimme zitterte noch stärker als zuvor.

»Ich sag dir was, Törmä, ich pfeif darauf, was in deiner Bibel steht! In meiner Konfirmationsbibel steht: ›Wer ohne Sünde ist, werfe den ersten Stein.‹ Für mich sind alle Menschen vor Gott, und auch vor allen möglichen anderen Leuten, gleich viel wert! Schönen Tag auch!«

Eilert ließ ihn stehen und eilte empört davon. Seit er wusste, was Ungerechtigkeit war, hatte er etwas gegen diese strenggläubige Gruppe, die meinte, sich auf selbstherrliche Art und Weise zum Richter darüber aufschwingen zu können, wer ein Sünder war und wer nicht. Sofern sie unter sich blieben, konnte Eilert sich notgedrungen damit abfinden, aber dieser Törmä sollte sich verdammt noch mal nicht in alles einmischen! Eilert hatte sich bereits selbst so seine Gedanken gemacht, ob Ralph vom anderen Ufer war, und wenn, dann war's eben so. Aber das würde er bestimmt nicht Törmä auf die Nase binden. Wichtiger war dieses Hotelprojekt, von dem Ralph gesprochen hatte. Das konnte Kuivas Rettung sein, und da musste man alle Vorurteile beiseiteschieben, auch wenn das nicht immer einfach war.

Auf dem Parkplatz vor der Schulsporthalle traf er auf Ragnar.

»Mensch, siehst du wütend aus!«

Eilert holte Luft, bevor er antwortete:

»Und ob! Ich bin diesem eingebildeten Olavi Törmä über den Weg gelaufen, und binnen einer Minute hat er mir schon die Laune verdorben. Ob dieser Idiot wohl jemals einen Platz im Himmel ergattert?«

Ragnar wirkte verwirrt.

»Aber er ist doch mit dem Jubiläum einverstanden, oder? Ich dachte, wir waren uns einig, wie es ablaufen sollte.«

»Klar, darum geht's nicht. Nein, er hat Ralph mit seinem Freund am Flughafen gesehen. Beziehungsweise mit seinem Lebenspartner, wenn man Törmä Glauben schenken darf. Du weißt ja, wie das heute ist. Die beiden haben sich wohl direkt vor den Augen des alten Bocks geküsst!«

Ragnar lachte schallend und ausgiebig. Falls er erstaunt war, ließ er sich nichts anmerken. Aber Eilert kannte ihn, sie teilten dieselbe Ansicht, was die Menschenwürde betraf.

»Ist das wirklich wahr? Das geschieht ihm recht! Vielleicht war er ja bloß eifersüchtig?«

»Mit Sicherheit. Und wenn er seine Zunge nicht verdammt gut im Zaum hält, lasse ich das eine oder andere böse Wort über Olavi Törmä und seine Jungmädchengeschichten von damals fallen. Wenn ich mich richtig entsinne, hat er ihnen mit der Hölle gedroht, wenn sie ihm nicht zu Willen waren.«

»O ja, da gäbe es so manche schmutzige Wäsche zu waschen. Dass die anderen davon Wind bekommen, will er bestimmt nicht. So, so, dieser Ralph ist also 'n bisschen andersrum, ja?«

»Was heißt schon andersrum, keine Ahnung, aber offenbar anders als das, was wir sonst gewöhnt sind, wenn Törmä überhaupt recht hat. Aber es ist sicher nicht ganz von der Hand zu weisen.«

Ragnar blieb stehen und packte Eilerts Arm.

»Diese Kinderleiche, vielleicht weiß Törmä ja was darüber?«

Eilert schüttelte den Kopf.

»Glaub ich kaum, das sind uralte Kamellen, und wenn das so wär, hätte man davon gehört. Nein, dahinter muss jemand anderes stecken, jemand, der nicht aus dem Dorf ist. Vielleicht ein ehemaliger Hotelgast.«

»Hm, das kann natürlich sein. Kein Dorfbewohner würde es wagen, auf diese Art ein Kind loszuwerden«, überlegte Ragnar.

»Natürlich nicht.«

Sie waren bei der Sporthalle angekommen und wichen einer Klasse laut lärmender Mittelstufler aus, die aus der Halle gerannt kamen.

»Was Ralph angeht«, nahm Ragnar den Faden wieder auf, »neulich in der Sauna wirkte er so ruhig und freundlich auf mich. Ich habe mich keinen Augenblick unbehaglich in seiner Gesellschaft gefühlt. Dass sie ein Paar sind, ist bestimmt nichts weiter als Klatsch.«

»Mir ist das egal«, erwiderte Eilert. »Hauptsache ist doch, dass die beiden in Ordnung sind und ihre Wellnesshotel-Pläne dem Dorf nützen. So, jetzt wollen wir aber mal mit der Arbeit loslegen und überlegen, wie wir die Tische arrangieren. Ich muss auf andere Gedanken kommen.«

28

Gerda überwand ihren inneren Schweinehund und fuhr den ganzen Weg bis zum Friedhof mit dem Tretschlitten. Wegen der dünnen Schneedecke kam sie nicht besonders gut voran. Nur wo die Straße gefroren war, lief es wie geschmiert, aber ab und zu musste sie den Schlitten anheben. Die ganze Zeit über war ihr Blick auf den Boden gerichtet, um ja nicht plötzlich mit einem Ruck stehen zu bleiben und Hals über Kopf über ihr Gefährt zu stürzen.

Am Grab fegte sie zuerst die dünne Schneeschicht weg und richtete die Bepflanzung wieder her. Der Kranz von Allerheiligen lag erst vierzehn Tage da und würde sich vermutlich noch bis zum ersten Advent halten. Es war mühselig, auf den Knien dazuliegen und alles, so gut es ging, zu säubern, aber wenn sie unterdessen auf ihren Ivar – Gott habe ihn selig – schimpfen konnte, ging ihr die Arbeit gleich leichter von der Hand. Und vielleicht verbrannte sie auch ein bisschen Fett, während sie Unkraut jätete. Allerdings wurde es ihr langsam zu kalt. Gerda sehnte sich nach den wärmeren Wintertagen, wenn es schon aufs Frühjahr zuging – das war in Lappland die schönste Jahreszeit. Gleißender Sonnenschein und harter, glitzernder Harschschnee. Heute Morgen hatte das Thermometer minus sechzehn Grad angezeigt.

Ihre Lungen brannten vor Kälte, sie musste es etwas ruhiger angehen lassen. Mit der dünnen Schneedecke, die sich gebildet hatte, war sie dennoch zufrieden. Dadurch wurde alles heller und freundlicher, es war ja ansonsten schon dunkel genug. Jeden Tag war die Sonne kürzer zu sehen, und bereits in ein paar Wochen würde sie sich überhaupt nicht mehr zeigen.

Meistens war Gerda zu dieser Jahreszeit allein auf dem Friedhof, aber heute wirtschaftete ein Mann an einem Grab herum. Erst als sie sich näherte, sah sie, dass es Ragnar war.

»Ach, du bist es, Gerda! Grüß dich! Ich wollte mal nach dem Grab meiner Eltern sehen, an Allerheiligen habe ich es vergessen, und mir war deshalb nicht ganz wohl zumute.«

Natürlich, das konnte Gerda ihm gut nachfühlen. Um die seligen Toten sollte man sich kümmern und sie in Ehren halten, wie auch immer sie sich während ihres irdischen Daseins benommen hatten.

»Soll ich dich mit zurücknehmen?«, fragte Ragnar. »Den Tretschlitten können wir an die Anhängerkupplung hängen. Diese dünne Schneeschicht ist für Tretschlitten ja noch nicht besonders geeignet.«

Das war natürlich verlockend, aber Gerda blieb standhaft, schließlich hatte sie sich mehr Bewegung auf die Fahnen geschrieben.

»Nein danke, lass mal lieber. Und wie geht's dir sonst so, Ragnar?«, fragte sie. Ein kleiner Schwatz zwischen alten Leuten war doch immer nett.

»Och, mir geht's prima. Ich habe ziemlich viel mit den Vorbereitungen für das Jubiläum zu tun, aber wenn das vorbei ist, werden Eilert und ich eine kleine Auslandsreise machen.«

»Wie schön! Bestimmt geht's in wärmere Gefilde?«

»Gewiss, ja. Andererseits würde ich auch gerne hierbleiben und sehen, wie sich die Dinge so entwickeln.«

Ragnar räusperte sich und betrachtete interessiert eine Schar wunderschöner roter, singender Hakengimpel, die in einer Baumkrone saßen.

»Was meinst du mit entwickeln?«

»Na, mit diesem Ralph und seinem Lebensgefährten, und wie es mit dem Hotel läuft.«

Gerda fiel die Kinnlade herunter.

»Was in aller Herrgotts Namen sagst du da? Lebensgefährte?«

»Aber ja, davon hast du doch bestimmt schon gehört, so ist das heutzutage nun mal«, erläuterte Ragnar nichtsahnend und riss sich von den davonflatternden Hakengimpeln los. »Man muss mit der Zeit gehen.«

»Homosexuelle!«

Gerda spie Feuer, als sie da mitten auf dem Friedhof das schrecklichste aller Worte ausstieß. Sollte dieser adrette Mann, der ihr so ans Herz gewachsen war und der sogar Sigfrid Rautios Beerdigung besucht hatte, etwa homosexuell sein? Nein, also das konnte Gerda nun wirklich nicht glauben! Ragnar faselte dummes Zeug, so viel war klar.

»Mein Gott, was für ein widerlicher, alter Lustmolch du bist, Ragnar! Das hätte ich nicht von dir gedacht, dass du so schlecht über andere redest!«

»Ich?«

»Ja, du! Vielleicht seid ihr, du und Einar, ja auch so gepolt? Solche üblen Gerüchte über einen so reizenden, liebenswürdigen Mann wie Ralph zu verbreiten. Schäm dich!«

»Aber Gerda, ich …«

Ragnar blieb mit herunterhängenden Armen stehen und sah Gerda nach, wie sie erzürnt mit dem Tretschlitten vom Friedhof schlitterte und sich hektisch mit dem Fuß abstieß. Er musste unwillkürlich an einen Strauß denken, den er auf einer Reise mit dem Bauernverband nach Südschweden gesehen hatte. Ihr Hinterteil hüpfte genauso wütend auf und ab, obwohl ein Strauß natürlich viel größer war. Er hätte nie gedacht, dass sie so reagieren würde. Sonst hätte er es doch nicht erwähnt.

Was für ein widerlicher, alter Kerl aus Ragnar geworden war! Stand da auf dem Friedhof und quasselte dummes Zeug! Gott weiß, was ihm noch eingefallen wäre, wenn sie länger geblieben wäre? Ja, ja, stille Wasser ..., das wusste sie nur zu gut. So schnell sie konnte, fuhr Gerda durchs Dorf, so dass sie vor dem stillgelegten Postamt beinahe mit Tante Uhv zusammengestoßen wäre.

»Mein Gott, siehst du aber wütend aus!«, sagte Tante Uhv.

Gerda sauste weiter und rief ihr über die Schulter zu:

»Darauf kannst du Gift nehmen! Komm rüber, dann erzähl ich es dir. Mach dich auf was gefasst!«

Tante Uhv fuhr Gerda neugierig mit ihrem Tretschlitten hinterher.

Als sie bei Gerda ankamen, war diese so außer Atem, dass sie kaum sprechen konnte und schwer auf den Stuhl neben dem Herd sank und nach Luft schnappte.

»So eine schre...schreckliche Pe...her...son!«

»Gewiss, ja«, brummelte Tante Uhv und spülte die Kaffeekanne aus.

»Was für ein ee...kliger Ke...herl!«

»Hm, ja.«

Tante Uhv maß das Wasser ab und durchsuchte den Küchenschrank nach der Kaffeedose.

»Dass er gewa...hagt hat, mir so...ho...was zu sagen!«

»Ja, allerdings!«

Sie maß den Kaffee ab und stellte die Kanne auf den Herd.

»Und das auf dem Friieh...hiedhof! Der Ru...huhestätte der Toten! Nee, igitt! Bäh!«

Tante Uhv setzte sich an den Tisch und zündete eine runzelige, krumme Kerze an.

»Herrgott noch mal, jetzt sag endlich mal einen zusammenhängenden Satz! Also, was ist passiert?«

Gerda, die mittlerweile wieder zu Atem gekommen war, erzählte von Ragnar, wie er sich mitten auf dem Friedhof unflätig über den netten Ralph geäußert und behauptet hatte, dass er so einer sei, der nicht auf Frauen stehe.

»Du weißt doch, was ich meine, oder?«, fragte sie.

»Schwul?«, schlug Tante Uhv vor.

Gerda gestikulierte mit beiden Händen.

»Pscht! Nicht so laut! Genau, das isses, aber er doch nicht – das kann nicht sein. So nett, wie er ist!«

»Stimmt schon, Ralph ist ein wenig anders«, überlegte Tante Uhv, »aber ich bin derselben Meinung wie du – an ihm gibt's nicht das Geringste auszusetzen.«

»Meine Rede! Und ich hab Ragnar gesagt, dass vielleicht er und Eilert so sind, wo sie doch immer zusammen losziehen und verreisen. Wer weiß, was sie da alles treiben?«

Tante Uhv schoss vom Stuhl hoch und stellte die Kaffeetasse mit einem Knall auf die Spüle.

»Sollte etwa mein eigener Bruder …? Also, nein, weißt du, Gerda, jetzt beruhig dich aber mal. Schluss mit dem Unsinn!«

»Das kannst du doch gar nicht wissen.«

»Eilert Niska ist nicht vom anderen Ufer, damit du's weißt! Und Ragnar auch nicht, da bin ich mir sicher!«

Gerda starrte ihre Schwägerin erstaunt an.

»Und woher, um Himmels willen, willst du das wissen?«, brachte sie hervor.

»Das geht dich nichts an, Gerda! Überhaupt nichts. Fängst du jetzt etwa auch schon damit an, deine Nase in Dinge zu stecken, die dich nicht das Geringste angehen? Und wenn das mit Ralph stimmt, dann soll es so sein. Er ist trotzdem ein feiner Kerl, und damit basta!«

»Aber …«

Tante Uhv stellte die Kaffeekanne auf die Spüle und machte ihre Jacke zu.

»Ich muss jetzt gehen. Hab noch was für Gunnar zu erledigen.«

29

Tante Uhv stieß sich mit Schwung auf dem Tretschlitten ab und fuhr eilig zu *Gunnars Schlitten und Jagdbedarf.* Sie musste unbedingt mit Gunnar sprechen, bevor es zu spät war. Nicht, dass er gewöhnlich Gerüchte über andere verbreitete, aber besser, man war auf der sicheren Seite.

Das Geschäft war geschlossen – natürlich, daran hätte sie denken müssen. Gunnar war nach Gällivare gefahren, um zwei neue Schneemobile abzuholen. Hm, dann musste sie wohl zu Mija gehen. Mija war eine richtige Klatschbase, und Tante Uhv musste sie stoppen, bevor sie Gerüchte in die Welt setzte. Das war das mindeste, was sie für Ralph tun konnte. Sie wendete den Tretschlitten und sauste über die Straße zum Friseursalon.

Mija kassierte gerade einen Kunden ab, als ihre Schwiegermutter durch die Tür trat.

»Hallo«, grüßte Mija gleichgültig, während sie ihrem Kunden zunickte, der den Salon verließ. »Möchtest du einen Kaffee? Oder ein Permanent-Make-up?«

Tante Uhv schüttelte den Kopf.

»Nein danke, weder das eine noch das andere. Kaffee habe ich schon bei Gerda getrunken.«

Ihre Lunge pfiff, und sie keuchte nach ihrer schnellen Tretschlittenfahrt. Mija sah sie neugierig an. Sie ahnte natürlich, dass es Neuigkeiten gab. Tante Uhv musste jetzt vorsichtig vorgehen. Sie setzte sich auf einen Stuhl.

»Pass mal auf, Mija, du bist doch ein gescheites und vernünftiges Mädchen«, fing sie an, nachdem sie wieder Luft geschöpft hatte. Sie hielt Mijas Blick fest.

»Kann sein«, erwiderte Mija.

Tante Uhv holte zum zweiten Mal tief Luft und nahm einen neuen Anlauf.

»Im Dorf kursiert das Gerücht, dass Ralph mit Frauen nichts anfangen kann. Gut, was macht das schon, aber ich dachte, dass wir das nicht weitertragen sollten, oder was meinst du? Du weißt doch, wie die Leute reden.«

Mija ließ sich auf einen Frisierstuhl fallen und schwang ihn herum, so dass sie ihrer Schwiegermutter gegenübersaß. Ihre Augenbrauen schossen ein kleines Stück in die Höhe.

»Wer hat das gesagt?«

Tante Uhv löste die Knöpfe an der Jacke und lockerte ihren Schal.

»Na, das Kuiva-Radio natürlich. Ragnar soll angeblich auch einer von der Sorte sein, aber das kann schon mal gar nicht stimmen!«

Mija griff nach ihrer Zigarettenschachtel. Tante Uhv betrachtete sie missbilligend. Wie unvernünftig von ihr, im Salon zu rauchen. Musste sie nicht auf ihre Kunden Rücksicht nehmen?

»Ragnar? Und dein Bruder Eilert, oder was?«

Mija konnte sich kaum halten, und ihr Gelächter drang bis in den hintersten Winkel des Friseursalons. So eine Unverschämtheit! Tante Uhv kauerte sich zusammen und wickelte sich in ihre Jacke.

»Woher wusstest du das?«

Mija stieß eine große Rauchwolke aus.

»Ich wusste es nicht. Ich kann mir nur denken, wie der Hase läuft, es ist ja kein Kunststück, sich das auszurechnen. So, so, der hübsche Ralph Sörarve soll wahrhaftig schwul sein!«

Sie drückte die Zigarette in einem alten, sich drehenden

Aschenbecher aus und lächelte amüsiert. Tante Uhv schloss die Augen, als sie Mija so reden hörte. Armer Ralph, das würde nicht einfach werden.

»Das hab ich doch schon die ganze Zeit gesagt«, fuhr Mija fort, »dass er ziemlich seltsam ist.«

Sie stand auf und packte Kämme und Bürsten in einen kleinen Plastikkorb.

»Aber, hör mal, ich kann das nicht so recht glauben«, sagte Mija. »Solche gibt's hier nicht. Und sie würden es auch gar nicht erst wagen, hierherzukommen.«

Tante Uhv stieß einen erleichterten, lautstarken Seufzer aus. Vielleicht konnte sie ihrer Schwiegertochter ja doch begreiflich machen, dass sie dichthalten musste.

»Damit hast du ganz sicher recht. Wie ich schon sagte, bist du eine gescheite Person.«

Sie musste Mija unter allen Umständen beipflichten, um sie, wenn nötig, auf ihre Seite zu ziehen.

»Solche Leute trippeln nur in Stockholm und natürlich in Amerika rum, schon eigenartig. Hier in Norrland haben wir allerdings nur echte Kerle«, meinte Mija.

Sie setzte sich wieder in den Friseurstuhl.

»Hier gibt's keine warmen Brüder, hier nicht!«

Tante Uhv schauderte es, sie knöpfte sich energisch die Jacke zu und rutschte vom Stuhl. Wo hatte ihre Schwiegertochter bloß solche Wörter her? Sie hatte schon immer gewusst, dass Gunnars Frau kein bisschen Stil hatte. Na ja, die Hauptsache war, dass sie es nicht weitererzählte.

»Obwohl, vielleicht ist ja doch was Wahres dran«, sagte Mija gedehnt. »Tony hat mir erzählt, dass sie sich anscheinend das Schlafzimmer teilen, vielleicht sind sie also doch vom anderen Ufer. Wundern würde es mich nicht, so wie die beiden miteinander umgehen.«

Tante Uhv, die schon auf dem Weg zur Tür war, drehte sich ruckartig um.

Sie schluckte ein paarmal, versuchte, ihre Stimme fest klingen zu lassen.

»Du trägst das nicht weiter, merk dir das! Ralph ist ein feiner Kerl, und wir sollten ihm nicht schaden, keiner aus Kuiva.«

Mija grinste.

»Alle Achtung, wie du ihn in Schutz nimmst«, rief sie aus. »Man könnte fast meinen, dass du selbst ein wenig verliebt in ihn bist. Biste nicht schon ein bisschen zu alt für ihn?«

Oh, diese dämliche Kuh! Sie hätte nicht mit Mija sprechen sollen. Diese Neuigkeit würde sie natürlich nicht für sich behalten.

»Ich geh jetzt, hier kann man es ja nicht aushalten. Ich hätte wirklich mehr von dir erwartet, Mija.«

»Bye-bye, Schwiegermutter«, rief Mija. »Man sieht sich.«

Die Tür flog laut hinter Tante Uhv ins Schloss, so dass die kleine Glocke aufgeregt bimmelte.

Mija zog ihre Jacke an und beeilte sich, das Bin-gleich-wieder-da-Schild an die Tür zu hängen. Sie huschte das kurze Stück zum Supermarkt – nicht, dass sie besonders versessen aufs Kochen war –, aber sie musste sich überlegen, was sie auftischte, wenn Gunnar aus Gällivare zurückkam.

In der Fleischwarenabteilung herrschte ein großes Durcheinander. Ein junger Mann in Tischlerkleidung stand auf einer Leiter und hängte ein neues, hübsches Schild auf, auf dem das Wort »Deli« prangte. Mija kannte ihn und grüßte, er war aus Vittangi und kam ab und zu mal zum Haareschneiden in ihren Salon.

Alva hatte ihr den Rücken zugekehrt und schnitt hauchdünne Scheiben von einem Stück Fleisch ab, das Mija noch nie zuvor gesehen hatte.

»Was ist das?«, fragte sie.

Alva drehte sich um.

»Prosikutto. Sehr lecker! Kann ich wirklich empfehlen.«

Mija war nicht so überzeugt davon, dass sie Gunnar damit locken konnte.

»Was du nicht sagst. Und was ist Prosikutto, oder wie das noch gleich heißt, für 'n Zeug?«

»Luftgetrockneter italienischer Schinken. Du legst ihn in dünnen Scheiben auf einen Teller und gibst ein paar Tropfen Olivenöl darüber. Dann kannst du geröstete Pinienkerne und gehobelten Parmesan drüberstreuen. Vorzüglich!«

Mensch, wie seltsam Alva geworden war. Wann hatte sie sich bloß solche Eigenarten angewöhnt? Was war denn bitte schön falsch an Bauchfleisch und Fleischwurst?

»Wie bist du denn darauf gekommen?«, fragte Mija.

Alva legte den Prosikutto wieder zurück an seinen Platz in der Kühltheke und streifte die dünnen Gummihandschuhe ab.

»Nun«, bemerkte sie, »zum einen liegt es in meinem Interesse, gute Lebensmittel einzukaufen und meine Kunden darüber zu informieren. Und zum anderen haben Ralph und Eric danach gefragt.«

Da schau an, schon wieder dieser durchtriebene Ralph! Pinienkerne, also wirklich! Und was, zum Henker, sollte Olivenöl sein? Na ja, sie würde sich nicht die Blöße geben und Alva danach fragen. Zumindest nicht heute.

»Apropos Ralph«, sagte sie stattdessen, »weißt du schon das Neueste?«

»Nein, was denn?«

Mija erhob sich auf die Zehenpitzen, lehnte sich über die Theke und flüsterte:

»Dass er schwul sein soll! Stell dir vor!«

Wenn Alva auch nur im mindesten überrascht war, so zeigte sie es nicht.

»Aha«, sagte sie nur.

Von dem Jungen auf der Leiter war ein leises Kichern zu vernehmen.

»Aha? Ist das alles, was du dazu zu sagen hast?«

Alva nahm ein Stück Salami, das von einer Hülle aus Käse und sonnengetrockneten Tomaten umgeben war, und wickelte die Plastikfolie ab.

»Was willst du von mir hören? Mir ist es in der Tat egal, ob er Russe, schwul oder ein *jalkakläppi* ist. Ich finde ihn nett. Also, willst du nun etwas von dem Prosikutto haben? Oder vielleicht ein paar Scheiben Salami?«

Sie hielt Mija die Salami unter die Nase und maß ein Stück mit dem Messer ab. Mija schüttelte den Kopf.

»Aber das ist doch furchtbar! Dieses Hotel ist vielleicht gar nicht für normale Leute, sondern für welche, die andersrum sind!«

Alva legte das Messer und die Wurst hin.

»Nun mach aber mal halblang, sind die denn etwa nicht normal?! Es spielt doch keine Rolle, welche sexuelle Neigung man hat, zum Kuckuck! Die Hauptsache ist doch, dass sie in Ordnung sind und – vor allem – dazu beitragen, dass Kuiva wieder etwas aufblüht.«

Alva hatte Mija unversehens in Rage gebracht. Aber sie hatte nicht vor, gleich klein beizugeben.

»Sexuelle Neigung! Ist ja nicht zum Aushalten, mit welchen feinen Worten unsere Oberschlachterin heute um sich wirft.«

Alva zuckte die Schultern.

»Ich finde das jedenfalls furchtbar«, wiederholte Mija. »Auch wenn ich es mir nicht vorstellen kann. So einer ist

Ralph nicht. Nee, da ist das Gerede über Ragnar und deinen Vater schon schlimmer.«

Das schien zu wirken. Alvas Hände umklammerten die Theke, gegen die sie sich gelehnt hatte.

»Mein Vater? Was willst du damit sagen?«, flüsterte sie.

Mija lächelte vergnügt.

»Oh, du, ich seh gerade, es ist schon spät, ich hab keine Zeit, noch länger hier herumzustehen und zu quatschen. Bis dann. Tschüss!«, sagte sie und verschwand mit einer eingeschweißten Fleischwurst im Einkaufskorb in Richtung Kasse.

30

Alva wurde abgelenkt, als Östen hereinrauschte und ihm zwei Milchkartons vor der Kühltheke herunterfielen und zerplatzten. Er sprang hin und her und wimmerte, und Alva musste ihn trösten, indem sie ihm zwei neue in eine Tüte tat, die sie an seinen Tretschlitten hängte. Sie brauchte eine Ewigkeit, um die verschüttete Milch wieder aufzuwischen, so dass sie erst kurz vor sechs über einer Tasse Kaffee verschnaufen konnte. Pia, die gerade vorbeikam, leistete ihr Gesellschaft.

»Hallo! Wie geht's? Du sieht ja völlig fertig aus.«

Alva nickte und blies in den heißen Kaffee.

»Ja, heute war viel los«, räumte sie ein. »Aber eigentlich bin ich vor allem auf Mija sauer, die durch die Gegend rennt und Schlechtes über andere erzählt.«

Pia stellte ihren vollen Einkaufskorb ab, setzte sich an den Kaffeetisch und nahm sich eine Tasse.

»Um was geht es denn?«

Alva erzählte ihr von Mijas dummen Bemerkungen an der Delikatessentheke.

»Was für eine gemeine Hexe!«, rief Pia aus. »Sie kann einfach nicht ihr Maul halten.«

»Genau. Nicht, dass ich ihr glaube, aber sie kann ja einigen Schaden damit anrichten. Wenn mein Vater davon Wind bekommt, flippt er aus. Er mit seiner Überzeugung, dass alle Menschen gleich viel wert sind.«

Alvas Wangen glühten vor Zorn.

»Vielleicht stimmt das ja mit Ralph und Eric, aber spielt das wirklich eine so große Rolle?«, meinte Pia.

»Das hab ich ihr auch gesagt. Hab ihr an den Kopf geschmissen, dass es mir scheißegal ist, was er ist, von mir aus kann er auch ein jalkakläppi sein!«

Pia sah sie verständnislos an.

»Jalka … was?«

Sie guckte dumm aus der Wäsche, und Alva konnte nicht anders, als ihren Mund zu einem Lächeln zu verziehen.

»Ach, das ist nur ein lustiges altes Wort für uneheliches Kind. Seltsam, welche Worte einem im Gedächtnis haftenbleiben.«

»Das werd ich mir merken! Ich bin auch schon in den Kirchenbüchern auf den einen oder anderen jalkakläppi gestoßen.«

Alva schenkte ihnen Kaffee nach, nahm wieder Platz und stützte ihr Kinn schwer in die Hand. Pia schnappte sich aus einer halbleeren Schachtel einen Mürbeteigkeks.

»Aber wo hat sie diesen Unsinn her? Sie wird ihn doch nicht selbst erfunden haben.«

»Keine Ahnung, ich nehme an, dass wie üblich das verfluchte Kuiva-Radio daran schuld ist. Manchmal ist das ja ganz nützlich, aber in einer Situation wie dieser die reinste Hölle!«

Schweigend tranken sie ihren Kaffee aus. Danach spazierte Pia mit einem Korb voll italienischer Köstlichkeiten davon, sie wollte Tony mit etwas Neuem überraschen. »Prosikutto«, hatte Alva gesagt, aber Pia bezweifelte, dass es tatsächlich so ausgesprochen wurde.

Hervor bezahlte ihre Waren und verließ den Supermarkt. Sie hatte einen interessanten Nachmittag gehabt und erfahren, was es zu erfahren gab. Ralph saß ziemlich in der Tinte, und Eric ebenfalls, denn es wurde von nichts anderem geredet. Dieser Stein, dessen Geheimnis sie noch nicht ganz auf die

Spur gekommen war, war offenbar noch nicht der Gipfel des Ganzen. Das hier war schlimmer. Sollte etwa alles den Bach runtergehen, und sollten dabei so nette Dorfbewohner wie Eilert und Ragnar im Strudel mitgerissen werden? Dazu durfte es nicht kommen!

Hervor wendete den Tretschlitten und fuhr zur Kirche. Sie musste mit Mirjam sprechen, es half alles nichts, auch wenn gerade Chorprobe war.

Sie stellte ihren Schlitten vor der kleinen, weißen Holzkirche ab und blieb einen Moment stehen, um das Gebäude zu betrachten. Hier war sie getauft und konfirmiert worden. Manche meinten sicher, dass ihr das schnurz war, aber das stimmte nicht. Sie war durchaus gläubig – o ja, sie glaubte nicht nur an Magie. Ingrid hatte sie auch hier taufen lassen, und das Begräbnis ihrer Eltern hatte ebenfalls in dieser Kirche stattgefunden. Die Erinnerung an die Beerdigung ihres Vaters war schon ziemlich verblasst, weil sie damals noch so klein gewesen war. Aber an die Trauerfeier ihrer Mutter konnte sie sich gut erinnern. Hervors Mutter hatte ein Jahr bevor Mirjam und Hervor nach Gotland gefahren waren, ihr Leben ausgehaucht. Das war traurig gewesen, aber sie hatte Hervor zumindest noch ihr gesammeltes Wissen an Hexenkünsten mit auf den Weg gegeben. Bevor es zu Ende ging, hatten Mutter und Tochter am Krankenbett flüsternd unzählige Gespräche geführt. Hervors Mutter wollte nach Möglichkeit alles Wissen an die Frauen der nächsten Generation weitergeben, und Hervor musste ihr das Versprechen abnehmen, das ebenfalls zu tun, wenn sie eines Tages an der Reihe war. Na, in der Hinsicht wird es keine Schwierigkeiten geben, dachte Hervor, als sie die Kirchentür aufstieß. Ingrid war in den USA bereits in derselben Zunft tätig. Aus der Art geschlagen war sie also nicht.

Hervor stampfte sich im Vorraum den Schnee von den Füßen. In der Kirche trällerte der Chor, vorwiegend Damenstimmen, sie sangen ein paar Takte, dann vernahm sie das »Nein, nein, nein« des Kantors, und die Stimmen verstummten. Der Chorleiter schlug einige Akkorde auf dem Klavier an, und die Sänger hoben erneut an. *Es ist ein Ros' entsprungen, aus einer Wurzel zart, wie uns die Alten sungen, von Jesse kam die Art.* Mann, was für ein langweiliges, langsames Lied! Wie hielt Mirjam das bloß aus? Mittlerweile müsste sie doch genügend Vergebung für ihre Sünden bekommen haben, so wie sie sich im Kirchenchor und beim Roten Kreuz engagierte. Und durch die Lavendelkur gegen Schuldgefühle hatte sie sich verdammt noch mal auch gequält.

Hervor riss die Tür auf und trat ein. Ihr Blick schweifte über die kleine Gruppe. Ganz vorne auf der einen Seite stand die Hagere Haldis mit ihrem Prachtarsch. Hervor grinste vor sich hin. Man stelle sich das einmal vor – hatte Mirjam dieser alten Krähe doch tatsächlich an Allerheiligen eine Stimmbandentzündung verpasst. Nicht, dass Mirjam das jemals zugeben würde. Aber Hervor wusste es besser.

»Mirjam«, krakeelte sie. »Schluss mit dem Wehklagen! Wir haben Wichtigeres zu tun!«

Die Arme des Kantors fielen herab, und der Gesang hörte abrupt auf. Hervor musste einen finsteren Blick vom Chorleiter einstecken. Glotz du nur, dachte sie, das ist mir völlig egal. Ich kann noch ganz anders.

Mirjam schlug ihr Notenheft zu und eilte den Mittelgang hinunter auf Hervor zu.

»Bist du denn völlig übergeschnappt!«, flüsterte sie. »Einfach so in die Chorprobe hineinzuplatzen!«

»Ja, ja«, antwortete Hervor und winkte ab. »Drauf geschissen! Zieh dir was über und komm, für solche schwermütigen Lieder hast du jetzt keine Zeit!«

Mirjam schlüpfte in ihre neu erstandene dunkelblaue Daunenjacke, setzte die Mütze auf und stolperte in aller Hast durch die Kirchentür hinaus zu Hervors Schlitten.

»Setz dich«, befahl Hervor. »Ich fahr dich!«

Mirjam protestierte.

»Aber es liegt doch viel zu wenig Schnee, du wirst auf dem Asphalt stecken bleiben und der Länge nach hinfallen.«

Hervor schnaubte und setzte sich in Bewegung.

»Erst wenn die Hölle zufriert! Ich weiß, wo die vereisten Stellen sind, es wird laufen wie geschmiert.«

Hervor erhöhte das Tempo und sauste die vereiste Dorfstraße hinab, als ob es ums glatte Überleben ging, während Mirjam sich festhielt und aufschrie. Zackig nahm Hervor die Kurve zum Haus, so dass der Tretschlitten umkippte und Mirjam in der kleinen Schneewehe landete, die sie vor der Einfahrt zusammengeschoben hatten, als kürzlich so viel Schnee gefallen war.

»Nein, wie lustig! Du siehst ja aus wie ein Schneemann!«

Grummelnd erhob sich Mirjam und klopfte sich den Schnee ab, musste dann aber auch lachen.

»Na, so was bringt einen auf Touren, was?«, sagte Hervor. »Um Längen besser als eure verflucht tranigen Chorlieder!«

Am Küchentisch berichtete sie Mirjam vom neuesten Dorfklatsch. Im Ort gebe es viele böse Zungen, und wenn die Gerüchte erst die Runde gemacht hätten, seien Ralphs und Erics Tage hier gezählt. Und das sei nicht gerecht, meinte Hervor. Außerdem nützten ihre Pläne dem Dorf, das ansonsten ein kümmerliches Dasein friste. Ein Wellnesshotel lasse das Gemeinwesen wieder aufblühen, und da dürfe man sich an solchen Lappalien wie, dass sie ein Paar seien, nicht stören.

»Aber«, warf Mirjam ein, »dagegen müsstest du doch etwas tun können? Kannst du diese bösen Zungen nicht einfach mit einem Fluch belegen und sie so zum Verstummen bringen? Nicht, dass ich zu solchen Maßnahmen raten will, ich mein ja nur.«

Hervor nickte.

»Och, das wäre nicht das Problem, ich könnte bestimmt jede einzelne Zunge im Dorf lähmen, aber das würde dauern. Ich brauche deine Hilfe, du musst mir mit deinen Affirmationen helfen, Mirjam, du musst einfach!«

Mirjam erhob sich.

»Ich will das nicht, und das weißt du genau«, erwiderte sie, ging in ihr Zimmer und schloss die Tür.

Sie saß ein Weilchen auf der Bettkante und starrte die Bibel an. Aus der Küche hörte sie, wie Hervor die Vorbereitungen fürs Abendessen traf. Es tat ihr in der Seele weh, dass Ralph und Eric es so schwer hatten und sie vielleicht nicht einmal eine Gelegenheit dazu bekommen sollten, ihre Pläne in die Tat umzusetzen.

»Verzeiht bitte, aber es geht nicht«, murmelte sie vor sich hin. »Ich hab doch schon mit dieser magischen Lavendelkur mein Versprechen gebrochen. Außerdem habe ich Hervor zugesagt, Tony aufzulauern, und daraus ist auch noch nichts geworden.«

Sie stand auf und zog ihren Koffer unter dem Bett hervor. Die Bibel legte sie ganz nach unten unter ihre Schlüpfer. Das Buch der Bücher, die Richtschnur, der Kompass auf dem Meer des Lebens – sie kannte viele Synonyme dafür. Sie nahm die Ikone und befühlte sie, stellte sie dann aber zurück auf das Tischchen neben dem Bett. Als Erinnerung konnte sie sie ja dort stehenlassen. In den Kirchenchor würde sie auch weiterhin gehen, mit irgendetwas musste sie sich schließlich beschäftigen. Und Stoffwindeln für die Kinderhilfspakete würde sie auch noch zusammenschustern.

31

Pia hatte ihren Rucksack vergessen und musste nach ihrem Gespräch mit Alva noch einmal zum Pastorat zurück.

Kerstin Blomkvist, die Pfarrerin, hatte die Füße bequem auf den Schreibtisch gelegt. Sie war vollkommen in den Text für die Predigt am Sonntag vertieft und sah geistesabwesend auf, als Pia hereinkam.

»Du siehst abgehetzt aus.«

»Ja, ich bin ein bisschen im Stress und, ehrlich gesagt, wenn du den Ausdruck erlaubst, verdammt wütend.«

»Setz dich einen Augenblick und erzähl. Du siehst aus, als könntest du's brauchen.«

Pia erzählte ihr rasch die neuesten im Dorf kursierenden Gerüchte und sagte, dass sie entsetzt über die Kleingeistigkeit der Menschen sei, die anderen Leuten nicht gestatten würden, nach ihrer Fasson zu leben. Und noch dazu Unwahrheiten über Eilert und Ragnar zu erfinden, die völlig an den Haaren herbeigezogen seien.

»Das habe ich auch schon gehört«, sagte Kerstin. »Omar hat mir vor einiger Zeit erzählt, dass Tony im Gästis große Reden geschwungen hat. Entschuldige, Pia, ich weiß, dass das nicht einfach für dich ist.«

Tony sollte sich schämen, nicht ich, dachte Pia. Aber nichtsdestotrotz fühlte sie sich schuldig. So dumm war sie nicht, dass sie nicht wusste, was die Leute redeten. Vielen leuchtete nicht ein, was sie an Tony fand und warum sie mit ihm verheiratet war.

»Und diese Furie war auch da«, fuhr Kerstin fort, »diese Frau, die an keinem ein gutes Haar lässt und alles weiterträgt. Du weißt schon, dieses blonde schreckliche Weib, wie heißt sie noch gleich?«

»Sirkka Nilssons Haushaltshilfe?«

»Ganz genau, Sirkka Nilssons Haushaltshilfe. Sie hat den Mund verzogen und sich darüber empört, wie furchtbar solche Leute doch seien. Omar wollte solch ein Geschwätz natürlich unterbinden, er möchte nicht, dass im Gästis so ein unflätiger Umgangston herrscht, weil er befürchtet, dass seine Kunden dadurch vergrault werden könnten.«

»Hat Tony auch behauptet, dass Eilert und Ragnar …?«

»Nein, nein, über die beiden hat er kein Wort verloren. Nur über Ralph Sörarve hat er sich ausgelassen.«

Pia begriff mit einem Mal das ganze Ausmaß von Tonys Gewäsch. Zudem war Sirkka Nilssons Haushaltshilfe seine Zuhörerin gewesen, was hieß, dass bald jede Menschenseele in Kuivalihavaara im Bilde war. Vor längerer Zeit hatte sie ja schon in der Sauna eine ätzende Bemerkung fallenlassen.

Langsam und widerwillig machte sich Pia auf den Heimweg. Der einzige Lichtblick war das neue italienische Essen, das sie heute ausprobieren wollte. Wein hätte natürlich gut dazugepasst, aber darauf verzichtete sie lieber – dem Hausfrieden zuliebe.

Als sie ins Haus kam, sah sie als Erstes Tony, der mit einer Bierdose am Küchentisch saß.

»Du weißt genau, dass ich nichts davon halte, wenn du zu Hause Bier pichelst!«, zischte sie.

»Beruhige dich, Pia«, erwiderte Tony, »das ist doch bloß ’n Leichtbier. Du ahnst ja nicht, welche superinteressanten Dinge ich über unseren neuen Dorfbewohner, unseren Reizwäschen-Ralphi, gehört hab.«

Tony lachte vergnügt in sich hinein und nahm einen Schluck aus der Dose.

»Haha, Reizwäschen-Ralphi, der ist gut! Zum Totlachen«, schob er hinterher.

»Reizwäschen-Ralphi?«, hakte Pia nach.

»Aber du hast doch bestimmt schon gehört, dass der Ralphi so 'n Schwuler ist?«

»Ja und?«

»Ja und? Wie dämlich bist du denn? Ich will nicht, dass meine Familie – und vor allem meine Kinder – Umgang mit so 'nem … so 'nem Nougatstampfer haben!«

»Tony!« Pia keuchte und bekam einen trockenen Mund.

»Was sagst du da?«

»Nun, ich sag einfach nur, was ich denke, warum sollte ich mir auch die Mühe machen, zu lügen. Widerlich ist das! Unnatürlich!«

»Weißt du, was du bist, Tony«, entgegnete Pia erstaunlich ruhig, »und viele andere in diesem Kaff auch? Du bist homophob!«

Tonys Gesicht nahm eine knallrote Farbe an, er schoss von der Küchenbank hoch und stieß gegen den Tisch, so dass die Bierdose umkippte.

»Ich bin, Teufel noch mal, gar nichts, was mit ›Homo‹ anfängt, damit das klar ist!«

»Doch, das bist du! Du kannst das Wort gern im Wörterbuch nachschlagen, damit du weißt, was es heißt. Das immerhin solltest du doch hinkriegen, oder?«

Ihr war bewusst, dass sie gemein war, aber sie hatte dieses dumme Gequatsche so satt. Am Küchentisch jedenfalls kehrte Ruhe ein, und Pia drehte ihm den Rücken zu und fing mit der Zubereitung des Essens an. Wenn die Kinder von ihrem Ausflug mit der Landjugend wiederkamen, wollte sie damit fertig sein.

»Was gibt's denn?«, brummte Tony aus der Sofaecke.

»Dörrfleisch. Dörrfleisch wie in *kuivaliha,* allerdings auf italienische Art. Wenn dir das nicht passt, kannst du dir Reste aufwärmen. Der ganze Kühlschrank ist voll. Wie hat dir eigentlich der Kaffee heute Morgen geschmeckt?«

Sie ahnte seinen dummdreisten Blick.

»Der Kaffee? Wie immer, nehm ich an. Ach nee, stimmt, der war unglaublich lecker. Hast du eine neue Sorte gekauft?«

Pia drehte sich zur Spüle um, damit er nicht sah, wie sich ihre Mundwinkel nach oben verzogen. Es waren nur ein paar Tropfen von Hervors persischem »Tipp« darin gewesen, was sie aber keinem verraten würde – noch nicht einmal Mirjam und Hervor.

»Genau«, beantwortete sie seine Frage, »das war eine neue Sorte. Mit anderer Röstung.«

Tony murmelte irgendetwas, und im Haus kehrte Stille ein, man hörte nur ab und an Tonys Schlürfen, wenn er aus der Dose trank.

»Na, bei euch geht's ja heute friedlich zu!«

Ein kalter Wind fuhr durch die Küche, als Gertrud die Haustür öffnete.

»Na und ob«, erwiderte Pia mit fester Stimme, »wir haben uns nämlich gerade über die Menschenwürde unterhalten. Haben Schwule überhaupt eine Existenzberechtigung? Haben die Menschen ein Recht auf ihr Privatleben? Das Recht, anders zu sein? Selbst in Kuiva? Das ist die Frage.«

»Herrgott noch mal! Dabei bin ich doch nur hier, um euch für Samstag zum Liederabend ins Gemeindehaus einzuladen. Wir singen ein paar wirklich schöne tornedalische Lieder.«

Tony erhob sich und fuchtelte mit den Armen.

»Deine Lieder sind mir gerade so was von wurscht,

Schwesterchen!«, tönte er. »Eins nach dem anderen. Was hältst du eigentlich von Schwulen, Gertrud? Mal ehrlich?«

»Tja, was soll ich sagen? Mir ist das aufrichtig gesagt egal. Mir sind zwar schon welche über den Weg gelaufen – Schwule wie Lesben –, aber ich scher mich nicht groß drum. Für mich ist wichtiger, ob sie gut singen und musizieren können.«

»Lesben!« Tony wand sich wie ein Aal. »Jetzt reicht's aber! Also, ich halt da verdammt noch mal gar nichts von. Isses nicht typisch, dass einer, der nicht aus dem Dorf stammt, solchen Mist mit hierherbringt?«

Pia sah, dass er sich jetzt richtig in seine Wut hineingesteigert hatte, seine Augen waren schwarz. Noch nicht mal seine eigene Schwester wollte ihm zustimmen.

»Nicht aus dem Dorf?«, warf Pia ein. »Dann ist dir wohl noch nicht zu Ohren gekommen, wie sie über Eilert und Ragnar herziehen? Aber eins sag ich dir, da ist nichts dran.«

32

Mirjam schielte sehnsuchtsvoll zu ihrem roten Cape hinüber. Hervor sah sofort, worauf sie spekulierte.

»Oh, nein«, sagte sie nachdrücklich, »das ziehst du mir nicht an! Auch wenn es zu dieser Jahreszeit draußen pechschwarz ist, kann man es sehen. Alle im Dorf wissen, dass nur du so was trägst.«

»Ja, aber, soll ich denn wirklich …«

Mirjam bedauerte es schon, dass sie in einem schwachen Moment versprochen hatte, Tony hinterherzuspionieren. Hervor bildete sich ein, dass er etwas mit dem Steinwurf zu tun haben könnte. Eigentlich hatte sie nicht vorgehabt, sich für weitere obskure Dinge vor den Karren spannen zu lassen, die Kraft der Gedanken zu beschwören, so dass es jemanden das Leben kostete, egal, ob es nun funktionierte oder nicht.

Obwohl – sie hatte natürlich wegen der schrillen Stimme der Sopransängerin Haldis, die den ganzen Chor übertönte, bereits von ihrer Gedankenkraft Gebrauch gemacht. Der Kantor hatte versucht, sie dazu zu bewegen, ihr lautes Organ etwas zu dämpfen, was allerdings ein unmögliches Unterfangen war. Haldis war nicht bereit, mit anderen zusammenzuarbeiten, und besaß kein Gespür dafür, ihre eigene Stimme wahrzunehmen. Ach, wenn sie zu Allerheiligen doch bloß eine Stimmbandentzündung bekäme, hatte Mirjam vor ein paar Wochen gedacht. Der Chor würde jedenfalls ohne sie klarkommen. So, wie sie sang, versaute sie die ganze Stimmung. Und siehe da, sie war doch tatsächlich heiser geworden! Hervor hätte sich beinahe schlappgelacht, als sie von der Geschichte erfuhr. Haldis war Hervors altes Hassobjekt, sie hatte Hervor während ihrer Schulzeit ständig terrorisiert. Mirjam wurde leichter ums Herz. Niemand durfte gemein zu Hervor sein, das konnte sie nicht ertragen.

»Guck, hier! Nimm diesen Mantel, ich hab ihn irgendwo in einem alten Schrank gefunden.«

Hervor warf ihr einen schwarzen, knöchellangen Mantel zu, der figurbetont geschnitten war und einen hübschen, runden Kragen hatte. Mirjam war entzückt.

»Der ist aber schön!«

Hervor brummte zufrieden.

»Dachte mir schon, dass du den mögen würdest. Hier, die schwarze Schirmmütze auch. Geh jetzt, und sei ja vorsichtig! Nimm den Weg am Flussufer.«

Mirjam kehrte den Straßenlaternen den Rücken und tauchte in die Dunkelheit am Flussufer ein. Zwar war es Abend, aber schon seit Stunden herrschte Finsternis. Selbst wenn sie anderen über den Weg lief, würden sie Mirjam nicht erkennen.

Sie ging vorsichtig und achtete sorgfältig darauf, wo sie ihre Füße hinsetzte, weil sich ihre Augen erst an die Dunkelheit gewöhnen mussten. Vor allem musste sie darauf achten, dass sie nicht auf einer der verräterischen vereisten Stellen ausrutschte. Seltsam, dass sie in Kuiva nicht dieselbe Angst wie damals in Kajpe Kviar verspürte, wo sie ebenfalls nachts herumgeschlichen war. Hier gab es keine struppigen Sträucher, in denen Schreckliches lauern konnte, keine bösartigen Zweige, die ihre spitzen Klauen nach ihr ausstreckten. Am Flussufer wuchsen nur vereinzelt kleine Weidenbüsche.

Sie sah zu den Häusern hoch. Der Supermarkt lag dunkel da, aber im Hotel brannte Licht. Ralph und Eric trieben die

Renovierung auf Hochtouren voran, und sie konnte sehen, dass noch mehrere Handwerker bei der Arbeit waren. Wie Ralph ihr erzählt hatte, war er noch immer ziemlich erschüttert über die Sache mit dem Stein. Hervor ging davon aus, dass Tony dahintersteckte, aber da war auch noch etwas anderes gewesen, hatte sie gesagt.

Gerade als Mirjam an einem kleinen Schuppen vorbeikam, der, wie sie annahm, zum oberhalb gelegenen Haus gehörte, fuhr ein Auto auf die Auffahrt des Hauses. Ein Bewegungsmelder leuchtete auf, und alles war deutlich zu erkennen. Sie blinzelte in das Licht. Dieser metallblaue Kombi, war das nicht Tonys Wagen? Was wollte er denn hier? Nachdem sie kurz nachgedacht hatte, ließ sie den Plan fallen, ihm zu Hause aufzulauern, und schlich stattdessen auf das Haus zu. Wer dort wohnte, wusste sie nicht.

Tony verschwand in einer großen Garage. Mirjam hastete lautlos hinter ihm her. Als sie davorstand, sah sie das Türschild. *Olavi Törmäs' Fuhrunternehmen.* Sie zerbrach sich den Kopf über den Namen. Er kam ihr irgendwie bekannt vor, wer war das noch gleich? Egal, jetzt musste sie herausfinden, was der gute Tony vorhatte. Diesem Schlägertypen traute sie nicht über den Weg.

Nachdem Tony auf die Auffahrt von *Olavi Törmäs' Fuhrunternehmen* abgebogen war, sah er sich vorsichtig um, bevor er hineinging. Nicht, dass es wirklich wichtig war. Aber es musste ja trotzdem niemand sehen, dass er etwas mit Törmä zu schaffen hatte. Er hatte keine Lust, sich erklären zu müssen, auch wenn er schon oft hier gewesen war, hin und wieder sogar ein paar Touren für den alten Mann übernommen hatte. In der Garage brannte Licht, und er ging hinein.

»Hallo, Olavi!«, sagte er.

Olavi sah auf, er war gerade dabei, eine Mutter in die Radkappe eines Lastwagens zu drehen.

Man bekam ihn nicht oft im Arbeitsoverall zu Gesicht. Im Dorf trug er immer einen langen schwarzen Mantel und einen altertümlichen Hut. Und wenn er sprach, tat er dies stets mit gedehnter, zittriger Stimme.

»Gott zum Gruße, Tony! Komm nur herein.«

Tony schloss die Garagentür und stellte sich neben den alten Mann, der sich die Hände an einem Lumpen abwischte.

Mirjam ließ ihren Blick schweifen und entdeckte ein Fenster, durch das sie diskret hineinspähen konnte. Tony stand in der Garage und unterhielt sich mit einem Mann in einem Overall. Olavi Törmä! Jetzt erkannte sie ihn. Das war doch der Anführer von Gottes rechtgläubiger Schar. Dieser stinklangweilige Prediger, dem fast jedes Vergnügen ein Dorn im Auge war. Er war damals, als Mirjam zum ersten Mal in Kuiva wohnte, einer ihrer Patienten gewesen.

Tony und der Prediger waren in eine lebhafte Diskussion verstrickt, allerdings konnte sie durch die Fensterscheibe nicht verstehen, worum es ging. Sie schlich zur Tür, drückte lautlos die Klinke herunter und öffnete sie einen Spalt – der allerdings groß genug war, dass sie die Stimmen der Männer vernehmen und einen Blick auf sie erhaschen konnte.

»Du kommst zwar nicht oft vorbei, aber ich habe wirklich gerade keine Tour für dich. Schlechte Zeiten.«

»Ja, diese Wirtschaftskrise ist wirklich 'n verdammter Mist«, erwiderte Tony gedankenlos, »weiß der Teufel, wie das werden soll.«

Der Alte schüttelte verdrießlich den Kopf.

»Na, aus dir ist noch kein Glaubensanhänger geworden,

wie ich höre. Du solltest nicht so viel fluchen, das widerstrebt Gott, unserem Herrn.«

Tony nickte. Er sollte sich besser zusammenreißen, schließlich wollte er sich mit dem Alten gutstellen.

»Außerdem riechst du wie ein Saufbold. Bist du etwa betrunken?«

Tony schüttelte den Kopf.

»Nein, nein, hab gestern nur 'n bisschen gefeiert. Aber ich trinke nicht viel, wirklich. Also, ich hätte da mal 'ne Frage. Ich habe ein bisschen in der Bibel geblättert, finde mich aber nicht ganz zurecht.«

Olavi legte den Lumpen beiseite und ein Lächeln erhellte sein Gesicht.

»Ja, so soll das klingen, Junge! Worüber grübelst du nach? Komm, setz dich, dann unterhalten wir uns.«

Olavi deutete auf ein paar alte Sprossenstühle, und sie nahmen darauf Platz. Tony schob seine Mütze zurück und kratzte sich am Kopf.

»Hm, tja, die Sache is 'n bisschen schwierig ... aber ich muss trotzdem danach fragen. Steht nicht irgendwo in der Bibel, was mit Männern passiert, die ... ja, die etwas miteinander haben?«

Mirjam hielt die Luft an. Das war ja höchst interessant! Was hatte sie doch für ein Schwein, dass sie zum passenden Zeitpunkt hier vorbeigekommen war. Was heckte Tony bloß aus? Sie drehte ihr Ohr erneut zu dem Türspalt, kein Wort sollte ihr entgehen.

Der Prediger kniff die Augen zusammen. Seine Mundwinkel sanken herab.

»Was sagst du da? Du hast dich doch wohl nicht mit einem Mann eingelassen?«

Er spuckte die Worte geradezu aus, und Tony hob abwehrend die Hände.

»Gott bewahre, ich doch nicht! Es geht um andere.«

»Andere? Welche anderen? Hier aus dem Dorf?«

»Ja, hat der Herr Olavi denn nicht mitbekommen, dass diese beiden Typen in den alten Kasten gezogen sind?«

Törmä schwieg lange, und Tony dachte schon, dass die Wahrheit dem alten Mann die Sprache verschlagen hatte. Schließlich machte er doch den Mund auf.

»So, so, dann stimmt das also …«, sagte er. »Als ich vor einiger Zeit dort war, hat mir schon so was geschwant.«

Tony nickte.

»Satan muss sie hergeführt haben!«, stellte Törmä fest. »Und beide sind sie Satans Werkzeug, das die Jugend verdirbt – meine Enkel und deine Kinder, Tony. Pfui!«

Die Augen des Predigers glühten vor Hass. Tony schreckte zurück, signalisierte aber seine Zustimmung.

»Ja, ich hab mir auch schon so was gedacht«, sagte er. »Das können wir wirklich nicht dulden, aber steht auch was in der Bibel darüber?«

Törmä schloss die Augen und schwieg erneut eine Weile, bevor er predigte:

»Wenn jemand beim Knaben schläft, wie beim Weibe, die haben einen Greuel getan und sollen beide des Todes sterben; ihr Blut sei auf ihnen …«

Er schlug die Augen wieder auf und sah Tony durchdringend an.

Tony atmete tief ein. *Ihr Blut sei auf ihnen* – das klang verdammt ernst, auch wenn er sich nicht sicher war, was das bedeutete.

»Teufel auch!«, rief er aus.

Olavi ließ den Fluch unwidersprochen stehen.

»Drittes Buch Mose, zwanzigstes Kapitel, dreizehnter Vers«, erläuterte er. »Dieses sündige Treiben darf sich im Dorf nicht weiter ausbreiten. Ihm muss Einhalt geboten werden! Ja, du hast ja selbst gehört, was in der Bibel steht, es ist tödlich.«

Dass Reizwäschen-Ralphi und sein Tuntenfreund gestoppt werden mussten, darin stimmte Tony vollkommen mit Törmä überein. Die Frage war bloß, wie. Dieser verfluchte Stein, den er vor ein paar Wochen durchs Hotelfenster geschmissen hatte, hatte nichts bewirkt. Nicht einmal Anzeige war erstattet worden, und seltsamerweise hatte sich auch niemand im Kuiva-Radio das Maul darüber zerrissen. Ralph hatte nicht das Weite gesucht, wie Tony insgeheim gehofft hatte. Stattdessen war auch noch dieser Eric aufgetaucht, der Tony jeden Tag über den Weg lief – nur weil das Arbeitsamt ihm keine andere Wahl gelassen hatte.

»Sie müssen von hier verschwinden«, bemerkte Tony verbissen. »Wir wollen richtige Männer im Dorf haben, das gehört sich so, wo soll das sonst hinführen? In die Hölle natürlich, geradewegs in die Hölle!«

Ein Speichelfleck landete auf dem Boden von Törmäs Werkstatt. Der Prediger erhob sich und tätschelte ihm die Schulter.

»Wir regeln das«, sagte er, »du und ich, Tony, mein Junge. Es ist gut, dass du auf dem rechten Weg bist. Ich werde zum Herrn beten, und du wirst sehen, dass er eine Antwort darauf geben wird.«

Mirjam wich vom Türspalt zurück und verschmolz mit der Dunkelheit hinter der Garage, bevor Tony auftauchte. Er schlug die Autotür zu und raste davon. Mirjam stolperte am Flussufer entlang nach Hause. Tony und der Prediger, welch unheilvolle Verbindung! Dieser Olavi Törmä schien weit mehr Talente zu besitzen, als nur seiner rechtgläubigen Schar das Wort Gottes zu predigen. Aber der konnte sich auf etwas gefasst machen! Was auch immer sie planten – Hervor würde schon dafür sorgen, dass der Schuss nach hinten losging. Wetten, dass!

33

Ralph zündete auf der hässlichen, abgenutzten Kommode in Zimmer 204 ein paar Kerzen an. An den hohen Kerzenleuchtern aus Messing hatte er hingegen sofort Gefallen gefunden. Unter dem Fuß waren der Stempel SB und eine Krone eingeprägt, was darauf schließen ließ, dass die Leuchter aus der Gießerei Skultuna Bruk stammten. Er hatte fünf Stück in einem Küchenschrank gefunden.

Er ging kurz in die Küche und kehrte mit einer Flasche Riesling und einem Glas zurück, die er auf den Teaktisch neben den Sessel stellte. Grässlich, ein Tisch aus Teak und ein Drehsessel aus giftgrünem Bouclé! Er zerrte den Überwurf vom Bett und breitete ihn über den hässlichen Sessel, bevor er sich setzte, sich Wein einschenkte und einige von Sigfrids Tagebüchern auf den Schoß nahm. Die Handwerker arbeiteten beinahe rund um die Uhr, aber glücklicherweise strichen und tapezierten sie momentan, so dass Ralph seine Ruhe hatte. Eric hatte sich in einen abgelegenen Flügel des Hotels zurückgezogen, wo er über aufsehenerregende Einrichtungsdetails nachdachte. Sie hatten verabredet, sich zur Schlafenszeit in ihrem nach wie vor primitiv ausgestatteten Schlafzimmer zu treffen. Ralph blätterte in den Tagebüchern zurück und überflog mehrere Seiten. Sigfrids Handschrift war nicht einfach zu entziffern. Wenn er etwas über Opernaufführungen geschrieben hatte – was oft vorkam –, guckte sich Ralph die Aufzeichnungen genauer an. Was für ein brennendes Interesse dieser Rautio an der Opernwelt gehabt hatte, und nicht zuletzt an Ralph Sörarve. In den Büchern war fast jede Inszenierung erwähnt, in der er mitgewirkt hatte: Er fand sich als der Graf in *Figaros Hochzeit* und natürlich als Jago in *Othello* wieder. Die Aufzeichnungen ließen Ralph alles andere als kalt.

5. Oktober 1996

Othello in der Königlichen Oper von Stockholm. Eine phantastische Inszenierung, und dann Ralphs angenehmer Bariton, der wie immer ein Genuss war. Es klingt, als ob er sich von Mal zu Mal steigert. Ralph Sörarve als Jago – eine so schmerzvolle Rolle, aber zugleich unsäglich gefühlvoll von ihm interpretiert. Jago, das ungeliebte, vernachlässigte Kind. Mir traten Tränen in die Augen.

Erpicht darauf, mehr zu erfahren, blätterte Ralph zurück.

9. September 1979

Habe das neue Herbstprogramm für die Oper gesehen und mich natürlich gefragt, welchen neuen Star sie verpflichtet haben. Ralph Sörarve heißt er. Ich bin zur Vorstellung gegangen und habe glücklicherweise noch in allerletzter Minute eine Karte für die erste Reihe ergattern können. Ralph Sörarve! Das ist niemand Geringerer als Ralf Svensson, dessen Kindheit ich so eingehend verfolgt habe. Jetzt macht er also Karriere. Nach dem Abschluss des Konservatoriums hat er seinen Namen geändert. Welch ein Glück, dass ich das erfahren habe! Ich habe seine Stimme auf der Bühne sofort wiedererkannt, obwohl er kostümiert und geschminkt war.

Ralph goss sich noch mehr Wein ein und verlagerte seine Sitzhaltung auf dem unbequemen Sessel. Über die Namensänderung waren seine Eltern damals empört gewesen. War

Svensson etwa nicht gut genug? Nein, war es nicht. Er wollte auffallen. So war das eben, wenn man Karriere machen wollte. Ralf Svensson war zu unscheinbar.

Ein Schwertransporter donnerte mit hohem Tempo und ohrenbetäubendem Lärm vorbei. Seltsam, dass sie ihre Geschwindigkeit im Ort nicht drosselten. Wie leicht jemand überfahren werden konnte, gerade hier, wo die Leute kreuz und quer über die Straße gingen, wie es ihnen beliebte.

Etwas nervös schlug Ralph ein schwarzes Buch mit weichem Einband von 1973 auf – das Jahr, in dem er sein Abitur gemacht hatte. Nachdem er ein wenig geblättert hatte, fand er, wonach er suchte.

8. Juni 1973

Abitur am Adolf-Fredriks-Musikgymnasium. Habe mich im Hintergrund gehalten, wollte trotzdem unbedingt sehen, wie er sich über seine weiße Abiturientenmütze freut. Erinnere mich noch gut an meinen eigenen Freudentag, damals vor vielen Jahren in Haparanda. Wie viel hat sich doch seit jenen Tagen ereignet!

Seine Eltern, Verwandte und Freunde waren natürlich da. Ralph hat vor Glück gestrahlt, und der Gesang der Abiturienten auf dem Hof des Musikgymnasiums hat herzzerreißend schön geklungen. Sein am Anschlagbrett ausgehängtes Abiturzeugnis war – wie es sich gehört – wie ein G-Schlüssel geformt.

Meine große, heimliche Hoffnung ist, dass er eine Gesangskarriere einschlägt. Doch, ach – was kann ich schon bewirken? Die Abiturmütze scheint heutzutage ja etwas aus der Mode gekommen zu sein, aber wie ich sehen konnte, hat Ralph noch eine getragen.

Nicht zu glauben! Ralph war zugleich hingerissen und empört. Was er da in Händen hielt, war nichts anderes als seine Biographie. Verfasst von einem einfachen, aber belesenen Mann aus Kuivalihavaara. Er hatte Ralphs Werdegang all die Jahre hindurch verfolgt und ihm schließlich sein ganzes Erbe zum Geschenk gemacht. Was hatte Anwältin Harryson noch gleich angedeutet: Ob er vielleicht ein Verwandter sei? Er hatte den Gedanken als abwegig vom Tisch gewischt, aber nun stieg eine Ahnung in ihm auf, dass sie damit nicht ganz falschlag.

Von weitem hörte er, wie Eric herumpolterte. Vermutlich verrückte er Schränke, guckte, wie sie dann wirkten, und skizzierte seine Ideen auf Butterbrotpapier. Ralph müsste ihn eigentlich mal fragen, wie er vorankam, konnte sich aber nicht dazu aufraffen. Aufgewühlt und voller Neugier las er weiter.

24. Dezember 1963

Habe bei Svenssons geklingelt. Es ist ja immerhin Heiligabend, und da gehe ich meistens mit einem Geschenk für den Jungen und einem Weihnachtsstern zu den Herrschaften hoch. Frau S. hat die Tür geöffnet und mich höflich begrüßt, allerdings nicht sonderlich begeistert ausgesehen. Ich habe ihr meine Geschenke überreicht. Der Junge ist höflich und macht einen fleißigen Eindruck. Habe gehört, wie Herr S. von drinnen gerufen hat, wer da sei. Sie hat erwidert: »Er ist es wieder!« So also sprechen die beiden von mir, als »Er«. Na ja, immerhin bin ich ein Pronomen.

In den Tiefen seines Gedächtnisses machte sich eine vage Erinnerung an diesen Mann breit, der stets mit Weihnachtsgeschenken auf der Türschwelle gestanden hatte. Jedes Jahr an

Heiligabend hatte er gespannt darauf gewartet, ob er wieder auftauchen würde. Ralph hatte ihn allerdings nie mit dem Mann in Verbindung gebracht, der in seinem späteren Leben seine Opernvorstellungen besucht hatte.

Die Uhr zeigte zwei Uhr nachts. Ralph goss sich den restlichen Wein ein. Er musste unbedingt mit jemandem über das Gelesene sprechen. Es war offensichtlich, dass ihn etwas mit Sigfrid verband. Er blies die Kerzen aus, nahm das Weinglas und tastete sich den Flur entlang zum Schlafzimmer. Eric schlief bereits tief und fest, das Butterbrotpapier mit den Skizzen noch in der Hand.

34

Mirjam riss die Tür auf und stürmte ins Haus.

»Hervor, das musst du dir anhören!«

Hervor saß vornübergebeugt neben dem Kamin in ihrem Schaukelstuhl und schob mit der Feuerzange die Holzscheite an die richtige Stelle, bevor sie zwei neue nachlegte.

»Komm, setz dich, hier am Feuer ist es schön warm.«

Mirjam zog den schwarzen Mantel aus, und ihre Haare lösten sich, als sie die Schirmmütze abnahm. Dann stieg sie aus den Stiefeln und zog sich ein Paar Wollsocken an. Auch wenn Hervor so leicht niemandem etwas vormachte, wenn es ums Feuermachen ging, fand Mirjam, dass der Fußboden kalt war.

Atemlos ließ sie sich auf einen Schemel gegenüber fallen.

»Erhol dich erst mal, ich kümmere mich so lange um ein warmes Getränk«, sagte Hervor und verschwand in die Küche.

Kurz darauf kehrte sie mit einer Tasse lecker nach Kräutern duftendem rötlichem Tee zurück. Mirjam nahm die Tasse dankbar entgegen und schloss ihre Hände darum.

»Mm, Johanniskraut, nehme ich an?«

Hervor nickte.

»Dann werde ich heute Nacht ja wie ein Stein schlafen.«

Vorsichtig nippte sie an dem heißen Getränk.

»Hast du immer noch genügend Kräuter? Unser Gotlandaufenthalt ist doch schon eine Weile her.«

»Wenn du wüsstest, ich hab wie eine Verrückte Kräuter gepflückt! Am besten wäre jetzt natürlich in Alkohol getränkter Baldrian, dann würdest du für mindestens vierundzwanzig Stunden selig schlummern.«

»Danke, aber das eine Mal damals in der Kapelle hat mir wirklich gereicht – auch wenn es geholfen hat. So, jetzt musst du dir aber anhören, was ich zu erzählen habe. Dein Cousin Tony, dieser Schurke, heckt irgendwas Dubioses mit dem alten Prediger aus, falls dir das was sagt.«

Während Mirjam erzählte, saß Hervor stillschweigend da und hörte ihr zu, ohne sie ein einziges Mal zu unterbrechen.

»Da laust mich doch der Affe!«, sagte sie, nachdem Mirjam fertig war. »Ich hab's gewusst! Na ja, fast jedenfalls.«

»Du wusstest es?«

Hervor schaukelte auf ihrem Stuhl leicht hin und her und kramte ein Päckchen Zigaretten aus der Tasche ihrer Tunika.

»Na ja, als ich drüben bei Ralph den Stein befühlt habe, trat mir eine gewisse Person aus meiner lieben Verwandtschaft deutlich vor mein inneres Auge.«

»Genau – Tony, das hast du damals gleich gesagt. Warum ist er nur so fies?«

Mirjam pustete in den heißen Tee.

Hervor nickte.

»Das ist nicht weiter verwunderlich. Er war noch nie besonders umgänglich, genauso wenig wie sein werter Herr Vater. Er kommt wohl nach ihm. Eine feine Verwandtschaft hab ich da!«

»Aber was ist dir sonst noch aufgefallen?«

Hervor fingerte an ihrer Zigarette herum, ihr war nur zu bewusst, dass es Mirjam lieber gewesen wäre, wenn sie sich zum Rauchen unter die Dunstabzugshaube gestellt hätte.

»Tja, weißt du«, sagte Hervor und zwinkerte ihr zu. »Es hat irgendwas mit Geistlichkeit und Gott zu tun, aber ich konnte eine derartige Schweinerei nicht mit unserem lieben Pfarrer oder Kerstin Blomkvist in Verbindung bringen.«

»Ja, das stimmt.«

Mirjams Gedanken wanderten kurz zu den beiden Geistlichen. Der Gemeindepfarrer war ein richtiges Goldstück und ein durch und durch guter Mensch; das völlige Gegenteil von ihrem Bruder Aron, der dasselbe Amt auf Gotland ausübte. Kerstin hatte Mirjam auch kennengelernt und fand sie äußerst sympathisch.

Hervor packte ihre Zigarette wieder ein, holte stattdessen eine Dose Kautabak heraus und schob sich ein Stück unter die Oberlippe. Mirjam machte große Augen.

»Gütiger Himmel, hast du etwa angefangen, Kautabak zu kauen?«

Hervor drückte den Tabak mit der Zungenspitze fest und verzog das Gesicht.

»Nicht richtig, nur manchmal, muss doch 'n bisschen umdenken, wo ich jetzt nicht mehr immer und überall rauchen kann. Wer weiß, vielleicht hör ich eines schönen Tages sogar ganz mit dem Gequalme auf.«

Das hielt Mirjam als Ärztin natürlich für eine blendende Idee und bestärkte sie darin.

»Aber zurück zur Sache, was machen wir nun mit dem Prediger?«, wollte Mirjam wissen. »Und mit Tony?«

Hervor stutzte und sah aufrichtig erstaunt aus.

»Wir? Heißt das, du bist dabei?«

Mirjam rutschte auf ihrem Stuhl hin und her und trank noch einen Schluck Tee. Das Johanniskraut tat ihr gut und entspannte sie.

»Nicht, indem ich durch Affirmationen den Tod heraufbeschwöre, das mach ich nicht! Und das weißt du auch.«

»Ja, ja, mein Gott, du kannst vielleicht Zeter und Mordio schreien! Verdammt schade, dass du deine Gaben nicht wahrhaben willst und sie endlich anwendest.«

Mirjam stellte ihre Teetasse mit einem Knall auf den Boden.

»Das hab ich doch gemacht«, schniefte sie. »Hätte ich diese idiotischen Gedanken nicht gehabt, wäre Sylve bestimmt nicht zu Schaden gekommen. Er hätte sich um seine Schweine und Ziegen gekümmert und seiner alten Mutter nur Freude gemacht.«

Sie zog ein Papiertaschentuch aus der Hosentasche und schneuzte sich. Der Gedanke, dass Vendla sich in ihrem hohen Alter jetzt alleine mit allem abmühen musste, machte sie sehr traurig.

Hervor tätschelte ihr leicht den Arm.

»Na, na, beruhige dich. Man kann nun mal nichts ungeschehen machen, es ist, wie es ist. Mensch, ich verlange ja nicht, dass du jemandem umbringen sollst, zum Teufel, wir müssen ihnen nur einen Denkzettel verpassen. Aber so weit sind wir noch nicht.«

Mirjam starrte sie ungläubig an.

»Einen Denkzettel? Doch nicht etwa wieder Voodoo? Nadeln in lächerliche Puppen stechen?«

»Wir werden sehen, worauf es hinausläuft, aber da wir jetzt wissen, wer daran beteiligt war, musst du ihnen noch ein wenig auf den Fersen bleiben, okay?«

Hervor legte den Kopf schief und versuchte, lieb dreinzuschauen. Mirjams beste Freundin war wirklich unmöglich! Aber Mirjam hatte sowieso nichts dagegen, Tony eine ordentliche Lektion zu erteilen, wo er sich doch Pia gegenüber so scheußlich benahm. Dieses Elend musste ein Ende haben.

»Ja«, stöhnte sie und schneuzte sich erneut, »wenn sie etwas ausbaldowern, müssen wir sie stoppen. Sie wollen doch wohl Ralph und Eric nicht umbringen? In welchem Jahrhundert lebt dieser Prediger eigentlich? Und Tony?«

Hervor seufzte tief.

»Im Mittelalter«, stellte sie fest. »Törmä lebt noch im Mittelalter, und Tony, ja, der hat einfach eine Scheißangst und ist furchtbar einfach gestrickt. Wie hält Pia das bloß mit ihm aus? Ich muss mich wirklich für meine Verwandtschaft schämen.«

35

Am späten Vormittag wurde Ralph von Kaffeeduft geweckt. Vor seinem Bett stand Eric mit einem Tablett, auf dem Kaffee, frisches Brot, Saft und ein gekochtes Ei standen.

»Wer schläft, sündigt nicht!«, lachte er und stellte das Tablett auf Ralphs Schoß. »Hast du vielleicht einen gesegneten Schlaf!«

Ralph rieb sich die Augen und umarmte seinen geliebten Lebensgefährten. Es ging schon auf halb elf zu, und er hatte schwer und traumlos geschlafen. In einem Zug kippte er den Saft hinunter.

»Du lieber Gott! Aber ich bin spät ins Bett gekommen, weißt du. Und du hast tief und fest geschlafen.«

Eric nickte.

»Ich war zu müde, um auf dich zu warten. Hast du in den Büchern was Interessantes gefunden?«

Eric ließ sich auf seiner Bettkante nieder und leistete Ralph bei einer Tasse Kaffee Gesellschaft. Ralph biss ein Stück Brot ab und spülte es mit Kaffee hinunter. Er nickte.

»Bin auf jede Menge interessanter Dinge gestoßen und wollte mit dir noch darüber reden. Aber es war nicht weiter schlimm, dass du schon geschlafen hast. Ich hatte zu viel Wein getrunken und hätte bestimmt nur dummes Zeug gequasselt.«

Eric lachte.

»Dann erzähl's mir doch jetzt, ich bin ganz Ohr.«

Ralph erzählte ihm von dem Mann, der seine gesamte Karriere verfolgt hatte, und Eric hörte ihm aufmerksam zu.

»Nun verstehst du, weshalb ich so erpicht darauf bin, weiterzulesen. Der alte Herr könnte ja auch ein steinreicher Verwandter sein, mit dem meine Eltern im Streit lagen – ein Onkel beispielsweise. Wenn es Unstimmigkeiten gab, hätten meine Eltern das nie zugegeben, die Fassade musste um jeden Preis gewahrt werden.«

Eric machte eine zustimmende Kopfbewegung.

»Wäre es nicht einfacher, zum Pfarramt zu gehen? In den alten Büchern ist doch jedes Detail verzeichnet, oder? Von dem Moment an, wo man ›Hallo, da bin ich‹ sagt, bis sie einem das Grab schaufeln.«

»Mag sein. Vielleicht fehlen auch Angaben, wenn die Leute umgezogen sind. Aber ich kann Pia ja fragen. Zuerst möchte ich allerdings die Tagebücher fertiglesen. Es ist nicht nur aufwühlend, sondern auch wahnsinnig interessant.«

Eric lehnte sich über das Bett und gab ihm einen Kuss.

»Tu das, und lass dir Zeit, ich habe noch genug mit meinem Kram zu tun. Muss noch mehr Handwerker einstellen. Es muss jetzt schnell gehen!«

Ralph stand auf und warf sich den Morgenmantel über. Das Frühstückstablett nahm er mit in das Zimmer, in dem die Tagebücher lagen, er konnte nicht länger warten – er musste einfach weiterlesen.

Voller Feuereifer blätterte er durch die Seiten, die die sechziger Jahre schilderten. Viele Notizen handelten von Sigfrids Studium und den Schwierigkeiten, sich der akademischen Welt anzupassen. Er hatte geglaubt, dass dort Toleranz und Menschlichkeit vorherrschten, hatte aber feststellen müssen, dass diese Welt kleingeistig und engstirnig war – also nicht so viel anders als das Leben in seinem Heimatdorf. Jeder wusste über den anderen Bescheid, selbst an der Universität. Er bewältigte trotzdem sein Studium und machte sein Examen, so dass einer Promotion nichts im Wege stand.

Daneben widmete er sich der Musik – vor allem, wenn sie etwas mit Ralph zu tun hatte. In seinen Aufzeichnungen aus den sechziger Jahren wurde Ralph zwar nicht namentlich erwähnt, sondern nur als »der Junge« bezeichnet, aber um wen sollte es sich sonst handeln?

6. Dezember 1965

Die Stockholmer Sängerknaben haben ihr alljährliches Konzert in der Adolf-Fredriks-Kirche gegeben. Ich war rechtzeitig dort, um mir einen möglichst guten Platz zu sichern. Welch herrliche, klare Stimmen die Knaben haben! Der Junge sang Maria durch ein' Dornwald *ging, und ich musste mir tatsächlich ein paar Tränen aus den Augenwinkeln wischen. Welch eine Stimme! Was könnte nicht alles aus ihm werden. Wenn er bloß nicht das Singen aufgibt. Als wir aus der Kirche kamen, nickte ich dem Ehepaar Svensson zu.*

Ralph konnte sich noch daran erinnern. Er war damals neun gewesen und hatte sich in der Situation nicht sonderlich wohl gefühlt, weil er zuvor noch nie Solist gewesen war. Sein Vater und seine Mutter hatten ganz vorne gesessen und achteten auf jeden Ton, jede unsaubere Artikulation. Wenn er Fehler machte, würde sein Vater ihn abends zu Hause sicherlich darauf ansprechen. Aber er hatte nichts falsch gemacht. Seine klare Jungenstimme schien geradewegs in die Herzen der Zuhörer gedrungen zu sein, nicht nur in Sigfrid Rautios. Mit seiner kurzen Bemerkung »Lief gut« zollte ihm sein Vater große Anerkennung. Im Nachhinein musste Ralph zugeben, dass die uneingeschränkte, wenn auch schroff wirkende

Unterstützung seiner Eltern seine Karriere gefördert hatte. Die Herausforderung bestand darin, dass sie eines schönen Tages aufstehen und applaudieren würden und er ihnen zeigte, was in ihm steckte, ja, dass er sie in seinem Können sogar übertraf.

Ralph goss sich neuen Kaffee ein – der alte war mittlerweile kalt geworden – und blätterte weiter. Heute wollte er erst vor die Tür gehen, wenn er die Tagebücher zu Ende gelesen hatte. Durchs Fenster betrachtete er den düsteren, grauen Himmel. Im Supermarkt herrschte ein reges Kommen und Gehen, und auf dem Parkplatz davor standen mehrere Autos. Er sah, wie Alva aus der Ladentür kam und Streusalz auf die vereisten Stellen warf. Es war kalt, aber noch erhellten keine leuchtend weißen Schneewehen die Umgebung.

Ralph schlug eines der letzten Bücher von Sigfrids umfangreicher Sammlung auf, das die fünfziger Jahre behandelte. Er arbeitete sich durch die Hitzewelle von 1959 und Ingemar Johanssons Boxkampf, der bestimmt niemandem entgangen war, noch nicht einmal Sigfrid. Ralph konnte sich allerdings nicht mehr daran erinnern. Langsam las er weiter, von vorne nach hinten, bis zu der Stelle, wo es Sommer in Kuivalihavaara wurde. Er setzte dort mit dem Lesen ein, wo der Sommer seinen Anfang nahm.

25. Juni 1955

In der hellen Mittsommernacht haben wir ausgelassen gefeiert. Leider hat es ausgerechnet in dieser Nacht eine riesige Mückeninvasion gegeben! Warum müssen die Insekten immer unbedingt auf einmal kommen? Wir – ein paar Jugendliche aus dem Hotel – sind zur Insel hinausgerudert, weil wir unerwartet freibekommen haben. Schön sahen wir und die Mädchen nicht gerade aus, weil wir uns alle mit Birkenteer eingerieben und eine ganz braune Haut hatten und nach Pech rochen. Gunborg, Saima und Gerda waren dabei, und Elsa, obwohl sie fast ein bisschen zu jung für uns ist. Olavi Törmä hatte sich tatsächlich auch von zu Hause loseisen können. Er wird von seinen Eltern bestimmt einen ordentlichen Rüffel bekommen. Was dann auf der Insel geschehen ist, wage ich nicht zu erzählen!

Ralph legte das Tagebuch in den Schoß und starrte ins Leere. Ein paar Jugendliche aus dem Hotel. Damit war doch bestimmt der alte Kasten gemeint? Und Gerda war dabei gewesen. Er musste unbedingt mit ihr reden und herausfinden, woran sie sich noch erinnern konnte. Vielleicht wusste sie ja, wer die anderen waren: Gunborg, Saima und Elsa. Und Olavi Törmä – hieß so nicht der Mann, der kurz nach Ralphs Ankunft in Kuiva bei ihm aufgekreuzt war und den Eric auf dem Flugplatz gesehen hatte? Ralph hatte eigentlich damit gerechnet, dass er noch einmal wiederkommen und auf das Uferstück für sein Gebetshaus Anspruch erheben würde. Aber bislang war nichts dergleichen passiert.

Die Jugendlichen schienen trotz der harten Arbeit im Hotel eine unbeschwerte Zeit verbracht zu haben. Sie waren ausgelassen und hatten sich mit den Mädchen verabredet, waren mit ihnen im Boot auf dem Fluss unterwegs oder machten ein Lagerfeuer. Jemand spielte Mundharmonika, und sie tanzten auf einer bewaldeten Anhöhe. Stets derselbe Haufen, nur dass Olavi Törmä nicht immer dabei war. Doch als der Sommer zu Ende ging, folgte eine schmerzliche Zeit. So hatte Sigfrid sich das nicht vorgestellt. Das ging aus einer verwirrten und traurigen Notiz aus dem Spätsommer hervor, in der er seine innersten Gefühle bloßlegte.

18. August 1955

Sie geht fort! Dabei war ich felsenfest davon überzeugt, dass wir zusammengehören, aber jetzt geht sie nach Stockholm, um dort in einem Haushalt zu arbeiten. Und das so plötzlich! In einem Jahr mache ich Abitur – ich kann die Schule nicht abbrechen. Ich sie vergessen? Wie soll mir das jemals gelingen? Welche Bürde uns dieses Leben doch auferlegt!

Dieser Eintrag vom achtzehnten August war der letzte in jenem Jahr. Wahrscheinlich war er mit Lernen beschäftigt. Erst im Frühjahr darauf begann Sigfrid wieder mit seinen täglichen Aufzeichnungen.

20. April 1956

WICHTIG! Habe heute einen kurzen Brief von ihr erhalten, in dem sie mich ermahnt, kein Wort darüber zu verlieren und keinen Kontakt aufzunehmen. Der Junge ist zu einer Familie S. aus Stockholm gekommen. Nett von ihr, dass sie mir immerhin das mitteilt. Meine Lippen sollen mein Leben lang versiegelt bleiben. Das habe ich ihr hoch und heilig versprochen, um zu erfahren, wo er ist. Vater unbekannt ist nun in den Kirchenbüchern verzeichnet. Ich bin zu einem NICHTS degradiert worden! Und in zwei Wochen habe ich mündliche Prüfungen. Wie soll ich das bloß schaffen?

Ralph schlug das Tagebuch zu und blickte gedankenverloren aus dem Fenster. Es hatte endlich zu schneien begonnen, und es fielen dicke Flocken. Der »schwarze Winter«, wie die Dorfbewohner die dunkle und kalte Jahreszeit vor dem Schnee nannten, hatte dem richtigen, dem »weißen Winter« Platz gemacht.

36

Ralph hatte ein eingehendes Gespräch mit Eric geführt, der sofort erkannte, wie schwerwiegend sein Freund hintergangen worden war. Ralph war in seinen Grundfesten durch ein paar schlichte Worte zutiefst erschüttert worden. Hatten seine Eltern, die er sein Leben lang Mama und Papa genannt hatte, wirklich gedacht, dass die Wahrheit niemals ans Licht käme? Und wie waren sie in der Lage gewesen, diese große Lebenslüge zu schultern?

»Man muss den Kindern immer gleich reinen Wein einschenken«, meinte Eric. »Früher oder später kommt die Wahrheit sowieso raus.«

Ralph fühlte sich wie betäubt – von allem abgeschnitten und nicht in der Lage, auch nur einen einzigen klaren Gedanken zu fassen. Wie sollte er mit den neuen Lebensumständen fertig werden? Sigfrid war kein entfernter, kinderloser Verwandter, wie er zunächst angenommen hatte, als er mit dem Lesen der Tagebücher begonnen hatte. Stattdessen hatten sie ihm die Augen geöffnet und eine unbequeme Wahrheit ans Tageslicht gebracht. Ob die neue Erkenntnis nun erfreulich war oder nicht, konnte er zum jetzigen Zeitpunkt noch nicht beurteilen.

»Die Reaktion darauf kann auch später erfolgen«, erläuterte Eric ihm ruhig. »Dann können wir uns damit auseinandersetzen. Du brauchst jetzt erst mal Zeit, um alles in Ruhe zu verarbeiten.«

Ralph nickte und entschied sich dafür, an die frische Luft zu gehen. Er musste sich wieder beruhigen. Dass Sigfrid sein Vater war, daran bestand kein Zweifel – aber wer war seine leibliche Mutter? In den Tagebüchern hatte er nichts gefunden, als er hektisch die restlichen Seiten durchgeblättert hatte. Aber es musste eines der Mädchen sein, die im Hotel gearbeitet hatten. Vielleicht konnte er ja Gerda fragen, er hatte ein gutes Verhältnis zu ihr. Oder Tante Uhv, sie hatte ihm schließlich die Tagebücher gegeben, auch wenn sie eher schroff war und er nie so recht wusste, woran er bei ihr war.

Weil sie keinen Wein mehr hatten, ging Ralph zum Supermarkt und fragte das Mädchen an der Kasse.

»Sie wollen Alkohol bestellen? Gehen Sie einfach dort rüber, wo der Pausenraum ist, da, neben der Milch.«

Neben der Milch stand Alva und schnitt für Jon Johannes aus Idivuoma, der von weit her kam und auf Geschäftsreise war, *Prickigkorv,* eine Art Mettwurst, auf. Sie winkte Ralph zu und gab ihm ein Zeichen, dass er warten sollte.

Jon Johannes ließ sich Zeit, er wollte einen kleinen Plausch mit Alva halten, sie umarmen und am liebsten quer über die Theke nach ihren Brüsten grabschen, doch sie wich ihm immer wieder elegant aus.

»Ein Stückchen Käse, so, so, nimm Opas Brännvinsost, der ist lecker, und wir haben ihn gerade erst ins Sortiment genommen. Genau, Branntwein. So, jetzt aber ab mit dir!«

Sie lachte und strich sich eine Haarsträhne hinters Ohr, als sie endlich Zeit für Ralph fand.

»Achtung, Überfall, und das noch quer über die Ladentheke«, sagte Ralph und schaffte es irgendwie, einen amüsierten Gesichtsausdruck aufzusetzen.

Er musste nach den erschütternden Tagebuchaufzeichnungen erst einmal auf andere Gedanken kommen.

»So ist das manchmal, aber Jon Johannes ist harmlos. Kommt einmal im Monat vorbei. Für ihn ist das was Besonderes.«

»Verstehe. Kann ich eigentlich Wein bei dir ordern?«

»Natürlich, ich hol eben die Liste, dann kannst du sie ausfüllen.«

Als sie ihm die Bestellliste herüberreichte, sah sie ihn besorgt an.

»Wie blass und müde du aussiehst, geht's dir nicht gut?«

Er holte einen Stift aus der Brusttasche.

»Doch, doch, hab bloß die halbe Nacht wach gelegen und gelesen, das ist alles.«

Sie nickte ihm freundlich zu und drängte nicht weiter in ihn. Ralph blätterte im Spirituosenkatalog, notierte sorgfältig seine Bestellung und gab sie Alva.

»Prima! Morgen kannst du wieder vorbeikommen. Die gängigen Sorten kommen mit dem Ein-Uhr-Bus, wenn du etwas Ausgefalleneres bestellt hast, kann's allerdings ein paar Tage dauern.«

»Sieht ganz so aus, als würde es in diesem Fall dauern, aber ich schaue morgen wieder rein und erkundige mich«, antwortete Ralph.

»Schön, dass es endlich schneit, nicht?«, meinte Alva und wies zum Schaufenster.

Er nickte.

»Ja, wirklich. Alles wird weiß und hell und irgendwie leichter. Bis morgen!«

Ralph ging und dachte, wie weit man in diesem Landesteil vorausplanen musste. Die Tageszeitung einen Tag später, auf bestimmte Weinsorten musste man mehrere Tage warten. Und doch lag Kuivalihavaara im modernen Schweden. Wie sah es wohl in anderen Bereichen aus, beispielsweise bei der Krankenpflege und der Polizei? Wie schnell konnten sie überhaupt vor Ort sein, wenn ein Unglück geschah? Es tat gut, solche alltäglichen Überlegungen anzustellen, seine in Unruhe versetzte Seele brauchte eine Auszeit.

Natürlich hatte Ralph einen bestimmten Grund, warum er bei Gerda vorbeischaute. Bevor er eintrat, fegte er den Neuschnee von ihrer Treppe und putzte sich die Schuhe ab. Innerhalb weniger Stunden waren um die zehn Zentimeter Schnee gefallen.

Er wollte unbedingt erfahren, was im Sommer 1955 – das Jahr, bevor er das Licht der Welt erblickte – passiert war. Vielleicht wusste sie etwas über Sigfrid und die anderen Jugendlichen, insbesondere wer bei den Mittsommerfeierlichkeiten dabei gewesen war.

Er genoss es, in Gerdas Küche zu sitzen und sich mit ihr zu unterhalten. Mit ihr verband ihn eine ungeahnte Vertrautheit, eine Art selbstverständliches Zusammengehörigkeitsgefühl. Sie fragte ihn oft nach Sigfrid, wollte alles über ihn wissen. Wie hatte es bei ihm zu Hause ausgesehen? Mit wem war er befreundet gewesen? War er schon alt und grau, als er starb? War er anständig gewesen, sprich, hatte er gesoffen oder nicht? Auf die meisten Fragen wusste Ralph keine Antwort, aber wenn das Gesprächsthema auf Sigfrid kam, glaubte Ralph in Gerdas Augen ein Aufleuchten zu sehen. Er musste es einfach wissen, musste es aus ihr herauslocken. Doch wie?

Offenbar hatte Sigfrid die Herzen höherschlagen lassen – zumindest Gerdas.

Gerda servierte ihm Kaffee, nahm ihm gegenüber Platz und fuhr fort, Stoffstreifen für ihre Flickenteppiche zuzuschneiden.

»Im Dorf wird so einiges über euch geredet«, meinte Gerda. »Du sollst aber wissen, dass ich dem keinen Glauben schenke.«

»Was denn?«, fragte er abwartend, »was für Gerede meinst du?«

Sie hielt einen Augenblick inne und sah ihm fest in die Augen.

»Na, dass ihr keine echten Männer seid und so. Aber wer Augen im Kopf hat, sieht doch gleich, dass da nichts dran ist. Was die Leute für einen Dreck zusammenfaseln, die sollten sich was schämen, solche Unwahrheiten in Umlauf zu bringen!«

Ralph zuckte die Schultern, nahm sich vom kaffeost und ließ vorsichtig ein paar Stücke in seinen Kaffee fallen. Auch wenn er eigentlich nach nichts schmeckte, war es lustig, Kaffee mit Käsestückchen zu trinken. Worauf Gerda mit ihren Andeutungen hinauswollte, war ihm klar, aber er verspürte nicht die geringste Lust, ihr gerade jetzt sein Verhältnis zu Eric zu erläutern und mit ihr darüber zu diskutieren. Mit der Zeit würde auch sie die Wahrheit erfahren, jetzt aber wollte er ihr eine ganz andere Wahrheit entlocken.

»Wie geht's dir, Ralph?«, fragte sie ihn freundlich. »Ich finde, du siehst erschöpft aus.«

Ralph wischte sich mit seinem Taschentuch den Mund ab. Gerda war schon die Zweite innerhalb einer Stunde, die ihm diese Frage stellte.

»Ach, ich bin einfach ein bisschen müde, wir haben jede Menge zu tun, und ich lese immer bis tief in die Nacht hinein.«

Gerda nickte verständnisvoll.

»Jetzt, wo der weiße Winter kommt, wird es besser, du wirst schon sehen. Das baut einen wieder auf.«

Er nickte und betrachtete das dichte Schneetreiben in der nachmittäglichen Dämmerung. Wenn es so beharrlich weiterschneite, musste er heute Abend mit Eric Schnee schippen. Natürlich nur, sofern Eric nicht längst jemanden dafür eingestellt hatte – der Platz vor dem Hotel war groß.

»Wie nett, dass du so einen guten Kumpel wie Eric hast!«, fuhr Gerda fort. »Hans Dampf in allen Gassen, das muss ich sagen, ein ganzer Kerl!«

Wenn sie bloß wüsste, wie viel Wahres an dem Klatsch ist, dachte Ralph. Kumpel war sicher nicht die Bezeichnung, die Eric vorschwebte.

»Du«, begann er, »ich fände es interessant, mehr über das Hotel zu erfahren. Du hast doch in deiner Jugend da gearbeitet, oder?«

Gerda schnitt den Streifen ab und wickelte ein langes, schmales Stoffstück zu einem Ball zusammen, den sie in einen Korb auf dem Tisch legte. Dann setzte sie erneut die Schere an und schnitt Streifen ab.

»Ja, stimmt, ich habe dort als junges Mädchen ein paar Sommer lang gearbeitet. Das war eine ziemliche Schufterei, Betten beziehen, putzen und so, aber wir hatten auch unseren Spaß!«

Sie hielt kurz mit dem Zuschneiden inne und trank einen Schluck Kaffee, bevor sie weitersprach.

»Tja, das war, bevor der Ernst des Lebens begann und ich erwachsen wurde – eine sorgenfreie und lustige Zeit, bis ... ach, nichts.«

Er bemerkte, dass ihr Lächeln einem bekümmerten Stirnrunzeln wich. Es war nicht zu übersehen, dass sie etwas bedrückte.

»Ich habe doch das Kind gefunden, kannst du dich vielleicht in dem Zusammenhang an irgendwas erinnern?«

Sie sah von ihrer Handarbeit auf und warf ihm einen wütenden Blick zu.

»Nein, kann ich nicht. Und ich finde, dass man solche

alten Angelegenheiten ruhen lassen sollte, das bringt nur Kummer.«

Gerda fuhr fort, den Stoff zuzuschneiden. Ralph schwieg. Es war dumm von ihm gewesen, mit dieser Geschichte anzufangen, wo er doch eigentlich etwas ganz anderes von ihr wissen wollte. Die Kinderleiche war ein heikles Thema, die Frage war bloß, in welcher Hinsicht.

»Gerda«, wagte er nach einem Moment zu fragen, »wann hast du eigentlich Kinder bekommen und geheiratet? Wie alt bist du da gewesen?«

Sie rutschte mit der Schere ab und schnitt daneben.

»Verflixt, jetzt hab ich mich verschnitten! Was hast du gefragt?«

Ralph zeichnete mit einem Fingernagel unsichtbare Strichmännchen auf die Wachstuchdecke.

»Ich habe nur gefragt, wann du Kinder bekommen und geheiratet hast.«

Sie antwortete nicht, und er wollte sie auch nicht drängen. Flink und energisch wickelte sie ein weiteres farbenfrohes Knäuel auf.

»Bevor ich geheiratet habe, hatte ich schon einen kleinen Jungen geboren«, sagte sie schließlich, und ihre Stimme hatte einen weichen Ton angenommen.

Ralph zog die Hand von der Wachstuchdecke weg.

»Aber ich konnte nur einen kurzen Blick auf ihn werfen, bevor sie ihn mir weggenommen haben. Er war so süß!«

Sie griff nach einem Stück Zucker und schlürfte Kaffee. Ralph schwieg, während sein Herz flatterte. War sie vielleicht die, nach der er suchte? Er wagte es nicht zu fragen, vielleicht würde ja noch mehr kommen. Die Uhr tickte. Der Kühlschrank brummte. Die Schere und die Stofffetzen ruhten auf ihrem Schoß, und sie blickte gedankenverloren vor sich hin. Ralphs Hand zitterte, als er die Tasse hob. Er wollte mehr fragen, wollte alles über das Mittsommerfest von 1955 wissen. Welches Mädchen hatte Sigfrid nicht vergessen können? Waren er und Gerda ein Paar gewesen? Hatte man ihren Sohn weggegeben? Sein Magen zog sich zusammen.

»Und was ist aus dem Jungen geworden?«

Draußen auf dem Hof erklang ein Motorengeräusch, und Autoscheinwerfer zerschnitten den Moment der Intimität. Er hörte, wie eine Autotür zugeschlagen wurde. Gerda sah aus dem Fenster, und ein Lächeln erhellte ihr Gesicht.

»Na, da schau an«, sagte sie, »Tony kommt! Ob die Jagd wohl erfolgreich gewesen ist?«

Ralph ließ die Schultern sinken. Der magische Moment war vorbei, und ihn verließ jegliche Lust, noch länger zu bleiben. In seinem Kopf drehte sich alles, als ihm ein Gedanke durch den Kopf schoss – dass ihr flegelhafter Sohn eventuell sein Halbbruder sein könnte. Er stand auf und knöpfte den Mantel zu.

»Willst du etwa schon gehen? Bleib doch noch, dann kannst du dich mit Tony unterhalten.«

»Na ja, ich habe eigentlich keine Zeit, warte auf einen Anruf aus Stockholm, die Oper«, flunkerte er hastig, während er sich fragte, woher Tony die Zeit zum Jagen nahm, wo er doch eigentlich im Hotel sein und arbeiten sollte.

»Na, schäkert da nicht unser Opern-Weichei mit meiner Mutter? Was für 'ne Überraschung!«

Tony kam herein und schmiss einen Auerhahn auf den Küchentisch, so dass Federn durch die Luft flogen.

»Auerhahn, Mutti, na, wenn das nichts ist, was!«

Gerda klatschte vor lauter Begeisterung in die Hände und lachte laut.

»Nein, Auerhahn! Das gibt ein Fest! Ralph, komm am Sonntag, dann gibt's Auerhahn. Und bring Eric mit.«

Ralph wich zur Tür zurück und nickte Gerda freundlich zu.

»Ja, tu das, Ralphi!«, tönte Tony. »Mal sehen, ob du Manns genug bist, 'n bisschen Hagelschrot zu schlucken.« Sein Lachen war noch zu hören, als Ralph nach draußen in die Kälte verschwand.

37

Dunkelheit, Schnee und Kälte griffen um sich und hüllten Kuiva ein. Genauso wie das Geräusch vorbeifahrender Autos dämpfte der Schnee das lautstarke Gerede und das Gelächter an den Straßenkreuzungen.

Bereits in zwei Tagen war der zweite Advent. Es würden noch viele Tage vergehen, bis die Sonne zurückkehrte und sich über den Horizont erhob.

»Zur Hölle aber auch«, murmelte Tante Uhv, als sie am Vormittag kurz ihr Strickzeug beiseitelegte, um auf die Straße zu gucken. »Bei allen Geistern, was ist denn das für ein riesiges Tamtam?«

Neugierig spähte sie auf den Menschenauflauf vor ihrem Fenster. Das Auto vom Lokalfernsehen *Nordnytts* erkannte sie wieder. Ein Mann mit einer Kamera auf der Schulter kam auf Ralph zu, der auf der Straße stand und vor Kälte zitterte. Er tat ihr unendlich leid. Was hatte er nicht alles für Schicksalsschläge in der letzten Zeit erleiden müssen. Zuerst die Leiche im Keller und dann das bösartige Gerede – aber davon wusste er vielleicht nichts. So war es meistens mit dem Kuiva-Radio, die anderen wussten mehr als man selbst. Sie musste sich beeilen, um das Weihnachtsgeschenk für ihn fertigzustricken. Gerda sollte sich ja nicht einbilden, dass sie die Einzige war, die sich mit ihrem ewigen Mjukbröd bei ihm einschmeicheln konnte. Als ob er ihr Sohn wäre!

Neben Ralph stand sein Freund Eric. Er sah auch nicht übel aus, auch wenn die beiden etwas anders waren. Aber das störte sie nicht weiter. Sie hatte in der letzten Zeit nicht viel von Ralph gesehen. Ob er inzwischen die Tagebücher gelesen hatte? Gut, sie wusste natürlich nicht, ob die Wahrheit drinstand, aber Ralph hatte auf jeden Fall die Gelegenheit bekommen, seinen Vater besser kennenzulernen, und das gönnte sie ihm von Herzen. Ihn zur Eile antreiben wollte sie nicht, es war alles schon schwer genug. Würde er jemals verstehen, weshalb sie damals so gehandelt hatte, und ihr vergeben können?

Eric hatte sie schon im Dorf getroffen und ihn gegrüßt, aber das war auch schon alles. Wie unnötig sich Gerda über den Klatsch aufregte, dass sie homosexuell seien. Tja, Homosexualität konnte Gerda nicht billigen, obwohl sie das Problem auf ihre Weise gelöst hatte, indem sie den Gerüchten keinen Glauben schenkte. Denn sie hatte Ralph vom ersten Augenblick an ins Herz geschlossen, und er durfte mit nichts belastet werden, was nach ihrer Auffassung seiner Person schaden konnte. In ihren Augen waren Ralph und Eric gute, anständige Jungs. Auch wenn sie wohl kaum noch Jungs waren, sondern vielmehr in ihren besten Jahren, mit jeder Menge Erfahrung.

Die *Norrländskan* war anscheinend auch da, ihr Wagen stand auf der anderen Straßenseite. Tante Uhv erkannte diesen Journalisten mit der schwarzen Lederjacke und den schwarzen Lederhosen wieder. Er war vor langer Zeit hier gewesen, um über die Pläne wegen des Flüchtlingslagers zu schreiben. Wenn überhaupt jemand anders aussah, dann ja wohl der! Er hatte einen Pferdeschwanz und trug Ohrringe und war von Kopf bis Fuß in Leder gekleidet – aber über ihn verlor natürlich niemand ein böses Wort. Brrr, wie fürchterlich er aussah, da waren Ralph und Eric doch weitaus ansehnlicher.

Sie trat für einen Moment vom Fenster zurück, um sich Kaffee aufzuwärmen und eine Zigarette zu rollen. Weil sie aber nichts verpassen wollte, war sie schnell wieder zurück auf ihrem Aussichtsposten. Der blondierte Heuhaufen war natürlich auch da und begaffte den Aufruhr. Man konnte meinen, dass sie anderes zu tun hatte, als dumm rumzustehen und zu glotzen – Sirkka Nilssons Haushaltshilfe war schließlich so schlicht, dass es für zwei Haushaltshilfen reichte. Ja, was war das denn? Da kam auch noch der bedauernswerte Tropf an, er wollte doch wohl nicht mit dem Tretschlitten mitten durchs Getümmel fahren? Tante Uhv stieß ihr Fenster auf, und eine kräftige, kalte Windböe schlug ihr entgegen.

»Östen! Dreh um! Fahr nach Hause zu deiner Mutter, lass die Kirche heut Kirche sein! Hör auf das, was Tante Uhv sagt, kehr um. Beeil dich!«

Gerda und Pia waren gemeinsam im Dorf unterwegs. Langsam fuhren sie nebeneinanderher, während sie sich im Gleichtakt auf dem Tretschlitten abstießen und plauderten.

»Wie läuft es für Tony auf der neuen Arbeit?«, fragte Gerda und nickte zum Hotel hinüber.

»Gut, wie es scheint. Zumindest schläft er nachts wie ein Bär. Ich glaube, dass Eric ihn und die anderen Handwerker ganz schön hart rannimmt. Es eilt sicher, weil mehr Arbeit anfällt als zunächst erwartet.«

Tony war in der letzten Zeit tatsächlich ruhiger geworden, und er war schon lange nicht mehr auf sie losgegangen. Zwar murrte er abends öfter, dass es Mist sei, für Tunten arbeiten zu müssen, aber blaugemacht hatte er nur an dem Tag, an dem er den Auerhahn geschossen hatte. Weil Gerda sich so wahnsinnig darüber gefreut hatte, hatte Pia ihm das nicht vorgehalten. Vielleicht würden sie ja trotz allem zusammen ein schönes Weihnachtsfest verbringen.

Vor dem Supermarkt und dem Hotel waren Leute aus dem Dorf zusammengelaufen. Pia und Gerda blieben einen Moment stehen und verfolgten, wie *Nordnytts* Aufnahmen machte und Ralph und Eric interviewt wurden.

»Nein, jetzt muss ich aber weiter, habe noch was für Saima zu erledigen«, sagte Gerda einen Augenblick später. »Und außerdem hab ich von ihrem Fenster noch einen viel besseren Ausblick auf dieses Spektakel.«

Pia wandte ihren Blick von der Fernsehkamera ab und drehte sich zu Gerda um.

»Saima? Wer ist denn das?«

Der Name klang in Pias südschwedischen Ohren eigenartig.

»Na, Saima Uhv natürlich.«

»Saima Uhv? Heißt Tante Uhv Saima? Saima Uhv?«

Pia kam sich vor wie ein begriffsstutziger Papagei.

»Na und ob, Gott, kannst du nerven!«

»Hab ich noch nie gehört.«

»So, so, wer's glaubt, wird selig.«

»Und sie und Eilert sind Geschwister, oder?«

»Du liebe Güte, Pia, was stellst du denn für dumme Fragen! Du weißt doch, dass sie Geschwister sind. Hast du etwa mitten im Winter einen Sonnenstich bekommen?«

Gerda betrachtete sie mit einer überlegenen Miene, die man nur aufsetzt, wenn man weiß, dass das Gegenüber vollkommen verwirrt ist. Und genau so fühlte sie sich auch.

»Ja, äh, oder besser gesagt, nee. Mir ist da nur was durch den Kopf gegangen. Ich muss jetzt zur Arbeit. Wart's nur ab, wenn du noch länger bleibst, kommst du vielleicht sogar ins Fernsehen!«

Pia gab ihrer Schwiegermutter einen aufmunternden Klaps auf die Schulter.

»Schluss jetzt! Ich alte, hässliche Frau und ins Fernsehen! Jetzt reicht's aber, ich geh zu Tante Uhv. Tschüsschen.«

Schwerfällig schwang die Tür zum Archiv auf, und Pia betrat den kleinen, muffigen Raum. Diesen Namen, Saima, hatte sie den nicht irgendwo gelesen, als sie auf Eilerts Wunsch hin nach Dorfbewohnern gesucht hatte, die weggezogen waren? Das musste irgendwo in den Akten aus den fünfziger Jahren gewesen sein. Sie fand Tante Uhvs Meldeakte und suchte den entsprechenden Verweis im Geburten- und Taufregister, das sie auf dem Schreibtisch ausbreitete. Ihr Zeigefinger fing an zu zittern, als in den verschnörkelt geschriebenen Zeilen die Wahrheit zutage trat. Sie hörte Kerstin Blomkvist ins Pfarramt kommen und schlug rasch das Buch zu. Nicht, dass es etwas ausgemacht hätte, Kerstin oblag ebenfalls der Schweigepflicht, aber Pia wollte nicht den Eindruck erwecken, dass sie herumschnüffelte.

»Wirst du auch bei der Trauerfeier dabei sein?«, fragte Kerstin sie.

Pia nickte. Die Ermittlungen wegen der Kinderleiche waren mittlerweile eingestellt worden, und der kleine unbekannte Junge sollte endlich begraben werden. Kerstin hatte ein paar Leute aus dem Dorf gebeten, bei der Beerdigung dabei zu sein, damit die Beisetzung nicht gar zu trostlos wurde.

Hervor und Mirjam stemmten sich gegen den Wind. Unzählige große Schneeflocken fielen vom Himmel und drangen bis in den letzten Winkel ihrer Kleidung. Um sich zu schützen, hatte Mirjam die Kapuze ihrer neuen Daunenjacke hochgeschlagen und die Kapuzenschnur fest zugezogen. Hervor hatte sich ein großes gewebtes Tuch um Haare und

Schultern gewickelt. Seit einer Woche schneite es ununterbrochen, so dass sie ständig auf dem Hof Schnee schippen mussten, auch wenn sie sich abwechselten.

»Mensch, jetzt müsste man 'ne Burka haben«, rief Hervor, während ihnen der Wind um die Ohren heulte.

Mit lautem Getöse fuhr ein Schneepflug an ihnen vorbei – ein hoffnungsloses Unterfangen, hatte der Wind doch schon innerhalb einer Minute den Schnee wieder auf die Straße geweht und zu neuen Haufen aufgetürmt.

»Armes Kind!«, schrie Mirjam. »Stürmisch war seine Ankunft auf Erden – wann immer sie auch war –, und stürmisch wird auch seine Himmelfahrt.« Hervor konnte nur nicken.

Als die Pfarrerin angerufen hatte, um sie zu fragen, ob sie zur Trauerfeier kommen wollten, hatten sie selbstverständlich eingewilligt. Nach der Untersuchung der sterblichen Überreste stand fest, dass die Leiche ungefähr fünfzig Jahre alt war und dass keinerlei Hoffnung bestand, zu erfahren, wer das Kind im Keller abgelegt hatte. Die Strafe war sowieso schon lange verjährt, aber der Junge sollte bestattet werden und ein ehrenvolles Begräbnis erhalten.

»Moses«, schrie Mirjam.

»Was hast du gesagt?«, rief Hervor zurück.

Sie hatten endlich die Kirchenstufen erreicht, drückten inmitten des tosenden Windes die Kirchentür auf und retteten sich vor dem Schneesturm ins Innere.

»Moses, hab ich gesagt«, sagte Mirjam gedämpft, »so sollten wir ihn nennen. Auch wenn Ralph ihn nicht im Schilf gefunden hat, so hat er ihn immerhin gefunden. Hallo, Ralph! Hi, Eric!«

Eric und Ralph traten auch gerade ein und trampelten sich im Vorraum den Schnee von den Füßen. Gemeinsam gingen sie hinein und nahmen rings um den winzigen Sarg, der im Chor stand, Platz.

Mirjams Blick schweifte durch die Kirche. Selten waren so wenige Menschen bei einer Beerdigung wie bei der des kleinen Moses. Abgesehen vom Kirchendiener, der am entgegengesetzten Ende des Mittelganges mit den Liederbüchern beschäftigt war, saß nur Pia ganz vorne auf einer Bank. Aber da schwang die Tür auf, und zwei ältere, schneebedeckte Damen kamen herein. Sie klopften sich den Schnee von Mütze und Kleidung, bevor sie leise auf eine Bank in der Mitte rutschten. Die eine nahm ihre beschlagene Brille ab, putzte sie mit einem Taschentuch, das sie aus ihrem Pulliärmel zog, und setzte sie wieder auf. Mirjam nickte ihnen freundlich zu, sie freute sich, dass Tante Uhv und Gerda ebenfalls gekommen waren.

Kerstin Blomkvist begrüßte sie.

»Wie schön, dass ihr kommen konntet«, sagte sie. »Auch wenn das Kind schon lange tot ist, ist es immerhin ein kleiner Mensch, der von nun an nicht mehr einsam sein muss.«

»Nenn ihn Moses«, flüsterte Mirjam Kerstin zu, »bitte!«

Kerstin nickte.

»Wir haben uns hier versammelt, um Abschied von Moses zu nehmen und ihn in Gottes Hände zu übergeben«, begann sie.

Mirjam warf zufällig einen Blick auf Hervor und merkte, dass sie überhaupt nicht bei der Sache war. Ihr Blick wanderte von Ralph zu Gerda und Tante Uhv und wieder zurück zu Ralph. Mirjam stieß sie leicht in die Seite, so dass sie zusammenzuckte. Sie schenkte Mirjam ein seltsames, leises Lächeln.

Bei Hervor war wirklich Hopfen und Malz verloren, selbst bei einer Beerdigung war sie mit ihren Gedanken woanders. Was ging ihr nur durch den Kopf?

Weil nur wenige Trauergäste da waren, saß der Kantor am Klavier. Er intonierte das Lied einmal, bevor sie gemeinsam den Gesang anstimmten. Mirjam hatte das Lied auswählen dürfen und sich schließlich an ein hübsches Kinderlied erinnert, das sie einst von ihrer Lehrerin in der Sonntagsschule gelernt hatte. Hervors durchdringende, tiefe, vom Rauchen heisere Stimme mischte sich mit Erics und Ralphs wohlklingendem Gesang. Aus dem hinteren Teil des Kirchenschiffs hörte Mirjam Tante Uhv und Gerda mitsingen und Pias Stimme und die des Kirchendieners.

Dieses Kind ist noch zu klein,
weiß noch nichts von Gottes Güte.
Dennoch – unser Kind ist sein –,
und wir bitten Gott: Behüte!

Kerstin sprach so persönlich wie möglich über Moses, das kleine Findelkind, und nahm dann die Aussegnung vor.

Sie erhoben sich, und Mirjam nahm jeweils Hervors Hand in die eine und Ralphs in die andere Hand. Eric hatte ebenfalls nach Ralphs Hand gegriffen, so dass sie eine Kette um den Sarg bildeten, um Moses auf seinem letzten Weg beizustehen. Dreimal ließ Kerstin eine Handvoll Humus auf den Sarg hinabregnen.

»Du gabst ihm das Leben. Hinaus, wohlan zum letzten Gang. Der Weg ist kurz, die Ruh' ist lang. Und der Friede Gottes, welcher höher ist als all unsere Vernunft, bewahre unsere Herzen und Sinne in Christo Jesu.«

»Adieu, kleiner Moses«, sagte Mirjam und knickste vor dem Sarg, als sie Abschied nahm. »Kein Kind sollte ohne Vater und Mutter sein.«

Ralph wischte sich mit dem Taschentuch eine Träne ab.

Der Kantor spielte das Pilgrimslied *Herrlich ist die Erde,* woraufhin Eric den Sarg nahm und sie langsam zum Auto gingen, um die letzte Etappe zum Friedhof anzutreten.

Hervor hatte Moses das Grab ihrer Eltern zur Verfügung gestellt, so dass er nun bei einem Vater und einer Mutter zur letzten Ruhe gebettet werden konnte – wo sich zumindest die Mutter gut um ihn kümmern würde.

»Bei meinem Vater weiß ich nicht so recht«, brummte Hervor.

Nach der Beerdigung versammelten sich die wenigen Gäste zu einem schlichten Begräbniskaffee im Gemeindehaus, um den Pia sich gekümmert hatte.

In der Garderobe, als die anderen hineingingen, zog Mirjam Hervor beiseite.

»Was war in der Kirche eigentlich los?«, flüsterte sie.

Hervor sah sie verständnislos an.

»Nichts Besonderes. Wieso?«

»Du willst mich wohl auf den Arm nehmen! So gut kenne ich dich. Du hast die alten Tanten und Ralph völlig ungeniert gemustert, mit diesem eigenartigen Gesichtsausdruck, den du immer hast, wenn du etwas ausheckst.«

Hervor stellte sich vor den Garderobenspiegel und zupfte ein paar Haarsträhnen zurecht.

»Allerdings, und ob ich was gesehen hab«, gestand sie. »Da hast du verflucht noch mal recht. Mir ist ein verflixt großes Licht aufgegangen.«

Mirjam konnte ihre Ungeduld kaum zügeln, wie so oft, wenn Hervor nur die halbe Wahrheit ausspuckte.

»Dann raus mit der Sprache!«

Hervor suchte im Spiegel mit Mirjam Blickkontakt.

»Denk an das, was ich im Herbst gesagt habe – als ich prophezeit habe, was sich hier zutragen würde. Weißt du noch?«

Mirjam lief es kalt über den Rücken.

»Das mit dem schwarzen Winter«, flüsterte sie.

Hervor nickte.

»Wohl wahr, aber ich habe noch mehr gesagt. Ich habe gesagt: ›Kinder werden sich auf die Suche begeben, die Missetaten von Müttern und Vätern werden gesühnt.‹ Kannst du dich noch daran erinnern?«

Und ob! Angesichts Hervors unheilverkündender Weissagung hätte Mirjam am liebsten ihre Sachen gepackt und wäre so schnell wie möglich in die USA zurückgekehrt.

»Und die Rache wird erbarmungslos auf die Verräter niedergehen«, vervollständigte Mirjam den Satz.

Hervor richtete ihre Tunika und machte ein paar Schritte auf die Tür zu, die in das Zimmer führte, wo die anderen saßen und Kaffee tranken.

»Ganz genau«, erwiderte sie, »das habe ich gesagt. Aber mehr darfst du nicht wissen. Ich bin mir selbst noch nicht über alles im Klaren.«

38

Eilert lag auf der Küchenbank und musterte seine dicken Wollsocken. Er dachte über Weihnachten nach, bis dahin waren es nur noch eineinhalb Wochen. Alva hatte ihm versprochen, sich um das Weihnachtsessen zu kümmern, zu dem wie üblich die Verwandten kommen würden. An Heiligabend aßen sie immer gemeinsam, letztes Jahr war Tante Uhv und im Jahr davor Gerda für die Leckereien auf dem Weihnachtsbuffet zuständig gewesen.

Eilert spreizte seinen linken großen Zeh ein wenig und bemerkte ein kleines Loch. Das musste er stopfen, so etwas konnte er nämlich. In dieser Hinsicht war es nicht weiter schlimm, dass Essy ihn verlassen hatte, im Strümpfestopfen war er immer schon besser gewesen als sie. Das war nicht schwerer, als ein zerrissenes Fischernetz zu reparieren. Nein, andere Dinge machten ihm mehr zu schaffen, nachdem sie abgehauen war – es schmerzte, von einem anderen verdrängt worden zu sein. Auf einer Reise nach Tansania hatte sie sich Hals über Kopf verliebt und war schnurstracks dorthin gezogen, was in Eilert eine bohrende Eifersucht geweckt hatte. Zumindest anfangs. Alva absolvierte zu dem Zeitpunkt ihr letztes Schuljahr an der Hjalmar-Lundbohms-Schule in Kiruna und das Leben musste weitergehen. Dass sie verlassen worden waren, hatte sie zusammengeschweißt. Inzwischen fand er es sogar schön, sein eigener Herr zu sein.

Eilert wackelte mit den Zehen und grübelte darüber nach, wo er das Stopfgarn hingetan hatte. Seine Gedanken wanderten zu Ralph. Dass jemand Geld in ein Wellnesshotel in der Wildnis investieren wollte, war großartig. Sorgen machte ihm eher das Gerede, dass die beiden ein Paar seien. Nicht, weil es ihn persönlich sonderlich kümmerte – aber er wusste, dass es böse Kräfte gab. Was konnte nicht noch alles passieren? Wer aus dem Ort würde sich hinstellen und sie verteidigen? Und wenn die Hotelgäste vom gleichen Schlag waren, was würde das für Kuiva bedeuten? Wie er es auch drehte und wendete, Eilert gelang es nicht, Ordnung in seine Gedanken zu bringen. Dass sie mit dem Prediger Olavi Törmä einen Widersacher hatten, war klar, aber das kümmerte Eilert einen Dreck. Die Kirche zumindest war nicht dagegen, davon war er überzeugt, weil auf dem letzten Kirchenkongress die Frage einer ehelichen Gemeinschaft erörtert worden war; auch wenn natürlich Einzelne kräftigen Widerstand leisteten. Und, ja – welche Haltung nahm seine Partei eigentlich gegenüber solchen Fragestellungen ein? Er hatte keine Ahnung, darüber hatte er sich vorher noch nie Gedanken machen müssen. Er musste im Parteiprogramm nachsehen. Seine Augenlider wurden schwerer, fielen zu, und Eilert schlummerte für einen Augenblick auf der ausziehbaren Küchenbank ein.

Mit einem Ruck erwachte er eine Viertelstunde später, und auf einmal fiel es ihm wie Schuppen von den Augen. Er wusste jetzt, was er tun würde. Wenn die Partei keine Einwände hatte – wovon er ausging –, war die Sache klar. Soweit er sich erinnern konnte, war auf den Parteitagen, die er besucht hatte, nie direkt die Sprache auf Homosexualität gekommen. Falls die Partei dagegen war, täte es ihm leid, denn Ralph und Eric hatten Unterstützung dringend nötig. Wenn es erforderlich war, würde Eilert den anderen die Stirn bieten. Wie viel einfacher wäre doch alles, wenn Ralph ein Einheimischer wäre! Aber er war nun mal ein Fremder und dazu noch knapsu – das war einfach zu viel des Guten.

Eilert erhob sich von der Küchenbank, um hinauszugehen und die Wassereimer zu kontrollieren, die er am vorigen Abend rausgestellt hatte. Eine zentimeterdicke Eisschicht hatte sich gebildet. Er trug sie vorsichtig in die Dusche und spülte sie mit lauwarmem Wasser ab, bis sich die glänzenden Eislaternen aus den Eimern lösten. Dann stellte er sie auf den Hof, und zwar so, dass er sie beim Schneeschaufeln nicht übersah, waren sie doch in dem Schnee nur schwer zu erkennen. Jeder Dorfbewohner, der Eintrittskarten für die Jubiläumsfeier erstanden hatte, sollte mindestens eine, am besten zwei Eislaternen beisteuern. Denn Eilert schwebte vor, dass der gesamte Parkplatz vor der Sporthalle in der Winternacht in hellem Licht erstrahlen sollte.

Dann machte er seine Schneeoveralls sauber und bürstete anschließend den Neuschnee von seinem Briefkasten. Die *Norrländskan* war gekommen, und er ging wieder hinein und setzte sich damit an den Küchentisch. Geistesabwesend kratzte er sich seine Ferse in der grauen Wollsocke, holte seine Brille heraus und schlug die Zeitung auf. Mit einem zufriedenen Lächeln las er die Schlagzeile auf der ersten Seite: »Traditionsreiches Hotel wird zu Wellnesshotel in der Wildnis«.

Auf der Vortreppe wurden Schritte laut, und Gunnar kam herein. Eilert blätterte bis zur Mitte der Zeitung vor.

»Hallo!«

Gunnar rutschte auf die Küchenbank.

»Hallo, Gunnar! Hast du die Zeitung schon gelesen?«

»Ja, aber ich hab nur den Aushang am Zeitungsständer gesehen.«

Eilert strich die Zeitungsseite glatt.

»Guck dir das an, ist das nicht ein schönes Foto! Es geht um das Hotelvorhaben. Ach, lies du mal, Gunnar, ich setze

Kaffee auf, du magst doch bestimmt einen *pikku truisku* – einen kleinen Schluck –, oder?«

»Ja, danke.«

»Bist du heute gar nicht im Geschäft?«

»Nein, obwohl so viel Schnee gefallen ist, ist es seltsamerweise ruhig, also hab ich für heute zugemacht. Falls jemand was braucht, muss er eben anrufen. Sieh nur, sogar Östen ist auf dem Bild!«

Gunnar vertiefte sich in den Artikel, während Eilert mit der Kaffeekanne herumhantierte. Zwischendurch kam er herüber und blickte seinem Neffen über die Schulter. Der ganze Innenteil war Kuivalihavaara gewidmet.

Es hieß, dass Eric Cronås, der prominente Restaurantbesitzer aus Stockholm, und der ebenso berühmte Opernsänger Ralph Sörarve sich gemeinsam für die Entstehung eines Wellnesshotels starkmachten.

»Das ist ein viel zu schönes Haus, als dass es leer stehen sollte«, so Cronås. »Es soll zu einem Ort der Erholung für gestresste Großstädter werden – Jacuzzi, Massagen, ein Fitnesscenter, gutes Essen und Motorschlittensafaris. Es gibt zahlreiche Möglichkeiten.«

Auf die Frage, wie die beiden äußerst beschäftigten Männer das auch noch stemmen wollten, erwiderte Ralph Sörarve, dass sie natürlich Leute aus der Gegend einstellen würden.

»Kuivalihavaara hat viele tüchtige Arbeitskräfte. Wir werden nur nach außen hin das Projekt repräsentieren und uns ansonsten im Hintergrund halten. Zehn bis fünfzehn Jobs werden dabei wohl herausspringen«, so Sörarve.

Gunnar pfiff durch die Zähne.

»Donnerwetter, fünfzehn Arbeitsplätze! Was sagst du dazu, Eilert? Wenn sie das fertigbringen, wäre das die Rettung für Kuiva!«

»Du kannst in der Zeitung nachlesen, was ich davon halte.«

Eilert wies auf die linke Spalte, sie hatten fünf ausgewählte Personen interviewt.

»So, so, du bist also auch dabei, du alter Fuchs! Na, dann wollen wir mal schauen. ›Ich finde das wirklich eine begrüßenswerte Initiative. Und wenn man an unser 350-jähriges Dorfjubiläum denkt, ist das natürlich umso positiver zu bewerten. Kuiva kann auf eine neue Zukunft hoffen.‹ Bravo, Eilert!«

Eilert hatte den Kaffee fertig und goss Gunnar eine Tasse ohne Kaffeesatz ein.

»Danke, aber lies dir bloß mal durch, was der Miesmacher Olavi Törmä dazu zu sagen hat.«

»Ja, der ist wirklich ein Spaßvogel sondergleichen. ›Ich bin skeptisch. Wer weiß, was passiert, wenn sich hier so viele Leute aus dem Süden breitmachen. Die können doch wer weiß was nach Kuiva einschleppen, und ob das immer nur Gutes ist, bezweifle ich.‹ Mann, was ist dieser Olavi Törmä doch für ein Spielverderber!«

»In der nächsten Kirchenvorstandssitzung hau ich ihm mit dem Hammer des Vorsitzenden auf den Kopf«, sagte Eilert. »Der kapiert ja rein gar nichts! Wer, wenn nicht er, müsste doch einsehen, dass das für den Ort ein Segen ist. Wenn nichts aus dem Wellnesshotel wird, na, dann gute Nacht, Supermarkt. Es reicht ja wohl, dass wir schon ohne Post und Bank auskommen müssen.«

»Am schlimmsten ist es mit der Schule. In ein paar Jahren werden wir hier keine Kinder mehr haben. Und das wäre wirklich das Todesurteil für das Dorf. Gar nicht zu reden von der Tankstelle. Mensch, Eilert, wie fix das alles gegangen ist! Ja, danke, eine halbe Tasse noch. Aber, sieh mal, der Gemeinderat hat auch seinen Senf dazugegeben. Lies mal vor, während ich meinen Kaffee austrinke.«

Langsam und deutlich las Eilert vor:

»›Der Ort kann davon nur profitieren, und es könnte weitere positive Effekte nach sich ziehen, sozusagen Ringe auf dem Wasser schlagen. Die Leute möchten hier gern wohnen bleiben, aber dafür muss es hier Arbeit geben. Wir werden den Stockholmern zeigen, dass wir hier einiges zu bieten haben, mit dem sie nicht aufwarten können. Der größte Verrat der Südschweden war, dass sie uns die Jugendlichen weggenommen haben. Mit einer Initiative wie dieser holen wir sie uns wieder zurück.‹«

»Ja, darin kann ich ihm nur zustimmen«, lachte Gunnar und ahmte täuschend echt die Stimme des Lokalpolitikers nach. »Er ist nicht auf den Kopf gefallen, unser Gemeinderat.«

Sie versanken einen Augenblick in Schweigen, schlürften den letzten Rest Kaffee und betrachteten nachdenklich das Schneetreiben und den leuchtenden Weihnachtsbaum vor dem Fenster. Ein hübscher roter Dompfaff saß im Vogelhäuschen und pickte Körner. Eilert zupfte ein welkes Blatt von dem Weihnachtsstern, der auf dem Tisch stand.

»Eigentlich bin ich vorbeigekommen, um mich noch einmal mit dir wegen der Jubiläumsfeier abzustimmen. Hast du die Festrede schon geschrieben?«, wandte sich Gunnar wieder an Eilert.

Eilert zupfte ein weiteres welkes Blatt von der Topfblume.

»Na ja, ich habe zumindest darüber nachgedacht. Gelinde gesagt, weht jetzt ja ein neuer Wind durchs Dorf, und neue vielversprechende Leute übernehmen das Zepter. Ich finde eigentlich, dass diesmal du die Rede halten solltest und nicht ich.«

»Meinst du wirklich? Das kann ich doch gar nicht.«

»Natürlich schaffst du das. Ich könnte dann den beiden Neugeborenen, mit denen wir zum Glück gesegnet sind, das Willkommenspräsent überreichen. Ich habe ihnen jeweils einen Tortenheber, geschmiedet nach tornedalischer Handwerkstradition, gekauft. Nicht schlecht, was?«

»Ja. Na gut, dann muss ich mal drüber nachdenken, was ich sagen könnte. Vielleicht kann ich ja irgendwas zusammenschustern, ich geh mal für ein paar Stunden in den Wald und mach mir Gedanken.«

»Du, es ist aber ziemlich kalt da draußen.«

»Ach, so schlimm ist das nicht. Heute zeigte das Thermometer nur minus neunzehn an. Nein danke, ich hatte jetzt genug Kaffee.«

Er machte eine abwehrende Geste, erhob sich, setzte sich die Mütze auf und zog den Reißverschluss seiner Jacke zu.

»Mal ehrlich, was hältst du eigentlich von Ralphs und Erics Vorhaben, Eilert? Dir ist doch bestimmt zu Ohren gekommen, dass sie etwas miteinander haben? Im Dorf zerreißen sie sich ganz schön das Maul darüber.«

Eilert fuhr sich übers Kinn und sah seinen Neffen mit einem ernsten Gesichtsausdruck an.

»Ja, das hab ich schon mitbekommen, aber du kennst mich doch, Gunnar. Ich weiß wohl, dass in dem Hotel vor allem Männer absteigen werden, aber die Hauptsache ist, dass, wie der Gemeinderat schon gesagt hat, etwas in größerem Umfang auf die Beine gestellt wird. Aber leicht werden sie es nicht haben. Unsere Unterstützung haben sie bestimmt mehr als nötig.«

»Und ob, denn das Gerede wird sicher noch schlimmer. Im Unternehmerverband ging es deswegen schon hoch her, und ich nehme an, dass du im Kirchenvorstand auch solche

Diskussionen geführt hast. Und auf der Personalversammlung des Supermarkts.«

Eilert nickte zögernd.

»Und nicht nur da, Gunnar. Der Klatsch hat sich schon viel weiter ausgebreitet. Ich könnte darauf wetten, dass die Linie, an der sich die Geister scheiden, inzwischen schon quer durch Wohnstuben und Saunahütten läuft, und dabei wird's sicher auch noch 'n Weilchen bleiben, bis die Leute es kapiert und sich daran gewöhnt haben.«

39

Gunnar machte sich mit dem Motorschlitten zu seiner Jagdhütte auf. Der Schnee, der in den letzten vierundzwanzig Stunden gefallen war, hatte eine dicke, weiche Decke auf dem Fluss hinterlassen. Er bahnte sich eine frische Spur durch den Neuschnee und manövrierte vorsichtig das Gefährt. Wenn man ein paarmal hin und her fuhr, würde sich die Spur verdichten und das Vorankommen leichter.

Als er den Fluss passiert hatte und den Wald erreichte, fuhr er hierhin und dorthin, um andere Scooterfahrer in die Irre zu führen, denn er wollte nicht, dass ihm irgendjemand in seiner Jagdhütte einen Besuch abstattete. Sie war sein heimlicher Zufluchtsort, und er nahm nur äußerst selten Besucher mit dorthin. Ralph hatte zu den Ausnahmen gehört, ebenso wie Maj-Inger, als sie im Sommer in Kuiva gewesen war. Plötzlich war sie auf die Idee verfallen, sich auf ihre tornedalischen Wurzeln zu besinnen, und hatte ihn genötigt, sie in seinem Boot mit über den Fluss zu nehmen. Als sie das restliche Stück durch den Wald zur Hütte zu Fuß gehen mussten, hatte sie ihre unmöglichen Schuhe ausgezogen und war auf Socken weitergelaufen. Schon komisch, dass sie es nicht besser wusste, sein liebes Schwesterherz, aber aus ihr war eben eine waschechte Städterin geworden, die nie etwas anderes als Schuhe mit Absatz trug.

Als er auf die Lichtung kam, auf der seine Hütte lag, konnte er sie vor lauter Schnee kaum sehen. Er parkte den Scooter so dicht wie möglich an seinem Unterschlupf und stapfte durch den Tiefschnee. Am Giebel des Häuschens grub er die dort verstaute Schneeschaufel aus und machte den Eingang frei. Er öffnete die Tür und lüftete, während er das schmale Fenster säuberte, vor dem er unzählige Male gehockt und nach Füchsen Ausschau gehalten hatte. Ab und zu hatte er Glück gehabt und einen Fuchs im Mondschein gesehen, aber oftmals war der Aufenthalt in der Hütte für ihn eher ein Moment der Entspannung und der wohltuenden Einsamkeit.

Er zündete die Propangaslampe an und entfachte Feuer im Ofen. Während es in der Hütte warm wurde, schippte er Schnee und bereitete dabei im Kopf seine Rede vor. Das Heraufdämmern neuer Zeiten war ein gutes Thema. Dem Neuen nicht mit Angst zu begegnen, sondern das neue Leben in einem sonst dem Untergang geweihten Dorf zu begrüßen. Dem Untergang geweiht … na ja, das war zu negativ. Er würde versuchen, Worte, die an etwas Schmerzhaftem rührten, zu vermeiden und sich lieber auf positive Dinge zu konzentrieren. Wie auf den Ausbau von Tankstellen, die immer weniger wurden.

Als er in seinen Unterschlupf zurückkehrte, war es dort schön warm und gemütlich. Aus der Kiste mit dem Krimskrams holte er Maj-Ingers Schuhe und stellte sie auf die Bank vor dem Fenster, damit er später daran dachte, sie mitzunehmen. Dann setzte er sich zum Schreiben hin.

Ein Motorengeräusch in der Ferne ließ ihn innehalten und aufhorchen. Man durfte sich nie einbilden, allein im Wald zu sein. Es war sehr gewagt von ihm, mitten am helllichten Tag hierherzufahren. Gunnar saß mucksmäuschenstill und spitzte die Ohren, bis das Geräusch verstummte. Er atmete aus. Dann goss er sich etwas Whisky in ein Glas und mühte sich weiter mit der Rede ab. Es war nicht gerade einfach, aber dass sein Onkel Eilert so großes Vertrauen in ihn setzte, inspirierte ihn.

Er war tief versunken, rang um Worte, sonst wäre er – mit

seinen durch die Jagd geschärften Ohren – bestimmt aufmerksamer gewesen. Im knirschenden Schnee waren energische Schritte zu hören, die direkt auf die Hütte zukamen, eine Tür wurde ruckartig aufgerissen, so dass ein eisiger Wind in die Hütte hineinfuhr. Im Türrahmen tauchte Tonys Gestalt auf.

»Hallo auch! Hier kommt der König der Stromschnellen und der Totschläger der Elche!«

»Hä? Was machst du denn hier?«

»Tja, da kannste mal seh'n!«

Tony wischte sich seine tropfende Nase mit dem Handrücken ab und schob die Hände in die Taschen.

»Was machst denn du da für 'n Scheiß?«, rümpfte er verachtungsvoll die Nase, als sein Blick auf das Blatt Papier fiel.

Gunnar hatte es nicht geschafft, das Geschriebene rechtzeitig verschwinden zu lassen, und wusste nur zu gut, dass Tony das falsch auffassen würde. Man saß nicht in einer Hütte und schrieb. Man jagte oder beobachtete Füchse. Aber nun war es zu spät.

»Also, wie hast du hierhergefunden?«

Insgeheim war er furchtbar wütend, dass sein Versteck von seinem Cousin entdeckt worden war, denn jetzt durfte er sich ein neues suchen.

Tony stieß einen Pfiff aus und lächelte spöttisch, während er seinen Blick in der kleinen Hütte umherschweifen ließ.

»Ach, das war nicht weiter schwer, ich bin einfach den Spuren gefolgt, die du im Neuschnee hinterlassen hast. Zum Teufel, Gunnar, von diesem Versteck hast du mir ja gar nichts erzählt!«

Gunnar brachte kein Wort heraus. Sah ihn nur starr an.

Tony riss den auf dem Tisch liegenden Schreibblock an sich.

»Was haben wir denn da? Du schreibst? Im Wald? Bist du so 'n verfluchter Autor, oder was?«

Tonys Blick fiel auf das Glas Whisky und er zögerte nicht, sogleich die Flasche zu öffnen und sie an den Mund zu setzen. Gunnar gab noch immer keinen Mucks von sich, schaute ihm nur angespannt zu. Plötzlich gerieten die roten Schuhe in Tonys Blickfeld.

»Scheiße, zur Hölle auch, Gunnar! Was fällt dir bloß ein? Du stöckelst hier doch nicht etwa heimlich in Frauenschuhen rum?!«

Gunnar spürte, wie ihm die Hitze ins Gesicht stieg. Seine Stimme schwankte.

»Nein, das sind nicht meine«, antwortete er, »die gehören Maj-Inger.«

Tony nahm einen weiteren tiefen Schluck von dem edlen Whisky. Gunnar überlief ein Schauder.

»Maj-Inger? Mach mir doch nichts vor! Glaubst du, ich hätte nicht bemerkt, dass du dich mit diesem Reizwäschen-Ralphi triffst? Und so was will unser Jagdaufseher sein! Was für 'ne Schweinerei, Gunnar!«

Er lief hinaus und knallte die Tür hinter sich zu. Das Gebrüll des Motorschlittens klang wie Hohn in Gunnars Ohren. Er begriff sogleich, was das hieß. Tony würde natürlich schnurstracks nach Hause fahren und hinausposaunen, dass Gunnar knapsu – ja, wenn nicht sogar schwul – sei. Er würde andere auf seine Seite ziehen, was das Ende von Gunnars Stellung als Jagdaufseher bedeuten konnte. Eine Tunte mit Gewehr! Das durfte nicht sein.

Die Tür zum Pfarramt flog auf, und Pia, die in die alten Aufzeichnungen vertieft war, wurde jäh in die Gegenwart katapultiert.

»Pass mal auf!«, wetterte Tony mit geröteten Wangen, während seine Fuchspelzmütze auf seinem Kopf erbost hin und her wackelte.

Pia verspürte einen harten Knoten im Bauch, sie schlug das Buch zu, das so viel über die Dorfbewohner verriet, und sah ihren Mann fragend an. Seit er angefangen hatte, im Hotel zu arbeiten, war er ihr gegenüber nicht mehr gewalttätig geworden, aber so richtig wohl fühlte er sich mit der Arbeit nicht, das merkte sie.

»Verfluchte Kacke, sag ich dir! Gunnar, ausgerechnet Gunnar, unser Jagdaufseher. Ich weiß gar nicht, wie ich das erklären soll.«

»Aber wovon redest du überhaupt? Und fluche nicht so im Pfarramt!«

»Also, halt dich fest, Gunnar hockt wie ein Frauenzimmer ausstaffiert in so 'ner Hütte im Wald! Das hättest du nicht gedacht, was?«

»Was erzählst du denn für einen Unsinn? Bist du etwa wieder betrunken?«

Sie schnupperte und meinte, einen schwachen Geruch nach Alkohol zu riechen, war sich aber nicht ganz sicher.

»Von wegen! Auch wenn ich deine Fassungslosigkeit verstehen kann. Es stimmt wirklich. Ich hab 'ne Runde mit dem Schneemobil gedreht und wollte nach den Netzen sehen, die haben ja schon zwei Wochen unterm Eis gelegen, und die Löcher waren völlig zugefroren, zum Henker! Na, da bin ich auf eine frische Scooterspur gestoßen, der bin ich gefolgt und so bei dieser Hütte gelandet. Verdammt gut versteckt, muss ich sagen. Warum, weiß man jetzt ja.«

»Gunnar als Frau verkleidet? Nie im Leben!«

»Allerdings, klingt verrückt, was?! Und er hatte solche roten Tuntenschuhe da rumstehen, is' ja klar, wer ihn dazu gebracht hat, das war natürlich unser Reizwäschen-Ralphi. Hab ja gleich gesagt, dass das böse endet!«

Pia sah ihren Mann mit stummer Abscheu an. Wie einfältig er aussah! Vor allem seine Augen hatten einen derartig belemmerten Ausdruck. Wie hatte sie bloß jemals etwas anderes in ihnen sehen können?

»Bestimmt hatte er Schlüpfer unter den Jägerhosen an, glänzende. Er wird ja so was wie 'n Transvestit sein, eine richtige Tunte!«

Auf einmal war sie sich sicher, wie ihre Entscheidung ausfallen würde. Daran gab es jetzt nichts mehr zu rütteln.

»Kommst du jetzt von da? Ich meine, bist du direkt hierhergekommen?«

»Was? Nee. Das war wohl so vor 'ner Stunde. Verflucht, was für 'n Ding, oder?«

Pia hielt sich an der Schreibtischkante fest, um nicht völlig die Beherrschung zu verlieren.

»Mit wem hast du schon darüber geredet?«

»Geredet? Mit Mija natürlich! Ich bin auf direktem Wege zu ihrem Salon gefahren und hab sie gefragt, mit was für einem Mann sie denn verheiratet sei. Tja, was heißt schon Mann, ha, ha, darüber lässt sich wohl streiten. Diese blonde Haushaltshilfe von Sirkka Nilsson war auch da.«

Pia schloss für einen Moment die Augen. Und mit diesem Abschaum hatte sie zwei Kinder! Aber jetzt war das Maß voll. Sie wusste nun, was sie zu tun hatte. Ihn einfach verlassen, sowie sich die Gelegenheit dazu bot.

»Tony«, sagte sie kurz angebunden, »ich will mich scheiden lassen. Du bist wirklich das Letzte, weißt du!«

»Ja, ja. Scheiße, du hättest Mija mal hören sollen, die war völlig außer sich.«

Er blätterte zerstreut im Kirchenblatt, das die nächsten

Gottesdienste und Nähkränzchen auflistete. Hatte er sie nicht gehört? Nicht begriffen, was sie gesagt hatte?

»Tony, hörst du denn nicht zu, ich will die Scheidung! Hör mir zu!«

O doch, er hatte es gehört, und jetzt brach die Hölle los. Mit einem Schlag fegte er den Stoß Kirchenblätter auf den Boden, so dass es rosafarbene Papierbögen regnete. Er schrie und tobte, und es war wirklich ein Segen, dass sowohl der Gemeindepfarrer als auch die Pfarrerin außer Haus waren und all die entsetzlichen Worte nicht mit anhören mussten.

»Die Scheidung? In unserer Familie lässt man sich nicht scheiden! Biste jetzt völlig übergeschnappt?!«

Pia spürte eine erstaunliche Ruhe in sich.

»Nein, aber wenn ich es weiter mit dir aushalten muss, wird das nicht mehr lange dauern.«

Nun hatte er wieder diesen scheußlichen Augenausdruck – seine Pupillen traten durch das Weiß seines Augapfels deutlich hervor und schienen stillzustehen. Sie musste das Weite suchen, die Kinder mit nach Kiruna nehmen und ihm vorgaukeln, dass sie lediglich zum Einkaufen fuhr. Und dann einfach in den Zug steigen. Sollte ein Kinderspiel sein.

»Du verfluchtes Flittchen! Die Kinder bekommst du nicht, damit du's weißt! Dafür werd ich schon sorgen! Du bist … du bist …«

Er ballte die Hände zu Fäusten und spuckte nach ihr, so dass sein Speichel auf das Geburten- und Todesregister spritzte.

Alva las immer wieder den Zeitungsartikel in der *Norrländskan* durch. Eines verstand sie nicht ganz. Die Antwort, die Eric auf die Frage eines Journalisten gegeben hatte. Der Reporter hatte ihn gefragt, ob in der Hotelbranche nicht viel Schwarzgeld kursiere.

»Keine Ahnung«, antwortete Eric. »Damit haben wir nichts am Hut, aber wir werden schon dafür sorgen, dass hier auch rosa Geld investiert wird.«

Rosa Geld – was sollte das sein? Vielleicht hatte sich Eric nur einen Scherz erlaubt, er schien ein ziemlicher Spaßvogel zu sein. Und eine faszinierende Persönlichkeit, mit seiner Kochshow im Fernsehen, für die er auch einige Sendungen aus Kuivalihavaara plante. Alva konnte sich gut vorstellen, für die Sendung die Lebensmittel zu liefern.

Nach Ladenschluss fuhr sie auf Skiern nach Hause. Als sie einen kleinen Abstecher zu dem Flussabschnitt unterhalb der Kirche machte, hörte sie Geschrei, das aus dem Pfarramt zu kommen schien. Ihre Stirnlampe erhellte die Loipe vor ihr, und die Skier knarzten im Schnee.

Als sie nach Hause kam, stellte sie den Computer an, während sie den enggeschnittenen Overall in den Farben von Kuivas Sportverein auszog. Eine neue Mail wartete auf sie. Es hatte wirklich jemand angebissen!

> Hallo! Du scheinst eine vernünftige Frau zu sein, deshalb schreibe ich dir eine Mail. Ich wohne in Jämtland, und mein größtes Hobby ist Skifahren. Nach der Arbeit geht fast meine ganze Zeit für dieses Interesse drauf. Freue mich auf eine Antwort von dir, Skiläuferin! Kurt

Alva antwortete:

> Ebenfalls hallo, Skiläufer! Beantworte mir doch mal eine Frage. Weißt du vielleicht, was mit »rosa Geld« gemeint ist? Alva

Gunnar stieg von seinem Schneemobil und ging ins Haus. Hinter den Küchengardinen konnte er undeutlich Mijas Umrisse erkennen. Er wusste, was ihn erwartete. Es würde eine heftige Diskussion geben, aber sie konnte doch wohl zwischen Lüge und Wahrheit unterscheiden. Er drückte die Türklinke herunter.

Mija saß stocksteif am Küchentisch und zog nervös an einer Zigarette. Ihre Kaffeetasse hatte sie nicht angerührt, ihre Augen waren rot gerändert. Er nickte ihr zu und goss sich eine Tasse aus dem Perkolator ein.

»Mija, ich muss mit dir reden.«

»Tony ist schon hier gewesen.«

Ihre Stimme kreischte wie eine Säge beim Sägen eines Eislochs.

»Das ist mir klar, aber wir sollten uns vielleicht lieber aussprechen?«

Sie blies den Rauch aus und schnaubte verächtlich.

»Aussprechen! Ich weiß schon alles, was es zu wissen gibt! Mein Gott, Gunnar! Wie kannst du nur? Ich hasse dich!«

Er nahm gegenüber von ihr Platz und versuchte, Ruhe zu bewahren. Dass Tony überall im Dorf Unwahrheiten hinausposaunte, hatte ihn fuchsteufelswild gemacht.

»Kannst du dich nicht für einen Moment beruhigen, Mija?«

Sein eindringlicher Appell hatte die entgegengesetzte Wirkung, sie fuhr auf und erhob die Stimme.

»Ich soll mich beruhigen? Du bist im ganzen Dorf 'ne Lachnummer! Was bist du überhaupt für ein Mensch, Gunnar? Ein Lustmolch, was? Ich bin dir wohl nicht gut genug? Abstoßend ist das, jawoll!«

»Was hat Tony denn erzählt?«

Sie schniefte.

»Das ganze Dorf weiß jetzt, dass ich mit so 'nem ... so 'nem Transvestiten verheiratet bin! Absatzschuhe, das volle Programm. Kein Wunder, dass ich nie einen verfluchten Fuchspelz bekommen hab. Fürs Schießen hast du da draußen im Wald ja bestimmt keine Zeit gehabt.«

Sie spuckte die Worte aus. Transvestit – so etwas hatte er erwartet. Und Mija war mit Sicherheit nicht die Einzige, der Tony diesen Schwachsinn erzählt hatte.

»Zur Hölle, kannst du mir denn nicht einmal zuhören? Tony redet doch bloß einen Haufen Stuss!«

»Von wegen! Ich will nicht mehr darüber reden. Hau bloß ab, ich fahre ja eh zur Hölle mit dir!« Sie schleuderte ihre halbvolle Kaffeetasse in seine Richtung, und er konnte sich nicht mehr rechtzeitig ducken. Die rosenbemalte Tasse, die sie per Postversand bestellt hatten, zerschellte an Gunnars Stirnbein, und der Kaffee lief über sein Gesicht. Sein teurer Jagdpullover bekam Flecken. Er sagte keinen Ton, sondern erhob sich und wischte sich den Kaffee mit einem Stück Küchenkrepp ab. Dann ging er in den Flur, öffnete den Rucksack und holte die roten hochhackigen Schuhe heraus. Zurück in der Küche, pfefferte er die Schuhe auf den Tisch.

»Die gehören Maj-Inger«, sagte er mit zusammengebissenen Zähnen. »Dieses verrückte Huhn hat sie im Sommer vergessen, als sie meinte, sie könnte mit solchen Dingern im Wald spazieren gehen. Vielleicht erinnerst du dich ja noch daran?«

40

Als am zweiten Adventssonntag der Vormittagsgottesdienst vorüber war, schlug Mirjam ihr Notenheft zu und ging die Treppe in der Vorhalle hinunter. Sie hatten die Lieder einstudiert, und der Kantor war zufrieden. Sie zog ihre Jacke an und trat auf den Kirchplatz.

»Nein, da schau an, guten Tag! Wenn das nicht die Frau Doktor ist?«

Ein kleinwüchsiger Mann in einem schwarzen Mantel und mit einem altmodischen Hut grinste sie mit seinen großen, gelben Zähnen von unten an. Mirjam brauchte einen Augenblick, bis sie ihn wiedererkannte. Der Prediger von Gottes rechtgläubiger Schar. Als sie ihn zuletzt gesehen hatte, hatte er einen Arbeitsoverall getragen und mit Tony Pläne geschmiedet. Immerhin schienen sie noch nichts ausgeheckt zu haben, um Ralphs und Erics Vorhaben zu vereiteln. Vor einigen Jahren hatte sich der Prediger wegen seines Herzens regelmäßig von ihr untersuchen lassen, wofür er sich stets dankbar gezeigt und ihr Gottes Frieden gewünscht hatte.

Mirjam grüßte und trat ein paar Schritte zurück, da es mit der Gesundheit seiner Zähne nicht zum Besten stand und er aus dem Mund roch.

»Wie gut, dass ich die Frau Doktor treffe«, sagte er.

Jetzt will er sich bestimmt umsonst von mir untersuchen lassen, dachte Mirjam. Hier, mitten auf dem Kirchplatz, soll ich ihn von seinen Krampfadern kurieren. Aber da hat er sich geschnitten! Ich werde ihm sagen, dass ich nicht länger meinen Beruf ausübe.

»Also, ich frage mich … ich frage mich … die Frau Doktor hat doch bestimmt schon gehört, dass jemand in das alte Hotel eingezogen ist?«

Mirjam nickte.

»Ja, sicher«, antwortete sie aufgeräumt, »Ralph Sörarve. Ein feiner, netter Kerl. Kein schlechter Neuzugang für Kuiva! Ja, und natürlich Eric Cronås.«

Das Lächeln des Predigers gefror. Sein Blick flackerte, und er musterte sie unsicher.

»Tja, das mag sein, so genau weiß ich das nicht. Aber ich frage mich, ob das nicht solche … ja, wie soll ich mich ausdrücken … na, die Frau Doktor weiß schon, worauf ich hinauswill.«

Mirjam wurde kalt, und sie trat von einem Fuß auf den anderen. Konnte er nicht endlich auf den Punkt kommen?

»Na, ich meine, die beiden sind so was wie warme Brüder, nicht wahr?«

»Warme Brüder? Ich verstehe nicht …«

»Nicht? Gut, dann sage ich es geradeheraus. Sie mögen sozusagen Männer, ja, auf abnormale Weise. Könnte die Frau Doktor sie nicht heilen? Es ist schließlich nicht sonderlich begrüßenswert, dass solche Leute hier im Dorf leben, das ist nicht gut für die Jugend.«

Was für ein widerlicher alter Kerl! Mirjam sollte sich in ihrem Alter eigentlich nicht mehr über Dummheit wundern. Wie konnte er einfach annehmen, dass sie Interesse daran hatte und die Macht besaß, Ralph und Eric von ihrer Zuneigung zu kurieren? Das war einfach unglaublich, ja, richtiggehend geschmacklos!

»Nein, das kann ich wirklich nicht!«, erwiderte sie energisch. »Ralph ist ein netter Mensch, genauso wie Eric. Ich habe keine Lust, mir das Maul über sie zu zerreißen. Schönen Tag auch!«

»Aber in der Bibel steht …«

Sie ließ ihn stehen und stapfte kochend vor Wut nach Hause. Wie boshaft manche Menschen waren. Na warte, wenn sie das Hervor erzählte. Der schwarze Winter war tatsächlich eingetroffen, und noch schien er kein Ende nehmen zu wollen. Eine schöne Bescherung! Mirjam musste wohl über ihren Schatten springen und Tony und dem Prediger erneut hinterherspionieren. Bisher war Ralph und Eric nichts zugestoßen, aber so, wie der Alte redete. Wer weiß, ob er und sein Verbündeter jetzt nicht etwas Schlimmes ausheckten, weil er von Mirjam keine Unterstützung erhielt. Die Gefahr war im Anzug, so viel stand fest.

Als Mirjam nach Hause kam, hockte Hervor vor dem Kamin und starrte ins Feuer.

»Wie läuft's?«, fragte Mirjam. »Hast du herausgefunden, warum das Kind sterben musste?«

Hervor schüttelte den Kopf und riss ihren Blick von den Flammen los.

»Ich bin verflucht nahe dran. Immer wieder hab ich im Keller des Hotels gesessen – ohne Erfolg. Und ich war überall, in jedem Zimmer, und habe versucht, der Sache nachzuspüren. Vermutlich sind die Renovierungen schuld, dass ich im Dunkeln tappe. Aber trotzdem, irgendeine Teufelei steckt dahinter.«

Sie war alles andere als zufrieden, denn normalerweise dauerte es nicht so lange, bis sie eine Antwort erhielt.

»Vielleicht hab ich ja auch nicht mehr alle Tassen im Schrank«, vertraute sie Mirjam besorgt an.

Mirjam sah jedoch überhaupt nicht sorgenvoll aus – worauf Hervor spekuliert hatte –, sondern schenkte ihr ein aufmunterndes Lächeln.

»Unternimm einen Spaziergang. Das macht den Kopf frei und schafft Platz für neue Ideen. Oder geh eine Runde Ski laufen, jetzt mitten am Tag ist es ja noch ziemlich hell. Ich bleib hier und nähe die Babyhöschen fertig. Die alten Damen vom Roten Kreuz möchten sie morgen haben.«

Hervor dachte über den Vorschlag nach. Gar nicht mal so dumm! Die Skier hatte sie nicht rausgeholt, seit sie wieder in Kuiva war, und unten am Fluss in gemächlichem Tempo dahinzugleiten, war bestimmt entspannend. Sie ging zum Fenster und blickte auf das Thermometer. Acht Grad minus – gerade richtig.

»Bei der Temperatur«, brummelte sie, »werde ich mir nicht den Arsch abfrieren.«

Mirjam sah von der Nähmaschine auf und hob die Augenbrauen.

»Hervor, was nimmst du denn für Worte in den Mund!«

Hervor suchte schon an der Garderobe nach geeigneter Kleidung für ihre Skitour.

»Ja, ja, scheiß drauf«, murmelte sie.

Als sie bereits in der Tür stand, rief Mirjam ihr nach:

»Ach ja, ich muss dir noch was erzählen. Dieser Prediger ist nach dem Gottesdienst auf mich zugekommen und hat mich angesprochen.«

»Olavi Törmä? Was wollte der alte Kauz denn von dir?«

Mirjam erzählte ihr von dem geschmacklosen Anliegen des alten Mannes.

»Na, das ist mir wirklich ein Wolf im Schafspelz!«, drang Hervors Stimme gedämpft unter dem Pulli hervor, den sie sich in diesem Moment überstreifte. »Diesen Teufel musst du im Auge behalten, Mirjam! Schick ihm doch Heiligabend mit Hilfe deiner Affirmationen ’ne saftige Grippe«, sagte sie schadenfroh, als ihr Kopf wieder aus dem Pulli auftauchte.

Hervor glitt friedlich über das schneebedeckte Eis des Torne Älvs. Ihre breiten Langlaufskier aus Birkenholz knarzten im Schnee, und aufgrund der Stille konnte sie besser nachdenken. Sie streckte sich nach vorne und stieß sich kräftig mit den Skistöcken ab. Den Fluss für sich allein zu haben war ein richtiger Luxus. Und seltsamerweise war es hier heute still. Ansonsten herrschte an den Wochenenden oft ein reger Motorschlittenbetrieb. Aber so kurz vor Weihnachten waren die meisten offenbar mit anderen Dingen beschäftigt.

Sie hielt einen Moment inne, verlagerte das Gewicht auf die Stöcke und sah zum Himmel. Es war dämmrig, aber schon in ein paar Wochen würde die Sonne wieder über den Horizont kriechen und das Leben leichter machen. Allein der Schnee, der endlich in Kuiva gefallen war, glich einer Befreiung. Hervor konnte gut auf die Dunkelheit des Herbstes verzichten, genau wie auf Kuivalihavaara. Selbstverständlich war es ihr Zuhause, aber auf Gotland hatte es ihr auch unglaublich gut gefallen. Und in Amerika erst! Wenn sie endlich das Böse im Dorf ausgemacht hatte, würde sie Mirjam sofort überreden, mit ihr zurückzufahren. Aber sie wollte um jeden Preis zuerst das Rätsel lösen.

Zwei Raben kamen langsam aus dem Wald geflogen und zogen ihre Kreise über dem Fluss. Sie segelten tief dahin und gaben immer wieder ein eintöniges Krächzen von sich. Flatterten zurück zum Waldrand und wieder hinaus auf den Fluss. Hervor folgte ihnen mit den Augen. Sie wusste, was das bedeutete. Raben waren ein gutes Omen – sie wollten sie auf etwas aufmerksam machen, und sie würde den Blick nicht von ihnen abwenden.

»Krächz, krächz«, machten sie.

Sie stieß sich vorsichtig mit den Stöcken ab und steuerte auf die schwarzen Vögel zu. Quer über den Fluss und zum Wald ging es, wobei sie mit den breiten Skiern sicher durch den Tiefschnee kam. Tiefer und tiefer führten sie die Vögel in den Wald. Sie folgte ihnen und lauschte ihrem Gezeter. »Krächz, krächz.«

Zwischen den Bäumen war es dunkel, aber mit einem Mal bemerkte sie, dass die Raben sie an einen großen, weitläufigen Ort geführt hatten. Keine Lichtung, nein, sondern zu einem großen, baumlosen Areal. Ein paar verkümmerte Zweige ragten hier und da aus dem Schnee, vereinzelt auch Steine und der eine oder andere Baumstumpf. Die Vögel waren verstummt. Hervor sah sich um, nickte und murmelte vor sich hin.

»Ja, tatsächlich, das war sie. Und nach all diesen Jahren noch immer kein Funken Leben.«

Zufrieden ließ sie ihren Blick schweifen. Diese verfluchte Schonung. Sie gehörte dieser Mannsperson, Ingrids Vater. Die Schonung, die Hervor vor vielen Jahren verflucht hatte. Sie hatte mit der neugeborenen Ingrid dort gestanden und die magischen Worte geraunt. Mensch, was für eine vermaledeite Kraft ihren Worten damals innegewohnt hatte. Sie gluckste beim Gedanken daran, verstummte dann aber jäh.

In der Ferne zeichnete sich ein menschlicher Schatten ab, der Schatten eines Mannes. So ein Mist, das hieß, dass sie nicht allein hier war, dabei brauchte sie doch Ruhe, um dem Rätsel auf die Spur zu kommen. Na ja, er war ja noch ein gutes Stück entfernt.

Die Raben hatten ihn ebenfalls erspäht und flogen mit schwerem Flügelschlag in seine Richtung. Hervor blieb erneut stehen. Irgendetwas an dem Mann kam ihr merkwürdig vor. Soweit sie sehen konnte, war er ziemlich dünn gekleidet, er schien eine lange Jacke oder einen Mantel zu tragen, der sich im Wind aufblähte. Nein, er war zu weit weg, als dass sie ihn erkennen konnte. Sie holte Schwung und fuhr, von Neugier gepackt, zielstrebig auf ihn zu.

Er beugte sich hinab und wühlte mit irgendetwas im Schnee herum. Obskurer Typ, wonach mochte er wohl suchen? Sie verspürte keine Angst. Falls er ihr etwas tun wollte, konnte er was erleben. Hervor hatte schon früher andere das Fürchten gelehrt.

Sie ließ ihren Blick erneut über das kahle Waldstück wandern. Da sah sie das Mädchen. In einem dünnen, hellblauen Kleid eilte sie leicht wie eine Elfe über den Schnee. Heiliger Bimbam, der Mann hatte sie jetzt auch entdeckt! Er erhob sich und lief hinter dem Mädchen her. Er war schneller. Holte auf. Kam immer näher. Hervor hielt den Atem an. Das Mädchen strauchelte und fiel in den Schnee. Völlig außer Atem warf er sich auf sie und hielt sie fest. Hervor beschleunigte und fuhr auf sie zu. Ungefähr zwanzig Meter entfernt blieb sie stehen. Das Mädchen versank im Schnee. Verschwand. Es war, als hätte sie nie existiert.

Der Mann stand auf, klopfte sich den Schnee ab – und erspähte Hervor. Er hatte einen seltsamen, leeren Blick. Dann machte er eine plötzliche Kehrtwendung und lief, nahezu schwebend, denselben Weg zurück, den er gekommen war. Fort von der verfluchten Schonung, hinein in den Wald, wo die Bäume ihn verschluckten. Die Raben ließen sich an der Stelle nieder, an der das Mädchen verschwunden war.

Hervor wendete abrupt und fuhr in hohem Tempo zurück ins Dorf. Sie wusste, was sie gesehen hatte. Jetzt endlich begriff sie. Die Raben hatten es ihr gezeigt. Aber was sie gesehen hatte, würde sie noch ein Weilchen für sich behalten und eins und eins zusammenzählen, bevor sie zur Tat schritt. Erst einmal würde sie in den Heizkeller im Hotel gehen.

»Möge seine Seele in Essigessenz ertrinken!«, raunte Hervor. »Und mögen Flechten auf seinen Stimmbändern wuchern, so dass er kein Wort mehr über die Lippen bringt!«

41

Hervor kletterte vom Stuhl am Fenster und richtete sich auf, um den Weihnachtsstern zu betrachten, den sie aufgehängt hatte. Die ganze Adventszeit hindurch hatte sie in alten Kisten und Kästen gewühlt und jeden Stern oder Kerzenleuchter herausgeholt, den sie besaß, und irgendwo plaziert. Mirjam hoffte, dass dieser Stern der letzte war, wurden doch schon alle Fenster in Hervors Haus von mehr oder minder schönen Dekorationen erleuchtet.

»Diese alten orangefarbenen Sterne sind was Schönes«, sagte Hervor zufrieden.

Mirjam stellte sich neben sie.

»Der da hat ja wohl seine besten Tage hinter sich. Du hättest dir einen neuen kaufen sollen, heutzutage gibt's ganz entzückende, große Sterne aus Gold.«

Hervor starrte sie aufgebracht an.

»Was, zum Teufel, willst du damit sagen? Der Stern hat schon mindestens seit den dreißiger Jahren zur Weihnachtszeit die Fenster meiner Familie geschmückt. Dann wird er jetzt doch wohl auch seinen Zweck erfüllen.«

Mirjam tätschelte ihr beruhigend den Arm.

»Ja, ja, hast schon recht. Wir machen jetzt Glühwein heiß und zünden das dritte Lichtlein an, auch wenn morgen erst der dritte Advent ist.«

Hervor ging ohne Umschweife zum Schrank unter der Küchenbank, holte eine Flasche Glühwein heraus und musterte sie eingehend.

»Verflucht, wie schwierig das heutzutage mit dem Glühwein geworden ist«, brummelte sie, »jede Menge Geschmacksrichtungen und nicht ein stinknormaler Glühwein. Mirjam, möchtest du welchen mit Blau-, Wacholder- oder Himbeergeschmack? Oder vielleicht mit Zitrone?«

Mirjam, die gerade die Adventskerzen angezündet hatte, pustete das Streichholz aus.

»Nimm doch den mit Cognacgeschmack, der könnte dir schmecken. Und stark ist er auch, nimm nicht so viel.«

Einen Augenblick später saßen sie schweigend am Küchentisch, eine volle Tasse mit Glühwein vor sich – Hervor war nicht knauserig. Die Kerzen brannten, und im Fenster leuchtete der alte Stern aus Papier. Eine traditionelle schwedische Adventszeit hat auch was für sich, dachte Mirjam. Das letzte Mal lag lange zurück. In den USA glitzerte es zur Adventszeit in den Schaufenstern und auf den Straßen, aber dort ging es nicht so ruhig und gemütlich wie in Schweden zu.

»Oh«, sagte Mirjam, »wie schön und friedlich wir es hier haben! So müsste es immer sein.«

Hervor nickte.

»Ganz recht! Ausnahmsweise ist's mal wieder richtig gemütlich – fehlt nur noch eine Katze, die vor Zufriedenheit schnurrt.«

Sie hatte den Satz gerade beendet, als die Haustür aufgerissen wurde und Pia mitsamt den Kindern, Andreas und Mikaela, in die Küche stolperte. Mirjam sah auf, und Hervor drehte sich jäh um.

»Ich brauche Hilfe!«, wimmerte Pia mit verzweifelter Stimme.

Sie sank auf den Fußboden und keuchte. Die Kinder standen schweigend daneben und guckten ihre Mutter erschrocken an. Hervor und Mirjam sprangen auf. Mirjam ging neben Pia in die Knie, und Hervor zog den Kindern ihre Jacken aus.

»Aber, Pia, was ist denn passiert?«

Mirjam nahm ihr die Mütze ab und streichelte ihr behutsam über den Kopf. Pia schaute hoch. Ein Auge war schon kräftig geschwollen. Ihre Wange war rot und hatte Kratzspuren. Dieser verfluchte Tony! Was für ein Mistkerl, und noch dazu vor den Kindern, der hatte wirklich keine Scham im Leibe!

»Komm, steh auf, wir gehen ins Badezimmer, damit ich dich verarzten kann«, sagte Mirjam so ruhig und freundlich wie möglich. Mit allen Mitteln versuchte, sie das Zittern zu unterdrücken, das sie am ganzen Körper erfasst hatte. Ein Zittern vor Angst und Wut.

Pia richtete sich auf. Mirjam sah die Panik in ihren Augen.

»Er ist ins Dorf gegangen«, wisperte sie, sie bekam die Worte kaum heraus. »Haltet ihn auf!«

Hervor, die die Kinder mit Milch und Safranbrötchen versorgt hatte, wandte sich einen Moment von ihnen ab und ging zu Pia hinüber.

»Wohin genau?«, fragte sie »Wohin ist er unterwegs?«

»Ich glaube, er ist unterwegs zu Ralph. Ihr müsst ihn aufhalten!«

Hervor nickte.

»Gut«, sagte sie. »Kinder, nehmt die Safranbrötchen und die Milch mit ins Zimmer und guckt ein bisschen Fernsehen, da gibt's bestimmt irgendwas Tolles. Mirjam muss eurer Mutter ein bisschen helfen. Ich bin gleich wieder da.«

Hervor nahm den Tretschlitten und fuhr zur Gartenpforte hinaus. Wegen des Neuschnees kam sie nur schwer voran. Wütend zerrte sie am Schlitten und kämpfte sich weiter vorwärts. Sie wusste, dass die Zeit drängte. An Tante Uhvs Haus stellte sie den Tretschlitten ab und schlich sich im Schutz des Hauses zum Hotel.

Die Stille der Adventsnacht wurde von einem brüllenden Motorengeräusch zerrissen. Sie schlich dichter an das Grundstück heran. Im selben Moment bog ein Traktor mit rasender Geschwindigkeit auf die Einfahrt des Hotels ein. Er hatte kaum eine Möglichkeit zu wenden. Er setzte zurück und richtete sich so aus, dass seine Schaufel direkt auf die Giebelwand zeigte, deren Fenster mit unzähligen kleinen Sternen dekoriert war. In der Fahrerkabine konnte sie schwach Tonys Gestalt erkennen, wer sollte es sonst sein?

»Was zur Hölle hat er bloß vor?«, murmelte Hervor.

Er gab Vollgas. Hielt die Schaufel gesenkt und fuhr – direkt in die Hauswand.

»Idiot!«

Das alte Gebäude gab ein ächzendes Geräusch von sich. Die Holzverschalung gab nach. Mit lautem Krachen drückte sich die Schaufel bis zur Hälfte in die Wand. Bretter wurden aus der Verankerung gerissen, es regnete Holzsplitter. Hervor holte tief Luft.

»Du liebe Zeit!«

Sie machte ein paar Schritte vorwärts. Noch zeigte die Schaufel nach unten, aber sowie er sie anhob, würde er in null Komma nichts die Fenster zerschmettern.

Er legte den Rückwärtsgang ein, drückte das Gaspedal erneut bis zum Anschlag durch, setzte zurück und zog die Schaufel wieder aus der Hauswand – dann hob er die Schaufel an. Du liebe Güte! Und senkte sie. Hervor wusste, was das hieß. Sie nutzte die günstige Gelegenheit und sprang schnell, das Gesicht der Fahrerkabine zugewandt, in die Schaufel. Hielt sich an den Seiten fest, damit sie nicht das Gleichgewicht verlor. Klar, wenn er wollte, konnte er sie einfach auskippen, er musste nur die Schaufel senken, und sie fiel in eine verfluchte Schneewehe. Sie musste rasch handeln, es ging um Sekunden.

Er hob die Schaufel an. Hervor schwindelte es. Mit ihren Händen, die in Handschuhen steckten, umklammerte sie den Rand der Schaufel fester. Nun war sie fast auf einer Höhe mit der Fahrerkabine. Jetzt hieß es alles oder nichts.

Ein erschrockenes Augenpaar starrte auf die unerwartete Last. Tony. Dann verzog er den Mund zu einem boshaften Lächeln, und sie konnte sehen, wie er den Arm senkte – ahnte, dass er nach dem Hebel griff. Jetzt, fuhr ihr durch den Kopf. Jetzt! Aus ihren Augen schossen kraftvolle Blitze, geradewegs durch die Scheibe der Fahrerkabine.

Sein Lächeln erlosch. Seine Augen wurden starr vor Schreck. Sie hörte, wie hinter ihr ein Fenster geöffnet wurde.

»He! Was geht hier vor?«

Erics respekteinflößende Stimme. Von einem Moment zum anderen verstummte das Motorengeräusch. Tony hatte den Zündschlüssel umgedreht. Die Tür zur Kabine schwang auf. Er sprang heraus und verschwand wie ein geölter Blitz über die Scooterspur, die zum Fluss hinabführte.

Hervor aber verharrte in der Schaufel und zerbrach sich den Kopf, wie bei allen Geistern sie wieder von dieser Schaufel herunterkommen sollte.

Unterdessen hing Mirjam Pias Jacke auf und half ihr, sich in Hervors Bett zu legen. Vorsichtig fuhr sie Pia mit einem feuchten, kühlen Handtuch übers Gesicht. Auf das lädierte Auge legte sie einen Eisbeutel. Eigentlich war es dafür schon zu spät, aber er linderte immerhin den Schmerz. Mit der Kälte schwand auch Pias Tränenflut, und sie hörte auf, zu hyperventilieren.

»Hast du Kopfschmerzen?«, fragte Mirjam.

Pia nickte.

»Nur ein bisschen, kommt wohl vom Weinen.«

Mirjam war sich da nicht so sicher. Falls Pia ein paar tüchtige Schläge abbekommen hatte, hatte sie vielleicht eine kleine Gehirnerschütterung. Verfluchter Kerl!

»Und die Kinder? Hat er sie auch angegriffen?«

Pia traten erneut Tränen in die Augen. Sie nickte.

»Andreas hat er gegen die Wand geschubst.«

»Gegen die Wand?«

Pia wischte sich mit dem Handrücken die Tränen ab.

»Mhm, er wurde schrecklich wütend, weil Andreas etwas Lustiges im Fernsehen gesehen und dazu getanzt hat. Aber eigentlich ist Tony auf mich wütend. Ich hab ihm gesagt, dass ich die Scheidung will.«

Mirjam machte sich Sorgen um den Jungen. Sie ließ Pia einen Augenblick allein und sah nach den Kindern. Sie saßen ruhig vor dem Fernseher, aßen Brötchen und tranken ihre Milch. Andreas sah sie mit ernsten Augen an. Sie streichelte ihm über die Wange.

»Alles wird gut«, sagte sie, ohne so richtig daran glauben zu können. »Alles wird gut. Heute Nacht könnt ihr hier schlafen, ich bezieh eben die Betten.«

»Hat Hervor noch mehr Brötchen?«, erkundigte er sich zaghaft. Seine ältere Schwester musste kichern.

»Du Krümelmonster! Du bist ein richtiges Krümelmonster!«

Beide Kinder lachten und konnten gar nicht mehr aufhören. Logisch, jetzt fällt die Spannung von ihnen ab, dachte Mirjam. Sie würde später mit den Kindern reden, im Moment war es das Beste, sie mit mehr Safranbrötchen zu versorgen.

Sie kehrte zu Pia zurück.

»Du musst ihn anzeigen«, sagte sie.

Pia winkte ab und schloss die Augen.

»Doch«, beharrte Mirjam, »ich ruf jetzt die Polizei. Meine beste Freundin ist da draußen allein unterwegs, wer weiß, was passiert, und du bist zusammengeschlagen worden, so dass dein Gesicht wie eine Farbenpalette schillert. Ich ruf da jetzt an.«

Pia hatte keine Kraft mehr, weiter zu protestieren, und Mirjam wählte den Notruf. Sie versuchte, ihrer Stimme einen festen Klang zu verleihen.

»Ich habe hier in Kuiva eine misshandelte Frau bei mir.«

»Aha«, erwiderte die weibliche Telefonstimme.

»Ihr Mann ist auf sie und die Kinder losgegangen, und wir befürchten, dass er jetzt ins Dorf gegangen ist und noch mehr Leuten Schaden zufügen wird. Er ist betrunken. Ihr müsst die Polizei herschicken.«

Die Frau am anderen Ende stieß einen tiefen Seufzer aus.

»Wir haben gerade keinen Streifenwagen da, er ist in Abisko.«

»In Abisko?«

Vor Mirjam drehte sich alles. Abisko war doch mindestens hundertfünfzig bis zweihundert Kilometer weit entfernt!

»Genau. Können Sie nicht versuchen, das selbst zu klären?«

Mirjam sank auf den nächstbesten Stuhl und versuchte, sich in Geduld zu üben, aber es wollte ihr nicht gelingen.

»Es selbst klären, ja?«, brüllte sie. »Ich bin Ärztin und weiß über den Ernst der Lage Bescheid! Ich versorge, so gut es geht, die Wunden, aber einen Irren jagen, der frei im Ort herumläuft – das mach ich nicht! Sie schicken jetzt sofort jemanden her!«

Sie knallte den Hörer auf und ging zu Pia zurück, die Gott sei Dank eingeschlafen war. »Es selbst klären«, völlig hirnrissig, dann hätte sie doch nicht angerufen. Sie spürte, wie die Panik in ihr aufstieg, und versuchte mit aller Macht, sie zu unterdrücken. Tony würde sich bestimmt nicht trauen, auf Hervor loszugehen, aber sie selbst saß wie auf glühenden Kohlen da, sie musste wissen, was im Dorf vor sich ging.

Da klingelte ihr Handy. Hervor!

»Hallo, Hervor! Sag, was ist los?«

»Ralph hier, nicht Hervor.«

Warum musste Ralph ausgerechnet jetzt anrufen? Er klang verbissen.

»Ich habe Hervors Handy in der Schaufel des Traktors gefunden und dachte, dass du Bescheid wissen solltest.«

Mirjams Herz krampfte sich zusammen. Bescheid wissen. Worüber denn? Was war passiert? Ralph redete wie ein Wasserfall, und sie musste sich darauf konzentrieren, ihn zu verstehen. Hervor hatte anscheinend in einer Treckerschaufel gesessen.

»Eric und Hervor sind unterwegs zum Fluss. Er ist in die Richtung abgehauen.«

»Er?«

Mirjam glaubte, einen ungeduldigen Seufzer zu hören.

»Ja, es war anscheinend Tony. Der Traktor ist verschwunden, jemand muss ihn abgeholt haben.«

»Den Traktor?«

Jetzt seufzte er tatsächlich.

»Wir brauchen Hilfe, Mirjam! Wir müssen diesen Cousin von Hervor anrufen. Das hat sie mir noch zugerufen. Ich kann mich nicht daran erinnern, wie er heißt, aber er ist Polizist.«

»Yngve Rantatalo«, sagte Mirjam.

»Gut. Ich versuche, ihn zu erreichen, und komme dann zu dir rüber.«

Er legte auf und Mirjam stürzte zur Küchenschublade und suchte nach dem Telefonbuch. Yngve Rantatalo, natürlich, Hervors Cousin, an den sie sich gewandt hatten, als Ralph den kleinen Moses gefunden hatte. Yngve wohnte hier im Dorf.

Als Erstes sah sie jedoch nach den Kindern. Sie waren vor dem Fernseher eingeschlafen. Mirjam breitete eine Decke über sie und ging zu Pia, die mit geschlossenen Augen dalag und ruhig atmete. Ihr Gesicht war zwar angeschwollen, aber die Schwellung würde zurückgehen, und dann würde sie wieder wie ein Mensch aussehen. Hervor hatte recht – Männer wie Tony gehörten zu den schwarzen Schafen, die meinten, für alles einen Freibrief zu haben. Mirjam wusste, was sie zu tun hatte. Allein schon wegen der Kinder hatte sie eine Meldepflicht beim Sozialamt, die Frage war bloß, ob und wem das nützte. Wenn sie für ein gemeinsames Gespräch Kontakt zu Tony und Pia aufnahmen, rastete er erneut aus. Am besten, er kam für ein paar Monate ins Gefängnis, er war schließlich gewalttätig. Dem Sozialamt konnte er jedenfalls nicht aus dem Weg gehen, auch die Polizei war verpflichtet, ihn zu melden.

Sie ging zum Telefon und wählte Yngve Rantatalos Nummer, hatte aber noch nicht alle Ziffern eingegeben, als die Tür aufgerissen wurde und ein eiskalter Wind durch Flur und Küche zog. Mirjam sah auf und erstarrte.

Im Hausflur stand Tony mit finsterer Miene. Sie lief auf ihn zu und stellte sich ihm in den Weg. Auf keinen Fall durfte er Pia und die Kinder mitnehmen. Dafür würde sie sorgen.

Die Tür wurde erneut aufgestoßen, und Hervor stolperte mit gerötetem Gesicht herein. Ihre Jacke war vom Schnee weiß. Gott sei Dank! Hervor rückte dicht an Mirjam heran. Sie schnaufte und hatte trotz der eisigen Kälte Schweiß auf der Stirn.

Tony warf ihr ein böses Lächeln zu. Seine Augen glänzten, er war betrunken.

»Ja, wen haben wir denn da! Wenn das nicht Kuivas alte Dorfhure ist!«

Mirjam keuchte. Hervor rang nach Luft.

»Du alte Schabracke, oder soll ich dich lieber Dorfmatratze nennen?! Man kennt doch die alten Geschichten, Hervor. Und deine Mutter erst. Hat sie nicht dafür gesorgt, dass dein Vater im Schnee erfroren ist? Was seid ihr doch für 'n verfluchtes Pack!«

Mirjam schielte zu Hervor. Sie war vor Wut weiß im Gesicht. Ihr Kiefer mahlte.

»Du hast doch keine Ahnung, du kleiner Hosenscheißer«, fauchte sie. »Als ich meine geliebte Tochter bekommen habe, hast du noch die Windeln vollgekackt.«

Tony lachte auf.

»Ahh, sieh an, sieh an, da hab ich wohl 'nen wunden Punkt getroffen. Aber eins sag ich dir, du verfluchtes Hexenbalg, ich hab verdammt noch mal auch 'nen wunden Punkt, und das ist meine Familie!«

Mirjam ballte die Hände zu Fäusten. Er würde sie nicht kriegen. Nur über ihre Leiche!

»Und ich bin gekommen, um sie zu holen. Ich weiß, dass sie bei euch sind.«

»Und woher willst du das so genau wissen?«, schleuderte ihm Hervor frech entgegen.

Tony nickte zur Tür.

»Das sind ja wohl ihre Tretschlitten da draußen.«

Er verzog das Gesicht zu einem schadenfrohen Grinsen.

»Dumm gelaufen, was?!«, fügte er hinzu. Er wandte sich an Hervor. »Mich wirste nicht mit deinen abscheulichen Hexenaugen bezwingen!« Er zog sein Messer aus dem Gürtel, Stahl blitzte auf, und richtete es erst auf Hervor, dann auf Mirjam und wieder auf Hervor. Mirjams Kopf war wie leergefegt. Hervor starrte ihn ausdruckslos an. Hatten sie ihre Kräfte verlassen?

»Pia«, brüllte Tony mit donnernder Stimme. »Ab nach Hause! Sofort!«

Mirjam schaute aus den Augenwinkeln zum Zimmer der Kinder. Ein Wimmern war zu hören. Tony drehte den Kopf. Für einen Sekundenbruchteil war er abgelenkt, und Mirjam nutzte die Gunst der Stunde. Mit aller Kraft schlug sie ihm mit der rechten Faust auf den Solarplexus. Er krümmte sich. Das Messer fiel zu Boden, und Hervor schnappte es sich und verschwand damit.

Mirjam verlor keine Zeit. Sie spürte Kräfte in sich, von denen sie nicht wusste, woher sie plötzlich kamen. Sie öffnete die Tür und warf Tony kurzerhand hinaus in die Finsternis und die winterliche Kälte. Mit der linken Hand verriegelte sie von innen die Tür, pustete über ihre schmerzende Rechte und blickte Hervor, die wieder im Flur stand, wutentbrannt an. Im Hintergrund hörte man immer noch das Wimmern, und Pia steckte zögernd den Kopf durch die Tür.

»Es reicht!«, brüllte Mirjam. »Jetzt rufe ich die Polizei. Möge der Teufel höchstpersönlich Feuer unter Tonys Hintern machen!«

42

Mirjam parkte den Wagen vor dem Gemeinschaftshaus in Kiruna. Leise fluchend stieg Hervor auf der Beifahrerseite aus. Ein paar tiefe Atemzüge an der frischen Luft, und Mirjam fühlte die Energie in sich zurückströmen. Sie war dankbar, dass es ein gewöhnlicher Montag war, jedenfalls fast. Die Dramatik des Wochenendes hatte Spuren hinterlassen, und ein paar Stunden sorglos zu shoppen, war jetzt genau das Richtige. Aber sie waren nicht die Einzigen, die diesen Einfall hatten, denn auf dem Parkplatz herrschte großer Andrang, so dass sie nur mit Mühe und Not eine kleine Lücke gefunden hatten.

Mirjam blieb einen Augenblick lang stehen und ließ ihren Blick über das Grubengebiet und die Bergkette in der Ferne schweifen. Verschwommen sah sie den Gipfel des Kebnekaise. Wenn es langsam Frühjahr wurde und die Sonne wieder schien, konnte man den Berg sehr gut sehen. Vor ein paar Jahren war sie für ein Wochenende zum Wandern dorthin gefahren, um den Kopf freizubekommen. Sie dachte gern daran zurück.

»Mensch, wäre das schön, wenn man den Berg richtig sehen könnte«, sagte Hervor, die ihrem Blick gefolgt war.

»Ja, wirklich!«

In einer Senke unterhalb des Hjalmar Lundbohmsvägen war undeutlich das Polizeigebäude zu erkennen, wo sie den ganzen Vormittag verhört worden waren. Nachdem Eric und Ralph wegen Sachbeschädigung und Mirjam wegen des Messerangriffs auf sie und Hervor Anzeige gegen Tony erstattet hatten, hatte auch Pia das ganze Ausmaß der Tat begriffen und es endlich gewagt, zur Polizei zu gehen. Mirjam und Hervor hatten ihre ganze Überredungskunst aufgeboten und ihr versprochen, sie und die Kinder rundum zu unterstützen. Pia war tatsächlich standhaft geblieben, aber Mirjam wusste, dass es sie große Überwindung kostete. Sie selbst war noch immer rasend vor Wut, sie wollte Tony am liebsten umbringen. Der Staatsanwalt hatte seine Festnahme beantragt, und ihr war stattgegeben worden. Jetzt hockte er in einer Zelle, und Mirjam war dem Staatsanwalt zutiefst dankbar, dass Pia dadurch eine mehrwöchige Verschnaufpause vergönnt war.

Nach dem Verhör hatten Ralph und Eric Pia im Auto mit zurück nach Kuivalihavaara genommen, während Mirjam und Hervor nun Weihnachtseinkäufe tätigen wollten, um auf andere Gedanken zu kommen. Allerdings würden die Geschenke nicht mehr rechtzeitig zu Weihnachten in den USA eintreffen. Aber in diesem Moment zählte allein das Vergnügen, für die Kinder und Enkel einzukaufen.

Hervor zerrte an Mirjams Ärmel.

»Was gibt's denn da zu glotzen? So spannend ist die Umgebung nun auch wieder nicht. Wir wollten doch Weihnachtsgeschenke besorgen.«

Mirjam überlegte, während sie die Vänortsgatan hinuntergingen und um die Ecke in die Lars Johanssonsgatan bogen.

»Nun, wir sollten auf alle Fälle in dieses Geschäft mit samischer Handwerkskunst gehen. Damit liegen wir bei den Mädchen immer richtig.«

»Wennbergs meinst du, na klaro. Ich würde für Ingrid und ihren Mann wirklich gerne etwas ganz Besonderes kaufen. Darf man eigentlich auch Essen verschicken, weißt du das zufällig?«

»Wieso? Was wolltest du denn schicken?«

»Na, *suovas* natürlich, damit kann man nichts falsch machen. Das gibt's bei Thornéus.«

Mirjam hatte keine Ahnung, ob man geräuchertes Rentierfleisch in die USA schicken durfte, aber ihr lief das Wasser im Mund zusammen. Hervor schnitt es meistens in dünne Scheiben und briet es leicht in der Pfanne an. Das schmeckte himmlisch! Selbst wenn sie es nicht verschicken durften, würde Mirjam eine Portion für sie und Hervor kaufen.

»Sag mal, Hervor«, meinte Mirjam, »wann werden die Geschenke wohl bei den Kindern eintreffen? Mitte Januar vielleicht?«

Hervor blieb abrupt in der Fußgängerzone stehen.

»Auweia, das könnte sein. Wie peinlich – aber wir hatten ja auch an anderes zu denken.«

Das stimmte zwar, aber es war keine Lösung für ihr Problem.

»Und was machen wir jetzt?«, fragte sie.

»Ach, wir rufen sie zu Weihnachten an und sagen, wie's ist. Und wenn uns die Sehnsucht zu sehr packen sollte, fahren wir einfach hin.«

Mirjam verspürte einen Stich in ihrer Brust und wurde wehmütig. Sie sehnte sich nach Anna, ihrem kleinen Enkel und nach ihrem Schwiegersohn. Sie schielte ins Schaufenster, als sie bei Lindex vorbeikamen.

»Halt«, sagte sie, »hier möchte ich für den kleinen Mann etwas zum Anziehen kaufen. Das kann man gut verschicken. Gott, wie ich mich danach sehne, seine runden Ärmchen um meinen Hals zu spüren.«

Zwei Stunden später saßen sie im Café Brända Tomten und aßen zu Mittag. Neben ihnen stapelten sich unzählige Tüten und Pakete. Hervor hatte ein sehr schönes samisches Messer ergattert und fragte sich, ob sie es durch den Zoll bekäme oder es als Sicherheitsrisiko eingestuft werden würde. Die Amerikaner waren mittlerweile ja so was von übersensibel, auch wenn man nachvollziehen konnte, warum.

Mirjam hatte ihr Geld für ein weiches Rentierfell ausgegeben, auf dem ihr Enkelkind herumkrabbeln konnte, obwohl es schon zwei Jahre alt war – aber das Fell war so schön.

»Was trägst du denn da um den Hals?«, fragte Mirjam und streckte sich. »Nein, wie süß!«

Hervor errötete leicht.

»Eine Uhr, ich fand das praktisch.«

Typisch Hervor! Nie würde sie eingestehen, dass sie sich in die kleine Uhr verguckt hatte. Sie hatte die Form eines kleinen Rings und hing an einem Lederband. Alles musste einen praktischen Nutzen haben – keinen Schnickschnack für Hervor.

Hervor stocherte in der Fertig-Quiche herum und rümpfte angewidert die Nase. Mirjam wusste, was ihr durch den Kopf ging. Sie machte die weltbesten Quiches, und die hier war nur eine Notlösung.

»Guck dir den an!«, rief Hervor aus.

»Hm?«

Hervor grinste bis über beide Ohren.

»Na, den Mann da. Meine Güte, hat der dir aber hinterhergesehen! Hast du's nicht bemerkt? Nicht älter als vierzig, der Kerl!«

Mirjam schnaubte.

»So ein Quatsch! Dass sich jemand nach mir umgedreht hat, ist mindestens zwanzig Jahre her. Das bildest du dir nur ein.«

Hervor stieß ein heiseres Lachen aus.

»Zwanzig Jahre! Ha! Und Sylve? Das ist ja wohl nicht lange her, und du musst zugeben – ein bisschen verschossen warst du schon in ihn.«

Mirjam erwiderte nichts. Sie stocherte in der Beilage ihrer Brokkoliquiche und spießte ein unschuldiges Salatblatt und ein Stück Tomate auf, das schon bessere Tage gesehen hatte. Sylve schon wieder. Dass Hervor nicht den Mund halten konnte. Eigenartig, dass sie den Trübsinn nicht abschütteln konnte, wenn sie an sein Schicksal dachte. Sein Leben sah nach dem Unfall vermutlich vollkommen anders aus. Die Lavendelkur gegen Schuldgefühle hatte im ersten Moment zwar Wirkung gezeigt, aber wenn sie tatsächlich darüber hinwegkommen wollte, musste sie die Kur sicher noch zigmal wiederholen. »Du bräuchtest einen Mann«, stellte Hervor fest und schob ihren Teller mit einer ärgerlichen Geste zur Seite.

»Von wegen! Was bitte schön soll ich mit so einem? Ich finde, dass Männer bei weitem überschätzt werden.«

Hervor lachte.

»Du wirst langsam schon genauso griesgrämig und langweilig wie ich. Willst du Kaffee haben?«

Mirjam nickte, und Hervor stand auf.

Einen Mann würde Mirjam sich bestimmt nicht mehr suchen, die Zeiten waren vorbei. Sie war mit ihrem Leben zufrieden. Seit vielen Jahren kam sie schon allein klar, selbst schwere Zeiten hatte sie auf sich gestellt durchgestanden. Inwiefern sollte ein Mann ihr Leben noch bereichern?

Hervor stellte den Kaffeebecher vor ihr ab.

»Dir würde ein Mann guttun«, sagte sie. »Oder zumindest einer, zu dem du gehen könntest.«

»Einer, zu dem ich gehen könnte? Was meinst du denn damit?«

»Na, du weißt schon, das Fleisch fordert zwischendurch auch mal sein Recht. Das schadet ja nichts.«

Mensch, das nervte! Mirjam wurde ärgerlich.

»Schluss jetzt, Hervor! Was mich betrifft, ich kann mit Männern nichts anfangen. Keiner, mit dem ich zusammen war, war zu irgendetwas nütze. Und wenn man sie loswerden möchte, weil sie sich disqualifiziert haben, gibt's nur jede Menge Scherereien. Denk nur an Tony und Pia.«

Hervor rührte ihren Kaffee um und schob sich ein Stück Kautabak unter die Lippe.

»Du hast einfach noch nicht den Richtigen gefunden«, ließ sie nicht locker.

Mirjam nippte an ihrem Kaffee und verbrannte sich die Zunge.

»Und«, sagte sie und starrte Hervor an, »woran erkennt man den Richtigen?«

Sie sah, dass Hervor nachdenklich wurde.

»Da sagst du was«, erwiderte sie. »Um ihn zu erkennen, braucht man wohl meine besonderen Fähigkeiten. Aber ich hab dir gesagt, Mirjam, dass du diese Fähigkeiten ebenfalls hast – du musst sie nur zulassen, weißt du.«

Mirjam erhob sich und machte Anstalten, ihre Jacke anzuziehen.

»Ich will nicht darüber reden«, sagte sie hastig. »Wir müssen jetzt gehen, in fünfzehn Minuten hast du einen Termin in Ferrums Spa. Beeil dich!«

Mirjam zog sich die Kapuze tief über die Ohren. Von neuem wanderten ihre Gedanken zu dem entsetzlichen Moment am Samstagabend, als Tony sie angegriffen hatte. Furcht hatte sie erst hinterher verspürt, und dann vor allem wegen des Fluchs, den sie ausgesprochen hatte und der aus der Tiefe ihres Herzens kam. Sie wünschte Tony dahin, wo der Pfeffer wuchs, und noch Schlimmeres. Sollte er doch auf ewig in der Hölle schmoren – in Anbetracht dessen, was er Pia und den Kindern angetan hatte. Welch ein Glück, dass Yngve Rantatalo greifbar gewesen war, Ralph hatte ihn ausfindig gemacht. Yngves Auto fuhr im selben Moment auf den Hof, als Mirjam Tony hochkant hinauswarf. Gleichzeitig eilte Eric herbei, er war ebenso furchtlos wie durchtrainiert und schon früher mit Unruhestiftern fertig geworden. Dem kräftigen Yngve war Tony nicht gewachsen, so dass dieser ihn ohne Umschweife auf die Polizeiwache nach Kiruna mitnahm, auch wenn er nicht im Dienst war. Das Messer hatte Hervor rechtzeitig an sich genommen und verschwinden lassen.

Mirjam überlief erneut ein Schauder, als sie daran dachte.

Momentan wusste sie nicht, was nach der Untersuchungshaft mit Tony passieren würde, aber Hervor hatte Pia versprochen, dass sie mit den Kindern bei ihr und Mirjam einziehen konnte, falls Tony nach vierzehn Tagen schon wieder entlassen werden würde.

»Bleib ruhig bei uns«, hatte sie gesagt. »Der wird dir nicht eine verfluchte Haarsträhne mehr krümmen!«

Erneut überquerten sie den Parkplatz beim Gemeinschaftshaus. Kiruna war nicht besonders groß, und die Stadt besaß ein überschaubares Zentrum.

In Ferrums Spa suhlte sich Mirjam kurz in einem herrlichen Kräuterbad, während Hervor, in Decken eingemummelt, die erste Gesichtsbehandlung ihres Lebens bekam. Mirjam hatte sie ihr vorab zu Weihnachten geschenkt.

»Nicht, dass ich das nötig hätte«, sagte Hervor zufrieden, als sie ein paar Stunden später nach Hause fuhren. »Ich habe schließlich die Haut einer zwanzigjährigen Perserin – aber, verflixt, war das schön!«

Mirjam musste lachen.

»Einer zwanzigjährigen Perserin? Die Haut will ich sehen! Aber freut mich, dass es dir gefallen hat.«

Hervor wandte sich ruckartig zu Mirjam um.

»Gefallen? Das ist untertrieben. Ich bin vor Begeisterung ganz aus dem Häuschen, zum Teufel! Und ich habe mir so meine Gedanken gemacht, als ich da gelegen habe und die mein Gesicht mit Wasserdampf besprüht haben.«

Mirjam machte einen Bogen um eine alte Dame, die vor dem Rathaus auf einem Tretschlitten ihre Fahrbahn kreuzte.

»So, so. Was ist dir diesmal wieder eingefallen?«

Hervor hatte es sich auf dem Beifahrersitz bequem gemacht und starrte geradeaus in die Dunkelheit.

»Hast du schon mal was von einer Bestattungsverfügung gehört, Mirjam?«

Selbstverständlich, sie hatte sogar schon selbst solch eine Verfügung verfasst, damit Anna sich nicht den Kopf darüber zerbrechen musste, was eines schönen Tages mit den sterblichen Überresten ihrer Mutter geschehen sollte.

»Weißt du, was ich mir gedacht habe?«

»Du liebe Güte, nun sag schon! Dass du immer alles so in die Länge ziehen musst!«

Hervor hatte eine listige Miene aufgesetzt.

»Also, ich werde bei meiner Bestattungsverfügung noch etwas hinzufügen. Mir fiel ein, dass, wenn man erst einmal in der Kiste liegt, sie doch deinen Körper herrichten, oder etwa nicht?«

Mirjam nickte, auch wenn sie nicht wusste, was da im Detail passierte.

»Eben. Deshalb schreibe ich in meine Bestattungsverfügung mit hinein, dass ich gerne eine erstklassige Gesichtsbehandlung wie in diesem Wellnesstempel heute haben möchte. Wie herrlich das riecht!«

Mirjam hatte Schwierigkeiten, den Kreisverkehr in Tuolluvaara zu passieren, weil sie so über Hervors Verrücktheiten lachen musste. Eigentlich war die Idee nicht schlecht, warum sollte man sich nicht mit kostbaren Cremes einreiben lassen? Hervor hätte das auf jeden Fall verdient – sie, mit ihrem Herzen aus Gold hinter der rauhbeinigen Fassade. Mirjam überkam plötzlich ein Anflug von Traurigkeit. Was, wenn Hervor irgendwann starb? Wie leer Mirjams Leben dann sein würde.

»Wusstest du eigentlich«, begann Mirjam, »dass man seinen Todestag errechnen kann?«

»Was? Wie meinst du das?«

Mirjam drückte das Gaspedal runter und beschleunigte, als sie die Autobahn erreichten.

»Hab ich vor kurzem im Internet gelesen. Man tippt Antworten auf ein paar Fragen ein, überweist Geld an irgendeine obskure Firma, und schwups! erfährt man sein Todesdatum. Amüsant, nicht?«

Hervor schnaubte.

»So ein Blödsinn! Außerdem kenn ich meins sowieso schon.«

Mirjam merkte, wie sich eine Eiseskälte in ihr ausbreitete. Wie dumm von ihr, das Gespräch auf dieses Thema zu bringen.

»Du kennst es?«

»Na logisch«, kicherte Hervor. »Da hab ich dir ’nen tüchtigen Schrecken eingejagt, hm?«

Mirjam brachte kein Wort über die Lippen. Ein Leben ohne Hervor konnte sie sich nicht vorstellen. Hervor tätschelte ihr beruhigend den Arm.

»Aber bis zu dem Tag ist es noch verdammt lange hin, sag ich dir. Verdammt lange.«

43

Am Samstag vor dem vierten Advent, eine Woche nach Tonys Ausraster, stand Mirjam unter der Dusche und ließ langsam kühles Wasser über ihren Körper laufen. Genau so stand es in Hervors magischem Buch. Man sollte sich vorbereiten, bevor man Beschwörungen aussprach.

Während das Wasser auf sie herabströmte, versuchte sie sich auf die Gefühle zu konzentrieren, die sie heraufbeschwören wollte. Als ihr die Frage dieses dummen Predigers vom letzten Sonntag einfiel, wurde sie furchtbar wütend. Was für ein Widerling, selbstherrlich anzunehmen, dass es sein gutes Recht sei, über andere Leute zu urteilen. Das Leben hatte Mirjam gezeigt, wie manche Leute tickten. Dummheit war durch nichts einzudämmen, sie konnte grenzenlos sein.

Ihre Gedanken schweiften ab und wanderten zu Pia und Tony. Pia hatte ihr kürzlich erzählt, dass Tony offenbar über die Feiertage nicht freikam. Laut Pias Anwalt konnte es auf acht Monate Gefängnis hinauslaufen. Ein unheimlicher Zorn überkam Mirjam, ein Zorn aus ihrem tiefsten Innern. Ihr Körper erinnerte sich. Dieses Gefühl hatte sich in ihr breitgemacht, als sie Tony mit dem schrecklichen Fluch belegt hatte, ihretwegen konnte er ebenso gut das Zeitliche segnen. Um Tony war es nicht schade.

Zahlreiche erschütterte Dorfbewohner hatten das Hotel nach dem schlimmen Vorfall unter einem Vorwand aufgesucht. Hervor und Mirjam hatten bei angelehntem Fenster ihre Kommentare gehört. Ralph war das peinlich gewesen, aber Hervor hatte seine Einwände kurzerhand vom Tisch gewischt.

»Du kennst Mirjam nicht«, sagte sie. »Wenn du wüsstest …, wie sie sich anschleichen und an Fenstern anderer Leute ihre Lauscher aufstellen kann. Wie zum Beispiel auf Gotland …«

Mirjam versetzte ihr einen wütenden Stoß.

»Kein Wort mehr!«, zischte sie, und zu ihrem Erstaunen verstummte Hervor.

Stattdessen hatten sie durch das Fenster geschielt und die Ohren gespitzt. Die Dorfbewohner betrachteten das Loch in der Fassade. An mehreren Stellen war die Holzverschalung eingedrückt und zerbrochen. Hässliche Holzsplitter ragten aus der Wand, und weitere Holzstückchen lagen in den Schneewehen ringsum und ergänzten das traurige Bild. Der Traktor hatte tiefe Radspuren in der schönen Schneedecke hinterlassen, und der nackte Boden war zu sehen.

»Das war wirklich nicht nötig, den ganzen Stolz unseres Dorfes zu zerstören«, meinte ein alter Herr und schüttelte den Kopf. »Wird nicht einfach, das wieder zu reparieren, auf dieses Handwerk verstehen sich heutzutage nicht mehr viele.«

Die meisten waren seiner Meinung und nickten zustimmend.

»Alkohol bringt wirklich nur Verderben«, warf eine kleine alte Frau ein. »Arme Gerda, mit so einem Sohn. Sie hat in ihrem Leben bei Gott schon genug mitgemacht. Dass er es seiner Mutter auf diese Weise dankt.«

Die alten Männer klopften sachkundig gegen die Wand, lösten ein lockersitzendes Brett und musterten mit Kennermiene die Unterkonstruktion.

»Hm, es ist wirklich eine Schande, dass wir nicht an die Stockholmer geglaubt haben. Ich war die ganze Zeit mit Tony einer Meinung, dass sie von hier verschwinden sollten. Das bereue ich jetzt. Man kann nicht jeden mögen, aber alles hat seine Grenzen.«

Die kleine alte Frau nickte altklug.

»Gewiss, ja, wir müssen uns für unser Gerede wirklich schämen, wenngleich Gott sei Dank niemand zu Schaden gekommen ist. Wie ich gehört habe, wäre Hervor und der Frau Doktor beinahe etwas passiert.«

Mirjam packte Hervor am Arm und legte einen Finger auf den Mund. Hervors Augen leuchteten vor Neugier.

»Ach ja? Inwiefern beinahe?«

»Na, der Idiot hat sie doch mit dem Messer bedroht, nachdem Hervor ihn von dem Trecker runtergejagt hat.«

»Dem mit der Schaufel, meinst du?«

Die alte Frau nickte und sog Luft durch die Lippen ein, während sie weitersprach.

»Nur gut, dass er jetzt hinter Schloss und Riegel sitzt.«

»Hervor ist wahrlich nicht auf den Kopf gefallen«, sagte der alte Herr. »Eine wirklich mutige Frau. Ich finde, wir sollten sie zu Kuivas Ehrenbürgerin ernennen.«

Hervor suchte Blickkontakt mit Ralph, Eric und Mirjam und nickte beifällig. Eric verzog den Mund zu einem breiten Lächeln und deutete Applaus an.

Ein anderer alter Mann mischte sich in das Gespräch ein.

»Die Ärztin ist aber auch nicht von schlechten Eltern.«

Mirjam warf Hervor ein triumphierendes Lächeln zu.

Der alte Mann stieß vor dem Fenster auf leisen Protest.

»Ja, ja, aber sie stammt nicht aus dem Dorf, von einer Auszeichnung kann also keine Rede sein. Das würde zu weit gehen«, meldete sich die alte Frau zu Wort.

Danach meinte Ralph, dass sie genug gehört hätten, und schloss leise das Fenster zu.

Mirjam konnte gut damit leben, dass sie nicht als Einheimische galt. In der Hinsicht hegte sie keinerlei Ambitionen, sondern freute sich darüber, dass sie und Hervor mit heiler Haut davongekommen waren.

Mirjam betätigte den Hahn und ließ das Wasser stärker herabprasseln. Was hatte sie noch gleich in Hervors magischem Buch gelesen? Das Wasser sollte den Zorn von ihr abspülen, wobei sie sich vorstellen sollte, dass der Zorn eine symbolische Farbe hatte, von der sie sich reinwaschen musste. Nun, da sie sich für diesen Weg entschieden hatte, wollte sie nicht länger von Zorn erfüllt sein. Freude und Mitgefühl sollten sie durchdringen.

Sie nahm an, dass nun genügend Zeit vergangen war, stieg aus der Dusche und trocknete sich mit einem Frotteehandtuch ab.

Ihre Zimmertür machte sie fest hinter sich zu und schloss sie ab. Dann entzündete sie zwei Kerzen, die sie zuvor auf die kleine Kommode gestellt hatte. Hervor war mit dem Computer beschäftigt, ihr würde sicherlich nicht auffallen, dass Mirjam sich zurückgezogen hatte. Denn dass sie etwas vorhatte, davon musste Hervor nicht unbedingt erfahren.

Die Kleidung war wichtig, so stand es im Buch, und zwar sollten es natürliche Materialien und klare Farben sein. Mirjam hatte nur ein paar bequeme Jogginghosen, also zog sie sie an, und ein großes T-Shirt. Sie setzte sich im Schneidersitz auf den Boden, legte die Handflächen gegeneinander und achtete darauf, dass sich ihre Daumen berührten. Dann streckte sie den Rücken durch.

Gerade als sie die Augen schließen wollte, wurde ihr Blick

von der Ikone mit dem Bild der Jungfrau Maria und dem Jesuskind angezogen. Mit ernster Miene sahen sie Mirjam an. Sie kroch zum Nachttisch. Dabei machten sich ihre Knie bemerkbar, und sie stöhnte leise auf. Sie klappte die faltbare Ikone zusammen und schmiss sie in den Koffer unter ihrem Bett. Bald werde ich alles umpacken, dachte sie. Alles zusammenpacken und die Zelte hier abbrechen – dass es an der Zeit war, spürte sie in allen Gliedern.

Sie kroch auf den Teppich zurück und nahm erneut ihre Position ein.

»Pia und die Kinder haben ein friedliches, glückliches Leben«, bat sie inständig. »Pia und die Kinder haben ein friedliches, glückliches Leben.«

Nachdem sie die Beschwörungsformel siebenmal wiederholt hatte, legte sie sich in entspannter Haltung auf den Rücken. So gefiel ihr das – sie wollte nett sein und positive Affirmationen aussprechen, die Gutes bewirkten. Mit den abscheulichen Verwünschungen, mit denen sie sich damals auf Hervors Anraten beschäftigt hatte, wollte sie nichts mehr zu tun haben. Sie hätte Tony natürlich ebenso gut ein paar böse Gedanken senden können, aber diese Affirmationen waren viel befriedigender. Ralph und Eric durfte sie nicht vergessen. Ruckartig richtete sie sich auf und nahm erneut die meditative Position ein.

»Ralph und Eric sind das glücklichste Paar der Welt«, sagte sie laut und nachdrücklich.

Schlich da etwa Hervor vor der Tür herum?

Im Laufe des Abends fiel Mirjam zu ihrer Verwunderung ein, dass sie vergessen hatte, die Post von gestern hereinzuholen. Sie zog sich einen Mantel an, schlüpfte in ein paar Holzschuhe und überquerte rasch den verschneiten Hof.

Am Tag war erneut haufenweise Schnee gefallen, der in ihre Holzpantinen eindrang und ihre Socken durchnässte. Morgen mussten Hervor und sie wohl Schnee schippen – das war zwar anstrengend, aber unumgänglich. Wie immer in Kuivalihavaara war alles ein einziger Kampf. Allerdings musste sie zugeben, dass das Dorf sich prima als Zufluchtsort eignete, wenn man seine Wunden lecken wollte. Ruhig und überschaubar. Selbst die Kälte trug dazu bei, gelassener zu werden, sie bettete gleichsam ihre Seele ein.

Als sie wieder ins Haus trat, wäre sie beinahe auf dem Korkteppich ausgeglitten, den der Schnee unter ihren Holzschuhen in eine gefährliche Rutschbahn verwandelt hatte.

»Brr, wie kalt das innerhalb eines Tages geworden ist!«, stöhnte sie und knallte den Poststapel auf den Küchentisch.

Hervor lachte leise.

»Und wie, und es kommt noch schlimmer.«

Mirjam machte es sich auf dem Küchensofa bequem und sah die Post durch.

»Woher willst du das wissen?«

»Was bist du doch schwer von Begriff, meine Süße. Vergisst immer wieder, dass ich die Zukunft vorhersagen kann, zum Großteil zumindest.«

»Und du brütest immer jede Menge Unfug aus. Also, woher willst du wissen, dass es noch kälter wird? Hast du die Wettervorhersage gehört?«

Hervor schnaubte verärgert.

»Von wegen! Auf diese Meteorologen gebe ich nichts, die reden nur jede Menge Quatsch – Stürme hier, Regen da –, das trifft doch nie zu. Nee, ich bekomm immer so verflixte Schmerzen in meinem linken Ellbogen, bevor das Quecksilber fällt. Könnt mir denken, dass wir heute Nacht zweiunddreißig Grad minus kriegen.«

Mirjam brummte nur, während sie den Poststapel weiter durchsah, das war um einiges interessanter als Hervors alte Ellbogenverletzung. Hervor hatte natürlich wieder einige Briefe erhalten – von Privatleuten, die unter dem Siegel der Verschwiegenheit ein Horoskop erstellt haben wollten. Dann waren die *Norrländskan* gekommen und zwei eingeschweißte *Gotlands Allehanda.* Mirjam hatte sie abonniert, damit sie wusste, was auf ihrer Heimatinsel los war. Die Zeitung war schon ein paar Tage ausgeblieben. Sie würde Tee aufsetzen, es sich gemütlich machen und lesen. Die *Norrländskan* warf sie Hervor zu.

Lange Zeit herrschte Stille am Küchentisch, die nur vom Rascheln der Zeitung, wenn Mirjam umblätterte, und dem Ritschratsch unterbrochen wurde, wenn Hervor mit dem Zeigefinger die Briefumschläge aufriss. Ich sollte ihr zu Weihnachten einen Brieföffner schenken, dachte Mirjam geistesabwesend, während sie die Todesanzeigen und die Kurznachrichten aus den verschiedenen Gemeinden Gotlands überflog. Als ihr Blick auf einen Artikel auf der ersten Seite fiel, sprang sie auf und stieß einen gellenden Schrei aus.

»Was, in Herrgotts Namen!«

Die Teetasse kippte um, und sie brachte in aller Hast die Zeitung in Sicherheit. Hervor nahm ihre Briefe vom Tisch.

»Was machst du denn, zum Teufel?!«, brüllte sie. »Was schreist du denn so?!«

Mirjam stürzte zu der Rolle mit Haushaltspapier und wischte eifrig den Tisch trocken. Ihr Puls hämmerte.

»Moment, Moment! Ich erzähl's dir gleich.«

Sie goss neuen Tee ein, breitete die Zeitung auf dem Tisch aus und zeigte auf den Artikel.

»Guck, hier!«

Hervor schob ihre Brille an Ort und Stelle, überflog den Artikel und musterte das dazugehörige Foto.

»Na, wenn das nicht deine alte Liebe ist!«, sagte sie und grinste.

Mirjam nickte nur und ignorierte Hervors Kommentar.

»Verflixt, nun mach schon!«, sagte Hervor.

Mirjam las vor:

»Archäologischer Fund in Kajpe Kviar. An einem uralten Wegstück hinter der alten Kapelle von Kajpe Kviar sind Silbermünzen entdeckt worden.«

Hervor atmete tief ein.

»Himmel, Arsch und Zwirn! Geld?«

Mirjam holte tief Luft und las weiter.

»Bei dem Finder handelt es sich um Sylve Lagergren, der nach einer längeren Erkrankung nun eine Vertrauensstellung beim Verein ›Freunde der Archäologie‹ bekleidet.«

Mirjam machte eine kleine Pause und trank einen Schluck Tee, um wieder eine klare Stimme zu bekommen. Hervor zündete sich eine Zigarette an und paffte am Tisch, ihr war völlig entfallen, dass das gegen ihre und Mirjams Prinzipien verstieß.

»Ich glaub, ich fress 'nen Besen, Mirjam! Ein uraltes Wegstück hinter der Kapelle – das muss hinter deinem Plumpsklo sein!«

Mirjam nickte. Hervor stöhnte auf.

»Und wir hatten keine Ahnung. Silbergeld! Uralte Münzen! Donnerscholli, wie konnte mir das als alte Hexe bloß durch die Lappen gehen? Ich glaub, ich häng meinen Job an den Nagel.«

Mirjam fuhr fort:

»Lagergren, dem die Erlaubnis erteilt wurde, einen Metalldetektor zu verwenden, ist nach wenigen Wochen intensiver Suche schon auf so manche Dinge gestoßen. ›Vor allem auf alte, rostige Konservenbüchsen‹, sagt er und lacht. ›Aber dann habe ich die Münzen gefunden. Besonders erstaunt hat es mich eigentlich nicht, ich habe schon immer den Verdacht gehabt, dass diesen Weg Räuber und anderes fahrendes Volk benutzt haben‹, so Lagergren. Auf unsere Frage, was nun mit dem Schatz geschehen soll, erläutert Lagergren, dass er zum vorgeschichtlichen Museum Fornsalen in Visby Kontakt aufgenommen hat. ›Zum Grundstückseigentümer nehmen wir selbstverständlich auch Kontakt auf‹, fügt er hinzu.«

Mirjam merkte, wie ihr der Schweiß ausbrach.

»Ha, ha, zum Grundstückseigentümer«, sagte Hervor lachend, »wenn das nicht du bist! Tja, bist ihn also doch nicht losgeworden, wie du gehofft hast!«

Mirjam warf ihr einen wütenden Blick zu.

»Mensch, was bist du bloß für ein garstiges Hexenweib! Ich hab seinen Tod doch gar nicht gewollt, das weißt du genau!«

»Hm«, brummte Hervor.

»Längere Erkrankung …«, wiederholte Mirjam, »stell dir nur vor, dass er sich so weit erholt hat! Ich hätte mich über seinen Zustand besser informieren müssen. Als ich nach Kuiva geflüchtet bin, hätte ich wetten können, dass sein letztes Stündlein geschlagen hat.«

Wieder und wieder las sie den Bericht und betrachtete Sylves Bild aus unterschiedlichen Blickwinkeln. Er machte einen vollkommen gesunden, aber vor allem vergnügten Eindruck. Was hatte er doch für ein Schwein gehabt. Die Mistgabel hatte ihn übel erwischt, aber offenbar nicht übel genug. Sylve schien ein Wunder der Medizin zu sein – seine Zeit war noch nicht gekommen. Vollkommen wiederhergestellt war er bestimmt nicht, wenn er Zeit fand, nach vorgeschichtlichen Gegenständen zu suchen. Ob er überhaupt weiter als Schweinebauer arbeitete? Sie würde nur zu gern mehr wissen, aber ihr war klar, was sie erwartete, wenn sie Kontakt zu ihm aufnahm – der kleinste Wink ihrerseits, und er würde sich wieder an sie klammern. Nein, sie musste die Sache ruhen lassen.

»Da hast du's!«, sagte sie triumphierend zu Hervor. »Das ist der Beweis, dass meine bösen Affirmationen keine todbringende Wirkung haben!«

Hervor war unterdessen zur Spüle gegangen und hatte unter dem Wasserhahn ihre Zigarette ausgemacht.

»Dieses eine Mal vielleicht, ja. Aber sie hatten dennoch eine ziemlich vernichtende Wirkung. Verdammt noch mal, ich muss unbedingt Vendla anrufen und sie löchern, was mit ihrem Sohn passiert ist und wie's ihm geht. Sie ist so schrecklich nett.«

Mirjam hatte eine nachdenkliche Miene aufgesetzt.

»Jaa«, sagte sie gedehnt.

»Wenn du's wissen willst«, sagte Hervor, »der Kerl ist ein Hornochse!«

»Sylve auch? Gibt es denn keinen, der Gnade vor deinen Augen findet?«

Hervor schnaubte verächtlich.

»Denk nur, was er dir angetan hat! Du hast auf allen vieren im Mist gelegen, bist mit deinem schönen roten Cape im Dreck rumgekrochen und hast diesen Blödmann wieder zum Leben erweckt. Und wie dankt er's dir? Indem er überall auf der verfluchten Insel rumposaunt, dass Silbermünzen hinter deiner Kapelle liegen! Wenn ein echter Mann in ihm gesteckt hätte, hätte er ja wohl erst mal die Klappe gehalten und mit dir geredet.«

»Idiot!«, fügte sie abschließend hinzu.

44

Mirjam saß auf der Empore und blickte über das Kirchenschiff. Die pompösen Leuchter an der Kirchendecke waren mit Kerzenlichtern bestückt. Auf beiden Seiten der Altarschranke stand eine schmucke Fichte, die vielleicht ein wenig dünn aussah, aber wunderschön von Christbaumkerzen erhellt wurde.

Die Bankreihen füllten sich mit Dorfbewohnern, die zu solchen besonderen Anlässen die Kirche besuchten. Auch Olavi Törmä und seine Freunde von der rechtgläubigen Schar waren gekommen, sie saßen in den ersten drei Bankreihen auf der rechten Seite: Frauen mit schwarzem Kopftuch, junge Frauen mit langen Zöpfen, Männer in dunklen Anzügen und weißen Hemden ohne Schlips, die Hüte auf dem Schoß haltend. Weil heute der Gemeindepfarrer den Gottesdienst abhalten sollte, hatten sie sich dazu herabgelassen, zu kommen. Wenn Kerstin Blomkvist ihren Dienst tat, kamen sie nicht.

In der Vorhalle unter der Empore war das Trampeln von Füßen zu hören. Von den Bankreihen drangen gedämpftes Flüstern und Wortfetzen herauf – mal auf Schwedisch, dann wieder auf Tornedalfinnisch. Die Kinder blätterten in den Gesangbüchern und raschelten genüsslich mit dem hauchdünnen Seidenpapier. Törmä zog sein Taschentuch aus der Tasche und gab ein paar kräftige Trompetenstöße von sich.

Mirjam hatte von der Empore einen wundervollen Überblick und verspürte trotz aller aufreibenden Geschehnisse eine Art Frieden. Für einen Moment vergaß sie ihre Sorgen wegen Pia und Tony, Sylve und den Silbermünzen und gab sich dem Gesang hin.

Schräg vor ihr saß Ralph, der Gastsolist. Das hatte Seltenheitswert – Kuivalihavaaras einfacher Kirchenchor sang zusammen mit Ralph Sörarve! Daran würde sie sich für den Rest ihres Lebens erinnern.

Der Kantor lockerte seine Finger und begann zu spielen. Seine Finger glitten über die Tasten, und die Musik erfüllte die Kirche. Die Pfarrerin trat in ihrer Albe und einer schönen blauen Stola aus der Sakristei. Mit scharfem Blick beobachtete Mirjam Olavi Törmä. Unruhig rutschte er auf der Bank hin und her, nahm seine Brille ab, putzte sie und sah zum Hilfspfarrer, der am Altar auf die Knie herabsank. Dann lehnte er sich zu seiner Ehefrau hinüber und flüsterte ihr etwas zu. Die ruhigen Orgeltöne verhallten, und das Läuten der Kirchenglocken erklang.

»Seid alle herzlich willkommen an diesem vierten Advent zu einem Abend mit Weihnachts- und Kirchenliedern«, hob Kerstin Blomkvist an, nachdem die Glocken verklungen waren. »Unser schönes Dorf hat eine schwierige Zeit hinter sich, in der Gefühle wie Hass und Ablehnung großen Raum eingenommen haben. Lasst uns die Betroffenen in unsere Gedanken mit einschließen, Opfer wie Täter, lasst uns mit Versöhnung in unserem Herzen die Weihnachtsbotschaft empfangen und mit Freude diesen Feiertag gemeinsam begrüßen. Noch einmal: Seid alle herzlich willkommen!«

Sie betonte »alle« und hielt ihren Blick fest auf Törmä gerichtet.

»Gemeindepfarrer Hietala ist bedauerlicherweise erkrankt, sendet euch jedoch seine herzlichsten Grüße«, ergänzte sie. »Wir beginnen mit einem Solo von Ralph Sörarve in Begleitung unseres Kirchenchores.«

Ralph und der Chor standen auf. Törmä knöpfte seinen Mantel zu, verstaute die Brille in der Schatulle und schloss mit einem Knall das Gesangbuch. Ralphs herzzerreißend schöner Bariton drang bis in den letzten Winkel des Kirchenschiffs, als er die auf eine französische Weise zurückgehende Version von *Heilige Nacht* anstimmte.

Törmä drehte sich um und starrte verbissen zur Empore hoch. Mirjam musste an sein erzürntes Gesicht denken, als sie den Prediger zusammen mit Tony in seiner Garage beobachtet hatte. Der Traktor, schoss es Mirjam mit einem Mal durch den Kopf. Der Traktor muss ihm gehören. Weshalb hatte sie nicht schon eher daran gedacht?

»Heilige Nacht, da Gott den Retter sendet«, sang Ralph. Der Prediger nickte seiner Gruppe zu, drückte sich den Hut auf den Kopf und stand auf. Die anderen folgten seinem Beispiel und störten empfindlich Ralphs Gesang.

Die Gemeindemitglieder riefen »Pst!« und sahen ihnen aufgebracht nach. Törmä drohte Eilert mit der Faust, als er an ihm vorüberging. Eilert lächelte nur milde zurück. Das Geräusch der zuknallenden Tür hallte noch lange im Kirchenschiff nach.

»Kommt her zu ihm, ihr Hirten und ihr Weisen, kommt her zu ihm, der eure Sehnsucht stillt«, sang Ralph ohne weitere Unterbrechung. Gerda schniefte laut. Tante Uhv wischte sich diskret die Tränen weg. Mirjam wusste, warum – noch nie hatte jemand so wunderschön *Heilige Nacht* gesungen.

»Der Herr segne euch und behüte euch. Der Herr lasse sein Angesicht leuchten über euch und sei euch gnädig«, schloss Kerstin die Andacht und ergänzte, nachdem sie den Segen gesprochen hatte: »Und das schließt alle ein, die heute Abend in der Kirche gewesen sind.«

Ralph und Eric stiefelten durch die kalte Polarnacht nach Hause. Der Schnee glitzerte, und der Himmel war sternenklar. Das ist wunderschön, dachte Ralph. Aber trotzdem – er musste bald wieder in den Süden, sonst würde er noch durchdrehen. Das Konzert war eine interessante Herausforderung gewesen, auch wenn ihm natürlich nicht entgangen war, dass der Prediger mitsamt seinem Gefolge die Kirche verlassen hatte, weil er als Solist aufgetreten war. Die Pfarrerin jedoch hatte ihm erklärt, dass es einen viel schwerwiegenderen Grund dafür gegeben habe.

»Aha, und welchen?«, fragte er.

»Dass eine Frau auf der Kanzel stand«, erwiderte sie, und er erahnte den Kummer in ihren Augen. »Sie sind irrtümlich gekommen, denn eigentlich hätte der Gemeindepfarrer heute die Predigt halten sollen.«

So war das also! In den Augen des Predigers waren sie wie Pest und Cholera. Sie, weil sie eine Frau war, und Ralph und Eric, weil sie sich liebten. Für Ralph war das allerdings nur schwerlich mit der christlichen Botschaft in Einklang zu bringen. Hatte Jesus nicht gesagt, dass man einander lieben sollte?

»Jetzt mach dir nicht länger Gedanken wegen diesem alten Kauz«, sagte Eric, der nie lange Trübsal blies. »Zu Hause köpfen wir 'ne Flasche Schampus, ich habe noch eine schöne Sorte in Reserve. Du hast gesungen wie ein junger Gott, und ich liebe dich!«

Sie setzten sich in die Küche – bisher der einzige Raum, in dem so etwas wie Gemütlichkeit aufkam. Eric deckte den Tisch mit Kristallgläsern und goss den Sekt ein. Dann schaltete er die hässliche rote Lampe mit dem rosengefüllten Glasfuß ein und zündete ein paar Kerzen an. Ralph blätterte in einem von Sigfrids Tagebüchern.

»Bist du immer noch nicht fertig?«, wollte Eric wissen.

Ralph riss seinen Blick widerwillig von den Seiten los.

»Doch, und wie du weißt, habe ich die Wahrheit erfahren. Aber ich bin noch über etwas anderes gestolpert. Einen Namen, der mir heute Abend in der Kirche eingefallen ist.«

Eric nickte verständnisvoll und hob sein Glas. Zerstreut prostete Ralph ihm zu und blätterte weiter.

»Eric, sieh dir das an! Das ist nicht zu fassen!«

Eric beugte sich über das Tagebuch. Die Besorgnis und das Unbehagen hatten in der Handschrift ihre Spuren hinterlassen. Der junge Sigfrid war durcheinander und wusste nicht, was er tun sollte. Eric pfiff durch die Zähne.

»Das gibt's doch nicht!«

Aufgeregt deutete Ralph auf die Tagebuchseite.

»Ich werd nicht mehr, wenn das kein Sprengstoff ist!«

Es war später Abend, als Pia durchs Dorf eilte. Unter ihren Schuhsohlen knirschte der Schnee, und aus den Schornsteinen stieg Rauch auf. Frisch gebügelte Weihnachtsgardinen zierten die Fenster, in denen Weihnachtssterne und Kerzenleuchter ein gemütliches Licht verbreiteten. Es war still, die meisten Dorfbewohner trafen zu Hause die letzten Vorbereitungen für das Weihnachtsfest. Bis Heiligabend waren es nur noch zwei Tage, und sie wollte das Fest nicht in Kuiva verbringen. Tony blieb noch mindestens über die Feiertage in Haft, und wenn sie es richtig verstanden hatte, würde danach Anklage erhoben werden. Wie auch immer, jedenfalls hatte sie noch etwas Aufschub bekommen, den sie nutzen wollte.

»Sorge dich nicht wegen Tony«, hatte Hervor ihr gesagt. »Fahr mit den Kindern weg und feiere ein unbeschwertes Weihnachtsfest bei deinen Eltern.«

Gesagt, getan. Mirjam half ihr, die Sachen zusammenzupacken. Morgen früh würde sie Pia und die Kinder zum Flughafen nach Kiruna fahren. Pia aber wollte mit Tony kein Wort mehr wechseln. Sie hatte vor, Kuiva für immer den Rücken zu kehren.

Vor dem alten Kasten blieb sie stehen und hob den Blick. Weißes und phosphorgrünes Nordlicht tanzte über den Sternenhimmel. Das Nordlicht ähnelt großen Orgelpfeifen, dachte sie. Sie konnte sie beinahe hören. Es war ein grandioses Schauspiel, aber vermissen würde sie es nicht im Geringsten.

Ralph saß an der Hotelrezeption und sortierte Papiere. Er gähnte. Eigentlich ist es höchste Zeit, ins Bett zu gehen, überlegte er, als plötzlich die Tür aufging und Pia die Eingangshalle betrat.

»Hallo! Na, du bist ja noch spät unterwegs.«

Sie nickte, und ihr Gesicht war ernst.

»Ralph«, sagte sie, »ich möchte, dass du dich um eine Sache kümmerst. Würdest du das tun?«

Ihr Blick war flehend. Natürlich würde er ihr helfen, wenn er konnte. Und wenn es um Tony ging, der wieder ausrastete, musste er eben Eric zur Verstärkung holen. Obwohl er nicht annahm, dass ihr Raufbold von Ehemann bereits aus der Haft entlassen worden war.

»Selbstverständlich! Raus damit.«

Sie räusperte sich und holte tief Luft.

»Ich werde fortgehen und nicht wieder zurückkommen«, sagte sie. »Aber das darfst du keinem erzählen.«

Er nickte.

»Nur Hervor und Mirjam wissen Bescheid. Sonst gibt es wieder so viel Getratsche, du weißt schon, das Kuiva-Radio …«

Sie lächelte ihn zaghaft an. Armes Ding, sie und ihre Kinder hatten in der letzten Zeit wirklich Schlimmes durchmachen müssen. Verglichen damit erschienen Ralph seine Grübeleien, wer seine leiblichen Eltern waren, völlig unbedeutend. Doch Kinder konnten vieles bewältigen, und er hoffte zutiefst, dass Andreas und Mikaela darüber hinwegkommen würden, was ihr Vater ihnen angetan hatte.

»War das alles?«, fragte Ralph. »Das kann ich dir, ohne zu zögern, versprechen, meine Lippen sind versiegelt.«

Sie schüttelte heftig den Kopf.

»Nein, ich möchte auch, dass du zum Pfarramt gehst und beim Pfarrer um die Erlaubnis bittest, Einsicht in die Kirchenbücher nehmen zu dürfen.«

»Was?«

Damit hatte er jetzt nicht gerechnet, auch wenn er selbst schon Überlegungen in die Richtung angestellt hatte.

»Frag nicht weiter, mehr kann ich dir nicht sagen. Aber ich weiß, dass es die Dinge für dich hier im Dorf einfacher machen würde. Es ist wichtig. Für dich und für Kuivalihavaara. Versprich's mir!«

Sie umarmte ihn flüchtig, bevor sie durch die Tür verschwand. Er sah ihr nach. Dass sie über alles Bescheid wusste, hätte ihm schon früher klar sein müssen. Und vielleicht hatte sie ja recht? Wer Ralphs leibliche Mutter war, hatte Sigfrid in den Tagebüchern mit keinem Wort erwähnt. Wenn er die ganze Wahrheit über seine familiäre Bindung ans Dorf aufdeckte, hätten Eric und er vermutlich ein paar Probleme weniger. Wenn man von hier stammte, wurde einem fast alles verziehen, das hatten ihm Mirjam und Pia gesagt. Schon morgen würde er tun, was Pia ihm geraten hatte.

45

Heute ist alles verdreht«, brummelte Hervor, während sie aus dem Fenster sah.

Mirjam richtete gerade verschiedene schmackhafte Sorten Hering auf Tellern an. Heiligabend war vorbei, und Pia war am Tag vor dem Fest ohne Probleme abgefahren. Jetzt erwarteten sie jeden Augenblick Ralph und Eric, die sie heute am zweiten Weihnachtsfeiertag zum Essen eingeladen hatten.

»Was meinst du mit verdreht? Diese trübe Finsternis haben wir doch schon den ganzen Monat.«

Hervor kam zu Mirjam herüber, stibitzte sich ein Stück Senfsill und stopfte es sich in den Mund. Mirjam gab ihr einen Klaps auf den Arm.

»Ja, ja, ich mein ja auch nicht die Dunkelheit, sondern das Tauwetter, und das ausgerechnet zu Weihnachten, verflucht! Heute hätte es ruhig höllisch kalt sein können. In Südschweden ist es schweinekalt, hab ich heute Morgen in den Nachrichten gehört. Nur bei uns hat das Wetter umgeschlagen.«

»Ach so«, sagte Mirjam, trat ein paar Schritte zurück und nahm ihr Werk in Augenschein.

Vier Teller mit drei verschiedenen Sill-Variationen: eingelegter Hering, Senfhering und Hervors Spezialhering, das Rezept hütete Hervor wie einen Schatz. Auf der Mitte des Tellers hatte Mirjam Platz für die frostüberzogenen Schnapsgläser gelassen. Die Flasche und die Gläser hatte sie zur Kühlung ins Eisfach gelegt. Mit ihrem kunstvollen Arrangement hoffte, sie Eric imponieren zu können, sie war ein bisschen nervös. Doch ihr kleines Kunstwerk sah sehr elegant aus und würde sich inmitten von Gold und Silber und alten Kristallgläsern gut auf dem Tisch machen. Hervor bestaunte ebenfalls Mirjams Teller-Arrangement.

»Donnerwetter, ist ja nicht zu glauben, wie leicht dir die Küchenarbeit inzwischen von der Hand geht! Wie das? Sonst überlässt du das doch meistens mir.«

Mirjam lächelte sie freundschaftlich an.

»Och, weißt du, sogar ich hab ein paar verborgene Talente. Hab heute Nacht einfach ein paar Affirmationen ausgesprochen, und schwups! ist's mir geglückt!«

Hervor gab einen verächtlichen Laut von sich.

»Das nehme ich dir nicht ab. Ich weiß genau, was du gemacht hast!«

»Ach so? Das glaub ich kaum.«

»Tja, dafür muss man nicht mal hellsehen können. Glaubst du etwa, ich hätte nicht die Essenszeitschrift in deinem Zimmer gesehen? Ha! Abgekupfert hast du's, gib's zu!«

Auf der Veranda war das Geräusch stampfender Schritte zu hören, und Mirjam und Hervor beendeten ihre Kabbelei.

»Hallo«, ertönte Erics fröhliche Stimme, »hier riecht's nach Weihnachten!«

Mirjam legte schnell die Schürze ab und kam ihnen im Flur entgegen. Ralph hielt einen großen Blumenstrauß in der Hand, und Eric hatte zwei Tüten mit hübsch verpackten Geschenken dabei.

»Herzlich willkommen!«, sagte sie. »Lasst uns Platz nehmen.«

Eine Weile später hatten sie den Hering, den Fischrogen und Hervors göttliches Omelett mit Pfifferlingen in Rahmsoße verspeist und hatten von dem Schnaps und dem Weihnachtsbier gerötete Wangen. Blieb nur noch das Dessert, um das sich Eric gekümmert hatte. Er nahm auf der Küchenbank

Platz, während Ralph, Hervor und Mirjam am Tisch über das milde Wetter und die gutbesuchte Mitternachtsmesse plauderten.

Ralph warf einen Blick hinaus in die Dunkelheit, und Mirjam ahnte, dass er mit seinen Gedanken ganz woanders war.

»Ich weiß jetzt, wer der Kindsvater ist«, sagte er schließlich.

Zwei Augenpaare starrten ihn überrascht an. Mirjam wusste nicht gleich, wovon er sprach.

»Der Kindsvater«, wiederholte Mirjam. »Welches Kind?«

Hervor war schneller.

»Du meinst die Kinderleiche«, sagte sie voller Überzeugung. »Den kleinen Moses.«

Ralph nickte.

»Genau, Moses.«

Das war ja höchst interessant. Wie, zum Kuckuck, hatte er das herausgefunden? Wo doch nicht einmal Hervor der Lösung des Rätsels auf die Spur gekommen war – und das, obwohl sie stundenlang im Hotelkeller gesessen hatte.

»Mensch, ist das spannend! Ich übrigens auch«, sagte Hervor, »aber ich möchte zu gern hören, was du ausgeknobelt hast.«

Mirjam schwirrte der Kopf. Das hatte Hervor ihr ja gar nicht erzählt! Sie blickte sie erstaunt an.

»Aber wie, um Himmels willen, hast du es herausgefunden?«, wandte Mirjam sich an Ralph.

»Genau – und ist es das, was ich denke?«, warf Hervor dazwischen. »Dann sitzt derjenige aber ganz schön in der Tinte!«

Ralph lehnte sich über den Tisch.

»Ich habe die Antwort an dem Abend gefunden, als wir

vom Weihnachtskonzert nach Hause kamen und ich mir noch mal die Tagebücher vorgenommen habe. Es galt nur, eins und eins zusammenzuzählen.«

Mirjam wusste, wovon er sprach. Sie hatte die Bücher gesehen, und Ralph hatte gesagt, dass er glaubte, darin Hinweise und Antworten auf seine Fragen zu finden. Hervor allerdings wusste nichts von den Tagebüchern.

»Tagebücher? Welche Tagebücher?«, rief Hervor fragend aus.

Ralph erklärte es ihr.

»Du hast sie doch gesehen, Mirjam«, sagte er und nickte ihr vielsagend zu.

Hervor wand sich vor lauter Aufregung auf dem Stuhl.

»Jetzt sag schon, zur Hölle! Sag's! Ist es der, den ich meine?«

»Ruhig Blut, ich erzähl's euch ja. Wenn die Wahrheit herauskommt, stellt sich die interessante Frage, was wir damit anfangen sollen. Eric hat eine Wahnsinnsidee, nicht, Eric?«

Eric trug das Dessert herein, selbstgemachtes Safraneis in Schälchen, dekoriert mit einem Pfefferkuchenstern.

»Und ob, ich habe eine unübertroffene Idee! Ihr müsst einfach zustimmen!«

Nachdem sie das Eis aufgegessen hatten, saßen sie schweigend am Tisch. Die Wahrheit war nur schwer begreiflich. Das hatte doch keiner ahnen können, Mirjam jedenfalls nicht! Dass jemand so weit gehen würde, sein eigen Fleisch und Blut zu töten und zu verstecken. Und auch noch ein weiteres Leben auf dem Gewissen hatte. Gruselig war das, wirklich gruselig.

Hervor erhob sich ohne Vorwarnung.

»Die Wahrheit ist ans Licht gekommen«, bemerkte sie.

»Und das, was du eben erzählt hast, stimmt haargenau mit dem überein, was ich schon wusste.«

»Du wusstest es und hast kein Wort darüber verloren«, sagte Mirjam.

»Eigentlich hast du mir dabei auf die Sprünge geholfen, Mirjam«, gab Hervor zu verstehen.

»Ich?«

»Ja, diese Skitour, zu der du mich vor zwei Wochen verdonnert hast, hat mir weitaus mehr Erkenntnis gebracht als erwartet. Aber mehr kann ich darüber nicht sagen.«

46

Zwischen Neujahr und dem Dreikönigstag herrschte im Hotel fieberhafte Aktivität. Weil Tony nicht mehr mit von der Partie war, musste Eric in aller Hast – und mit dem Versprechen, die Leute besonders gut zu bezahlen – Verstärkung aus Vittangi ordern. Er hatte Glück, und die zerstörte Fassade war schon bald von drei handwerklich geschickten Brüdern wieder instand gesetzt worden. Die drei führten nun auf meterhohen Leitern im Speisesaal letzte Malerarbeiten aus.

Die Möbel trafen ein, und Jugendliche, die schulfrei hatten, besserten ihre Kasse auf, indem sie beim Auspacken und Zusammenschrauben halfen. Wunderschöne Lampen wurden montiert, Gardinen aufgehängt und Teppiche ausgerollt. Die Kaminfeuer wurden probeweise entfacht, und der Maurer aus Svappavaara bekam für den neuen Kamin großes Lob.

Zwei frischeingestellte Reinigungskräfte machten Betten, hängten gemangelte Leinenhandtücher auf und befestigten Toilettenpapier an den Haltern. Eric zeigte ihnen, wie man einen kleinen Zipfel faltete, so wie es in den meisten guten Hotels gang und gäbe war. Er hielt eine kurze, feierliche Abschiedsrede für alle, die geholfen hatten, und kümmerte sich um die Beleuchtung der Fassade, die für die Gäste am Eröffnungstag hell erstrahlen sollte.

Wie das Hotel im Dunkeln zwischen den roten und grauen Häuschen funkelte! Die Fassade war in das Licht unzähliger Lichterketten getaucht, und schräg über der Wand verlief in leuchtend rosa Neonbuchstaben der Schriftzug »Wildnis-Spa«.

Es war schon eigenartig, wie viele Leute ihre Jagdhunde ausgerechnet an dem Nachmittag ausführten, als das Hotel eröffnet wurde! Erstaunt lugten die Hunde aus ihren Hundehütten und den Garagen ihrer Besitzer und rieben sich mit den Pfoten verwundert die Augen. War nicht eben erst Elchjagd gewesen? Durfte man denn nie schlafen? Tante Uhv zählte allein neunzehn Hunde, als sie aus dem Fenster sah. Und jedes Frauchen und jedes Herrchen musste ausgerechnet vor dem Hotel auf einen Plausch stehen bleiben. Alva konnte den Supermarkt nicht pünktlich schließen und musste Überstunden machen, weil unzähligen Leute, an jenem Abend plötzlich einfiel, dass sie noch Kautabak oder Bauchfleisch benötigten, und – nanu! – das Hundefutter war auch schon ausverkauft.

»Wie schön, dass wieder Licht in dem alten Kasten brennt«, sagten die Leute, wenn sie sich auf der Straße begegneten.

»Ja, wirklich«, war die Antwort, während der Elchhund sein Bein hob, »alles wirkt gleich viel heller!«

Und im Stillen bewunderten sie die Kronleuchter und die modernen, stilvollen Lampen in den Fenstern der Gästezimmer.

Im Hotel kämpfte Eric mit den eingefrorenen Rohrleitungen, die zum Jacuzzi führten. Bereits in zwei Tagen wurden die ersten Gäste erwartet, und er musste überall mit dem Föhn und Standheizungen die Leitungen erwärmen. Ralph hängte sich ans Telefon und bekam schließlich einen Installateur aus Masugnsbyn zu fassen, der zu kommen versprach, als er erfuhr, welche Vergütung ihm Ralph anbot.

Inmitten des Durcheinanders kam Gerda mit zwei Fladenbroten und einem sagenhaft schönen Flickenteppich vorbei, der von blauen Rändern gesäumt war.

Tante Uhv saß an jenem Abend noch lange am Fenster und behielt alles im Blick, während sie an den letzten Reihen des Schals strickte. Wie schön, dass endlich wieder Leben in die alte Bude eingekehrt war!

Energiegeladen kehrte Mirjam von der Chorstunde zurück, wie meistens nach dem Singen. Sie hatten für den Abend des Dreikönigstages geübt, an dem sie zum letzten Mal in dieser Saison ein Konzert unter dem Motto »Lieder und Kirchenlieder zwischen Advent und Weihnacht« geben würden. Der Chor war, abgesehen von den üblichen Problemen mit der Hageren Haldis, gut in Form. Wegen Haldis fühlte sich Mirjam zwar ein wenig schuldig, aber die Stimmbandentzündung hatte nicht lange angehalten, und Mirjam hatte sogar erwogen, ihr eine hübsche kleine Winterkotzeritis anzuhängen. Doch das war nicht mehr nötig gewesen, weil von unerwarteter und berechtigter Seite Hilfe kam. Der Kantor konnte nicht mehr mit anhören, wie Haldis' schrille Stimme in dem sonst so harmonisch klingenden Kirchenchor herausstach. Er stellte sich vor sie hin.

»Halte dich mit deinem Gekreische zurück, Haldis!«, brüllte er. »Wenn du dich nicht endlich anpasst, schmeiß ich dir während des Konzerts höchstpersönlich meine kostbaren Orgelschuhe an den Kopf!«

Die anderen hielten die Luft an und waren erstaunt. Wussten nicht, ob sie es wagen durften zu lachen. Sein heftiges Temperament war zwar allgemein bekannt, aber so hatten sie ihn noch nie erlebt. Sein Ausbruch zeigte Wirkung, und Mirjam hätte den Chorleiter am liebsten geküsst. Haldis hatte sich kleinlaut gefügt. Das Konzert würde bestimmt ein voller Erfolg werden.

Mechanisch hob Mirjam den Briefkastendeckel, als sie den

Pfosten umrundete, der die Grundstückseinfahrt markierte. Jemand war schon beim Briefkasten gewesen.

Erst als sie auf der Veranda stand, bemerkte sie das fremde Auto in der Einfahrt. Ein Leihwagen, nach dem Logo zu urteilen. Sie öffnete die Haustür.

»Hallo, Hervor! Bist du zu Hause? Ich hab 'nen wahnsinnigen Hunger und Kaffeedurst!«

Der Flur war mit Koffern vollgestellt, über die sie um ein Haar gestolpert wäre, aus dem Haus drang kein Laut.

»Hallo«, sagte sie erneut, während sie versuchte, ihre Jacke an der vollgestopften Garderobe aufzuhängen.

Da ging knarrend die Tür zu Hervors Zimmer auf, und ein Knirps erschien im Türrahmen.

»Grandma«, gurgelte er schüchtern und stopfte sich die Finger in den Mund, während er sie mit seinen kleinen Zähnen anlächelte, die wie Reiskörnchen aussahen.

»Grandma!«

Mirjams Jacke fiel zu Boden. Ihr geliebtes Enkelkind!

»Mama!«

Annas warme Arme schlangen sich um ihren Hals. Dahinter erkannte sie ihren aus vollem Hals lachenden Schwiegersohn Tom. Das ganze Haus voller Leute, was für eine schöne Bescherung!

Hervor kam freudestrahlend die Treppe herunter – ihr folgten Ingrid und Steven.

»Nein, Hervor!«, war alles, was sie herausbrachte. Dann nahm sie ihren Enkel auf den Arm, während sie versuchte, ihn davon abzuhalten, an ihrer Halskette zu zerren.

»Ist das nicht toll?«, dröhnte Hervor. »Und ich hatte keinen blassen Schimmer.«

Hervor holte Rentierfleisch aus der Gefriertruhe in der Vorratskammer. Die Schwiegersöhne wurden in die Kunst des *spänta* – oder *renskav,* wie es auch hieß – eingeweiht, für das man das Fleisch in feine Streifen schnitt.

»Nur das Beste soll auf den Tisch«, erklärte Hervor. »Das muss gefeiert werden!«

Ein paar Stunden später saßen sie alle an Hervors ausladendem Esszimmertisch, redeten wie wild durcheinander und rühmten Hervors Kochkunst. Spänta und gekochte Mandelkartoffeln, ohne Gewürze, nur mit Salz. Sie hätten gerne mit Sekt angestoßen, aber Hervor meinte, das passe nicht zu diesem Gericht, so dass sie ihn sich für später aufhoben.

»Aber warum habt ihr die weite Reise gemacht?«, konnte Mirjam sich nicht verkneifen zu fragen.

Anna, die neben ihr saß, ließ die Gabel fallen und umarmte sie.

»Ich habe mich so sehr nach dir gesehnt«, sagte sie. »Und dann war ich selbstverständlich neugierig auf dieses Kaff, in das du dich so verliebt hast.«

»Na ja, verlieben kann man das nicht unbedingt nennen, Kuiva war vielmehr so etwas wie ein Zufluchtsort, als sich die Lage zugespitzt hat.«

Ingrid bediente sich erneut von dem großen Topf, der auf dem Tisch stand. Hervor reichte ihr die Kartoffeln.

»Außerdem«, sagte Ingrid, »sind ja Heimattage, wir wollten das Jubiläum miterleben. Maj-Inger war auch im Flugzeug, ich hab neben ihr gesessen.«

»Maj-Inger?«, fragte Mirjam.

»Tante Uhvs Tochter, oder Gunnars Schwester, wie man's nimmt. Sie hat gerade ihren Doktor in Ethnologie gemacht«, erläuterte Ingrid.

Mirjams Interesse war geweckt. Sie hatte immer schon eine heimliche Schwäche für Völkerkunde gehabt.

»Interessant«, sagte sie. »Kennst du zufällig den Titel ihrer Doktorarbeit?«

Ingrid überlegte einen Moment.

»›Über die Herrschaft des Matriarchats in Tornedalen – Eine Analyse‹«, sagte sie. »Clever, was?«

»Und so verdammt wahr!«, fügte Hervor hinzu.

Mirjam legte die Gabel zur Seite und sah sie mit starrem Blick an.

»Hast du den Mädchen etwa vom Jubiläum erzählt«, fragte sie, »ohne mir Bescheid zu sagen?«

»Von wegen! Ich bin genauso überrascht wie du. Ich verstehe nicht, warum ich nicht mal 'ne klitzekleine Vorahnung gehabt habe, aber wir hatten ja auch an anderes zu denken.«

Ingrid lachte, und Anna übersetzte das Gespräch für ihre amerikanischen Ehemänner.

»Onkel Eilert hat uns ausfindig gemacht«, sagte Ingrid. »Er muss Himmel und Hölle in Bewegung gesetzt haben, um alle verschollenen Kuiva-Bewohner zu finden. Und da ich Lust hatte, zu fahren, lag es nahe, Anna und ihre Familie zu bitten, mitzukommen.«

Mirjam musste sich eine Träne aus dem Augenwinkel wischen.

»Und dafür, Ingrid«, sagte sie, »werde ich dir ewig dankbar sein.«

Nachdem der kleine Kerl in Oma Mirjams Bett eingeschlafen war und Steven und Tom zu einer Runde durchs Dorf aufgebrochen waren, ließen sich Mirjam und Hervor mit ihren Töchtern vor dem Kamin nieder. Hervor hatte die Sektflasche hervorgeholt.

»Endlich haben wir einen Grund zum Feiern, verdammt!«,

rief sie aus. »Wo wir beinahe den ganzen Winter auf dem Trockenen gesessen haben. Zum Wohl, Mädels!«

»Wie lange wollt ihr eigentlich bleiben?«, erkundigte sich Mirjam. »Ich will euch keinesfalls hinaus komplementieren, ich frage bloß aus reiner Neugier.«

Anna rutschte hin und her und suchte Ingrids Blick. Ingrid stellte ihr Glas auf den Tisch und stand auf. Sie hörten, wie sie im Flur im Koffer herumwühlte. Kurz darauf war sie zurück.

»Hier!«, sagte sie und warf ein Bündel Flugtickets auf den Tisch.

Hervor holte die Brille aus der Tunika und setzte sie auf. Langsam und umständlich blätterte sie den Stapel durch, während das Kaminfeuer knisterte. Mirjam nippte an ihrem Sekt und war überglücklich, ihre Familie um sich zu haben. Auf einmal gluckste Hervor.

»Was ist?«, fragte Mirjam.

Hervor nahm die Brille ab und hörte gar nicht mehr auf zu lachen.

»Hab ich's nicht gesagt! Ganz meine Mädchen!«

Mirjam riss die Tickets an sich und versuchte mit zusammengekniffenen Augen zu lesen, was da stand. Wo sie ihre Brille hingelegt hatte, war ihr schleierhaft. Deshalb konnte sie nicht sehen, was so unglaublich lustig war.

»Es geht zurück, Mirjam!«

Zurück? Na bravo, aber das stand doch längst fest. Im Oktober hatte Hervor schon gesagt, dass sie in die USA zurückkehren und dort für den Rest ihres Lebens bleiben wollte. Was, bitte, war daran jetzt so wahnsinnig komisch? Mirjam sah Hervor fragend an. Ihre Töchter gaben keinen Laut von sich.

»Zurück zur Kapelle, Mirjam! Die Mädchen haben Flugtickets gebucht, wir fahren alle zusammen nach Gotland. Mensch, wie toll! Dann werd ich mich aber hinter deinem Plumpsklo auf Schatzsuche begeben, darauf kannst du Gift nehmen! Dieser olle Schweinebauer soll sich bloß warm anziehen, ha! Jetzt bekommt er Konkurrenz.«

47

Die Dorfbewohner sahen sich einer nach dem anderen das Hotel an, das einst im schmucken Baustil der nordischen Jahrhundertwende errichtet worden war und so viele Jahre leer gestanden hatte. Die leuchtend rosa Neonbuchstaben, die das Gebäude zierten, standen in scharfem Kontrast zu der braungestrichenen Holzfassade.

»Hab ich ja schon mehrfach gesagt – alles wirkt auf einmal heller«, stellte Tante Uhv fest, als sie vor dem Hotel stand und das neue Schmuckstück des Dorfes in Augenschein nahm.

Mirjam und Hervor waren selbstverständlich auch da, gemeinsam mit ihren Familien aus den USA. Mirjam verliebte sich sofort in die stilvolle, schicke Einrichtung. Die Betten sahen wunderbar aus, und alle überflüssigen Dekorationsgegenstände waren verschwunden: die Fischer-Gemälde, die rosafarbenen Porzellanhunde und die selbstgeknüpften Teppiche. Einzig die rote Lampe mit den im Lampenfuß schwimmenden Rosen aus dem Speisesaal hatte Eric behalten.

»Ich finde sie irgendwie schick!«, sagte er zu Mirjam. »Ralph zweifelt natürlich an meinem Verstand.«

Mirjam konnte das problemlos nachvollziehen.

»Das«, begann Hervor, während sie eine Köstlichkeit aus geräuchertem Rentierherz und Meerrettich in sich hineinfutterte, »das ist ganz nach unserem Geschmack! Und der Alkohol fließt in Strömen!«

Mirjam nickte bloß, sie hatte einen vollen Mund. Während sie leckere Schnittchen kaute, ließ sie ihren Blick durch den Raum schweifen. Die Leute spazierten mit einem Glas Sekt in der Hand durchs Haus und inspizierten die Zimmer. Mirjam hörte vereinzelt Kommentare.

»Nein, so was aber auch, sieh dir nur dieses blaukarierte Bett an! Das kenne ich aus dem Fernsehen!«

»Meinst du wirklich? Die sind doch wahnsinnig teuer!«

Die Männer begeisterten sich für die Technik und malten sich genüsslich aus, wie es wohl sei, mit einem Bang-&-Olufsen-Gerät fernzusehen. Jedes Zimmer war mit einem tollen Flachbildfernseher ausgestattet.

»Schön kann man das aber nicht nennen«, schnaubte eine alte Frau aus Vittangi. »Nur Stahl und alles schwarz-weiß. Mein Gott, wie trist!«

Eric, der soeben vorbeikam, schenkte ihr noch einen Schluck Sekt nach und strahlte sie an.

»Natürlich wirkt es etwas farblos und trist«, gab er zu, »doch warten Sie nur ab, unsere Gäste werden Farbe hineinbringen, da ist eine etwas schlichtere Einrichtung vonnöten.«

Verblüfft sah sie ihm nach, verzog das Gesicht, als sie den Inhalt des Glases kostete, brachte aber dennoch ein Lächeln zustande.

»Gar nicht mal so blöd«, meinte sie zu Tante Uhv, die zufällig vorbeikam.

»Ganz und gar nicht«, sagte Tante Uhv nachdrücklich. »Die sind clever, die Jungs. Und ich hoffe, sie haben Erfolg.«

Tante Uhv wandte sich an Ralph, der in der Tür des Speisesaals auftauchte.

»Wann treffen diese farbenfrohen Gäste denn endlich ein?«, wollte sie wissen.

Ralph trat gerade neben sie, als Gerda durch die Hoteltür kam.

»Morgen«, erwiderte Ralph. »Morgen erwarten wir unsere ersten zwölf Gäste, wir holen sie mit Kleinbussen am Flughafen in Kiruna ab.«

Gerda nahm erfreut das Glas von Ralph entgegen. Eric bot ihr Kanapees an.

»Zwölf Personen, na, da kann man nicht meckern! Dann seid ihr ja gleich ausgebucht«, meinte Gerda. »Wenn da nicht die Kasse klingelt, Jungs!«

Tante Uhv zog Gerda mit sich, um ihr die Zimmer mit den traumhaften Betten zu zeigen. Ralph starrte ihnen nach. Bald musste er es ihr sagen.

»Ja, die beiden sind wirklich drollig«, meinte Hervor, die unbemerkt seinem Blick gefolgt war. »Wer ist deine Favoritin?«

Es schien, als hätte sie seine Gedanken gelesen. Inzwischen wusste er ja, was Sache war.

»Darauf kann ich keine Antwort geben. Sie sind beide ganz entzückend.«

»Hm«, brummte Hervor. »Na, wenn du es sagst.«

Eric und er hatten überlegt, wie sie mit der Wahrheit über seine Mutter umgehen sollten, und waren zu der Schlussfolgerung gelangt, dass sie damit am besten bis nach dem Dreikönigstag und der Jubiläumsfeier warteten. Ralph wusste schließlich nicht, wie sie es aufnehmen würde.

»Ich glaube, dass du mit ihr darüber sprechen kannst«, sagte Hervor.

Ralph zuckte zusammen. Woher wusste sie …?

»Jetzt bist du baff, was?«, sagte Hervor und lachte.

Er konnte nur nicken.

»Erinnerst du dich noch daran, wie ich dir die Zukunft vorausgesagt habe, als du nach Kuiva gekommen bist?«

Ralph bejahte. Hervor lachte in sich hinein. Sie hatte damals gleich gewusst, dass Ralph skeptisch gewesen war.

»Du hast mich damals ausgelacht, aber – du solltest meine Gaben nicht unterschätzen, Ralph Sörarve!«

Stimmt, sie hatte ihm einen Stern gelegt, und er hatte es einfach als Unterhaltung abgetan. Aber dass diese Lapplandshexe echtes Talent besaß, war wahrhaftig nicht zu bezweifeln! Geschah ihm nur recht. Aber trotzdem, vielleicht würde seine Mutter aufgebracht oder traurig reagieren oder ihm keinen Glauben schenken. Es war am besten, zu warten – aber es fiel ihm schwer. Er war jetzt so nah am Ziel, und das, was er erfahren hatte, hatte ihn zutiefst berührt und verwirrt. Dazu hatte allerdings auch die Geschichte mit der Kinderleiche beigetragen.

»Gerda kann einem nur leidtun, nach dem, was sich Tony geleistet hat«, meinte Hervor und wechselte das Gesprächsthema. »Sein Vater war genauso. Er konnte Tony nie ausstehen, deswegen ist er bestimmt auch so bösartig.«

»Tja, wie wird sie denn damit fertig?«

Hervor zuckte die Schultern.

»Gerda ist nicht der Typ Frau, die zusammenbricht und sich unterkriegen lässt, sie hat schon so manches durchstehen müssen. Solange sie sich ein bisschen ausheulen kann. Danach beschäftigt sie sich dann wieder mit ihren Flickenteppichen.«

Er nickte. Gerda war eine starke Frau, und sie war anscheinend nicht die Einzige in Kuiva.

»Sie hat in ihrer Jugend ein Kind zur Welt gebracht, das sie ihr weggenommen haben. Hast du das gewusst?«

Hervor trank einen Schluck Sekt, bevor sie ihm antwortete.

»Meine Mutter hat es ab und an erwähnt. Der Junge war eine Totgeburt und von einem anderen Mann, sie hat Ivar erst danach geheiratet.«

»Ach so. Sie scheint immer noch darunter zu leiden, auch wenn es schon so viele Jahre zurückliegt.«

Als Eric lächelnd mit einer Flasche vorbeikam, streckte Hervor ihm ihr Glas hin.

»Das Schlimmste war wohl nicht das mit dem Jungen, sondern dass Ivar ihr zeit seines Lebens damit keine Ruhe gelassen hat. Er hatte die fixe Idee, dass Tony nicht sein eigen Fleisch und Blut war. Gerda hat dafür regelmäßig Hohn und Spott ernten müssen. Ich gehe jede Wette ein, dass ihr ein Stein vom Herzen gefallen ist, als der alte Teufel das Zeitliche gesegnet hat. Danach ist sie richtiggehend aufgeblüht.«

Ralph verfiel in Schweigen und drehte geistesabwesend das Glas in seiner Hand. Das Leben war hart und oft ungerecht. Seine Gedanken wanderten zu dem armen Säugling aus dem Keller.

»Apropos Moses«, sagte Hervor. »Du bist doch nach wie vor dabei? Der Schuft bekommt nur, was er verdient.«

Ralph zuckte erneut zusammen.

»Jetzt hast du schon wieder meine Gedanken gelesen«, erwiderte er schmunzelnd. »Du bist wirklich eine bemerkenswerte Frau, Hervor. Und ob ich dabei bin!«

»Diese Satansbrut!«, raunte ihm Hervor zu. »Diese Satansbrut! Mögen Mückenschwärme und norrländische Gnitzen über seine Eingeweide herfallen!«

Dagegen hatte er nicht das Geringste einzuwenden.

48

Die frischeingetroffenen Hotelgäste hatten ihre Zimmer bezogen, und nun dauerte es nur noch wenige Stunden bis zur Jubiläumsfeier.

Eric, Ralph, Hervor und Mirjam hatten sich in der Küche versammelt.

Eric legte den Telefonhörer auf und sah sie zufrieden an.

»Er ist unterwegs. Hat gleich angebissen. Jetzt geht's los!«

»Prima! Schlüpf in die Jacke, Ralph, nun könnt ihr was erleben!«, übernahm Hervor das Kommando. »Mirjam, Eric – ihr wartet im Keller?«

Beide nickten, während Hervor sich ihren langen Mantel überwarf und die Mütze tief über die Ohren zog. Draußen stürmte es stark, und der Nordwind heulte um die Hausecken.

Ralph sah sie mit einem gewissen Zögern an.

»Sollen wir wirklich?«

»Ja. Hab keine Angst, er wird es nicht wagen, dir etwas anzutun. Nur mit der Ruhe, und rein in die Jacke! Und die Kapuze hoch, verdammt, da draußen herrscht eine Eiseskälte!«

Ralph drückte die Tür hinter ihnen ins Schloss, stellte sich in den Windschatten der Hauswand und wartete.

Von weitem sah er, wie sich der Mann gegen den Wind stemmte. Krampfhaft hielt er seinen Hut umklammert, während er am Flussufer entlangging. Trotz des Gegenwinds waren seine Schritte entschieden und zielbewusst. Kurz darauf stand er im Schneegestöber vor ihnen. Er hustete und schneuzte sich in die Hand.

»Da schau an, guten Abend, Olavi Törmä! Dass wir uns ausgerechnet hier über den Weg laufen!« Der Prediger starrte Hervor an.

»Was in Gottes Namen machst du denn hier? Ich habe etwas mit den Hotelbesitzern zu bereden. Geh am besten nach Hause, es geht um etwas Geschäftliches, das ist Männersache.«

Hervor verzog den Mund zu einem amüsierten Lächeln.

»Tja, damit hast du nicht gerechnet, Olavi Törmä. Jetzt kriegst du es mit der Angst zu tun, was? Die Lapplandhexe höchstpersönlich!«

Törmä schnaubte und wandte sich an Ralph.

»Ich hab was mit Ihnen und Ihrem … äh … Geschäftspartner zu bereden. Können wir reingehen?«

Ralph musste an den Traktor denken, der beinahe Kleinholz aus ihrem Hotel gemacht hätte. Er hatte wirklich nicht die geringste Lust, auch nur ein Wort mit dem Alten zu wechseln. Hervor baute sich breitbeinig vor der Tür auf.

»O nein, Olavi Törmä, zuerst reden wir hier.«

Er machte einen Schritt auf sie zu und packte sie am Arm.

»Schweig, Weib! Können Sie ihr nicht sagen, dass sie sich verziehen soll?«

Ralph rührte sich nicht vom Fleck, hielt nur die Jacke am Hals zusammen. Seinen roten Schal hatte er in der Eile vergessen, was nicht gut für die Stimmbänder war. Hervor warf dem Prediger einen finsteren Blick zu. Törmä zuckte zurück, ließ ihren Arm los und wandte sich ab.

»Nun gut«, sagte er und heftete seine Augen auf Ralph, »dann muss ich mein Anliegen eben hier vortragen. Wie Sie ja wissen, will ich unten am Flussufer bauen. Sigfrid Rautio und ich waren uns bereits einig. Es ist im Sinne des Herrn, dass unser Gebetshaus dort steht, und wir wollen jetzt Nägel mit Köpfen machen. Darüber wollte Ihr Geschäftspartner doch mit mir sprechen, als er anrief, oder?«

»Das wirst du schön bleibenlassen. Du wirst dort kein verfluchtes Gebetshaus errichten, damit das klar ist!«, brüllte Hervor.

Jetzt sah der Prediger rot.

»Damit hast du nichts zu schaffen, Hervor Isaksson! Kapier endlich mal, wann es Zeit ist, den Mund zu halten. Und außerdem wollen wir hier keine verdrehten Hoteleigner haben. Die verderben uns bloß die Jugend.«

Sie hatte ihn bis zur Weißglut getrieben, und den letzten Satz spuckte er geradezu aus. Ralph beobachtete ihn angespannt.

»Mag sein«, erwiderte Hervor gleichgültig. »Aber was, wenn ich dir sage, dass wir wissen, dass du das arme Kindchen vor fünfzig Jahren in den Holzstapel gelegt hast! Was sagst du nun?«

Sie musste schreien, um den Sturm zu übertönen. Aus den Wangen des Predigers wich jegliche Farbe. Erschrocken ruderte er mit den Armen, um sie zum Schweigen zu bringen.

»Tja, das hättest du wohl gern, dass wir schweigen, du verfluchter, falscher Höllenfürst! Wenn du nicht sofort aufhörst, wegen dieses verdammten Gebetshauses herumzuquengeln, wird bald das ganze Dorf wissen, was du für einer bist! Und das schneller, als ein Wiesel flitzen kann!«

Die Hände des Predigers fuchtelten nicht länger in der Luft herum, sondern hingen schlaff herunter.

»Und eine private Hetzjagd auf Ralph und Eric wirst du auch nicht starten, Olavi Törmä! Ich weiß genau, dass Tony mit deinem Trecker das Hotel gerammt hat.«

Sie wies auf die Fassade.

»Aber, aber … er hat ihn einfach genommen«, winselte der Prediger. »Ich hatte keine Ahnung!«

Hervor schnaubte.

»Ach nee, lügen wie gedruckt kannst du also auch, du Mistkerl! Wir wissen genau, dass du und Tony unter einer Decke stecken. Denk nur, Mirjam hat euch belauscht.«

»Die Frau Doktor?«

»Ganz genau. Also, Schluss mit dem Terror, sonst werde ich überall herumerzählen, dass du einen weiteren Toten auf deinem scheißvornehmen Gewissen hast. Darauf kannst du Gift nehmen, Freundchen!«

»Aber …«

Das Kinn des Predigers zitterte heftig, und seine großen gelben Zähne klapperten.

»O ja, auch darüber bin ich im Bilde, das hättest du nicht gedacht, was?! Die arme, junge Mutter – Elsa – ist wegen dem Leid, das du ihr zugefügt hast, in jenem Sommer ins Wasser gegangen. Sie konnte nicht damit leben. Pfui Teufel, ein feiner Prediger bist du. Erst treibst du Unzucht mit jungen Mädchen, und dann legst du das Kind dorthin und lässt es sterben. Wehe dir, du Schweinepriester!«

Hervor spuckte in weitem Bogen in den Schnee.

Der Prediger drehte sich um und wollte nach Hause gehen.

»O nein«, sagte Hervor resolut und packte ihn am Ärmel. »Auf die Knie mit dir, Olavi Törmä! Und dann versprichst du Ralph, dass du ihn nie mehr für einen schlechten Mensch hältst, nur weil er Eric liebt. Los!«

Sie zwang ihn auf den Boden, während der Sturm um sie toste. Er schluchzte auf.

»Na, wird's bald!«

»Ich verspreche«, wimmerte er, »dass ich sie in Ruhe lasse.«

»Ich verspreche, dass ich kein böses Wort mehr sagen werde, nur weil sie sich lieben. So, jetzt hab ich es gesagt.«

Hervor ließ nicht locker.

»Ich verspreche«, wiederholte Törmä mit zitternder Stimme, »dass ich kein böses Wort mehr sagen werde, nur weil ... weil sie sich lieben.«

Am Schluss flüsterte er nur noch, aber Hervor war zufrieden.

»Gut, du kannst jetzt aufstehen, du hinterhältiger Schweinehund! So, nun zu deiner neuen Aufgabe.«

Törmä sprang auf und klopfte sich den Schnee von den Hosenbeinen.

»Meine neue Aufgabe? Aber ...«

Ralph öffnete die Tür und hielt sie ihm höflich auf, drinnen war es schön warm. Der Wind hatte ordentlich in die Wangen gebissen. Hervor ließ den Mantel von den Schultern gleiten.

»Genau, deine neue Aufgabe. Du glaubst doch nicht allen Ernstes, dass du nach dieser Geschichte noch als Prediger weitermachen kannst? Das wäre ja zum Totlachen.«

Sie lachte heiser.

»Nee, nee, du Totschläger. Bitte sehr, hier geht's lang!«

Sie wies auf die Kellertreppe, und dem Prediger blieb nichts anderes übrig, als hinabzusteigen. Im Keller stand die Tür zum Heizraum sperrangelweit offen, wo Mirjam und Eric gespannt warteten. Ralph warf ihnen einen, wie er hoffte, aufmunternden Blick zu, um ihnen zu signalisieren, dass alles nach Plan verlaufen war. Jetzt waren Eric und er an der Reihe.

»Herzlich willkommen an Ihrem neuen Arbeitsplatz!«, sagte Eric.

Törmä sah sich fassungslos in dem finsteren Raum um,

sein Blick blieb an der Wand hängen, wo das Kind gelegen hatte. Stillschweigend beobachteten sie ihn. Schließlich ergriff Ralph das Wort.

»Nun, Sie haben ja gehört, was Hervor gesagt hat. Nur wir vier wissen es, kein Mensch sonst.« Törmä starrte Ralph ängstlich an.

»Aber woher ...?«

»Dass soll unser Geheimnis bleiben«, erwiderte Ralph. Mit keiner Silbe würde er Sigfrids empörte Zeilen aus den Tagebüchern erwähnen.

»Bitte, erzählt es niemandem!«

Er brach in Tränen aus, jammerte und holte ein großes Taschentuch aus der Hosentasche und schneuzte sich hörbar.

»Da schau an«, sagte Hervor, »ein alter Mörder wird plötzlich weich.«

Eric zog einen alten Sprossenstuhl hervor und bat den Prediger höflich, Platz zu nehmen. Mit einem schweren Seufzer setzte er sich.

»Sie werden Ihre Werkstatt verkaufen«, sagte Eric. »Ich habe mich schon um einen Käufer gekümmert. Von nun an werden Sie jeden Tag hier im Heizkeller Ihrer Arbeit nachgehen – Holz holen und an dieser Wand hier aufschichten. Glauben Sie mir, das ist ein schöner Arbeitsplatz, wir kriegen nämlich bald einen neuen Heizkessel.«

Törmä glotzte ihn verständnislos an.

»Aber das ist doch bestimmt eine elektrisch betriebene Heizungsanlage? Dafür braucht ihr kein Holz.«

Eric verzog die Mundwinkel zu einem Lächeln.

»Da haben Sie ganz recht, aber Sie sollen trotzdem Holz an die Wand stapeln. Darin müssten Sie doch Übung haben.«

Er ließ ihm Zeit, die Worte zu verdauen, bevor er weitersprach.

»Sobald Sie damit fertig sind und einen sauberen Stapel zustande gebracht haben, werden Sie ihn an die andere Wand umschichten. Und dann wieder zurück. Hin und her.«

Der Prediger sah sie der Reihe nach ungläubig an.

»Und wenn ich das mache, garantiert ihr mir, dass das Dorf nichts erfährt?«

Die vier nickten. Eric trat ein paar Schritte vor und stand nun dicht vor dem zusammengesunkenen Prediger.

»Sie können jetzt gehen«, sagte er. »Aber nach dem Wochenende will ich Sie hier sehen. Sie fangen um sieben an, so wie alle anderen Erwerbstätigen auch.«

»Na, da hat er aber eine Lektion bekommen, die sich gewaschen hat!«, meinte Hervor, als die Tür hinter Gottes rechtgläubigem Prediger ins Schloss fiel.

»Ja«, sagte Ralph. »Ein paar Wochen wird er ganz schön schuften müssen, aber dann ist's auch gut. So einen wie den will ich nicht länger als unbedingt nötig im Haus haben.«

49

Die Stühle scharrten, als die Gäste an den klapperigen Tischen aus Masonit Platz nahmen, die mit weißen Papiertischtüchern gedeckt waren. Der Schweißgeruch der Sporthalle mischte sich mit dem Parfüm von Tosca aus dem Supermarkt und anderen blumigen Düften vom Katalogversand. Das Tanzorchester, das engagiert worden war, und Gertruds Musikertruppe suchten ihre Instrumente zusammen. Gertrud musste wegen der Parfümwolke, die über dem Saal hing, in einer Tour niesen.

In ihren schwarzen Anzügen, den weißen Hemden und mit den neutralen Schlipsen waren die Herren nicht wiederzuerkennen, während die Damen sich in schöne Festtagskleider oder Röcke mit Glitzertop von Lindex aus Kiruna geschmissen hatten. Maj-Inger hatte sich mächtig in Schale geworfen und stach mit ihren schwindelerregend hohen, spitzen Absätzen aus der Schar heraus. Der Schulrektor schlenderte umher und nickte den Gästen wohlwollend zu. An sein Revers hatte er sich eine Sozi-Rose geheftet, das Haar war sorgfältig gekämmt und glänzte ölig von der vielen Pomade. Am Ehrentisch, wo er und Eilert sitzen sollten, hatten bereits die »Eltern des Jahres« Platz genommen – zwei elegant gekleidete Paare, die an den leuchtend gelben Preisrosetten zu erkennen waren.

Eilert betrat die Bühne, ergriff das Mikro und klopfte dagegen. Das Gemurmel wurde allmählich schwächer, und die Gäste sahen erwartungsvoll zur Bühne hoch.

Eilert räusperte sich.

»Tja, ich heiße euch alle herzlich zu unserem Jubiläumsfest willkommen! 350 Jahre hat unser Dorf nun auf dem Buckel, wenn das nichts ist!«

Applaus brandete auf. Man hielt es mit der Tradition: Kuiva sollte hochleben!

»Ich erzähle euch jetzt kurz etwas über den Ablauf des heutigen Abends, und dann gibt's auch schon *Kuivalihavelli* – die habt ihr euch doch ausdrücklich gewünscht, oder? Ha, ha!«

Hier und da hörte man ein leises Kichern, andere sahen ihn irritiert an. Na ja, es schadete ja nichts, sie ein bisschen auf den Arm zu nehmen.

»Nee, ich mach nur Spaß – Dörrfleischsuppe steht natürlich nicht auf dem Speisezettel! Dafür aber Rentierfleischsuppe – schöne, dicke Fleischstückchen in fetter Brühe!«

Abwechselnd blickte Eilert zu den Eingangstüren oberhalb der Tribüne und auf seine Armbanduhr. Noch herrschte gähnende Leere auf einigen Plätzen, und er wartete voller Ungeduld auf die Ankunft der noch fehlenden fremden Gäste. Kuivas Wildnis-Spa hatte vierzehn Eintrittskarten für seine Premierengäste gebucht. Und ihm war nicht entgangen, dass die Einheimischen vor lauter Neugierde beinahe platzten. Man machte sich etwas Sorgen, dass die Damen und Herren aus Südschweden arrogant sein könnten. Neben einer elegant gekleideten Dame aus Stockholm konnte schließlich jede noch so reizende Provinzschönheit blass aussehen. Und für einen redegewandten, charmanten Mann standen die Chancen nicht schlecht, die Gunst der Damen zu erobern.

Erneut sah er über die Köpfe der Gäste hinweg.

»Nun, es sieht ganz danach aus, als seien unsere neuen Gäste etwas spät dran. Ihr müsst euch die Zeit wohl noch ein bisschen mit Plaudern vertreiben.«

Das Geplapper hob von neuem an. Eilerts Blick fiel auf seine Tochter. Nein, wie hübsch Alva heute in ihrem duftigen Kleid mit der Perlenstickerei aussah! Wie eine süße Braut. Der hochgewachsene Skiläufer hielt ihre Hand fest umschlossen und ließ sie nicht aus den Augen. Ihre Internetbekanntschaft – ein prima Bursche war das! Übers Fischen und über Politik hatten sie sich unterhalten, mit solchen Kerlen konnte er was anfangen. Gegen ihn als Schwiegersohn hätte er nichts einzuwenden.

Hervor und Mirjam waren auch da, samt Töchtern und Schwiegersöhnen. Eilert schmunzelte zufrieden, als er ihre freudigen Gesichter bemerkte. Dieses Geheimnis hatten er und Ingrid den ganzen Herbst über für sich behalten. Dank Pias Hilfe hatte er sie ausfindig gemacht.

Endlich hörte man am Eingang neben der südlich gelegenen Umkleidekabine Gepolter und gleich darauf auch auf der nördlichen Seite. Das schwedische und tornedalfinnische Gemurmel verebbte, und alle drehten sich um und starrten neugierig zur Treppe hoch. Die Türen schwangen auf, und da standen sie: Eric auf der einen und Ralph auf der anderen Seite, beide festlich gekleidet in hellrote Sakkos. Um den Hals hatten sie sich elegante Seidenschals gebunden.

Zusammen mit den Gästen marschierten sie die Treppen zur Sporthalle hinab, während ein Raunen durch die Menschenmenge ging. Eine Bierdose fiel zu Boden, und hier und da war ein »Donnerwetter« oder »Hat man so was schon gesehen« zu hören. Sirkka Nilssons Haushaltshilfe klappte die Kinnlade runter, und Tante Uhv wechselte allein zweimal ihre Brille. Das war ja wie in einer Fernsehshow! Sie musste aufstehen, damit sie besser sehen konnte. Warum auch nicht, das taten die anderen schließlich auch. Mucksmäuschenstill standen sie da und glotzten sich die Augen aus dem Kopf.

Eine Gruppe schillernder Herren ging die Stufen hinab, jeder in ein gold- oder silberfarbenes Sakko gekleidet. Wie das funkelte! Diese Truppe stellte selbst das grandioseste Polarlicht in den Schatten.

So als wären sie schon von klein auf mit den Räumlichkeiten vertraut, schritten sie auf die unbesetzten Stühle zu, grüßten mit einem strahlenden Lächeln ihre unmittelbaren Tischnachbarn und zogen den Damen höflich die Stühle zurück. Völlig überrumpelt streckten sich ihnen schwielige Hände entgegen, die Derartiges nicht gewohnt waren.

In der Sporthalle wurde es so still, dass man eine Stecknadel hätte fallen hören können. Eilert grübelte darüber nach, was er sagen sollte. Er war fest entschlossen, das Wellnessprojekt lobend zu erwähnen und die Gäste freundlich zu begrüßen. Er wusste, dass ihn Gunnar unterstützen würde. Verzweifelt sah er sich nach ihm um. Wo steckte er denn nur? Gertrud und ihre Musikanten warteten auf ihren Einsatz.

Da hörte er ein leises Kichern, das immer lauter wurde. Maj-Inger versuchte, es zu unterdrücken, aber es klappte nicht. Das Lachen sprudelte nur so aus ihr heraus. Ingrids Mann warf ihr einen verwunderten Blick zu und stimmte dann mit ein. Er nickte Tante Uhv zu, die ihre Brille zur Seite gelegt hatte, um ihr Taschentuch aus dem Blusenärmel herauszuziehen. Wie sie lachte! Hatte sie jemals so gelacht? Das Gelächter war ansteckend und breitete sich wellenförmig über die klapprigen Tische aus, die Leute wischten sich die Tränen mit einer hauchzarten Serviette oder einem Taschentuch ab, das ihnen einer der Goldjungs hilfsbereit reichte. Sie schneuzten sich und mussten wieder lachen.

Eilert schielte beunruhigt zu Ralph hinüber. Was sollte er bloß denken? Und die Gäste erst. Sah so etwa eine Begrüßung aus, indem man ausgelacht wurde?

Maj-Inger erhob sich und ging zur Bühne. Eilert half ihr hinauf. Sie griff nach dem Mikro.

»Herzlich willkommen, liebe Hotelgäste!«, rief sie.

Sie machte eine kleine Pause, weil ein verspätetes Kichern mit aller Macht an die Oberfläche drang. Diskret wischte sie sich mit dem Zeigefinger die Tränen von den Wangen und rang nach Fassung.

»Ich bin in ein hysterisches Kichern ausgebrochen, weil ich so wahnsinnig überrascht bin«, sagte sie. »Eric Cronås in Kuivalihavaara! Und Ralph Sörarve, eine solche Berühmtheit! Und Sie haben extra den weiten Weg hierher zu uns gemacht – die coolste Drag-Show aus der Großstadt! Sie sollen wissen, wie geehrt wir uns fühlen. Also, seien Sie ganz herzlich willkommen! Und verzeihen Sie meine Erheiterung.«

Maj-Inger übergab Eilert das Mikrophon und kletterte vorsichtig auf ihren spitzen Absätzen von der Bühne.

Von erleichtertem Applaus begleitet, trippelte sie direkt auf den Mann mit dem strahlendsten Goldsakko zu, fasste ihn resolut am Arm und schob ihn auf den Platz neben Tante Uhv. Auf den Stuhl neben Gerda plazierte sie einen attraktiven dunkelhäutigen Mann in einem Silberjackett. Er begrüßte Gerda zuvorkommend und schüttelte ihr die Hand.

Die Musikanten stimmten das Tornedallied an, und die Einwohner Kuivas wiesen die Neuankömmlinge hilfsbereit auf die entsprechende Stelle im Liederheft hin. Lautstark und gefühlvoll schallte es durch die Sporthalle in Kuiva:

Sei gegrüßt, du schönes Tornedal,
unsre Heimat so hoch im Norden,
du bist für uns die beste Wahl,
auf diesem weiten Erdenrund,

du bist für uns die beste Wahl,
auf diesem weiten Erdenrund.

Alle sangen mit, manche auf Tornedalfinnisch, manche auf Schwedisch. Steve und Tom trällerten mit, so gut sie konnten, während Mirjam ihr Enkelkind im Takt der Musik auf dem Schoß schaukelte. Selbst die Drag-Show-Artisten sangen alle sechs Strophen mit.

Gunnar hielt eine launige Rede. Er sah charmant aus in seinem Smoking mit dem weinroten Kummerbund. Mija, die am Ehrentisch saß, war glücklich und wahnsinnig stolz auf ihren Ehemann, dem sie lächelnd die Daumen hielt. Sie hatten sich nach ihrem schlimmen Streit endlich wieder versöhnt. Wie dumm sie doch gewesen war, Tonys blödem Geschwätz Glauben zu schenken!

Gunnar sprach davon, dass eine neue, strahlende und hoffnungsvolle Zukunft vor Kuivalihavaara lag. Man solle einfallsreichen Pionieren Raum geben, selbst wenn es ausgefallene Ideen von ungewöhnlichen Köpfen seien. Er zitierte einen Lokalpolitiker, dass »der Ort nur davon profitieren könne«, und heimste für seine Rede donnernden Applaus ein.

Nachdem man sich durch Maränenrogen und Fladenbrot, Rentiersuppe und Himbeeren mit Eis und Sahne gefuttert hatte und endlich bei Kaffee und kaffeost angelangt war, spielte das Orchester erneut auf. Gerda summte mit und nickte ihrem exotischen Tischnachbarn freundlich zu.

Sie lehnte sich quer über den feschen Kavalier und zupfte Tante Uhv am Ärmel.

»Weißt du was? Ich hab meine Meinung über Homosexuelle geändert!«, rief sie, um den Lärm zu übertönen.

»Was hast du gesagt?«, rief Tante Uhv zurück.

Die Musik verstummte.

»Ich habe gesagt, dass ich meine Meinung über Homosexuelle geändert habe. Was sind das bloß für reizende Kerle!«

Gerdas schillernder Tischherr umarmte sie fest. Hervor stimmte ein herzliches Lachen an, und Mirjam lächelte Gerda aufmunternd zu, die verlegen errötete.

Die Musik setzte erneut ein, und Hervor erhob sich vom Tisch und zog Mirjam mit sich aus der Sporthalle.

»Mensch, jetzt muss ich aber eine qualmen, sonst werd ich verrückt!«, brummte sie. »Dieses ewige Kautabakkauen ist ja so was von einseitig.«

Mirjam fröstelte in ihrem Festkleid. Ohne Thermojacke in der Kälte zu stehen, war nicht besonders schlau. Hervor inhalierte tief und blies den Rauch aus.

»Apropos reizende Kerle«, begann sie, »was willst du denn jetzt mit dem Schweinebauern auf Gotland machen, wenn wir hinfahren?«

Mirjam überlief ein Schauder, sie schlang die Arme um ihren Körper und ließ den Blick über das Lichtermeer aus flackernden Eislaternen auf dem Parkplatz schweifen. Tja, Sylve Lagergren, der Schweinebauer, würde nicht lockerlassen. Zumindest wenn er nach seinem furchtbaren Unfall wieder annähernd in Form war. Noch dazu wusste er als Einziger von den Affirmationen und den verheerenden Konsequenzen ihrer Gedankenkraft. Bei ihrem letzten Zusammentreffen unmittelbar vor dem Unfall hatte er ihr deutlich zu verstehen gegeben, dass er sie mit diesem Wissen in der Hand hatte. Abscheulich war das! Sie würde es nie und nimmer mit ihm aushalten. Irgendetwas musste sie unternehmen und ihm klarmachen, dass sie ihn nicht heiraten wollte.

Mirjam ging ein paar Schritte auf das Meer aus Eislaternen

zu. Ihr Atem bildete eine große Wolke. Sie breitete ihre bloßen Arme aus.

»Weiche, weiche, flieh!«, zischte sie.

Hervor sah sie verblüfft an, und Mirjam erkannte ihre eigene Stimme nicht wieder.

»Weiche, weiche, flieh! Dunkle Gestalt, von dannen zieh!«

Als sie sich umdrehte und in Hervors aufgerissene Augen blickte, wusste sie, dass mit ihrem Wankelmut und ihren Zweifeln ein für alle Mal Schluss war. Sie hatte unwiderruflich die Seite gewechselt.

Kuivalihavaara, Lappland

Januar 2009

Minnun poikka«, hatte sie gesagt. »Mein Junge.«

Er war völlig verwirrt, verstand nichts mehr. Überhaupt nichts. Woher wusste sie es? Sie lächelte ihm liebevoll zu und umschloss seine bloße Hand mit ihren Handschuhen.

»Ich wusste es vom ersten Tag an, als du meine Küche betreten hast. Ich wusste sofort, dass du es bist.«

Ralph fühlte eine große Leere in sich, ihm fehlten die Worte.

»Aber woher? Seitdem sind doch fast 53 Jahre vergangen.«

»Ja, das war schon seltsam, aber eine Mutter ist und bleibt eine Mutter. Aber wie hast du es letztlich herausgefunden?« Sie lachte, und ihm fiel auf, dass sie im Unterkiefer ein paar Zahnlücken hatte. Das war ihm noch gar nicht aufgefallen. Er legte ihr den Arm um die Schultern und drückte sie an sich. Was machte es schon, dass ihr ein paar Zähne fehlten? Sie war doch seine Mutter. Die Mutter, nach der er so lange gesucht, von deren Existenz er bisher keine Ahnung gehabt hatte.

»Daran ist Pia schuld«, sagte er. »Sie hat nicht die Schweigepflicht gebrochen, falls du das glaubst, aber sie hat mir den entscheidenden Hinweis geliefert. Tja, und natürlich durch Sigfrids Tagebücher, die du mir gegeben hast. Da wurde mir ziemlich bald klar, dass er mein Vater ist.«

»Aber kein Wort über deine Mutter?«

Ralph schüttelte den Kopf.

»Dann hat er tatsächlich all die Jahre Wort gehalten«, sagte sie. »Ich habe ihm damals das Versprechen abgenommen, um keinen Preis etwas zu sagen. Wenn man jung ist, ist man nicht immer vorausschauend und stark.«

»Warum eigentlich?«, hakte Ralph vorsichtig nach. »Warum hast du mich weggegeben?«

Sie sah ihn ernst an.

»Meine Eltern missbilligten, dass ich mich ins Unglück gestürzt hatte, wie es damals hieß. Sie wollten nicht, dass ich Schande über die Familie bringe, sie wollten im Dorf nicht zum Gespött werden, und ich hatte nicht die Kraft, mich ihnen zu widersetzen.«

»Du warst damals noch ein halbes Kind«, sagte Ralph, »das war nicht leicht.«

Sie holte tief Luft, überwand ihre Furcht und stellte die Frage, die ihr auf der Seele brannte:

»Kannst du mir verzeihen?«

Erstaunen machte sich in ihm breit. Der Gedanke war ihm bisher gar nicht gekommen, er hatte doch erst kürzlich erfahren, dass seine Mutter nicht seine leibliche Mutter war.

»Da gibt es nichts zu verzeihen«, sagte er. »Ich hatte ja überhaupt keine Gelegenheit dazu, mich von dir im Stich gelassen zu fühlen.«

Sie schwiegen einen Moment.

»Im Frühling«, sagte sie schließlich, »schmilzt das Eis, und die Eisschollen schwimmen flussabwärts. Das ist ein sagenhaftes Naturschauspiel, das muss man gesehen haben! Manchmal schieben sie sich übereinander und bleiben an der Brücke dahinten hängen.«

»Hm, wie gesagt, da bin ich vielleicht nicht mehr hier.«

Erneut verzog sie die Mundwinkel zu einem Lächeln.

»Natürlich wirst du dann noch da sein, *poikka!* Und falls nicht, werde ich schon dafür sorgen, dass du nach Hause kommst. Zur Eisschmelze. Du wirst dir gemeinsam mit Gunnar, deinem Bruder, von hier aus das Schauspiel ansehen. Du magst Gunnar doch, oder?«

Und ob, er hatte ihn vom ersten Moment an gemocht. Jetzt wurde ihm auch klar, weshalb es ihm damals im Wald so leichtgefallen war, ihn ins Vertrauen zu ziehen. Gunnar hatte sich nicht von ihm distanziert, als er von Eric erfahren hatte, er hatte es einfach akzeptiert. Und mit Maj-Inger hatte er eine aufgeweckte Schwester bekommen. Er würde nachher mit ihnen reden, aber zuerst war seine Mutter dran – sie war die Hauptperson. Wie besorgt er gewesen war, dass sie verärgert und aufgebracht sein könnte. Und dabei hatte sie es die ganze Zeit gewusst. Was für ein listiges altes Mädchen sie doch war! Er strich ihr lächelnd über die Wange. Sie kramte in ihrem Rucksack und nahm einen Schal heraus, der in den schönsten Farben gestrickt war, die er je gesehen hatte.

»Den habe ich für dich gemacht«, sagte sie, »heimlich. Du darfst nicht länger mit diesem dünnen roten Tüchlein herumlaufen, das ist viel zu kalt. Du musst auf deine wertvollen Stimmbänder achtgeben, das hätte Sigfrid bestimmt genauso gesehen.«

Es rührte ihn, dass sie ihm den Schal um den Hals wickelte.

»Für dich und Eric wird alles gutlaufen«, sagte sie. »Ihr werdet hier voll und ganz akzeptiert werden, schließlich bist du ein Sohn Kuivas, und noch dazu ist Sigfrid dein Vater.«

»Ja«, erwiderte Ralph. »Ich stamme aus dem Dorf, und das ist alles, was zählt, oder?«

Sie nickte eindringlich.

»Genau. Aber du musst mich nicht Mama nennen«, meinte sie. »Du hast, na ja hattest, schon eine Mutter. *Äiti* wäre natürlich schön, das heißt ›Mutter‹ auf Finnisch. Oder nenn mich so wie alle hier. Sag einfach Tante Uhv.«

Danksagung

Dieses Buch hat im Grunde an einem regnerischen Augustabend seinen Anfang genommen, mit Recherchen bei der Familie Westerdahl auf der Insel Fårö. Agneta wusste außerordentlich Interessantes über alte Skelette zu berichten! Meine geliebten Töchter Sofia und Karolina haben das Manuskript gegengelesen, mich auf Schwachstellen hingewiesen und mir vor allem den Rücken gestärkt, an das Buch zu glauben, wenn mich der Mut verlassen wollte. Meine treue Freundin Elisabeth Sigurdson hat alles bis ins kleinste Detail redigiert. Nichts ist deinem Rotstift entgangen, worüber ich außerordentlich erleichtert bin. Jagd, Fischfang und Trecker zählen nicht gerade zu meinen Spezialgebieten, weshalb mir Totto Lundström so manches Interessante zu erzählen hatte. Und Hans Bäcklund hat mich mit vielen wertvollen Ratschlägen über die schwule Kultur versorgt. Kaisa Edvinsson von der Polizei in Kiruna und meine beiden guten Freunde Svante und Vivi Lindberg von Carlstads Advokatbyrå sind mir bezüglich rechtlicher Fragen eine große Hilfe gewesen. Den Buchtitel habe ich Gemeindepfarrer Willy Ekström aus Ljusnarsberg zu verdanken. Mein Schwager Lars G. Persson hat mir, ohne zu zögern, eine der wichtigsten Zeilen für das Buch zur Verfügung gestellt. Katja Tydén und Petra König vom Verlag Natur och Kultur schließlich haben mich äußerst professionell an die Hand genommen, so dass ein anfangs noch wilder, unstrukturierter Text bedeutende Verbesserungen erfahren hat. Verschiedene Verlagsmitarbeiter, insbesondere Åsa Jacobsson, haben mich immer wieder auf kaum zu unterschätzende Weise aufgemuntert.

Euch allen gilt mein aufrichtigster und herzlichster Dank! Sollten sich Fehler in den Text eingeschlichen haben, habe ausschließlich ich sie zu verantworten, und sie sind nicht meinen Helfern anzulasten.

Außerdem möchte ich allen warmherzigen und gastfreundlichen Einwohnern von Vittangi danken, die mir für das Dorf Kuivalihavaara die nötige Inspiration geschenkt haben. Vittangi ist selbstverständlich eine viel modernere Gemeinde – ihr wisst ja, Kuivalihavaara ist ein gänzlich anderer Ort, ein kleines gottverlassenes Kaff, wo sich der Fortschritt nur sehr langsam seinen Weg bahnt. Aber auch das kann etwas für sich haben, selbst in »Kuiva«!

Ala kapell, Gotland, Mai 2009
Marianne Cedervall

Marianne Cedervall

Mit besten Wünschen

Roman

Nach acht Jahren kehrt die 53-jährige Ärztin Mirjam auf ihre Heimatinsel Gotland zurück, um sich an den drei Männern zu rächen, die ihr einst das Leben zur Hölle gemacht haben. Zusammen mit ihrer besten Freundin Hervor, einer Lappländerin, die mit einem Herzen aus Gold und übernatürlichen Kräften gesegnet ist, zieht sie in die unmittelbare Nähe ihrer Opfer. Und bald gehen seltsame Dinge in dem kleinen Ort vor. Als der erste der drei stirbt, geht die Polizei noch von Selbstmord aus, und nur der schwerverliebte Schweinebauer Sylve ahnt, dass die beiden Frauen Unlauteres im Sinn haben …

Knaur Taschenbuch Verlag

Chris Tvedt

Niedertracht

Ein Fall für Mikael Brenne

Mikael Brenne verteidigt einen Kleinkriminellen vor Gericht. Als der Geschäftspartner des Angeklagten gegen ihn aussagen soll, fehlt von diesem jedoch jede Spur. Brenne soll den Zeugen zum Schweigen gebracht haben. Eine lächerliche Anschuldigung. Brenne wird noch im Gerichtssaal verhaftet. Ein gefundenes Fressen für die Presse. Um Brenne aus den Schlagzeilen zu holen, setzt eine befreundete Anwältin ihn auf einen alten Fall an, der ihn auf die Insel Vestøy führt. Dort soll er herausfinden, ob Aron Sørensen zwanzig Jahre lang unschuldig wegen Mordes im Gefängnis saß. Brenne stellt mit Schrecken fest, dass die Spur zurück nach Bergen führt, zu genau jenen Staatsanwälten, die ihn verhaften ließen …

KNAUR TASCHENBUCH VERLAG